往事
高车家族

冯国仁 冯宏宇 著

作家出版社

U0811332

目　录

序

千淘万滤虽辛苦，披尽黄沙始到金

我的好朋友诗人贾漫，在给我的一本诗集作序时曾写道：“身倚无边树海，莽兴安；脚踏松、嫩洪流，沃平原。耳听虎啸鹿吟，悬崖上，笑看凤鸡、雪兔草下，自蹁跹。”

这样好的居住环境，那里是我个人的住所，那是“三少民族”达斡尔、鄂温克、鄂伦春族的聚居地。不过从无知幼龄，我就被大人们抱到这里的一座美丽的小山村——西博荣屯。从打走出柳笆院开始，我就和许多达斡尔、鄂温克族孩子一块儿捉迷藏，一块儿打炮来球，稍长，又一块儿读私塾上学堂。新中国成立后，我们又变成同事和同志，曾经一块儿虚怀若谷地聆听革命的训导，并以此豪情万丈地去发动群众。革命成功后，山山沟沟都变成老解放区，而且起了翻天覆地的变化。我和这三个民族的许多老同志都成了知心朋友。在工作顺利时我们共同笑逐颜开；当遇到逆境时一块儿愁眉苦脸。后来我们在工作上开始有了分野：他们多数人都被分配到各市、旗，直到自治区的各个部门去担任领导；我却拿起笔杆子，去描绘人间万象和演绎社会上的悲欢离合。但是，我们从来都是心照不宣地在工作上，长久地互相支持、互相提携。

多年后，当他们一个个在岗位上，完成各自所承担的任务，去毛主席纪念堂报到时，我都曾经极度地伤怀，暗暗地流下了许多送别的眼泪。当见到他们的后代稍有成就时，我就心花怒放，视为己出。如在第一次三少笔会上，鄂伦春族有个女孩子，拿出一篇叫“星”的小说，诠释少数民族对医药的迫切渴望；达斡尔族有个男孩子拿出一篇《玉石烟袋嘴》来阐述民族关系、领袖与平民的关系，故事那么简单，反映的内容却又那么深刻。我为之感动，欣喜若狂，向有关刊物大声疾呼地推荐，多么想培养他们都变成大家啊！

因为上述环境，我对达斡尔族人的生活，比对汉族人的生活了解得更多些，所以我写的第一篇小说《鹰》就是反映这个民族的。若说我写高车故事，年代还更久远一些。那是开国不久，在第一次全国青年创作会上，为和内地青年朋友们竞赛，我报写了长篇小说《山河欲晓》，题材虽是抗日，内容却是写高车。报也只是报了，当时社会上的“左风”却不容我动笔。直拖到庆祝内蒙古自治区成立二十周年，布赫同志批准它列为献礼作品之一，并送人民文学出版社去修改。

但因为“文革”来临，此稿不仅未能出版，还关乎作者的生命危险。但这中间我回莫力达瓦旗的西博荣屯去补充素材，却收获了难以忘怀的闪光的故事和情节。

20世纪60年代初我在完成某次征购粮任务后，和友人借辆走几步就掉链子的自行车，骑到百里外的西博荣屯去。屯党支部书记是孟火庭，我叫他二叔。他问我来意，我告诉他后，他说：“那太容易了，你就住我家，高车的事就问我叔。你都忘了吧，他就是打车的高手啊！”因达族人不准叫老人名字，我就称他为孟爷爷，从此我天天听孟爷爷讲高车。他不仅讲，而且操作给我看。我工作前，也当过几天二八月农民，也会点车活儿，他一说我就懂，他就非常高兴地敞开了胸怀讲给我。

他首先对我说，不要看家家院子里都摆有一两台高车，那可要分三六九等的。有好车，但多数却是勉强能上路的，卓越的车子更稀少，大多数都带着小毛病。因为人们太习惯糊弄活着啦！若讲高车拔尖儿，那得首推高车吴家的车。我问，他家为什么那么卓越。他回说，高车技术原来是挺落后的，他们家的一祖和二祖在黑龙江北时，曾经几次改进高车，也是被逼迫才那么干的。辽王朝亡国时，他们作为望族苦苦地被金兵追杀。车上坐着老人和老婆孩子，车队走进沼泽地，常常因污泥脱轴而打误。男人只得一次次和金兵拼杀，直到杀出一条血路。后来，他们在鄂温克人的帮助下，安顿下来，迅速找到车材，将所有高车由轴转改变为毂转，才告别了经常趴窝打误的状况。以后二祖又将直轮车改为外斜轮车。他们的睿智创造出的成果，不仅得到本族人认可，还得到附近外族人的承认。于是这个家族自然变成打车的专业户和世家。为了商品车的畅销，他们又开始追求精良高车的制造工艺。他们认为精良高车，只有用优良材质才能制作出来。他们为追求优良车材，不惜脱离族群失掉安全保障；在好材料上要有高超的技艺和精心的制作，要求卯正榫准，一丝不苟，用锋利刃具切削，轻轻敲打合成。这样高标准打出的高车，才能耐久地使用。别人一台车只能换回几只羊；他们却可牵回一匹大马。这个家族为了持续出产高标准的高车，又制定出一套严谨的家规。

这样好的素材，可惜我在写《遥远车帮》中却没怎么用，因为那本是描写抗日的小说，也为那时流行的一句名言“小农经济不能自发产生社会主义思想”所误导。

时至21世纪，国家在报刊与广播上大量讲述大国工匠的精神，我听了觉得非常熟悉，重新对照当年笔记，总觉得有相通的地方。直到听了习主席几次有关社会主义核心价值观的报告中说**“可从传统优秀文化中提取”**，我才幡然醒悟，便重拾旧业欣然命笔。追求卓越和创新是社会进步不可或缺之举，公平与诚信乃为社会主义脊梁的价值观。我用高车故事为它铺一段羊肠小路，请它和底气衔接成为大气候。

物有所值，公正交换，是世界任何国家社会稳定的不可少的压舱石。那个守成大国，兵员和现代化装备，已经武装到牙齿，却给不了自己国内人民一个安全生活的环境，而是让他们三天两头地流血和伤亡。那是让大垄断资本操纵权力的结果。有些新兴独立国家，民生凋敝，三天两头兵变，生产和市场经济秩序却难以确立，民众穷到了骨头，那是因为枪杆子所托非人。我们中国特色社会主义国家基本实现了各取所值的分配原则，取得较为稳定的社会秩序，但巧取豪夺势力随时虎视眈眈等在那里。这就是为什么公安机关要常年打击诈骗团伙；监察纪检部门要费九牛二虎之力去防腐反贪。在社会上，建立一种好的价值观，并使其成为气候真正不容易，若想真正过海清河晏日子，就需全民真正自觉努力到百年，才能成就留给后代的思想遗产。这就是我珍惜高车车匠思想中那么一丁点闪光基因的原因。我想用故事和人物行为把它们化解成为营养送进每个读者的血液中去，希望起些潜移默化作用。但我恨自己心痴手拙，水平有限，写不那么精妙，难以让人刻骨铭心。另外，为了塑造人物、烘托情节，我还在书中加进了古体诗词，请读者鉴赏。还因我想扩大一下中国诗词的作用，学习点古人行文手法。不过我过于愚笨，没能写好，还得请读者们谅解一二，谢谢了！

第一部分　素手修旧传

第一章　楔子

大约在12世纪20年代，辽王朝（曾称作契丹国）行将覆灭之时，在黑龙江上游鄂嫩河畔一片湿地的旁边发生了一场达斡尔族人和金人的血战。

刀枪撞击，哀角长鸣。一大队明盔亮甲的金人士兵，正围着一小队达斡尔族的甲士在缠斗。他们刀枪齐举，捉对厮杀着，或两下里相互混杀乱砍着，战斗已经到了胶着状态：人仰马翻，互有流血和伤亡，打得难解难分。

那个骑着铁青马，手持镔铁长矛，虽然穿一身皮甲却只戴一顶简易头盔的青年勇士布尔德，在两马交错时，向那个金人老将虚刺一矛，在回马的夹当，对他一抱拳说："老将军请住手！我们的莫昆达，要我向你再一次转达：达斡尔族向北迁移，说明已经是退出国事，只求去外兴安岭下找一处自己族人能过上温饱生活的地方，请不要一再阻碍我们。否则这样打下去你们也讨不到什么便宜！"

那个蓄着胡须的金将，只是略作沉思就执拗地回说："除非你们缴械投降！特别是你们这些拔里氏，不要抱有什么侥幸心理。"

布尔德愣了一下然后喝说："那就拿命来！达族语言中没有投降这句话。"

两个对手这时因话不投机，又是刀矛并举二马盘旋交错。蓄胡子金将狠狠砍了布尔德一刀，被他轻轻用矛杆一搪，就架开了，而他回手刺了老家伙一矛，老家伙没敢接招，却吃力地纵马躲开，立刻感到了沉重。他这回才知道遇见真正的对手了。

乌·布尔德二十五六岁，在本族中是有名的大力士，而且武艺和车艺双超群，他的一杆镔铁长矛使出去，就像蛟龙戏水一般，神出鬼没的招数变化多端，使人眼花缭乱难以提防。方才因为莫昆达有话要他向敌人转达，才及早脱离战场，所以他在说话前，自然要收敛些自己的力量。但那老家伙却误以为布尔德只是个毛头孩子，错误地估计了对手，现在真正打起来，他只能招招架架了。只几个回合，他就累得气喘吁吁，汗流浃背。这时金兵中有个长瓜脸骑白马的士兵，他见长官有些不是敌人的对手，也就打马加进来变成了二打一。

好个布尔德，在两个敌人刀枪齐下时，全无惧色，一杆长矛，长刺短挑左右逢源，就像一轮风车般箭穿不透，水泼不进，不给敌人任何破绽。

又是几个回合后，在三马交错中，他看出那个老家伙已经力竭，遂故意诱他贪功，把脊背留给他，打马佯装而去。老家伙果然举刀追过来，想狠狠劈他一刀。不妨那个狡黠的年轻武士顺着马尾递出长矛，等待老将渐渐临近，他猛地回身就给老将一矛，刺他个穿胸坠于马下，再随着抽矛一搅，老将就血喷如注，一命呜呼。

那个长脸士兵大骇，打马想要溜走。青年勇士哪里肯饶，又一个连环枪使出来，也让他落于马下，当即让他的魂去追随他的长官了。

这一下，阵仗上形势大变，原来是金兵围杀迁移的车队，现在是车队掩杀金兵。不多时大队金兵就被打得七零八落了。

布尔德到底年轻，忘了穷寇莫追的道理。他也在贪功，想把敌人趁早赶开，遂纵马紧紧赶杀金人，却中了扼守高地的敌人一箭。他只好伏在马鞍上跑了回来。这一下不仅使家人大骇，族人情绪也低落了。车队只好鸣金收兵，急急脱离阵地。因为车队中大多数车轮半没水中，而且多被淤泥杂草糊着，难以行动，人们只能纷纷弃车逃命，慌乱中误闯入一片水中高地。直到前边有些羊跌进深水里，立刻被卷得无影无踪，把许多老人妇女都吓得绝望地哭叫起来，车队这才止步。乌氏莫昆达桑德布不得不下令宿营。因有沼泽阻隔，金兵还不能立即包围上来，但车队却被困于四周无边污水和林立塔头之中。这是迁移中的乌氏族人一直极力回避的情况，却终于还是发生了。

乌·布尔德的父亲是六十多岁的老车匠乌·阿克顿，他不教布尔德的母亲和媳妇走近布尔德身边，自己亲自为儿子拔去箭镞，又怕箭上有毒，用嘴在儿子伤口处吮咂多次，觉得已无大碍时才给他涂上红伤药膏，又仔细地替他包扎好。

这是一行长长的达斡尔族人迁徙车队，是由长城脚下那个荒凉的叫热河的地方出发，和追杀他们的金兵且战且走，向着西北方向，向外兴安岭迤逦而去。路上因为常遇雨天和沼泽泥泞，众多车轮都被草缠泥糊，移动艰难。因须常常停下除掉车轮上的泥草，所以行走很缓慢，总是甩不掉金兵的左一次右一次围困。

10 世纪至 12 世纪，他们的辽王朝曾与宋朝并立兴盛百余年，后来却衰败了，和东北新兴的称为“金”的女真人在辽中地带争地盘，经过几场大厮杀和较量后，败下阵来。乌氏作为这个王朝的望族之一，为避金人魔爪，只好远遁他乡。他们听说外兴安岭和贝加尔湖流域，不仅有铁矿，而且有银山，山上苍松白桦林立，河流冲积洲面积既宽又阔，从而可以游牧和开垦田园。但他们因在金兵干扰的慌乱中弄错了方向，误将鄂嫩河当作石勒喀河，向大小肯特山方向奔去，更因误走湿地，车轮屡被淤泥加茅草塞住难以转动，行走异常缓慢，屡屡被金兵赶上包围，苦苦地拼杀着。

老车匠刚刚为儿子的箭伤包扎停当，莫昆达桑德布就带着氏族雅达干乌·罗罗前来为布尔德疗伤，见他父亲已为青年勇士处置完毕，就对老车匠道歉说：“这一切都因为那些该死的高车轮子不肯转动所误。我悔不听你先改进高车后再走的建议，现在悔之莫及了。”老车匠说：“高车的结构过于简单，也过于原始，但族人大迁又时刻离不开它，改进它是早晚的事。”桑德布叹息说：“可惜为时已晚。”老阿克顿说：“只要有族人在，又有决心，多久都不晚！”桑德布发誓说：“如

第二章　雏凤锦翎

1

在巍峨兴安岭下，滚滚诺敏河右岸，俗称西巴达罕地区，有一座像宝雕弓般壮美的博荣山。在它的东山崴中，山环水抱着三五户人家，是个名叫海牙屯的地方。就在这个微不足道的小屯里，居然有一座富丽堂皇的达斡尔族人家的大宅院。

说它富丽堂皇，首先是因为它四周的田园，都被柳条笆障子所包围，在其内核，他们又用檩木做柱，以板材为墙，圈出个中心大院落，而且用桐油漆刷一新，使行人至此不得不惊诧其辉煌。其次，在其院落内一溜五檩五纠起脊高隆的大草房的左边，配房是两间高脚仓库和三间碾房；右边是两间伙房，外加三间马厩连在一起。马厩内骊驹引颈咴咴长嘶，猎狗舍内传出汪汪的吠叫，而鸟屋内有群人工孵饲出的天鹅，咯咯嘎嘎不停闲地吵闹着。所有这一切都在显示着这座大院的火热与兴旺。它和那些开荒的农户截然不同。高大木板门前隔道南望，路南也是用柳笆围起来的，那是高大的高车材料堆集场和造车作坊。这原是一家高车专业户。除了堆集场上的柞木辐材、桦木毂材、桦木辋材和辕材外，在用桦柱柳条搭起的简易造车作坊内，有七八个老中青车匠正乒乒乓乓抡锛扬斧，屑花四溅地在打造着新车件。

这时，上房房门吱扭一响被推开了，这家五十多岁的大掌柜吴海山，从西里间走出来。他每天出来都比这早，因昨晚听太太代儿诵念她写的《高车传》时间过长，而起床稍迟。但他因今天有事，打扮得阔绰而气派，头戴黑缎子瓜皮小帽，身着灰绸长衫，外罩团花青缎子马甲，脚上一双溜明锃亮刚时兴的三接头黑皮靴。他虽然年近花甲，但健硕硬朗，而且很是讲究穿戴，从他鼻子上架的那个水晶养目镜、鼻子下留有的两撮上翘的燕尾胡就可看出他是个豪气、倜傥而刚愎自用的人，现在他一跺脚就可以使本屯土地颤上三颤。他一来到院中，那些厩内公马引颈咴咴，舍内猎狗仰着脖子汪汪，在院中散逛的天鹅咯嘎地奓翅向他表示亲近。但他却没有工夫理会这些，匆匆忙忙地走出大门，过了马路，推开作坊门。

见大掌柜走进来，车匠们都立刻停下手中工作，等掌柜的吩咐什么，因为他对车质要求甚严，到作坊总是横挑鼻子竖挑眼。

但他今天却因没见到他要找的人，只问了声："二掌柜去哪儿了？"

他三十多岁的侄儿吴明太回说："我父亲没过来，他可能很早就去鼓捣浇铸轴承的事，现在应该在熔炉那边吧。"

掌柜的因没找到二弟，心里有些不悦，他怒气冲冲地说："七座山九条河都闯过来，这么个小土岗子就爬不上去？"见伯父发怒，侄儿明太没敢再回话，但吴海山膀大腰圆的孙子么斯库却向工匠们偷伸舌头，青年工匠们都回以鬼脸。吴海山虽看在眼里，却装作什么都没看见，转身向熔炉那边走去。

吴海山是吴氏高车家族第十四代传人。他的先人原居黑龙江北源鄂嫩河一带，那里是个水网沼泽地带，他们为适应环境，将高车由轴转改为毂转，使车的载重量大了许多，也轻快起来。于是，被族人奉为高车世家，有世袭制造秘笈。但由于沙俄的顿河哥萨克屡屡犯境，他们不得不流血牺牲，抗击沙俄的入侵，甚至荒废了生产和田园。《中俄尼布楚条约》签订后，达斡尔人奉旨向嫩江流域内迁，他们的父兄这才车载妇人和幼子，赶着畜群顺流而下。在纳文河注入松花江的地方，他们找到了大片柞桦茂盛的山林。因为高车家族需要逐车材而居，于是他们决定在那里建立新的海牙屯。当他们在此地用本地车材打造高车取得一定声誉时，却逢国内时局骤变，大清帝国变成了“中华民国”。为充实边境，大量移民从山海关内迁来垦荒，屯子周围山林很快被砍伐得精光。

在储藏的车材即将用尽时，吴家已由车匠吴海山执掌门户。他年轻气盛，主张再一次逐车材迁移。于是他们逆流北迁找到了山林仍然繁茂的博荣山。当他们再一次在诺敏河边博荣山东山脚下定居下来，开始重新创业时，新的矛盾接踵而至：一是西博荣屯沃姓大户不许他们大量砍伐车材，特别是百年以上老树；二是他们打造出的车在当地并无影响，产品滞销。

吴海山出于无奈，只得把造车创新业务交与弟弟吴宝山。他带领儿子吴登太，使出浑身解数专门出外拜访大户和寻找高车的销路。

皇天不负苦心人，他只用一年多时间就把两件事都摆平了。由于和西博荣屯原莫昆达沃善德交好，结识了山林达麻子沃海山，沃海山和他重名，又善于交际，他们很快妥协并商定：两屯人从山中间划界，界西人不许东屯人动他们一草一木；界东车材由高车吴家随意采伐，西屯沃姓不再干涉。

为了推销高车，爷儿俩赶着样品车访遍诺敏河上下游的部落，深得用户赞许。当他得知呼伦贝尔草原上有个甘珠尔庙会，可以向牧民广销高车时，立即组织车队北进。由于吴家车材质和技艺俱佳，深得牧民喜爱，庙会上很快将高车售出，换回来大群牛马羊，使家族经济状况很快得到改善。他在甘珠尔庙会交易是三年来一个往返，吴家很快变成西巴达罕的首富。然而，美中不足的是：高车上传动的铁轴承，虽然耐磨性能非常好，就是容易脱落。他为此曾对牧民下了保证：“下次，我会让铁轴承牢牢地待在高车木毂上。”

眼看去甘珠尔庙会的车队又快起程，钳牢铁轴承问题还是没得到解决，他这个当家人怎能不发火？于是他心急火燎地向设有铁炉的杨树林走去，想给二弟增加一点压力，但却让他见到个意想不到的情景。

2

吴家铁炉设置在远离住宅的小叶杨树林西边，两间小房加一座高烟囱，除了锻铁和化铁需用的两座高炉外，大部分空间都堆着沙子，留给车匠吴宝山翻来倒去制作各种各样的模型。最近苦于琢磨为铁轴承安几个小爪，使它在木毂头上相互制约，不会轻易脱落下来，吴宝山乏困得不行，倚着沙堆睡了一小觉，而且做了一个梦。

听见哥哥的脚步声，他猛地睁开眼睛，急忙站起身来。哥哥停下脚步问道："困了睡一觉，还说了梦话，铁轴承小爪考虑得怎么样了？"

"还没想出好办法。"弟弟老实回答。

哥哥有些不耐烦："你得快些了！不能老睡觉做梦耽搁车队起程。"弟弟只答应个"是！"又低头去做自己的事情，但心里暗想：铁轴承的事少说也为难了人们几百年，哪是一招就解决得了的？

吴宝山的妻子维尔金是个贤惠能干的中年妇女，见丈夫从炉上回来就愁眉不展，还一直咳嗽，就问："是不是还为铁轴承的事情犯愁？"

宝山一脸苦瓜相回说："车队去赶甘珠尔庙会快起程了，怎么把它钳牢，我还没想出好办法，哥哥有点不高兴了。"

维尔金替丈夫着急。吃完晚餐，收拾完炊具和碗筷，维尔金即进入内室抱起刚要入睡的小儿子恭太，亲一口后问："你还想吃奶子吗？"

儿子没说话，只是点点头。

她急忙解开衣大襟把奶头塞进孩子嘴里。达族人习惯，一般周岁以上孩子，就忌吃母亲奶了，但她对这个老儿子怜爱有加，都三岁多了还吃母亲奶。

但是恭太才咕嘟咕嘟咂了几口奶，母亲就急不可待地哄他停下来，说："儿子行了！嬷嬷有急事，以后给你多吃！"

她不太忍心地把奶头从孩子嘴里拔出来，扣好衣襟就去后园子小树林里，在那些泥抹或木头钉的众多小小庙宇前，拈香向众巴日坎神明跪倒，祈求他们大发慈悲给丈夫一点灵感，能够把铁轴承牢牢地贴在木毂头上。她还记着，大前年，宝山化铁为承前，吃饭时他也是这种愁眉苦脸的苦瓜相，是她给巴日坎烧香祷告祈求保佑，第二天丈夫就化铁浇铸出一只铁轴承来，并成功地钳到各个车的毂头上，一直使用到现在。所以她今天非常虔诚地对众神跪着，直到夜色很深很深。

高车吴家虽然是五间大房子，但人口众多，并不显得宽松。达斡尔人家以西为大，五间上房，在西二间开门。一进门，西东两侧都是锅灶，而且北墙下有一口特大的锅和锅台。大锅台的后面是一家人的大碗架，墙上挂着长短炊具。直接和大锅台相连的是一面槽子炕，炕上铺的是木板，下面是深陷三四寸的土槽子，是为炕干稷子做炒米用的。

大掌柜吴海山和夫人安代儿就住了西头里间。而东进第一间住着掌柜的长子吴登太和他妻子其波乐，北炕是他们的十八九岁的儿子么斯库。东里间是宝山家那两个如花似玉的姑娘的闺房。东二间才是吴宝山、维尔金夫妇的卧室。

维尔金悄没声地回到自己房间后，丈夫宝山已经睡下，她正要脱衣躺下，却先抚摩老儿子脸颊，心头浮现无限疼爱。这时他们那个标致而且光彩照人的大女儿娜茉娅蹑手蹑脚从里间走出来，悄悄附到维尔金耳朵上问："嬷嬷！你去给巴日坎上香了？"

维尔金点点头。

女儿又问："得到什么启示了吗？"维尔金却摇摇头，见女儿的眼睛里放着异彩，她遂疑惑地问道："难道你受到了什么启示？"

女儿就点点头说："就在你的榆木柜上。"见她如是说，母亲又重新披上衣裳，想去见识下女儿的杰作。

靠东墙蔓子炕上摆着收拾干净的一大张桦皮，桦皮已被折叠，周边被裁剪出些缺口。看样子她是想做一只大扁匣子。但维尔金仔细瞧，又觉得不像，因为娜茉娅剪出的缺口都是正反三角形，而不是自己教她的那种狼牙形状的。

她遂疑惑地问女儿："你不是做狼齿扁匣子吧？"

“就是狼齿扁匣子。”娜茉娅郑重其事说，“因为爹是用到车毂上的，倒三角形应该更合适些，更牢靠些。我这是参考了你榆木柜子上汉族人的‘蒜瓣子卯’，才想出来的。”

维尔金这才想起，自从大伯在饭桌上提起铁轴承经常脱落的问题，几个月以来，姑娘就一直询问榆木柜结构，自己的回答是：“我怎么知道？你去问那些汉族人好了！”原来这个心思缜密的女孩子竟是为这个。威尔金遂兴奋地问：“你阿恰他会用它？这可是汉人的东西呀。”“好用就用呗！分那些有用吗？”女儿说。维尔金点头承认这个想法，转身想去喊丈夫，女儿又拉住母亲说：“阿恰好不容易睡下，别惊动他了。明天他自己发现，就会悟出来的！或者可能他早注意到了，只是不想用汉族的东西。这回是我的匣子上发现蒜瓣子卯，他会没顾忌地用上的。”母亲用眼瞧着大女儿的机灵劲儿，心中发出一缕疼爱：女儿真美如雏凤，这小凤鸟身上掉下的一根小翎毛不知能否顶大用？

3

吴宝山这些天冥思苦想，脑袋都有些发木，反而不灵活了。不像上次发明铁轴承，思路竟来得那么快。为了耐磨损，原想在轴头套个铁铸的筒子，但铸筒太重，只能逐次往下减量。减来减去，铸筒变成个铸铁圈。铸铁圈附着在车毂上，同车轴上的铸铁键相互研磨，非常耐磨而滑润，但须有个小东西把它和车毂钳牢，固定到一起。他开始用的是长爪或铆钉来固定，但轴毂研磨时，因震动剧烈经常容易脱落下来。这回他想用个一劳永逸的办法，在砂模盘上翻来铸去却怎么都弄不成，一次次地脑袋瓜子都想疼了也没想出个道道来。

夜里他舒服地睡上一觉，醒来头脑清楚了许多。妻子维尔金为他端来早饭，他正想举箸时，大女儿娜茉娅笑容可掬地拿过一张大桦皮说：“爹，吃完饭，先给女儿看看做扁盒用这种锁扣行吗？”又问，“咱们祖上在外兴安岭下湿地被困时，是鄂温克人救了他们吗？”父亲想了想回说：“怎么想问这个了？是的！那时他们自称为沃沮人。是和室韦人一块儿驾木排渡过腾汲斯海先到肯特山下求发展的。我们先人到那儿时，他们已经是多年的老住户了。我们祖上那时因辽王朝覆灭，被金兵追打而逃跑到那里，而且前边到处都有土著人截打，后边被金兵追杀着。是沃沮人透露给我们，怎么渡过毛乌苏湿地，找到通向生命的通道，他们曾沿着那条通道在一个个小荒岛上栽了许多柳树，族人就是沿着那条水道走出险境的。他们又给我们祖上让出了块生存的土地。祖上就在那里开始了高车的改造，由轴转变为两端的毂转。因为车改成功而得到普遍使用，受到周围居民的尊重。自然，我们祖上也因这一改革由客居变为当地的主人之一了。”

这个故事，娜莱娅早已经听过许多遍，这回她是从她大娘安代儿那里听到的。安代儿自己没子嗣，因念过几天书，非常喜欢大侄女文静而聪慧的像读书人的性格，虽然大侄女不识字，但是她还是愿意把自己的作品念给她听，征求她的意见。她还特喜欢听娜莱娅弹奏木库连，几次邀她演奏给她听，一度还想学会自己弹奏它，但她因整理祖上传略特别忙，又没那么多耐心，只得先放下。但两个人相处，竟同闺密般忘了辈分。

“爹！将车的直轮改变为外斜轮，是二祖布尔德做的吗？”女儿又发问。“是的！孩子怎么学得粘牙了！”宝山笑着问一句，又回答说，“多年以后二祖布尔德打败金兵，消除干扰以后的事。”他想了想，又补充说，因为毂转，只是把传动力增强了，但对脱离泥泞，只是改进了一些，并没有彻底解决问题。而且外兴安岭到处是高山大岭，在坡地上容易翻车，伤畜伤人是常事。二祖决意再彻底改造它一下，但是金兵经常来抢劫骚扰，他只好先解决金兵问题。他和周围的鄂温克屯邻们商洽，想给金兵一个狠教训，鄂温克人愿意配合，因为他们也常受其骚扰。他遂大胆利用自己族人新建的乌力斯为诱饵，设了个大局。那时外兴安岭也匪盗四伏，一般村屯都有设防：村屯四周用木障做墙，或用拒马、鹿寨围起来，住户们互通地道，设置岗哨盘查行人。他一定下诱局，就把妇女老幼藏进山里去，把一帮甲士隐进地道里，自己率众离开屯子。

金兵也不是轻易会上钩的，几次派谍报员试探，当得知屯内确实空无一人，才肯放大胆进屯抢掠。

他们正在分赃兴头上，那些武装起来的乌氏男丁打回来了，还有刀枪齐举的鄂温克屯邻们做后盾。在金兵大捞大抢时，乌力斯的要路口虽已经被他们把持住，这时却被从地道钻出来的乌氏勇士们一个个杀掉。大部队一返回，很快将金兵分割包围宰杀掉。最后只剩一兵卒，布尔德命人割掉他的耳朵，对他说："回去告诉你们头儿，达斡尔人在小肯特山已经站住脚跟，再敢来骚扰，你就是他们的榜样。"后来金兵果然没敢再来。

听父亲讲到这儿，娜茉娅含笑又说："二祖这回该安心搞车改了！"宝山接着讲："你大娘传书里那段，就是我告诉她的。二祖只身进入山里，到处寻找适合斜轮的毂材。因为操作时，对毂材要求非常高，要在它身上凿出十九到二十一个自斜互斜辐孔来。它必须是百年生长的黑桦木。一个辐孔既要自斜又须互斜，那是个非常难以操作和开凿的工艺。二祖在高山黑桦林里单独生存了三个多月，人们不知他凿坏了多少车材。在找到他时，他已被丢掉的废木材所埋，大家扒开一堆又一堆废木头才找到了他。他披头散发，胡须长长的，却怀抱那个成功的轱辘头得意地笑着。这一关键切削分寸的诀窍到底被他突破了——零点二五分斜度。从此标准高车必须造出一个'闪'来，既能随时脱掉泥泞，又能行走各种坡地，使人们彻底脱离了危险。嗐！车匠的一颗心哪！"车匠宝山最后叹息着说，同情的眼泪也簌簌流下来。祖先昔日的困难，使他联系起眼前的困境。女儿也不由陪着父亲动情地哭了。只哭了一小会儿，宝山就听女儿自言自语说："二祖睿智是没人能比的，但关键时候异族朋友却是不可或缺的呀。"

当爹的也做结论说："异族的朋友们，有时是非常有用的。真的孩子！"女儿这时笑笑说；"爹！你看我这个蒜瓣子卯，可能是汉族人发明的，汉族的东西能够供你参考吗？"她语气异常柔婉，说罢把那张裁有许多蒜瓣卯的桦皮呈上桌子。

宝山嘴里吃着饭，用眼往桦皮上一扫，心不由颤抖一下。只见做匣子的桦皮边上，虚虚实实出现了无数正反三角，让他立马联想到如果用正反三角体做钳牢物，只需几个三角小铁爪就会使铁轴承牢牢地待在木毂上。他眼望自己的爱女想：这小凤鸟真了不起！由于有了这一启发，他早饭也顾不上吃完，就去了高炉房。

母亲心疼丈夫，不由埋怨女儿，唠叨着说："你也是，明知你阿恰性子急，怎不让他吃完早饭后再把那张桦皮拿出来？让他消停地吃顿早饭哪！"女儿也后悔，红着脸回说："哪知他这么急，他一直是稳稳当当不急不火。寻思他还不得揣摩一阵子，才会引到铁轴承上哪！不要紧的，一会儿我给他把饭送到高炉房去吃。"

车匠宝山一路琢磨着轴承的小爪该怎么做。他走到烘炉沙盘前，从昨天铸好的大大小小的轴承砂模中挑取一只掂量一小会儿，最后决定用三个倒三角把铁轴承固定在木毂两端毂口上，看行不行。砂模铸好，他立刻化铁，翻出铁件安装到轮毂上。镶嵌得非常牢固，实验成功！宝山的心里充满了成功的喜悦，那是外人所无法体验的。他这时想起了大女儿娜茉娅。这女孩子真是上天赏赐他们夫妻的至宝。她心灵手巧，每逢父亲为难，她都有点子，而且点子多是准确无误。她怎么会留意到汉族人常用的蒜瓣卯？哦，是妻子柜子上放了多年的，这母女俩真是精明！他心里涌出一缕甜丝丝的感觉。

女儿善解人意，做事缜密。她竟把汉族人合成柜箱的蒜瓣卯挪用给他，处处是为父亲着想的，并故意用正反三角提醒他。这使他想起前年为保养高车要弄好油瓶的事。她大伯海山从街里买回个瓷油瓶要挂到车厢上，让大家想办法挂牢。于是有的人想用绳子拴，有的想用铁丝捆，但都很不理想。

有一天她堂哥登太在院中捡到一只牛皮口袋，不仅能把油瓶塞进口袋挂得牢，又有带油刷的瓶塞。拔下刷子，可以给车浇油；塞进瓶口，既不洒油，又能牢牢地挂在车厢上。这对长途保养车轴非常适用。大掌柜海山说，这不是小事，要奖励一下，但找不到是谁做的。后来人们才知道是娜茉娅做的。嬷嬷问她："为什么不讲？"她说："家里人原本该做，受奖有啥意思？”海山知道后说：“这孩子越发该得奖！我侄女不仅人长得出众，心地也高尚！奖点什么？奖励她住的东里屋就做姐妹俩的永久居室，就叫马蔺香闺吧！我发誓，一定给侄女找个能和她相匹配的好女婿！”

4

维尔金虽然年已过午，还带个吃奶孩子，但早晨一起来，就光梳头净洗脸，穿戴整齐去管理家事。这天早上她刚给小恭太吃奶，院工能能保就来报说，砌院墙的石头到了。问有多少，回答：二三十车吧！

套个大院子，这是大掌柜吴海山近年的三大计划之一。年头越来越荒乱，匪盗蜂起，周围许多人家被抢，挨砸，他们也不得不防御。但搞个什么样的院子？想搞个像在黑龙江北那样的木头城堡，已经没了那样条件。只好求助于石块和土堡。但也定不下来，汉族那些开荒大户几乎都用这些东西套了大院墙，却有带不带武装之分。大掌柜倾向于带武装，又怕在屯里过于招摇。于是走前定下：先备料，回来从头再议。事隔几个月，人们对这事都有些淡忘了，现在却把石块给送了来。

维尔金推开吃奶孩子说：石头都拉到大园子边卸车吧！卸车就须付钱，你去把其波乐叫来，看她手中还有多少钱。大媳妇其波乐跑过来说：梅里斯寄来的两千多元都快花光了，现在要付就得动海拉尔寄来的钱。婶婆说：只好花那些钱了。其波乐刚走，能能保又来说：又来三十多车。刚要付钱，又来三十多车，维尔金被吓住了，说：快去告诉其波乐，暂时先不付钱，这里边一定出了问题。说话间又来报：“西屯送了几十车土堡来。”婆媳俩都愣住了，你看我，我看你，不说话了。

管家的女人们正在疑惑不解中，能能保跑来说：“屯子道都被送料车塞满，让管事的出去说明白。”婶婆推侄媳，侄媳推婶婆，最后还是维尔金出面把料车劝回去了。

安代儿在进房门时，遇到维尔金刚解决完送料纠纷也进来，她对维尔金说："他二婶！告诉娜茉娅那丫头过来一下，我和她核对下三祖事迹，好动笔写。"又说，"让她敞开点思路说话，别因为我是大娘就拘束地客客气气不敢说。"

后边这句话，维尔金有些不愿听。她说："她大娘也是的！拿我们的孩子当大人用，别看她总说大人话，她才只有十六岁，还是孩子呀。"安代儿听了有些惊讶，但想想说："二八佳人了，她对铁轴承那么大的事，都能出好主意，还在乎我这点小事吗！"

她进西里屋刚坐下，娜茉娅就进来了，她东张张、西望望，说：读书人就是文雅，你看这屋子收拾得到处是书香！又问，"大娘，找我核对什么呀？"代儿拿起记录本看着说："三祖眼睛全盲了吗？是一个医生用小葫芦给治复明的？我有些不信，那葫芦怎么那么神奇？"

娜茉娅坐下来想想说："我阿恰说三祖全盲了，家里人都很着急，到处找会治眼的大夫找不着。最后总算找到一个，但说必须患者亲自来。家人说患者眼不好来不了，请大夫到家去看。大夫说：'若诚心治疗就亲自来，我这里患者这么多，单让我到他家给他看病，怎么那么大架子？要看眼就得有点诚心，不来拉倒！'"代儿说："这大夫也够倔了！"娜茉娅说："三祖没办法，只好亲自去了，让大夫看看，说是云蒙眼重得不得了。"大娘问："大夫给的是什么药？"侄女回说："没给药，只给两粒葫芦籽。"大娘好奇地问："就是说那种会治眼的小葫芦的种子啊？"侄女答道："三祖也觉着奇怪，说：'大夫，你是让我用葫芦籽泡水洗眼吧？'大夫说：'我让你回去种到地里头去。你的葫芦籽，若是明年结了葫芦，你的眼就有希望，我去给你动手术。葫芦籽若不结实，就算两拉倒。'"

大娘又问："葫芦到底结了吗？"侄女回说："我阿恰说果然结了两个小葫芦，大夫也去了。他按三祖的眼形在每个葫芦上开个小口，装热水烫后做拔罐，因为开口边沿用刀削出利刃能割余肉，拔几次那块病膜就脱落下来了。"大娘惊诧地说："真是个奇怪疗法，眼睛就那么复明了？”侄女说：“是的！”

侄女还等婶娘问话，安代儿却转变了话题问：“你怎么不念书？我刚来还以为你是个大学生呢，文质彬彬，莫测高深。”娜茉娅回说：“东边屯子开荒户们没办学校，我大伯也不张罗办，西边大屯也没学校，让我去哪儿念书？”代儿说：“你冰雪般聪明，若念上几天书，达到能看书、会写信的程度，人肯定就会变成另一个样子，那时你再看周围就会像变了个世界一样。”娜茉娅被她这几句话煽动得有些急不可耐，说：“哎呀！我白被耽搁这些年，大娘你就可怜可怜侄女我，给我当老师吧！”安代儿笑说：“一个漂亮小姑娘也会当癞皮狗，我不过开导开导你几句，怎么就要赖上我了？那我就教你念《千家诗》吧！”娜茉娅高兴地跳起来说：“大娘就变我的老师了！”她说着匍匐在地就拜了拜，站起身来又问：“你可有书本？”安代儿说：“先不用书，我给你写在纸上吧！”遂在一张纸上写了：“春眠不觉晓，处处闻啼鸟。夜来风雨声，花落知多少。”她说这是《千家诗》上第一首诗，是唐朝大诗人孟浩然写的。娜茉娅很激动地说：“大娘你自己诗一定写得好，拿出来念给我听呗！”代儿却摇摇头。侄女被泼了冷水，怔怔地问：“为什么？”大娘笑说：“没什么，我觉得那些诗人有点酸，矫揉造作，言不由衷，发泄点浮华内心骗人罢了。”娜茉娅奇怪地问：“三祖事迹里的《高车经》，不是有诗吗？”安代儿说：“不！那是歌，或者是诀之类的东西，都是根据实际情况写出，有内容的，你听了就明白了。”于是她把那一段念给了她听：“《家风歌》：莫道家风严，高车技艺艰。千尺兴安岭，山上还有山。卓越难持久，信誉易失散。家风可凝聚，入海成浩瀚。”

第三章　不归之旅

1

经过几个月紧锣密鼓的筹备，高车吴家大掌柜吴海山的呼伦贝尔草原甘珠尔庙会的车旅，终于成行。使他最感欣慰的是，二弟宝山这个智慧车匠能够一爆一个响。大前年，他从呼伦贝尔其实是带着满腔愁肠回来的，那就是车两端毂铁经常脱落，使赶车人不胜其烦。但谁都想不出办法来，有的人说，这个麻烦恐怕只有等神仙来治了。

为了吴家高车的信誉，还因为他有个心灵手巧的二弟宝山，他才敢大包大揽地把解决这种难题的任务带回家。经过几次试车，那倒三角小铁块，不知哪里来得那么大的神力，竟能一个铆钉不用，将那个铸铁圈牢牢固定到毂木上。他对二弟的智慧感到无比的荣耀和自豪。

车试成功，海山让宝山的铁炉浇铸出几百副带小铁爪的铁轴承，除去在新打造的车上要每个车都安装外，去呼伦贝尔的车队还要带上百余副，以备在庙会上召回大前年卖出的车，重新给予安装，以保持吴家高车的信誉。

吴海山去甘珠尔庙会的车队，车上载车，十多辆牛车或马车相跟着迤逦而行。他们过诺敏河，越阿伦河，进入雅鲁河流域，从博克图西北坡爬过大兴安岭。在山上露营打小宿，然后从岭西乌奴尔屯去巴彦塔拉草原，再往哈拉哈河边的甘珠尔花草原。他们带着防身的火铳和弓弩。1938年，正是军阀混战时期，明匪成群、暗匪成帮的时候，他们不得不防。

吴海山他们父子二人，带着七个贴心伙计：老实持重的申德，精明强悍的陶格，连句话也不愿说、干起活却拼命的杜文林等晓行夜宿，一个月后终于来到呼伦贝尔草原西南角，哈拉哈河边的新巴尔虎的甘珠尔花草原。那里有座富丽堂皇的喇嘛庙，乾隆皇帝御封为“寿宁寺”。因藏有一部甘珠尔经，俗称甘珠尔庙。他们带来的百余辆高车，除了给额尔古纳地区留的二十余辆外，几天之内销售一空。于是他们就开始为大前年庙会上卖出的车更换车轴承，这使他们在牧民中声名鹊起，信誉倍增。紧接着，他们又赶往大掌柜期望已久的三河地区。

额尔古纳又名三河镇，这里既是蒙元故里，又是俄罗斯族人聚居最多的地方；既盛产黄金与小麦，还有著名的三河牛和三河马，是高车吴家大掌柜吴海山多年最想一去的地方。他是高车吴家第十四代传人，后因为推销高车专务公关，而学会讲排场、论气派，见什么人说什么话，后来爱马爱到痴迷程度，就把改造高车的苦活累活完全让给二弟宝山，只要听到哪里出了良马，他就奔过去不惜重金弄到手。所以他家东厢有个大马厩，里边饲养的骊驹成群。今年他是有备而来，专门留下二十辆好车以备换回良驹享用。但他却没有预料到，这里的主要交通工具不是高车而是俄罗斯四轮型双马车。但就是这样，他凭吴家高车的质量，加上多年对外交易的本领，还是做到了一辆高车换取一匹三河马。做完交易，他又去为老用户大前年买的车，替换铁轴承。

吴海山遂决定回去时轻装就道，把来时的十辆车，回去时改为三辆。上边须载住宿的帐篷和十几个人的口粮，但要有一个人专门赶车。这样，九个人中须有六个人骑马，因为要有两个人赶着有十几匹珍贵三河马的牛马混合群，而且每个人都需要携带双倍防身武器。

大掌柜把日期计算得好好的。但在车队即将起程时，儿子吴登太建议父亲再等两天，他悄声和父亲说：“爹！伙计里有两个人和屯里金矿人有联系，想弄点黄金，还没送到，再等两天起程好吗？”其实他自己也买了点儿，却没敢对父亲说而瞒下了。吴海山只好耐住性子又等了两天。

因此，起程时间就过于晚了，不管大掌柜怎么精明，有件事他却没有预料到：用车换的十几匹贵重的本地三河马和偷买的黄金，使他们车队的名声在岭东人中传得未免过于玄乎。一伙暗匪早就盯上他们了，三河良马及黄金被盯梢的在匪徒中一宣扬，就更增加了他们必定被劫夺的几率，以致他们的前途变成一场在劫难逃的灾难。

天公更是不作美，起程那天阴云密布，四野飞沙走雪，赶上了一场小风暴。

2

吴家车队回归巴达罕的车旅终于成行，小雪夹烟霭叫人睁不开眼。当地朋友们都劝他们天气晴朗些再走。大掌柜感叹地说：“下刀子也得走了！耽搁太久啦。”这天他们爷儿俩都是身穿狍皮大哈，脚蹬犴腿软靴，头戴狍头卷檐软盔。特别是大掌柜吴海山帽顶上还嵌有一对鲜红玛瑙血角，非常耀眼。那是宝山家的二姑娘劳丽佳和姐姐娜莱娅在沙滩玩时捡到的，极像狍子初生的茸角，他看了爱极，就命夫人安代儿嵌到帽子上。车队的其他队员也一律是巴达罕式冬装。吴海山用手一指，对送别的朋友们说：“他们还怕风抽雪打吗？他们家中亲人都在翘首以待了。”于是他信心满满地告别了朋友们。因为畜群早已上路，他们只是骑五六匹马拥着三辆高车，去追赶前队。

他们走过海拉尔时才赶上畜群。牛群还老实些，那十几匹所谓良驹，都是从原来各马群中选出来的。牝马还好些，那些小牡马横踢乱咬，使赶马人不胜其烦。他们只得增加赶畜群的人手来管理。

全车队，畜群走在最前头，中间是三辆马车，几个骑马人殿后。就这样，人畜车迤逦着走向兴安岭西岭口。西岭口一段路上，还算平安无事。但一爬上大岭，进入密林，麻烦就来了。坏人先是想从前边劫走牲畜。听到前边枪响，吴海山就派几个持火铳硬弩的伙计奔过去，进行还击。一阵枪响，压过对方，就消停下来，但一头栗牛中弹死了。正好可以用作车队伙食，晚晌儿支起帐篷过夜时，就能美餐一顿。于是大伙儿把死牛卸成几大块冻肉，带在车上。

第二天晚些时候，坏人想劫后车，后队呼救，海山父子又领人过来支援，相互一阵对射，就无声息了。晚间又支起帐篷宵宿，大掌柜的对儿子和伙计们说："我们真叫人给盯上了！而且是我们在明处，人家在暗处，使我们很被动。怎么也得先把这种叫人牵鼻子走的形势转变过来。"登太说："那就想办法找上他们打一仗，至少叫他们知道这些达斡尔人可不是好惹的。"伙计申德说："那就想办法摸清情况，主动找他们去打一仗，叫他们知道咱们怎么个不好惹法。"

派出的两个探子晚间回报：果然，在后面五六里远有一伙黑衣蒙面人跟着。这天早上他们原该上路，但收起帐篷却没动身，故意让坏人走到前边去，然后集中六匹马分散着把这一伙黑衣人包围起来。大掌柜骑着新换来的黄骠马，向空中发一枪，并喊着话："朋友听着！我们是规矩的打车人，也是规矩地和蒙古人做交易，才来到呼伦贝尔草原的。你们若因误会跟我们找麻烦，请你们让开。你们若故意找碴儿跟上我们，就在这里动手吧！拚个鱼死网破！"大掌柜懂些汉族黑道规矩，他故意摆出这个阵势知会对方。但对方却是一伙剪径、砸孤丁之徒，他们盯上人就像蚂蟥叮在鱼身上，一般是不肯离开的，大掌柜这些话算白说了。

吴海山端坐黄骠马上观察半天，没见对方回应，就下令开火。对面也响枪回应，于是双方互相对着射击起来。吴海山找来两个弩弓手，指着一棵老柞树说：向那里密集射击，好像那里有他们的头目。其他人见状也向那里打枪。只一会儿工夫，那里就骚乱起来，而且还似乎有哭声。两下遂激烈对射一阵，接着就沉寂下来。

吴海山脸上露出微笑说：“好像打中一个，真真切切地教训了他们一下！”

3

从此后，车过密林，再过一千七百米高的岭顶，到岭东博克图镇都是平静无事的。他们在这里稍加停留，补充了点菜蔬、火油又开始上路。车马进入博克图东北大沟，就将进入阿伦河流域，天气稍暖些，因为离家也近了一步，人们心情也都放松了许多，但归心更迫切了。

行路途中吴海山在马背上想起安代儿枕头上的种种柔情，也想起她写的传书说的先人故事，遂很激动。是晚宿营时他和儿子登太、伙计们喝了酒并碰杯，睡下后就梦见安代儿在伏案疾书，笑靥生辉。人说感情好的夫妻经常同梦，安代儿在家也梦见了大掌柜。她白日果然像他梦中那样急急忙忙在改稿。

车队出门路过海拉尔时曾寄信给家人，说是近期可回。安代儿就抓紧改写有关各章，说是大掌柜回来一定要听的。但这一章比别的更难改，因为都是口头四六句，没有个标准。兄弟子侄们各说各的。比如“高车经”三个字，是哥哥说的，弟弟则说成是“高车之经”。代儿考虑后，觉得多一字反而啰唆了，就把“之”字去掉，干脆定为“高车经”。其中《童子功歌》，哥哥说是：“杜鹃早红，上天之灵，地作芳华，天为动容。”而弟弟则说是：“杜鹃早红，天地钟灵。一夜芳华，人为动容。”代儿考虑，按文法需要，后者更合理些，就定为：“杜鹃早红，天钟之灵，地作芳华，人为动容。夺天地气，幼童六龄，锛凿斧精，佳木神凝。”

她又找娜茉娅为她做伴，再请老一辈的宝山、中辈明太和晚辈青年么斯库，还有几个伙计等，让大家来议，遂定下了《磨刃诀》：“工欲善其事，必先利其器。磨刃须耐心，三刃磨锋利。刃锋如有神，切木如削泥。”《操作诀》：“不旁听，须凝神，卯必正，榫必准。卯榫天地合，合成轻轻吻。聚精出卓越，天道褒奖勤。”安代儿虽然不喜欢诗体，却觉得这一章内容充实。

日红上路，林中雪路马蹄嗒嗒，车轮轧轧。就在这时车队停止前进，赶车的申德见到荒草路上横躺着一个人。他头戴大狗皮帽子，身穿老羊皮袄，脚蹬裹草的牛皮乌拉头，满脸满手都是污垢和血迹。喊他没有回应，摸摸尚存一丝气息。大家围过来猜测，这人是怎么了。有的说喝醉了酒，但却没闻到酒味。有的说是两人打架被打伤了，身上却不见伤痕。人们纳闷，但对这“路倒”不知怎么办好，都拿眼看大掌柜。吴海山慨然地一挥手说：“先抬上车！”申德摆手说：“不！东家，这有危险。”东家却没有多想，说：“救人一命要紧！”申德再不敢坚持，任凭人们把他抬上了车。有人还善意地给他盖了两条空麻袋。

又到晚间宿营，派人招呼“路倒”几声，还是没有回应，只得把他扔在帐篷的一个角落里。大家吃喝完毕，因一天路途，都很劳顿，也都感到困倦，很快就入睡了。夜里，连值班的也耐不住困倦，在帐篷口打盹儿睡着了。

那个“路倒”这时却活过来，他经几次试探，见帐篷里静悄悄的，满帐篷都是呼呲哈呲的睡觉声，遂悄无声息地爬起来，把一块油布在灯火上燃着，丢在他睡觉的地方。又找到车队在博克图新买的那小桶洋油泼在火上，帐篷里登时烈火腾烟地燃烧起来。因下夜人也都睡过去，他就悄悄地溜走了。

首先被烟火呛醒的是吴登太，他急忙爬起来去喊父亲，而吴海山因被烟呛已处于半昏迷状态，儿子只好哭叫着，背他跑出火场。外边车上也都在着火，只是在一棵树旁，找到一匹正在挣扎的咴咴乱叫的马，登太把海山扶上光背马，然后自己也爬了上去。他首先想到的是畜群，他要找到它们，于是就在离火场不远的树林子里去寻找。找来找去，找到天亮却什么也没找到，只好在荒草甸上、密树林里信马由缰乱走。到朝日冒红时，肚子里也有点饿，忽然见对面山坡下有缕炊烟冒出来，就问父亲想不想吃东西。海山还在半醒半睡中，听儿子问就点点头，父子二人骑着马就向那里奔去。

一座大木炭土窑，不远处有一矮桦棚，炊烟正是由那里冒出来。吴登太牵着马向棚子的主人道辛苦，里边走出个穿棉袍、面貌很凶的汉族老汉。登太说想要点饭吃，老汉用手一比画，让两父子进棚。里边有张睡铺，登太就让半昏迷的父亲躺在铺上，自己有一搭没一搭和老汉说话。早饭很快做好，玉米糁子粥、大饼子还有咸菜疙瘩。父子二人都有些饥肠辘辘，一会儿就都吞进肚子里，但马上又作呕起来。因为饭里下了耗子药。那个凶残老汉得意地说：天堂有路你不走，地狱无门自来寻。他拿起一把大镐向每个人头部只拍了一下，那父子俩就都倒在地上。凶老汉搜尽那父子俩身上所有钱财和贵重物品，然后把手指放在口中，一声呼哨，进来一帮子黑衣蒙面人，就七手八脚把父子二人拖进一个窑坑，用土填平。

可怜吴海山一代高车传人，为高车倾尽心血，只为追求宝马一点爱好，一时不慎，又为一丝不当善念遭此倾覆，并累及其家属受尽人间苦难，岂不悲哉！

第四章　连环火案

1

吴海山车队去甘珠尔庙销售高车，在路过海拉尔时给海牙屯家里去了一封信，说他们全体都从甘珠尔庙转移去了三河镇。但等到离过年只差一个多月时也还不见车队回来，家里急得不行，给海拉尔南屯亲友去信，回信证实说，他们已赶着畜群，离开了呼伦贝尔。

家里人计算着行程，若无特殊情况，他们半月前就该到家了，但却一直音信皆无。特别是维尔金，她是个急性子，早就张罗派人出去找，这时候大太太安代儿虽然心里急得不行，还是只顾写稿，什么也都不说。但是登太媳妇其波乐早就坐不住了，几次埋怨说宝山叔公不着急，这样逼得叔公宝山就让去过海拉尔的大块头侄孙子么斯库带两个伙计那申和塔斯三个人去找。还是维尔金说不行，十七八岁的小伙子既没见过世面，人好冒失，也没把握，就把他既老实又持重的堂叔明太也加进去，这样寻人的队伍算作老少四众了。在他们临行前，宝山一再强调小心、小心，再小心。虽然高车家族没有什么仇敌，但遇见劫财的、劫道的，都会心黑手辣而且歹毒地不留活口。

寻人队伍在明太叔侄带领下，直奔岭东重镇博克图，那里是去呼伦贝尔绕不开的路口。他们在那里很快打听到：不久前有一伙人赶着牛马的混合畜群进入东北去帽儿山大沟往东去了。

因为已经下了两三场雪，除了树林都是一片白茫茫的，很难发现什么。但他们在帽儿山西一个地方终于发现一片火场，因为有些树被烟熏火燎烧焦一大片，新烧的痕迹很重。扫开白雪却什么都未找到，显然是被人刻意清理过了。

他们穷追不舍，有人就在那附近草地上捡着一个镶马套包，又找到被烧断的车辋头。还是么斯库眼尖，在大雪里发现一块红玛瑙血角，它闪闪的红光在白雪中被他一眼看到，用手拿起来看看说："这是我爷爷狍头帽子上的宝石，是我奶奶特意给缝上去的，因为爷爷说它非常像狍角。"

明太过来拿到手仔细掂量掂量说："对，一点都不错。那还应该有另一块。"

于是人们就在雪地里继续寻找，但没再发现别的。天色很晚了，他们就去帽儿山下找店住宿，说明天再找另一块血角。帽儿山是一个很小的屯子，只有几户人家。因为去布特哈旗的扎兰屯和去阿荣旗的那吉屯都要经过这里才能分道扬镳，所以有两家旅店和饭馆。他们住下后，因为旅途劳累，吃点东西就躺下睡了。没想到夜里旅店忽然起火，还有枪声响起。他们都被惊醒，认定遭遇了匪徒，都争先恐后地从炕上跳起来，骑马就跑。

跑出一段路，么斯库问叔叔："我们为什么要跑？""不是来土匪了吗！"明太回说。么斯库又问："土匪什么样？谁看见了？"

四个人你看我我看你，谁也答不上来。么斯库打马要回转，明太勒住马缰说："我想，我们大概也叫人跟上了，若是那样，家里也有危险了，我们得先顾活人哪，现在就回家去吧！"

大家觉得有道理，打马急急往回赶。在第二天晚饭前，四众人马就遥遥望见了海牙屯。

在寻人的马队回到家之前，安代儿又开始草写四祖惠德、五祖惠明、六祖莫日得台的部分。但他们的事迹过于简单，家人和那些老伙计们，谁都讲不出所以然。她只好再找二弟宝山询问。别看他总是默声不语，这件事只有他能阐述明白。他说那是12世纪20年代的事，四祖去给蒙古族铁木真当兵。蒙古族少年铁木真正在崛起。他先后取得十三翼之战、九部联盟战役的胜利，人强马壮起来。沃沮人邻居赤老温几次找惠德给他搞后勤，后来成了成吉思汗的四獒之一。惠德就替他管工匠营。他只好把家掌职责让给弟弟惠明，被称为五祖。据说四、五祖的最高成就，是给大汗西征时设计并制作出九牛驾驶的达斡尔托棚车。大汗在行军中可以在棚车上召开四杰、四獒的会议。宝山说：六祖莫日得台后来也卷进来。因为大汗要攻克花剌子模的城堡，六祖用高车棚蒙双层牛皮做出了会滚动的盾牌，和去了车棚加上杠杆就是礌石和霹雳火的抛掷器，威力非常，当时就把这座坚固堡垒给平了。

听了这些，安代儿兴奋得不行，也没分辨是真实还是吹牛，就想动笔写。但真想动笔写起，又不知从哪里下笔。正在犹豫间，忽然一阵风进来，把灯吹灭。安代儿慌忙点上灯，又不小心把墨水弄洒了，墨水正泼在写着高车的稿纸上。代儿大骇，当时就有些精神错乱，她怕控制不住自己，忙喊人去把娜茉娅叫来。

她跪下说：娜茉娅！你是高洁的女神，《高车传》只能由你来写。我是个不祥之人，失去一个丈夫就不该再嫁。嫁了，大概又让我把他给克死了。他让我写《高车传》，我不得不写，写了还是失去了。说罢大声哭叫起来。安代儿这些话把娜茉娅弄糊涂了，她跪在安代儿身边，仔细听那些胡言乱语，又听不懂，只好大声叫：大娘，大娘！你怎么了？我不识字，我是写不了的！要写也得你一点一点教我。见她还是不停地乱说，娜茉娅遂站起身来，看到桌面上一塌糊涂，只好替安代儿去收拾。娜茉娅想，大娘肯定是因为墨水泼污《高车传》稿，一急犯了什么症候。民间女人中有一种叫疯魔症，平时和好人一样，大娘一急或许有点魔怔了？后来她喊来其波乐和明太的媳妇仓瑞，三个人把安代儿扶回她自己的卧室，又费很多力气才安抚她躺好。

傍天黑前，寻人队伍回来了。他们边吃饭，边向家人讲述他们寻人的经过和发现。他们手中的实物除了断车辋、破马套包子外，明太还拿出那块玛瑙石的血角。这一切都证明大掌柜爷儿俩和申德等七个伙计都不在人世了。全家人早就隐隐约约有这种预感，一旦证明这是真事，心里就像装了火药般要爆炸开。人们正在悲愤得不行时，小姑娘劳丽佳首先哇的一声哭出来。因为那块宝石是她从河套大沙滩捡到的，送给大伯看。大伯爱得不行，在做皮帽时嘱咐大娘特意钉上去的。她这一哭，登时引起满屋号啕一片，而且越哭越响。

哭叫号啕交织在一起正不可开交，突然咕咚一声有人倒下去。原来是大太太安代儿，她听说丈夫确实没了，一时悲伤到极点，在精神错乱下竟以剪刀自裁，鲜血流了满地。大家呼啦又围过来，又一次大声号叫。安代儿是大家闺秀出身，但不太明白家务，只是《高车传》写得好，而且把丈夫照顾得非常周到，不仅得到老伴特别高看，而且得到全家人的恭敬。

大家庭的内务，大掌柜全都求助于弟媳维尔金。现在哭得最响就是维尔金，她和大嫂多年相处，妯娌和睦，相得益彰。大嫂一生文质彬彬，除了看书写传略外，她只知周到伺候丈夫，别无他求。对家人也都温和有度，特别对弟媳维尔金。维尔金争强好胜，爱出头露面，安代儿却从不和她争。妯娌间几十年相处，连脸也没红过，这样好人的自戕了，做弟媳的能不感到难过痛心？

还是明太、娜茉娅兄妹俩比较冷静，出来一个个劝止。大家这才渐渐止住哭声，七手八脚给大娘安代儿整理遗容、穿衣服，然后抬到一辆高车上，准备明天通知亲友开祭。

2

家人们因为过度悲伤都疲乏得不行，后半夜渐渐都睡着了。也不知谁喊了声："着火了！"大家呼啦地惊起。还是么斯库究竟年轻体壮，最先惊醒的，一睁开眼睛果然院子里火光闪闪，他焦急地大喊起来，人们听到喊叫都蜂拥从屋内向外跑。原来是东厢马厩真的起火了。不知谁把厩门打开，那些好马、精品马驹、良牡马鱼贯从厩中跑出，而且大门敞开，任它们奔逃出去。

家中男女和伙计们都被这种情景弄傻了。没等马厩跑空，又有人喊：啊呀！上房也着火了！人们想回屋，却回不去。屋门和窗户也都被火封实，并在向外喷着火。这时女人又都唧唧哇哇哭号起来，因为所有衣物、被褥以及细软全都没能拿出来。维尔金一边背着小儿子恭太，一边大声地呼唤大女儿娜茉娅的名字。人群里头却没有大女儿的身影。维尔金急哭了，说：那孩子一定是不顾命地进屋去取东西，她会被烧死的呀！妹妹劳丽佳听说了，也大喊姐姐，哭了起来。就在这时，上房西屋西窗突然被推开，一个火球滚下窗台。人们跑过去帮助灭火，原来是娜茉娅，头发被烧焦一绺，衣服被烧破许多，她还是裹着一床浇水的棉被冲出来的。但是她只是抱了个桦皮扁匣子出来。维尔金大声责骂道："你就为这不要命了！逞什么能？"娜茉娅满脸泪水说："大娘托付的不能不做，她都没有了，我更得完成。"又向父亲宝山跪下去说："爹！女儿无能，在灾难面前只能帮着干点这个了！"宝山一眼看出那个扁匣子的重要，他猛地拉起娜茉娅说："我的好女儿！难为你冒着生命危险了。"

吴家人到这时，都不知这一切究竟怎么回事，简直欲哭无泪，欲叫无声，痴痴迷迷，如呆似傻，竟木鸡般全无作为地任凭火借风势、风助火威，把正屋和两厢吞噬干净，最后只保住先起火的三间马厩的残垣断壁。

人们正犯愁不知怎样才能把大太太安代儿的尸体送上坟地，这时救星出现了，西博荣屯的山林达麻子沃海山坐车，带着大儿子守连、二儿子守福和山林队员们骑着马来到了。沃海山下了车，直奔吴家大太太灵前，行三鞠躬礼后说："嫂子！我来晚了，现在给你送行。"他吩咐把大太太安代儿就埋葬在路南原作业场上，又搂住车匠吴宝山脖子喊弟弟。

他说："宝山弟！我和你哥同名，虽未结义，也只多个脑袋，差个姓。十里八村谁不知道博荣山下有两个海山！现在是你哥没了，我就是你亲哥。昨晚老远看见火光，怎么也想不出是吴家起火，吴家怎么能起火？若知道是你们家，我会跑来帮一把的。你看这里什么都烧光了，这些残垣断壁叫这几个如花似玉的女孩子怎么住？还有这么小的吃奶家伙（指恭太），高车传人多可怜哪！跟我去西屯吧，我会给你们找一个遮风挡雨的地方，来！上车吧！”

沃家小哥俩和山林队员们不容分说，就把吴家男女老少都架到车上，并一阵风似的刮到西屯东南角沃家多年没人用的老房子“朱格里”。从此吴家人就开始在这里过上长时间贫困不堪的苦日子。

恩惠和怨恨常常被人们搅和到一块儿了，恩恩怨怨被扭曲到一起，真是个是非难分的死结。直到吴家的大婿冯仲业出现，几经社会变迁，几经努力才得以逐步澄清真相，冤案得到昭雪，大白于天下。以后，又有说书人肖郎编成乌春长篇说部。

吴恭太应是吴家高车传人，但却参加了东北民主联军，是内蒙古骑兵第一师的军需官。多年后，吴恭太回乡扫墓有一首祭祖歌行。诗曰：

焚香叩拜祭祖先，高车吴氏宗祖贤。
当年逃亡外兴安，江源水网驱车难。
木械改进无先例，睿智探索步蹒跚。
毂动突破车轴动，精制家风代代传。
民族历程车推进，利他思维金光闪。
外侵无奈操干戈，持久血战义薄天。
奉旨内迁纳文水，荒唐军阀掌大权。
军阀执政轻百姓，打则粳米骂白面。
社会无序盗贼涌，不谋民生谋炮弹。
军队如匪匪作兵，明火执仗暗作案。
明枪易躲暗难防，远销高车遭凶险。
万贯家产一火焚，智慧家族沉深渊。
年复一年难昭雪，雪上加霜恨添怨。
若想真相白天下，凤凰浴火天地变。

第二部分　红袖撰逝馨

第五章　初遇

1

1930年4月左右，江南已是春归无觅处，北国刚刚雪化冰消，时值莺飞草长。

黑龙江省设置在西博荣屯特别税卡的缉税员、达斡尔族人肖郎，赶着一辆单马带棚的高车，急急忙忙从四十里外，跑到火车站——拉哈站，来迎接新上任的卡长。火车却晚了半个点。

他把车停到站外，自己找了个大石块坐下来，从腰中掏出个漂亮的铜烟盒，拿出一支用烟叶自卷的土雪茄，放在嘴里燃着。就在他喷出三四口白烟时，一个脸色惨白，穿着一身学生制服的青年人来找车，自称是江东讷谟尔河人，要去西博荣屯沃普乐家，想求车捎个脚。

因为普乐是他们屯有权势的屯达，肖郎就是一百个不乐意也不好推却，只好答应下来。在他正把捎脚人的行李捆到车后梢时，火车已呜呜长鸣地开了进来。肖郎跑步迎上前去。因为他不认得新任卡长，只得大声喊叫："冯卡长！冯卡长！"

在下车的旅客中，一个头戴褐色的长绒礼帽，身穿灰柞丝绸长衫，白白净净满脸笑容的人，一只手拎着个竹篾方箱，另一只手提一根多节竹杖向他走来。肖郎忙迎上前去问："你可是冯卡长？"

那人一笑回说："我正是冯仲业，你是西博荣税卡来的？车晚点，让你久等了！"

肖郎客气地回说："没多大一会儿！卡长请上车吧。"他接过卡长的手提箱，扔到车上。

冯仲业想登车，却看见了那个捎脚者，忙问："这位……"

那个人向他鞠一躬说："见过卡长大人！我是江东瓜尔佳氏旗人弗灵阿，借贵卡的车捎个脚，去到西博荣屯。"

新卡长一惊并伸出手来说："原来是满族大姓关先生，失敬，失敬！"

弗灵阿也感到吃惊，忙和他回握说："卡长竟然这样熟悉我们旗人。"

新卡长亲近地说："彼此，彼此！因为我也是半个旗人。"

弗灵阿哦了一声这才明白，遂恭敬回说："请卡长上车！"

但是新卡长见这个车高高摇摇的，没有敢坐，又不好意思说不坐，遂说："你们前边走。我这腿坐火车坐麻了，要跟在后边溜一会儿才行！"

于是肖郎和弗灵阿坐车在前边走，冯仲业一溜小跑跟在车后边。跑出一段路，肖郎有点不好意思地停下车，说："卡长上车吧！蔡股长和大家都在渡口等候你呢！还有个欢迎晚宴。我的车得加快速度。"

卡长出于无奈，只好抱着辕头一蹿，肖郎在下边抱腿一掀，他遂坐了上去。弗灵阿赶紧让座。肖郎打马迈开大步，车轮嘚嘚地快转着，路上扬起一缕黄色沙尘。

他们闷声不响地坐了一会儿，冯仲业忍不住偷看侧座人一眼，这一看，使他惊讶地发现这人相貌太出奇了。别人的脸上，鼻子和嘴的部位都是向前突出，而他这一张惨白大脸上却是从鼻子向后凹，凹到嘴巴处却突然向前翘起，这让他想起一件什物，但却不敢再想，怕笑出声来。侧座的车伴这时见他变容变色，遂问道："卡长想说什么？"

仲业只好岔开说："我想问你去博荣有何贵干。"

弗灵阿大模大样地回说："我是搞教育的，西博荣想设个学馆，表兄善德和普乐哥俩，不知该怎么筹措，想让我去给他们帮个忙。"

仲业遂肃然地说："更加失敬，失敬了！原来是夫子先生。师者，所以传道授业解惑也。"

弗灵阿马上接说："人非生而知之者，孰能无惑？惑而不从师，其为惑也……"

肖郎赶着车，马步颠颠，车轮嘚嘚。他只听坐车上的两人不住说"惑"，遂问："卡长！惑是什么东西？"

弗灵阿闻说大笑。冯仲业回说："岂是一两句话可解释明白者乎！"

肖郎有些生气，他的两个坐车人连一句话都不肯说明，于是想报复他俩一下，就狠劲打马，车轮快要飞起来。卡长有些紧张，大白脸旅伴忙伸手来扶持他，他安静下来并心存感激。

但他不知道这个旅伴还有件事没有实说。弗灵阿此次前来还有个避祸和相亲任务。因他是富家子弟，读了几天书，想出外闯荡。但没闯荡好，遇上宗社党，加进去就惹了一身臊。所以他这次出来多少有点避祸的意味。又由于各种原因，婚姻一直延误，他的表侄女沃淑芹在信里说，屯里高车吴家，有女美如天仙，人称西巴达罕第一美人。只要他来看好了，她一句话就能把美人娶过门来，变成她的表婶子。

又走了一会儿，北方天边云彩上出现一个弓影。奇怪的是弓背上，左边是白亮亮的，右边却是黑漆漆一片。卡长好奇地问："那是什么？"肖郎回说："那就是博荣山的山影。右边没树所以漆黑，左边有树而且正值四月梨花开放，好像附上了一层晴雪，所以白亮亮的。"

新来的卡长有点诗人气质，顺口吟道："四月和风拂春草，一山梨花迎远人。"肖郎听懂了这两句，赶忙举拇指捧臭脚说："真好听！我们卡长还会作诗，了不起。"弗灵阿也连连点头评赞："不错，不错，句子很美！让我都有些感动了。"冯仲业知道两个人都有点拍马屁的意思，摇摇头说："信口小吟而已！"

马跑车颠，山影越来越近。终于看见一条大河在那堆晴雪下面汹涌澎湃地流淌着。这时两个坐车人都嚷："好香！好香！"卡长问赶车人："这是什么，有这样的香气？"

肖郎用赶车柳条棍一指西山头说："就是从那里发出来的，最香时可以隔河香出十余里地。"卡长诗兴又发，随口说："遥望晴雪净天地，近闻龙涎噬人魂。"

吟完诗，卡长又无限感慨地叹息说："这就是传说中那个万排竞发的地方吗，使权倾一方的权人在这里设了特别税卡。我来这里应当扮演个怎样的角色？"他这话，连弗灵阿也听不懂了，正想询问，肖郎听了卡长的诗，也来了情绪说："我给两位唱支我们族人的赞达勒吧。"遂引颈扬鞭唱，"纳哟，纳哟！莫说家风严，高车技艺艰！如攀千尺兴安岭，山上还有山。卓越难持久，信誉易消散。家风凝结族心聚，东流入海成浩瀚。"冯仲业听不懂，弗灵阿给用汉语翻译过来。新卡长大吃一惊说："我那诗是应景信口说出的，这歌却有高深的哲理，乡下竟隐有高人，我倒想拜访结识一下。"肖郎打马回说："这是高车吴家家训里的几句，祖传下来的，被我记住唱出来，已经没地方去找了。"

弗灵阿正想加入评论，忽听肖郎喊叫一声说："卡长！你看蔡股长率众在河那边等候你呢！"冯仲业顺他指的方向，看见一只大船正在激流里乘风破浪，河那边无数人在向这岸招手呼叫，可能就是来迎接他的。他听了肖郎的歌后，心情有些变化，不知是应该欣喜还是惆怅，这一脚将迈入一个民族地区，会有怎样的是是非非等候他？他悄悄地叹息了一声，同车人却谁也没注意到。

2

有名的西博荣屯是个达斡尔族聚居的屯落。它坐落在诺敏河右岸一个台地上。全屯的三四十户人家大多姓沃，有一家新来户却姓吴，这就很引起人们对他家的注意。

引起注意倒不完全是姓氏问题，因为屯中还有几家他姓的外来户，而且民族开始杂居，屯内还住有几户汉族。引起轰动的主要原因是，他家原是东博荣山脚下叫海牙屯的一家富户，也可说是头等大户，却摊上两把火，全家被烧得精光，片瓦无存。因他们穷得实在无奈，本屯的富户沃海山用车将他们拉过来，在此寄居。

有人说吴家着的是天火，也有人有别的看法。因为在屯里人心目中，着天火就等于遭天谴。人们觉得说遭天谴，对吴家有些不公平。吴家发家，主要是靠制造高车，高车造得好，是诺敏河流域的名牌车；而且又是有名的行善人家。每逢天灾人祸时，他们对本屯和邻屯甚至几十里外的屯，都有过施舍和接济。

所以有人强调说：是人祸。说是人祸，还因为火是先从马厩着起来的，家居房屋是后起火的。蹊跷的是，屋里的细软都没能拿出来。但是有人说，人为纵火得有仇家，远远近近掐着指头细数，怎么数也找不到谁是仇人。于是多数人认为是劫匪，而且此前他们也曾被劫一次。那是他们的大掌柜吴海山率领高车队，去呼伦贝尔参加甘珠尔庙会交易，以高车交换牛马。车队除东家父子二人，还有六七个伙计都带着弩弓火铳，却都一去未归。家里派人去找，路上人都说看到他们赶着畜群回家去了。但按线索找，从博克图找到帽儿山之间断了线。生未见人，死未见尸，只找到几堆灰烬。

就在他们家人寻人不着，归来那天夜间，家里也起了火。东家和伙计就都那么大眼瞪小眼地看着大火把家业烧掉，牲畜跑丢得干干净净，县里的警察和侦探来了几次，都没能找到破案的蛛丝马迹：屋里的细软，厩里的好骑马、好奶牛、好役牛，群里的数以百计的散牛散马、数以千计的羊也都一夜之间，像一阵飓风飚过被卷得无影无踪了。

事后人们评说这场火灾，有人说是为了灭门，有的说只为抢劫，但令人不解的是，家被毁掉，人却大多活着出来了。这场火给高车吴家，给东、西博荣屯的人们留下太多话柄和谜团。但这在军阀统治时期，司法人员、警察大多无所作为的情况下，要想弄明白真相，真是比登天还难。

当家人都没了，房子也没了，剩下的人只好搬到西博荣屯寄人篱下，经常出头办事的女主人是维尔金老太太，她娘家在省城齐齐哈尔附近，楚尔哈屯人，苏姓人家姑娘。凡是达斡尔男子都以娶到他家姑娘为荣。第一是貌美；第二是女红精巧；第三是识大体，家务好。苏·维尔金嫁过来时候正值吴家鼎盛年月，丈夫车匠吴宝山是青年能干的研究师。现在老太太已经年过五十了，还头是头、脚是脚，利利爽爽，能说会道，办事干脆、爽快；虽因家境不顺，既费心又费力，居然活力不减。丈夫吴宝山却显得日渐苍老。

家里人都伤心得不行，她维尔金还是最先揩干眼泪从灾难中挺起来。在她眼中，一直骄傲的是家里的男人们车打得好，还称得起高车家族。因此，她劝老伴宝山别光发愁：

“现在大哥大侄都不在，你就是儿孙们的主心骨。整天坐困愁城有什么用？得想办法活下去！我觉得现在咱们的路，还没走到尽头。手艺在身，袖里吞金哪！再打车过日子呀！”宝山老头想想觉得这话对，就止住抽泣说：“老伴！我听你的！”

于是，维尔金就到处去张罗造车材料，能借的就借，能赊的就赊。虽然车匠们因情绪，车打得特缓慢，半年只出两辆车，但质量却蛮好，很抢手。别人的车卖一百多元，吴家的车两百元龙江票子还抢不到手。手里有了活钱，日子过得就轻松许多。她第一步棋走对了，又想第二步。打车没车材料不行，不能总是借和赊，又劝老伴带孩子们上山去砍车材。因为附近山上的树都被砍光了，车材只能到二百里外莫力达坝以北去找。于是她去请沃海山出资做大股，四六分成，宝山老头带领儿子明太、侄孙么斯库赶着车，拉着口粮载着家具，去海拉尔河口去采车材。

上山放排人走后，一晃就几个月过去了。说话间打春进入了四月中旬。但这两天天气多变，还是阴一阵晴一阵，乍暖还寒。这天，天气忽然晴爽起来，维尔金屈指一掐算，觉得车材排木差不多该下来了。于是她喊里屋的两姐妹：“你们俩不要总在屋内闷着，该到河边看你们的阿恰和阿卡的排木下来没有。”

维尔金老太有两个女儿，我们在小说第一部分已经见过的。一年多没见，她们还都青春旺盛：大女儿娜茉娅，还是中上等个儿，瓜子脸，越发白皙细嫩了。一条油黑长辫垂到背后，总是显得那么安详文静，忧心忡忡，有些悲天悯人了——既惦记家里劫案难破，又替父母忧虑生活困境。特别是大娘安代儿手捧《高车传》稿向她那一跪，她就把续写看成己任，但她又识字不多，提不起笔，心里很矛盾。二女儿劳丽佳现在比她姐姐个头儿还猛了，也很白净，梳两只小辫，悠打悠打的，可比姐姐活泼多了。家里发生的悲剧，好像并没让她受太大影响。

她们姐妹俩早就想走出这悲愤气氛很重的“朱格里”，去山头上看看正在开放的梨花，去河边看看流水散散心。再看看父兄的木排回来没有，但怕母亲骂。现在听母亲主动让去，自然高兴得不行。

但女孩子出门自然要收拾一番。洗洗脸，对镜整理下辫发，换件干净衣裳。姐姐忧郁地说：昨天种园子，下颏被树虫蜇了一下，到现在还淌着黄水，并有些痛痒。妹妹说：那还不好办的？说完找来一片旱烟叶，用水润开给姐姐贴了上去。于是姐妹俩收拾得干净利落，就悄悄地离开家门，向西山头走去。

娜莱娅姐俩走后，税卡的会计员、沃善德家二小姐沃淑芹来串门，说想给娜莱娅和江东的表叔提个亲，表叔弗灵阿是来办教育的，因为她在信上狠夸娜莱娅一阵，他说先看一眼姑娘再说。他若同意，我就会托人来做个大媒，给你们送酒来，咱们两家搭个亲家可好？维尔金觉得和本屯顶尖大户沃家搭亲家也是桩好事，看一眼就看一眼呗，一家女百家求嘛，何况咱们姑娘不怕看，于是就说：“和沃家攀亲敢情好了！只是她二姐你来得不巧啦，她们姐俩上西山去了！看她们的阿恰排木回来没有，这时候她们或许正在西山头坐着呢，你们就去那里看好啦！咱家姑娘不怕看。”于是，二姑娘回去找人陪表叔也上西山去相姑娘。

3

春天的西博荣太吸引人了：几十户金色的草舍泥屋和那些雪白窗棂，都童话般飘浮在五六丈高的黄土高崖之上，而它又被迷宫般褐色的柳笆托起来，在春天蹿跳的地气裹挟下，有点虚无缥缈地晃动着。但所有这一切都被屏立在后山披着绿色轻纱的树林所包围。现在适值树林中几千株梨树的花一齐开放，整个屯落都沉浸在一片白色而且铺天盖地的香气四溢的香雪包裹之中。

梨花每年都这样开放一次，娜茉娅姐俩对屯后大景界并不十分注意，只是好奇地看上两眼，嗅一嗅扑鼻香气，就向西山奔去。她们顺着一条荒草小路攀上西山头，迎面就是一大片梨花林。姐妹驻足花林前，妹妹迫不及待寻找可意的花枝插头；姐姐却扶住一枝南向花枝沉思起来，想起大娘安代儿教的《千家诗》中那首叫《左掖梨花》，遂轻声吟道："冷艳全欺雪，余香乍入衣。春风且莫定，吹向玉阶飞。"

她昨天夜里梦见个俊雅男人。她最近常常梦见男人，昨晚梦见是在梨花树前，巧遇个中年男士手拿一面小镜子在每棵梨树上照来照去，然后记到笔记本上。娜茉娅觉得蹊跷，她几次欲问又止，但还是奓胆上前问道：你这是在做什么？男子很和蔼地回答她："你别看我这镜子小，但用项可大了。不管什么样的恶人、坏人，也不管他有什么伪装，只要我一照都会原形毕露。我现在是照你们的梨树，察看它们都是些什么品种，都被什么虫咬坏了。"娜茉娅惊讶于那个小镜子的神奇功能，联想到大伯和家里发生的劫案，遂问男子，宝镜是否可以借她一用。男子问她何用，只要她说明缘由，还是可以的。但她却不知可不可以把劫案的情况原原本本告诉他。正在犹豫间，不妨这时妹妹劳丽佳横陈一条玉腿过来把她踢醒了。

劳丽佳这回不是伸腿，整个人都跑回来打断了她的思路，而且让她笑弯了腰。因她头上插满了长短不齐的梨花枝，梨花没增添女孩子的俏丽，反而将她变得像只花里抱小鸡。姐姐笑她，她不服气，非让姐姐夸几句不可，姐妹就这样纠缠作一团，姐姐只好把那首梨花诗大声念出来，又给她讲解，她才肯消停下来。

两个女孩子就这样打打闹闹离开了梨花林。这时她们脚下是一片参天古榆，那下边，有个大大的木头码头，是有名的西博荣摆渡口。往北就是税卡检尺排木的水面——老龙汀。据说有几十丈深，人称龙宫。再向西望，水光潋滟，是不断头的金黄色参差柳林和迷宫般的河汊子。据说这是放排人和缉税员们缴税逃税激烈争战的场地。

姐妹俩找块平滑石面坐下来，稍平喘息。这时姐姐从怀中掏出个绣花小口袋，拿出一支黄铜做胎钢片做键的锥形口胡，这就是木库连。劳丽佳知道姐姐每次面对山山水水都要抒发一阵音乐情感。她每逢这种情况就躲开，于是又向山上去，往树下寻找断红残紫的杜鹃花玩耍。她走不几步，娜茉娅的口胡果然发出啊微微、啊微微的乐声来。就在这时，在她们稍远的地方也传来一缕低沉的呜呜咽咽声，开始如泣如诉，接着又变得悠扬激昂直叩心弦。姐妹俩也一齐跟着哼起来。娜茉娅逞能地说："我好像能模拟出来！"

她试了试钢键，就跟着弹奏起来。她只跟了一会儿，那边反而没声音了，她不知怎么办好，手拿口胡愣在那里，不知待了多久，忽听有人问："姑娘！你就是用这件乐器跟奏的吗？"

姐妹都激灵之下转过脸，看见一张嫩黄间白但光洁似镜的成年人面孔，他头戴褐色长绒礼帽，身穿银灰色茧绸长衫，中上等个头，手拿一根竹节斑斑的手杖，在向她们问话。他后边站着的是税卡的青年缉税员——笑眯眯的肖郎，他是本屯的年轻人，她们都认得，只是没说过话。

问的是句汉语，妹妹半懂不懂，因为问话人陌生，没敢接茬儿；姐姐干脆装没听懂，不回答。见此状，问话的男士有些尴尬起来。这样，在场的三个人都愣在那里。小伙子肖郎人很机灵，汉语也挺熟练，他用达斡尔语解释说：

"这是我们新来的卡长，冯大人！"他这样介绍着自己的上司，又说，"他问刚才你就是用这件乐器跟他和奏的吗？"

有了翻译两下就可以沟通了。娜茉娅点点头。冯卡长向肖郎摆手不让他称"大人"，因为都民国了，然后从娜茉娅手中要过口胡，仔细观察一阵，又发问："你懂音符吗，就是1、2、3、4、5、6、7？"

娜茉娅听不懂，肖郎又来做翻译。她回说："我不知什么是音符，我是跟嬷嬷学的模拟法。"她又奓胆问："你刚才用什么乐器吹奏的？吹的曲子真好听！"

卡长不敢相信简单的口胡能模拟出那个水平来，但他还是举起竹节手杖，并把一端送到嘴边做吹奏状，来回答女孩子的疑问。姐妹俩也都不相信这条节节疤疤的竹手杖只有几个圆孔，却能奏出好听的音乐来。

卡长为证实这就是它吹奏曲子的乐器，又把竹箫送嘴边呜呜咽咽吹了一曲。这回是劳丽佳跑过来，边看竹箫，边问："吹的是什么赞达勒，这样好听？"

卡长笑笑回说："是我自己编的新歌。因为博荣山梨花太美了，远看晴雪接天，接近时又粉妆玉砌，过河没几里地远就嗅到了香味。我激动之余就用《苏武牧羊歌》旧瓶装了新酒。"

说完，他念道："圣洁四月博荣山，万树花齐放，梨云凝北天。琼蕊香，玉朵亮，似雪却无寒。芳泽盈诺敏，明媚照兴安。超凡尘不染，脱俗惹人怜。世器几度寻不见，却落茫茫林海间。

"夫人名水晶，梨酿称龙涎。唤客尝，味雅淡。豪饮传杯盏。男起拔剑舞，女伴气如兰。击皮鼓，奏丝弦，赋诗戴桂冠。贪杯醉卧梨花下，醒来还在梨树前。"

姐妹俩听完肖郎的翻译，还有些不懂，姐姐问："夫人，是什么人？"妹妹问："圣洁指什么？"

冯仲业回答后，肖郎正想再用达语翻译，忽听身后有人连连喝彩，又响亮地鼓起掌来。他们一齐回头看，原来是在拉哈站的同车旅伴弗灵阿在表侄沃平元陪同下，从树丛中走出来。

其实这叔侄俩早来到这里，他们藏匿在树林后面对两个姑娘品头论足。平元问表叔："姐妹俩你看好哪个？"弗灵阿回说："当然是姐姐了，她文静、漂亮，只是下颏好像长了个什么东西，别是鼠疮吧？那样整个姑娘都毁了！"他佯装不以为意，大大咧咧地挑剔着。表侄不知道，表叔有个习惯，越遇好看女人越要贬斥几句，抬显自己高雅。正在这时，不妨那曾经同过车的卡长和缉税员从山下走上来，和两个女孩子不仅搭上话，甚至演奏交流起来。叔侄俩只好现身走过来。

见到陌生人，姐妹俩不由一怔。肖郎见是弗灵阿，忙打个招呼。冯仲业因认得，也笑说："原来是弗灵阿先生，你看我在这儿献丑了。"

肖郎又回头想用达语翻译时，口无遮拦的劳丽佳已不听，只是咯咯地笑着附在姐姐耳边说："你看那人长得有多奇怪，简直像谁家鞋拔子掉在这里了。哈哈！"笑得花枝乱颤。因为她说的声音较大，让正盯住娜茉娅脸看不够的弗灵阿本人听见了，羞得他大白脸立马通红，拉着平元的手就气呼呼转身走了，走得挺远了，扔出一句报复的话："那姑娘八成真是得了鼠疮病！"

肖郎和冯仲业都有些过意不去。两个女孩子却不觉得有什么，劳丽佳还在问冯仲业，圣洁是什么意思，姐姐娜茉娅说："我问夫人是谁，是个女孩子吗？"

卡长和蔼地笑着先回答姐姐说："是！那是个漂亮女孩的名字，是我的一种感觉，虚拟的。"又回答妹妹说："那是一个形容词，形容非常高雅的事物，甚至高雅到神乎其神，后来就变成最高雅的代名词。"

"把山上梨花说得这么好，我们整天看惯了，一点都没这么想！"劳丽佳天真地睁大了眼睛说。

"我怎么能跟奏出这么好的曲子！这真的还是我的木库连吗？"娜茉娅闭着双眼在怀疑自己，长长睫毛下，美丽的眼角潸然流出两滴激动的泪，并念大娘教的梨花诗"冷艳全欺雪，余香乍入衣。春风且莫定，吹向玉阶飞"回敬卡长。

听了这诗，卡长怦然心动，他特别注意看看这两个女孩子：虽然是姐妹俩，但相貌、性格都是那样截然不同。妹妹是个黄白颈子长方脸，两眉平直，梳着两条小辫子，性格活泼，阳光得很。姐姐却雪白瓜子脸，尖下巴，两眉弯细入鬓。一条长辫垂到胸前，乌黑油亮。性格沉稳，给人一种既慧于中又秀于外的感觉。对了！最吸引人的是她的笑，微笑像水上轻波，浅笑像风起涟漪，但是她这些都难得一见，而且刚露出一点点，马上有一缕阴影，彩云遮月般遮蔽了。可能是家庭不幸给她心里留下较深的伤痕。但她不造作，而是顾盼生姿，那是一种无形中吸引人爱怜的原因。她好像对音乐有某种天赋，有无师自通的本领。但她竟懂《千家诗》，这引起他好奇，遂问："你上过私塾？""没有，我跟能写家传的大娘学的。"娜茉娅回说。

这时他也注意到她的下颏贴着黄叶，好像长了个什么。他因为能和这样的女孩子巧遇激动不已，想借口胡为题，再深入和姐妹俩沟通一会儿。但税卡过来几个缉税员，向上司请示工作，他只好对娜莱娅说：

“音乐，我知道的不多，也只能算是喜好。但你要学，我可以找时间教一教，先学学音符，对口胡弹奏，也能进一大步。”

卡长说完在众人簇拥下走了，但他走几步又站下，问肖郎：“那个姐姐颏下贴了片烟叶，是怎么的了？”

肖郎回说：“好像长了点什么，可能没什么，达族女人都习惯这种消毒法，因烟叶方便，顺手摘下就贴上了。”

卡官热忱地说：“你记着要去问问，若是黄水疮，我会配一种药，叫一扫光，一贴就好。”。

这边，姐妹俩愣了一阵子，妹妹说：“那么大的官，一点都不摆架子！只是那个鞋拔子可恶，却像被我一句玩笑话气跑了！”

姐姐责备说：“你不该那么尖刻地说人家！”

妹妹说：“你愿意让他像苍蝇似的盯你脸看哪！他还咒你长鼠疮。”

“这一切像一场梦！”姐姐不再理妹妹，自说自话，她不敢相信这场奇遇，“他若真能教我就好了，不可能的，人家那么大的官，就是说说罢了。”

她们回到家，嬷嬷维尔金刚钓鱼回来，她只钓着两条小鲫鱼，但采了许多山莽格儿菜，正切碎放进瓦盆中揉搓着，想给孩子们吃顿莽格儿粥。不过她对女孩子不住嘴说西山事不耐烦，大声嚷：

“行了，两个贫嘴丫头！你阿恰的排木怎么样了？去一天一句正事不说，还能给你们饭吃吗？”忽又想起什么，问，“在西山有人去看你们吗？”

“有个卡长看我的木库连了！”姐姐说。

“还有个鞋拔子，被我气跑了。”妹妹回答。

母亲也没再深问为什么。

卡长冯仲业把他白天记忆最深的一件事写了一首艳诗《美人的笑容》，秘而不宣地记到日记上：“一树琼花照清波，风临纷纷舞婀娜。飘飞玉朵锦鳞逐，最是嫩唇啜梨涡。”

第六章　车材税的纠纷

1

卡长冯仲业对高车吴家的大女儿发生兴趣，并说到做到，在排木不多、税务不忙的情况下，趁着两个女孩子又上西山等她们父兄的排木的空当，他又听了姐姐娜茉娅的两次演奏，并教会她记住了七个音符。

开始，他觉得俗称“口胡”的那种木库连太原始了。因为拿它和键盘乐器来比较，连个部件都够不上，多个音域没地方去找。弹奏它，必须用口腔做共鸣，舌尖打节奏，靠感觉控制指尖和双唇，才能勉强奏出个曲调来。因此他向她详尽分析了这件乐器的性能与缺陷，而且劝她换件乐器，让她把七个音符用于演奏实践上。

但空闲下来一想，又觉得自己有点太武断：因为并未研究过人家的模拟演奏法，就下结论说人家女孩子的乐器简陋，弹奏方法原始。所以在山崖上再见面时，他要求她把平时学来的用模拟方法制的曲子都弹给他听。娜茉娅欣然从命，搜尽记忆把从嬷嬷那儿学来的模拟弹奏本领，记得山音水响或鸟鸣兽叫等所谓曲子尽力都弹奏出来。可能与想象有关，这一回她把他引向了大自然，似乎忽而走进春天的柳色黄金，夜莺啼啭；又忽而闯入原始森林，山风过处松涛滚滚，澎湃起伏；再忽而高山流水，瀑布叮咚；又忽而空山鸟语，布谷声声。他被这些声响迷住了，应称之为什么？想了许久，有一个词浮现出来，那就是“天籁”。他要求她一遍又一遍奏给他听。因为他觉得似曾熟悉，但许久没听到如此纯正、朴素的声音了，从而觉得大自然博大而精深，他这个音乐爱好者应当进一步追求与探索，而不是以自己的浅薄音乐知识去影响别人……

当冯仲业回过神来时，娜茉娅已停止了木库连的演奏，正神色怪怪地一声不响地望着他。他不好意思地说：“这太深奥了，这是不该丢弃的，而应该考虑如何在此基础上发展光大的问题。”

听他这样讲后，娜茉娅有些不知所措，因他前天说她口胡原始、简陋，今天又说博大精深，得探索、发展。她不知该怎么办，但她记住了他前天答应她的事，说：“巴克西（助手）！你曾说过教我音符来着。”

冯仲业面带愧疚说：“那是，那是，音符什么情况下都该掌握的。”于是就 1、2、3、4、5、6、7 地教她音符。只教几遍，她就很快都记住了。在与她几次接触、并听她演奏过程中，他都深感她有一种气质很阳光，但又像有一片云掩盖在花海上边，使人不能那么纵情愉悦。他从自己的经验看，或许家中发生过什么大事。

这时妹妹劳丽佳正和落在陡壁上蜂窝般的燕巢上叽叽嚓嚓的燕子们对话。它们忽而钻上云端争飞，忽而贴地追逐，忽而又在水面上凌波抄渡。他见娜茉娅痴痴迷迷地艳羡那些鸟自由自在地飞翔，遂告诉她有一支流行歌曲叫《双飞燕》，不是模拟，而是用音乐语言形容，并用箫为她吹奏一曲：

“燕双飞，画栏人静晚风微。记得去年门巷，风景依稀，绿芜庭院，细雨湿苍苔。雕梁尘冷春如梦，且衔得芹泥，重筑新巢傍翠帏。栖香稳，软语呢喃话夕晖。插翅双剪，掠水穿帘去复回……”

如泣如诉的箫声，使娜茉娅听后落下泪来，低声说太好听，要求教她，他就一节一节奏给她听。

令他惊讶的是，这女孩子太聪明了。她不识几个字，居然能用简陋的口胡弹奏出《双飞燕》的轮廓来。她弹奏时，虽然因乐器缺陷而丢音少韵，但她用嘴哼出来的歌却一个字、一个音符也不差。

因此他悄悄喜欢上她了，他觉得和她可以通过乐器沟通，甚至将来可以和她一块儿去探索大自然的奥秘。在他心里贮存很久的一个词，这时也渐渐浮上心头，那就是“解语花”。他记得这个词，他记在心中不知有多久了，虽然邂逅有容貌的女子无数，但都和这个词相去甚远。唯有眼前这个异族姑娘的心灵，似乎可以和他相通。人生难得一知己，特别是个红颜知己。他每次翻来覆去细想时都是：怎么样才能使她变为自己的知心人？他决心要好好地把握这个机遇。她最好能深造一下。如果送她去学堂念几天书，精神状态肯定会是另一个样子。

她也觉得他可以亲近，亲近在什么地方？是他的文化气质，有点像大娘代儿，或者比代儿高得多，娜茉娅有点说不准。但代儿没了，祖上的传记也停下来，她叹息着。

他回去，悄悄在自己日记里记下一首七律诗《听美人弹木库连》：

“玉指拨弦天籁曲，朱唇吞吐似有神。初弹崖上杏如雪，继奏鹃花泛紫云。坡陡风来松涛劲，谷深幽静鸟啼吟。莫谓美韵凭良械，淑女心灵涌佳音。”

她归家后手拿木库连忽发奇想：若是能跟他学些文化，祖上传记由我来写，就像代儿大娘说的那样，“清纯的神女”，能够轻快地执笔写传记有多好！

但他们没想到的是，她的那执拗侄儿和他手下的那些课税人，却因车材缉税互相仇视，有一阵子几乎见一面都尴尬得不行。

2

仲业卡长正坐在办公室给省局写月报（其实，这是在给当局长的舅舅写一封私人信件）。他到任已经近月，对舅舅的重托应该有所回应，但拿起笔却又觉得无事可报。因为一个月来工作并未展开，只算熟悉一下环境。觉得工作环境还不错，卡里人都很好相处。周围人对他印象也不错，都觉得他没官架子，办事爽快。

其实这位卡长冯仲业办事痛快，有其原因：首先，他不是从税务界里混出来的税虫子，他是非常偶然来应差的。冯家是克山县大开垦户。大户人家年轻人有分工，他的分工很幸运——读书。读书是为了让大户人家将来有个当官的，借以荣耀门庭。他跟现任省税局的局长弘万鼎既是甥舅，又是师生。弘老爷清朝时是个大大有名的清官。他在昌图县当知县时，人称弘青天。他竟在一任知县期间，砍了二百口贪官和土匪，声震东北。民国了，知县官没了，但大军阀们也想邀个好名声，杀了很多清廷地方官吏，却请他来主管县财政。而且名气越传越响，后来又有人把他介绍给舌头帅吴俊生当黑龙江省税局的局长。

弘万鼎从当举人时起，就为人很拗，主张变法革新，崇拜宋朝宰相王安石，开始进京会考没考中，曾仿王安石办了个半山学馆教书。

冯仲业是弘万鼎亲外甥，舅舅是这样的名师，还能不去投奔？可是冯仲业官运不通，念完四书五经就改朝换代——民国了，一点做官的机会都没有，只好去学商。在省城大商号公和昌当学徒，三年眼看快熬到二掌柜，却因为老板直接插手学徒安排而发生冲突，最后他自己也卷起铺盖走人。

没想到回家更不顺心，正赶上夫人陈氏难产。一个小女孩没生下来，连大人都搭进去了，这使仲业悲痛不已，心力交瘁。在家里悲愤的环境中待不下去了，又回省城找舅舅，想混个税差以求彻底离开家。弘万鼎对这个风流倜傥、才华横溢的外甥很喜欢，但当面对他却总是横挑鼻子竖挑眼，挑个没完，见他来投奔，就讥讽他说："放着大掌柜不当，愿意上我这儿做小伙计，真有出息。就凭你这溜光水滑的穿戴，还能当小伙计，办那种起早贪晚费力不讨好的满耳骂声的税差？"

听舅舅这样说，再看看自己浑身这穿戴，也笑了。舅舅这个大局长，身上却是布衣缁裤，自己浑身上下穿得像缎棍般光滑，怎能不挨收拾？回去换身青衣小帽，弘局长果然没再挑什么，只是神秘地把他叫到屋里说："我倒有个差事想给你，就怕你不敢接。"又一脸严肃地说，"弄不好还有掉脑袋的危险。危险啊！怕不怕？你知道是谁在那个民族地区捅娄子吗？是舌头帅本人，你若得罪了他，那可不得了，我兴许保不住你呀！”

弘万鼎说的是黑龙江省督军兼省长吴大舌头吴俊生，对这位军阀冯仲业早有耳闻。因为他胸无点墨，手握重兵就敢刚愎自用而为所欲为，他从政治到私生活有很多不堪的笑话，能把人笑得肚子疼的段子流传在民间。譬如在要派他去的西博荣屯设特别税卡，就是个叫人哭不得又笑不得的段子。舅舅对这种军阀政治也是有所不齿的，无奈他也需要个饭碗养家，只能是虚与委蛇。因为舅舅兼师长知道他这个外甥加学生是个胆大心细的人，所以才敢把这个危险差事交给他去办，能够放心些。冯仲业想了想说：“我想试试，我会小心从事的，请舅舅放心。”

听他这样说，弘局长用眼睛在他脸上左扫右扫一阵，点点头，只说句重话：“身家性命啊！要小心从事。”

冯仲业正在思绪万千地想心思，被他新提为副手的蔡其乔走进来，悄声说：“高车吴家的排木被缉到了。看来得罚，怎么个罚法，得请您亲自定夺吧！”

仲业立刻神色不悦地说：“按章法罚就是，怎么会因为我认识了他家女孩子，就来难为我？”

“不是的，卡长！”蔡其乔郑重其事地回说，“在这里好多章法都用不上，您去看看就知道了，那叫什么排木呀？”

蔡其乔是个不到四十岁的老税务员，办事稳重，仲业一来就很倚重他。听他这样讲，也觉得奇怪，就暂时放下手头事务，戴上礼帽，拿起竹节手杖相跟着走出来。

在西山脚下，税卡检尺场水面上，果然停有两张寒酸得再不能寒酸的木排，因为都是些长短不齐的黑桦木拼成的，而且上面载有许多弓形辋材和短粗胖的毂材，看惯了长大的顺顺溜溜的松木扎成的排木，只能称其为小筏头子。在河岸边，五六个缉税员围着高车吴家老少三代人。吴宝山六十多岁，看来很保守，清政府倒台多年他还留着一条花白的小辫子。常年风吹日晒，脸上一道道漆黑的褶皱，看来身子骨也不利索，披张狍皮佝偻着腰身，不时地咳嗽着。他大儿子吴明太三十多岁，中等个儿，眉眼很清秀，有点像他妹妹娜茉娅，但也是满脸沧桑，看上去比实际岁数老了许多；他侄孙么斯库却是大个子，虎背熊腰，四方大脸，长鼻准，细眼浓眉，说话时眼眯成一条缝，他是这个排木上抱棹的主力。

老车匠和儿子吴明太老实巴交只一个态度：逃税不对，被抓了怎么处罚都愿意接受。但他们的侄孙子却不懂事，一再火上浇油，显摆自己有力量，他一再对缉税员说："都是同村人，应留点情面，不看这个，我绝不让你们抓住，摘下棹把你们都打进水里去。"

吴家排木主力么斯库，在山上就骂税卡是头吃人不吐骨头的大恶狼，"山上累瘦到骨头，喂肥卡狼大张口。"但祖叔宝山老和叔叔明太一直没搭茬儿，任他骂骂咧咧。

排木在进西博荣河口前，排靠岸打最后野宿时，祖孙三代人认真讨论了一番。宝山老主张不逃税，税钱加到车上，只要买主买到好车，多花几个也值得，叫税局抓了反而麻烦。明太支持父亲的主张，因为吃亏占便宜都还有沃家一多半股，吴家只是尽到责任而已，犯不上逃税。这是个简单的道理，人数上已是二比一了。但侄孙么斯库特别倔，他坚持能逃就逃，便宜不能让税卡占去。让他们占便宜习惯了，来年更不好办。因为他身强力壮爱逞能，再就是习惯了在家的长房权势。过去大家庭时，居家过日子，都是长房人说了算，虽然宝山和明太是祖是叔，但都是小股人，习惯上是不担事体的。

那天他们在打小宿时，捡到一只别人用马尾绳子在树林里套死的公狍子。因天气转暖，有点腐味。明太主张扔掉不吃，么斯库却馋嘴，馋得什么似的，主张非吃不解。祖孙三个吃了点，剩余的么斯库就装进桦皮篓。他还特意装进些冰块冻起来，说是留回家给小姑劳丽佳等人吃，因为在家人中只有小姑偏疼他。所以那祖叔俩没再阻拦。可这腐肉真的就闯了个大祸，但这是后话。

排木在博荣西北进入一条小河汊，两个老的没再说话，因为车匠父子俩一生精力都在打造高车上。怎样准确地凿好卯，怎样无误地校正榫子才是他们关注的焦点。这是吴家男孩子从六岁开始必须学会的，至于怎样生活，怎样为人处世，对不起，父子俩都不如留在家里那母女三个有主见。这就是可怜的高车匠人的家风和习惯。因此他们家人虽常常身处险境却毫无察觉，缺少自卫能力。

原来，么斯库想找个合适的岛子把车材埋藏在泥沙里一半，这是所有逃税人的最佳选择。但他们刚进入博荣水域，就听见缉税员的呼喊声。排木本该离开主流，转入小流向西山头老龙汀检尺场方向划过去。但么斯库把大棹一横又回归大流，借大流水势又迅速漂入下游另一个汊口。但他们并没甩掉缉税员们，小船远远又跟上来，打手势示意排木听从调动。排木上的宝山老很紧张，边咳嗽边说："么斯库，么斯库！逃税没你想的那么容易，别再逃了，就听缉税员的吧！"

两截小排借助水势在么斯库长棹的控制下，在小岛林丛间迅速穿行。他哪里肯听叔祖的话，回说："别慌！只一小会儿，我就能像割掉狗尾巴那样，甩掉他们。"但又漂了很长时间后，已换进两三个汊口，越过几座河间岛，缉税员还在后边跟着喊叫，还向空中打了示警枪。但因水力吸引，响声不大。听到枪声，宝山老更紧张得不行，磕掉手中烟灰，近乎哀求地说："么斯库别逞能了，停排吧！他们手中有枪，挨上子弹可不得了。"这时夕阳已经西下，么斯库手指身后河面那道闪闪的金色阳光说："别慌！天一黑，他们就跟不上了。"

么斯库话可能说中了，后边果然消停下来。于是他们想找个合适的岛子，把部分车材先埋藏在沙子里，检尺过后再来取。但几次靠岸都未找到可藏匿的地方。这时，宝山老因夜深寒冷咳嗽得很厉害。他们只好让老人在一个荒岛上留下来，并为他割些柳条干草临时搭个窝棚避风。

然后叔侄二人又登排，左找右找总算找到一个可心岛子，从排上往下卸车材，并投进一个大沙坑，准备埋藏。但他们忘看时间，直干到太阳冒红，两只缉税小船载着宝山老靠岸了，缉税员鸣枪警告："再反抗就不客气了！"原来他们一直悄悄跟在后边。

逞强的么斯库直到把车材重新搬回排木上，还吹嘘："若不是老人先被抓了，我会用大棹把你们都打进河里去。”

缉税员最恨的就是他和他这句话。因为他让他们太显得熊包屄蛋。其实昨天下午，他们就发现了这两个小筏头子，喊他们也不老老实实过来，就是他这大块头儿以棹代舵麻利地带他们钻遍了大小河汊子，捉了两天迷藏。朝天开枪都不听，费了九牛二虎之力，才把这两张简陋的筏头子弄进检尺场。缉税员都恨得咬牙切齿说，非狠罚他们不可。

冯仲业虽然就任时间不长，也懂些民间用材和商业用材，两者税率不同，但在今天这种场合，却很难做出合理决断，更不用说适当给吴家些许关照，遂吩咐蔡其乔说：“就按税率和惩处章法算吧！”

“是，卡长！”蔡副长两脚一并，立正回道。

卡长丢下这句话，甩手走了。可是这一算不得了，罚单下去是三头牛、一匹马。这是因税卡知道吴家家底，照罚不误的。

3

但天没到晚上，屯达沃普乐就让蔡其乔陪着坐到了冯仲业办公桌前。

卡长一边喊人给屯达沃普乐倒水，一边心知肚明笑问：“屯达，这样风风火火光临敝卡，肯定有什么要事要办？”

“省官你好！”屯达先捧一句，接着说，“你新来乍到可能不知道，你手下这帮人太黑了！百姓错了，惩罚应该，可是也得考虑让他们吃碗饭不是？”屯达沃普乐然后就为民请命，斥责起缉税员来。

蔡其乔赶忙接过说：“屯达，说重了。他们东西是不多，也可以从轻发落，但你没看他们态度有多坏、多恶劣。和税差们在河汊子里转悠了两天。我们卡里原本人手就不够，哪有那么多人力陪他们玩？”

后边的话把屯达逗乐了，他可能经常遇见缉税员和逃税人的水上交锋，遂态度缓和些说：“当税官的总觉百姓交得少！”他喝口水，接着说，“这山林是清朝恩赐给达斡尔人的，我们从来不知什么叫纳税。民国教我们纳税，吴督军来了，在这儿又设特别税卡，让我们快交不起了，不，都快活不成了！”

这时冯仲业才接话茬儿说：“屯达！你说错了。纳税是社会进步的表现，清朝不纳税，你们得服役。缴纳贡品是不给任何报酬的，打仗也得死人，死亡了，顶多给点荒地算抚恤。”

这话因点到要害，让普乐态度缓和了许多，但他说：“就算不提这些，这家人你们怎么也应照顾一二。他家原是东屯的大户，先是去甘珠尔庙，车队被劫，后是一把火烧得片瓦无存，这才被山林达沃海山收留到这西屯生活。他们是借资上山，总得给老百姓留些活命的余地吧！”于是他把吴家遭遇火灾的情况向卡长讲述了一遍。

卡长听了也很感动，对普乐印象也好起来，觉得他是个很急公好义为屯民着想的好屯达。其实普乐出面为高车家说项，除了维尔金老太太向他请求外，还因为有些私情。侄女沃淑芹说：“我们新卡长为人很随和，看样子好办事。别让税卡太伤了吴家，我正给表叔弗灵阿和他家娜茉娅姑娘撮合着哪，他们若知道罚金是你出头才给减轻的，这亲戚就更容易做了。”

此时弗灵阿正替他俩表哥在各屯跑大户劝学，听说此事，也跑回来对普乐说：“有这机会，二哥一定要成全我。”因此普乐才肯卖力地几番找税卡交涉。

卡长沉思许久，才决断说：“既然屯达大驾亲临，总得给个面子，让我们再算算，既让他们拿得起，又对人们有些教育性的惩处。”

税卡的一般习惯是，地方头人出面说事，总得给些面子，何况蔡副长还深知他的顶头上司卡长对高车吴家那个女孩子有好感。这一重算，就从四头牲口减了对半。普乐满意了，又聊两句闲话就走了。

第二天蔡其乔又把屯达沃普乐领进来说事，原来维尔金老太觉得税卡方面真的手下留情了，也太给面子了，因此要请两位卡官到家做客以表示谢意。

4

仲业吃惊地眼望蔡其乔，听他说：“达斡尔族人很讲礼尚往来，到税户家看看也好，我已经答应下来。”

其实在维尔金太太后边，还有个山林达沃海山给出主意。当这个足智多谋的麻面老汉躺在烟灯旁边过足鸦片瘾，听说新来的卡长在罚款上给了吴家好大便宜，他立刻嗅到这个官员行事不一般，手松好办事，可能不太懂官场。为了后边还有便宜可捡，就给维尔金吹风，让她请客，花销多少由他出一半。

达斡尔族一般习惯是不吃晌饭。傍午时候，冯卡长就同助手蔡其乔穿过被层层柳笆遮挡的街道，向屯子东南角走去。当年江水在这里向东北山坳打个大漩涡把博荣山一角削掉，只留个小山峡才汹涌地向东边奔去。吴家住的“朱格里”就在这个峡尖上，是当年大水冲去沃家主房，剩余的残屋断壁而已。

柳笆院很深，不过听见狗叫，普乐和女主人维尔金都迎出来。因没有正房，只有东厢屋、高脚仓房、磨房，正房位置反而变成堆物场和作业场。从排木上卸下的毂材、辋材、辕材堆积如山，有些半成品车件及工具散放在四处。娜茉娅的哥哥明太好像有意在那里操作一件毂材，给来客们看。那是一尺多长、半尺多粗的桦树根，被修成椭圆形，卡到一个木架子上，他正在抡着斧头在上边开辐孔。让冯仲业感到奇怪的是，明太居然没像其他木匠那样在那上边画上横竖墨线，也不看任何参照物，而是熟练地舞动斧头凿着，让木屑从凿孔四下飞迸出来。

普乐见他们诧异的样子，忙在一旁解释说：“这叫目划，就是一边操作一边用眼睛测量。他家男孩子六七岁就得学会这种木工活。车上所有榫卯，都要求一丝不苟。所以他家车质量最好，在诺敏河流域、呼伦贝尔草原名气都很大。”

宝山老头伛偻着腰身在门口迎客，用达语向他们问好，又用手比画着请客人落座入席。

席设在东厢连刀蔓炕上。一张梨木八仙桌上，摆着果品和鲜牛奶，普乐介绍说达族规矩，贵客要吃三道饭。现在这是头道饭——喝茶。这些果品都是维尔金老太和姑娘们采山果做成的。

他们坐下来，边喝茶边品着酸甜可口的自制果品。宝山老头和维尔金老太太一再重复着感谢话，她怕客人听不懂，让屯达翻译。这时，从外边又进来一个人。

这人三十左右岁，一身真正达斡尔式打扮。只见他头戴狍头帽，身穿红杠子狍皮衣，脚穿软牛皮底乌拉，却像军人那样给在座的人一个举手礼，并自我介绍："我叫沃守连，本屯山林队代队长！"他汉语不错，接着向两个税务官道歉说："来晚啦！刚从山上回来。冯大人走马上任，本该早点欢迎的。"

蔡其乔在冯仲业耳边悄声说：本屯林达叫沃海山，因上岁数了，还好抽一口，很少露面走出来。这是他家儿子，实际上是代山林达。手下有十几个背枪的，也就叫队长了。卡官翻了来人一眼，见他眼上有道红色疤痕，遂笑着悄声回蔡其乔的话说："他和这家这么熟？我看今天这个客是谁请很难说。看样子还有戏，可能还是重头的。哎！这小伙儿长得还算有点模样，怎么眼皮翻过一点红来？"

"过去这地方天花病很重。"蔡其乔悄声回说，"在许多人身上都留下了疤痕，他老子就一脸大麻子。"

第二道上桌四个菜：两个凉的，酸白菜、拌山莽格儿；两个热菜，柳蒿炖鲇鱼，清蒸重唇鱼。酒是公和涌烧锅出的老白干。

普乐因为民争利成功而窃喜着，他拿过酒壶先给两位卡官客气地斟上，然后把自己的盅子里斟满，说："达斡尔人习惯是，真朋友不留量，交情是喝出来的，今天我们几位在这儿相聚，一定要大喝一场，一醉方休……"

冯仲业见此架势，拿眼瞪副手。蔡其乔忙举酒盅说："屯达说得对，我们早晚得要大喝一场，但不是今天。卡长刚接差事，忙得很，因为尊重当地习惯勉为其难地来了，但还必须回去办公哪！”

维尔金一再说现在家里寒酸了，日子不像从前，鱼是她钓的，菜是两个女孩子上山采的，请客人多包涵。宝山老头阻止说：“维尔金！老说废话干啥，让客人多吃点好不好？”

酒过三巡，卡长想揭穿屯达的小小鬼把戏，遂说：“屯达！吃饭内容好像不完全是大喝一场或听老人家诉苦，有事就说好了。”

普乐用脚踢沃守连说：“小子！该你开口了。”守连又回踢普乐说：“叔！你知我嘴笨，还是你说好。”两个人推让一阵，还是屯达发话：“两位税官！达斡尔人迁纳文江流域二百多年，诺敏河两岸树都砍得差不多了。别的屯要夹院子和园田障子，可没西博荣这么好的柞桩子，也没这么好的柳条子。”他拿眼睛看蔡其乔，后者是巴达罕人，他点点头。屯达又说：“西博荣因为有老山林达善平立的规则，又有几杆火铳、别来弹、汉阳造枪，可以保留下二十里左右山上的树林和河两岸条林子，让族人日子好过一点。但也被邻屯人恨坏了，税局也不原谅我们。”

冯仲业说：“我听明白了，你告诉我这些，想干什么？”

蔡其乔说：“他们想免点税！”

仲业沉思一会儿说：“这，我们没那么大权力，你们打个报告来，我帮助请示一下还行。”

听卡长这样干脆回答，普乐和守连你看我，我看你，相互点头后答应尽快写报告。

冯卡长猜中了，自从吴家大火后从东屯搬过来，经常到家厮混的就是沃家哥儿俩，沃守连和他弟弟沃守福。老海山虽然没有明说，但让吴家住进朱格里，又有两个漂亮姑娘，明摆着就是给两个儿子准备的，所以哥儿俩经常跑过来献殷勤。那个弟弟是个腼腆人，见这家女孩子不太理人，就不愿意来了；那个哥哥是有社会经验的，见姐姐一本正经，每天除了女红就是弹奏木库连，又不甚理他，他就选择了妹妹，向劳丽佳进攻。他却没想到的是，妹妹态度也是若即若离的。在她眼里，守连是山林队代队长，也算屯中人物，小伙子相貌还说得过去，只是眼皮有一条鲜明的红疤，有点破相，她对他也是带理不理的，但因他善解人意，能讨女孩子欢心，因此对他还有点意思。

今天守连是半个东家，见劳丽佳化妆后走出篱笆外，他也溜出来，见到劳丽佳脸上的化妆就夸说："脸上抹点红就分外漂亮了！"姑娘用眼瞪他："多嘴！漂亮不漂亮还用你夸？"守连并不着恼，说："我有个稀罕物想看不？"姑娘撇嘴说："你会有什么好东西？"守连拿出一个手串晃一晃，被女孩子一把夺了去，一溜笑声跑走了。守连色眯眯望着她的背影。

第三道菜，是黄泥烤乳猪。开始大家都不敢动筷，沃守连和维尔金要一把刀，麻利地敲碎泥壳，再剖解开，切碎后再吃，居然鲜嫩可口。

"这不是达族传统菜，是从罗刹那里学会，从黑龙江那边带过来的。"守连边让客人吃肉边解释说。他又对维尔金说："您宝贝女儿的节目好像也该开始了。"

劳丽佳和娜茉娅脸上都化了点妆，身穿民族服装飘然而至。她们带点羞怯地向熟悉的客人微送秋波致意，然后劳丽佳就在娜茉娅口胡伴奏下翩翩起舞。卡长头一次欣赏这种鲁日格舞，特别对守连讲的氘篱姑姑的神话故事非常感兴趣，觉得木库连伴鲁日格舞确实别有韵味。劳丽佳舒臂风飘，举步云动，煞是好看。接着是娜茉娅独奏模拟风动、水流、鸡鸣、狗吠。蔡其乔悄声对仲业说：达族女孩子没有汉族女孩子那么多忌讳、矜持，接人待物都很自然大方的。卡长点头承认这一点。

那天卡长虽然没喝多，也有点醉，回到卡里，女会计沃淑芹已经替他把床铺好，把茶水倒上。

她三十岁上下，还颇有余韵，据说是新寡，对他极尽体贴。冯仲业对这个部下深深感谢后没忘刚才余兴，坐下后就拿起笔写日记，专门用平仄声诗记录劳丽佳的鲁日格舞。他是这样写的："正月十五邀仙俗，留给人间精妙舞。足剪风飘玉臂舒，清歌入云蛾眉楚。"

第七章　义救

1

自从吃了么斯库从山上用桦皮篓带回来的冻狍肉之后，劳丽佳就一直觉得胃里不舒服。那天请客跳完舞后，她就有点咳嗽了，觉得胸脯的肌肤有些发痒，让嫂子仓瑞看，说是:“不得了，出了红斑。”姐姐娜茉娅听说，也慌忙跑过来看，又说是背上也有，再仔细看，头发底下也到处都是。女孩子当即被吓哭了。嬷嬷听了也吓一跳，过来就骂起那姑嫂两个，对小妹不关心，让她病成这样才知道。于是就派人去信德雅达干家请正月姑姑来。

正月已是六十多岁的老婆婆了，原是科尔沁蒙古族姑娘，是信德雅达干在外行巫，带回来的有半仙之体的年轻媳妇。她会达斡尔语，而且口齿伶俐，能给他做巴克西（助手）。从此夫妻二人搭档着，到处行巫。老雅达干过世了，他的盲弟常德出马接手了沃姓氏族的雅达干，但还得嫂子用棍牵着走，游串乡里。正月自己也领个娘娘巴日坎，谁家孩子有个头疼脑热，都请她来上一炷香，吹几口法气，差不多就好了。因此屯里传诵她“欧勒打扫白，马登本事替”。为女儿请正月老太看病的好处是：她不请神，只是烧香看香火头。这是东北汉族人的一种行巫方式，由于蒙汉杂居被她学到手，却混入到达斡尔族通灵队伍里来了。

其实达斡尔族萨满的通灵术，远始于原始部族之间，开始一般都是由部落酋长亲自兼任。因为他们发现，假借天命和神的意志，对统一部落意志或行动，比自己指挥容易得多。因之在漫长的岁月里，创造出了许多神之说，大到宇宙，小到草木、虫蚧无不被神灵所左右，进而创造了三界之说：茫茫玉宇分为三界。上界为天堂，乃为神人所居。神人博大睿智无所不知，无所不晓，是三界的主宰。下界为地狱，乃囚禁鬼怪妖魔的场所。地狱由狱吏管理，由狱卒看守并惩治妖孽，但狱卒偶尔不慎，妖孽就会走失到人世间去作祟。中界是人居。人类乃万物之灵，却被神所控制，而且经常被鬼怪妖魔所侵扰，因此需要有通灵者——萨满，达斡尔族称为“雅达干”。雅达干乃三界使者，上通天庭，下通地狱，乞神赐福予人类，排除鬼怪对人类的作祟。所以部落萨满肩负三界两大通灵任务：占卜指导族人的行为和治疗疾病。如部落日常生产、生活包括战争，首先要求神问卜。那时占卜主要是把动物肩胛骨用火来烧，然后再浇冷水使其断裂，由术者观察兽骨裂纹判定吉凶以决进退；族人有疾，就要由萨满请神驱邪祛病。根据不同疾病邀请不同温格尔，或念念有词喷吐法水，或捆扎飞禽、走兽、爬虫做各种替身烧毁。其效应就是给患者以心灵安抚，有的确实能得到缓解。兽骨哪有什么神通可以预示人和指导人，主要是术者假借天神甚至鬼怪名义，号令部众彰显自己的智谋和巫术。灵验不灵验之说都是虚拟的，都是建立在伪造、谎言之上。

随着社会发展，部落事务日渐繁杂，尊长与萨满职务渐渐分离。部族萨满逐渐专业化。达斡尔雅达干治病不仅加进些外族手法，而且还引进些草药验方。信德雅达干家的正月就是属于这种性质的通灵者。

这次她应邀来到朱格里，先问问病情，净净手给娘娘巴日坎上炷香，然后在香火头上观察了老半天，这才对劳丽佳说：“你得罪娘娘巴日坎了，你是否在上次画她老人家肖像时，有过不敬的想法？”劳丽佳想了想摇头说：“没有的事！胶水是我家木工熬的，鸡蛋是自家产的，都是我们做的奉献啊！”

原来这事只有正月和劳丽佳两个人知道。劳丽佳心灵手巧，自幼会画小人。正月家里下雨房子漏，把供在神龛里的巴日坎画像都浇得污浊不堪。叔嫂两个正在愁得不行，有人告诉他们，高车吴家的二女儿劳丽佳姑娘会画小人，他们就乐颠颠地拿着白纸和颜料来请她帮忙。这当然是先经过维尔金同意的。开始，嬷嬷谦逊地说女孩子没学过画，所谓画也只是照猫画虎按原样描绘，再涂上点颜色，画这种巴日坎神像她怎么敢当。正月听她这样讲，遂猛夸赞女孩子一番，叫她们母女俩盛情难却，这才定下来给画。劳丽佳看了画材以后说：还少东西，拌颜料还必须加少量胶和蛋清。嬷嬷说：这个由我们出吧，就算我家孝敬神明了。这事是奉献，怎么还会得罪了神明呢？

正月说："或者不是这个，你再想一想。"劳丽佳吃力地想了许久，才哦了一声说："有一些，是我描画时觉得娘娘头上的金冠太漂亮了，就想自己什么时候弄一顶戴戴。"正月点头说："应该是了！快跪下请罪吧！凡夫俗子也想戴金冠？"劳丽佳为祛病，默默虔诚地谢罪半天。然后正月才跪下朗诵巫家解罪辞，诵毕站起身子，将其浑身拍打一通后说："只是孩子的一点小小想法，娘娘不会太深怪罪的。倒是你家在孩子病好后，也该供奉娘娘巴日坎了。"母亲维尔金、嫂子仓瑞、姐姐娜茉娅等赶忙过来答应一定照办。

吴家人原想女孩子的病，一经正月打扫，隔一宿后怎么也会减轻些，不料早晨起来劳丽佳一出屋，满脸都是红斑。而且她小弟恭太也开始咳嗽，身上也出现了红点子。维尔金心里一下子沉重起来，马上差么斯库再去请正月。正月也很着急，忙用棍子牵着常德雅达干一块儿来到吴家。

常德没理会女孩子，直接把恭太叫到跟前，摸摸他头，再摸摸身上的疙瘩，又问他去了什么不该去的地方。恭太觉得雅达干问得奇怪，他还有不该去的地方？但他想想说："昨天去东山崴子采稠李子了。""这就对了！"雅达干说，又问，"遇到了什么？""猫头鹰！我一吓唬，它就飞了。"男孩子回说。

盲目雅达干不再问，站起身子对家人说："他碰到个很厉害的魔障了，我给他和劳丽佳一起作法送一送吧。"

这回充当巴克西的正月插进来问："需要作古日木吧！"盲雅达干点点头。正月立刻吩咐吴家人，准备五只鸡，做十个鸟状草替身、十个蛇状草替身。然后雅达干为之作法，驱逐魔障。

吴家遵照巫嘱在门前小树林设了香案，烧上香，挖了炉灶安上锅。巧手明太扎了十个地上爬的和十个带翅膀天上飞的用荒草做的替身。宰杀了五只鸡，鸡肉投进锅内煮胙粥。听说常德作法，驱送魔障，屯里许多人都来观看。因为常德虽然双目失明，但是他那男中音嗓子洪亮，唱起请神调和驱邪调有滋有味。特别是在正月巴克西女高音烘托下，好听极了。他们先是请神，请霍朱日神调是：

耶格耶，耶格耶！
霍朱日轰轰烈烈，
从吐库列山上降落。
他带来捆妖绳捉怪索。
大妖小妖无处藏躲。
耶格耶，耶格耶！
大妖小妖无处藏躲，
耶格耶，耶格耶！

耶格耶！耶格耶！
霍朱日从吐库列山上
威威武武降落，
他带来了吸妖瓶吞怪盒。
大妖小妖无处藏躲。
耶格耶，耶格耶！
大妖小妖无处藏躲。
耶格耶，耶格耶！

然后是驱妖调，驱妖调是：

耶格耶，耶格耶！
在那脏水泡中，
潜藏的怪物呀，
请你游走吧！为什么让女孩子中妖邪？
假若不听我劝告，利剑会使你变成两截。
耶格耶，耶格耶！
落在树上带翅膀怪物啊，
请你飞走吧！为什么让小男孩子中妖邪？
假若你不听我劝告啊，我的掌心霹雳会把你分解。
耶格耶，耶格耶！
游走吧！离开女孩子游走吧！莫等变两截。
飞走吧！离开男孩子飞走吧！莫等被分解。
耶格耶，耶格耶！

雅达干和巴克西高一声低一声唱完后，就跳驱逐巫舞。像生活中用袖网赶杖子、捕沙鸡那样的动作，然后把鸡皮挂在树枝上，荒草扎的古日木扔到树林外。归来后大家一人一碗分食鸡肉做成的胙粥。主人为酬谢雅达干作法，家里男女都到桌前叩拜，而且还加了酒。常德雅达干对患者痊愈信心满满的。但出人预料的是，夜里又增添两个病人：一个是明太儿子培新保，另一个是他大姑娜茉娅，她的身上都已见红影。这样子“朱格里”里外屋都有人病倒了躺下来。这下把当家人维尔金急得团团转，只有请常德雅达干再显神通，别无良策。

常德接到再邀请，也火冒三丈说：这个妖孽太邪恶，胆敢和霍朱日巴日坎对抗。通知吴家今天宰猪做牺牲。我要穿神衣，敲神鼓进行血祭。

沃淑芹非常热情地给表叔弗灵阿做媒，但弗灵阿本人反而迟疑起来。他心里矛盾的是，虽然相中姐姐的容貌，却非常硌硬她的妹妹。那天她骂他脸像鞋拔子，太难听了。真要娶了她的姐姐，这个厉害的小姨子整天在跟前，不停地骂鞋拔子，会让他受不了，传到屯里会让他抬不起头。再说姐姐下颏贴着烟叶，谁知长了什么东西，所以他迟迟没向表侄女说明。淑芹倒等急了，问平元："那天你陪表叔去看姑娘，看了没有？"

平元回堂姐话说："不仅看了，那天他差点把眼珠变钩子，钩到人家姑娘脸上。"堂姐笑了又问："他喜欢吗？"平元说："得问人家喜不喜他。"淑芹疑惑地问："这是怎么了，没回话？"平元笑说："因他太贪看，叫姑娘的妹子骂了，因此他都不好意思回你话了。"听平元这样说，淑芹听完后也笑弯了腰说："一个大男人只要相中姑娘，还在乎她妹妹愿不愿意？"

晚间她见到表叔时，问他对娜茉娅的看法，果然如同平元说的那样。她不由就埋怨说："你想吃烤肉又怕烫着嘴，这种对婚姻的态度，恐怕会误了自己的。"当她备好婚酒和礼品想给吴家送去时，却听说吴家得了一种窝子病，屋子里一下躺倒好几口人。沃淑芹和弗灵阿听了，这下都大吃一惊，保媒的事只好停下来。

2

因为忙于调查特别税卡缉税的弊端，卡长冯仲业好长时间再没有见到高车吴家人，也没听到他们的多少消息。但他心里却着实惦记他的那朵解语花，特别惦记她一笑在双颊上呈现出的那两朵梨涡。那天傍晚他差点冒昧地闯到她家去探望，但最终还是考虑到自己的卡长身份，忍耐下来。

肖郎来回报事，他悄悄问吴家怎样了。肖郎先是调皮地故作惊诧地说："什么怎么样？吴家天天在打车！卡长问的是不是那两个姑娘？"

仲业只好承认："就说说那两个女孩子吧！"

肖郎想一想回说："好像她们俩都病了！听说一连跳几天萨满了。"

仲业听说后大吃一惊，拿起瓜皮凉帽想去看，但还是想到了"不妥"，税卡卡长去看人家姑娘，外界会怎么说？他把帽子又放回去，对肖郎说："你替我去看看那俩姑娘病情怎样。"

屯子不大，肖郎去半个多钟点就回来了。他面色沉重地回来说："跳萨满没管事，劳丽佳身上尽是红斑！"

仲业再也顾不得多想，抓起帽子就领着肖郎向屯子东南角奔去。在吴家柳笆门前，肖郎指着树上挂的鸡皮和地上用荒草扎的替身蛇、替身鸟说："这两天雅达干没住闲地'耶格耶、耶格耶'，反倒接二连三地病倒三四口！你看刚抓的猪还躺在地上，看来今天是要进行血祭了。"

仲业没时间听他唠叨，冲进屋内，怔住了。蔓子炕上躺着的姐俩呻吟不止；北炕躺着个六七岁叫恭太的男孩子，因身上不舒服大声哭叫着。维尔金老太太一再用达语讲些什么。他无暇听老年人唠叨，但他不能直说想看娜茉娅，只向老太太要求看看最重的病人劳丽佳身上长的是什么。老太太因为对这个外族男人有些好感，勉为其难地解开少女前襟纽扣。但仲业这一看，才知道这不是他用针灸可以治疗的。

再看她姐姐，也在发烧。他里外屋看环境，又问每个人近况和饮食。当听说他们吃过经冬冻狍肉，而初步判定是类似麻疹病的时候，他也吓住了。一种恶病像魔鬼影子般出现在他眼前——天花。听说近期鄂伦春人因此病失去许多男女性命。当肖郎用达语向家人翻译明白，维尔金老太太也给吓着了，她扑通一声给仲业跪下："冯达拉啊！救救我的可怜的孩子们吧！"然后哇地哭出来。家人看见老太太下跪，除了老车匠外全都扑通、扑通跪地哀求。

这下把卡长也难住了，他虽然看过《黄帝内经》《本草纲目》等中医书籍，略通医术，但他哪里有治天花的本事。不用说他无能，就是当年清廷，以倾国之力都没能挽救他们几代得这种疾病的小皇子们的性命。当肖郎把这些翻译给这家人时，一家人惊恐无助的样子，使冯仲业的心脏都跟着哆嗦起来。维尔金大声呼叫："天啊！你睁睁眼吧。两把火刚刚烧过去，怎么又来要我孩子们的性命？"随着老太太的哭声，冯仲业急驱思绪，搜索枯肠想办法。

就在这时他忽然想起他的师兄。他在公和昌学商时结识的师兄徐成祖比他的医术高明很多，他家里还开着药铺，或许对治天花有招数。对了！那年省城爆发天花病时，他和几个人都参与过接种疫苗。他想到这儿，遂安抚吴宝山和维尔金两位老人不要急，给他点想办法的时间，又站起身吩咐肖郎：“回去跟蔡副说，给我备车，我这就去拉哈火车站！”

坐车去拉哈火车站须渡过两道水，经过五六个村屯子，走四十多里路。来时的那个火车小站所在的镇上有个成祖大药房，是他师兄的儿子徐玉麟开的，玉麟称仲业为“干佬”。因为冯仲业看过《玉匣记》，那本药书中有许多中医中药小诀窍他都倾囊传授给玉麟了。玉麟见到仲业当然异常恭敬，亲自奉陪他到小馆接风。仲业却忙问接种牛痘苗的事。玉麟知道“干佬”虽是大家子弟，却净干些傻乎乎的事，这次风风火火地从蒙古屯子跑来找他，定有非同一般的事。他早就想敲这位“干佬”一笔，却没有机会，这会儿他亲自把机会送来了。于是玉麟回说：“有是有，不过我得去外面弄，还可能要贵一些。”

冯仲业学商时，是有名的富家子弟，手头阔绰，而且对谁都不设防。他马上回说：“不怕贵，有了就好！要新鲜的。我没弄过这玩意儿，你还得跟我去江北，给接种一下。救人嘛，须十万火急！”

徐玉麟很高兴，常到他家药房买药的多是些穷苦人，难得碰见这样一个阔佬。于是他到街里转一圈，就算找到了。

冯仲业翌日清早带玉麟回到西博荣屯。单马高车，轻车熟路，没到傍午就跑到了。在吃晚饭前，徐玉麟给劳丽佳和她姐姐娜茉娅，以及恭太和其小侄培新保都接种完毕。

徐玉麟在给娜茉娅接种时，惊讶地发现她的不凡气质，立刻明白干佬肯豪爽地掏腰包肯定为的就是她，窃喜这笔小财算弄到了手。

徐玉麟确实以小人之心度君子之腹，此时仲业却正在全神贯注欣赏吴家刚忌过母奶的男孩子。他上次在他家吃请，维尔金嫌小儿子淘气，打发他去屯里跟别的孩子玩去了。这是他第一次发现这男孩子，一眼就觉得他与众不同，首先他一定很聪明，头大额宽；他也一定勇敢有力，因为臂长腿短；面相有点像他二姐，浓眉细眼。据说他淘气也能淘出许多个花样来。刚到西博荣时，冯仲业见屯里许多孩子在街道上拥着一辆飞快行驶的高大独轮车，两侧各坐着一个两男孩子，听说这就是吴家小儿子淘气淘出来的产物。这么小的东西，能淘出这个花样也不一般。但他觉得他和他姐姐们气质上还缺点什么，缺点什么？文气。如果能让他们都读几天书，说不定会造就出个出类拔萃的人物。他正在寻思着，忽听徐玉麟说："干佬！遵照您的意思。男女四位我都仔细给接种过了。药效错不了。明天我有事，今晚必须回去，让谁把账结了吧！"

他递过一个账单，仲业接过一看脸色登时就白了，一屁股坐到炕沿上傻了。原来他想顶多不过千八百，那是件小事，现在这小子竟开出四千多账单，虽然龙江票子不值钱，但换算实物也得五六头牛。一个卡长的年薪才能有多少？

徐玉麟暗暗发笑，富家子弟跟谁叫板都不顶用。他说："觉得多了？抹去几个吧！要知您也会为难，当初就跟人家讲明啊。"

他要回账单抹去零数。冯仲业不愿再跟他计较，咬牙让蔡其乔在税卡畜群里赶出四头牛，记在他账上。徐玉麟这才满意地和干佬告别。

冯仲业为高车吴家孩子们治病花了大价钱，一时轰动全屯，后来全布西县都知这事。幸好玉麟的医术和药质都不错，吴家病人都按他期望的那样向痊愈发展。

这么重的债务，放在旁人身上会就地倒台子的，仲业因他后边有个大家庭做后盾，虽然觉得吃重，但并不十分放在心上。

3

可能是一种什么效应，这天又有沃淑芹老爹沃善德请新来的卡长和蔡副卡吃饭。沃淑芹是税卡的会计员，因为她在布西街小学念过书，是西博荣屯唯一认字的女人，省局在这儿设特别税卡当初，为和屯达普乐拉关系，就聘用了她。那时她才二十多岁，却是个青年寡妇，还略有姿色。她丈夫因醉酒去追赶天火，被雷击落马而亡。她听说新上任的卡官冯仲业也是新鳏，出于对他的同情，兼某些幻想，刚来时接风宴上他多贪两杯，她曾为他收拾枕衾，等他醒来就动情地写了首梨花词，卡内都当新闻传说。他父亲善德曾留意打听过新到任的卡长的为人，觉得挺适合淑芹，只可惜是个外族人，这事也就忽略过去。这次他用大手笔对吴家豪掷数千，善德老头再也按捺不住，就对弟弟普乐说："一撒手几头牛，听说冯卡长家很有钱，又是省官，也有权势，我们把他拉过来，说不定将来会有借重他的时候。别总把他往别人家推，给我们淑芹撮合撮合该多好，将来和省里上层人也好攀点关系。"这是老人躺在大烟灯前，过足烟瘾后的老谋深算。

善德兄弟家果然不同一般。蔡副卡因和屯达有事，来过几次。冯卡长因为初到达族富户看，什么都透着新鲜。首先在深邃的柳笆院子的里层，又加一层大套院。那都是丈余纯松木桩夹板材，再涂桐油制成的墙垣和大门。院里是一溜儿五间正房，左厢是高脚仓库和碾房，右侧是伙房加磨房。善德是哥哥，住正房西里间，普乐和弟弟们住东头套筒屋。因为是善德请客，冯蔡二人进了西里间。进门就是红松透雕隔扇门，显得华贵大方，室内宽敞明亮，因为不吊顶棚，露出细柳编笆，椽、檩锛刮到顶，显出屋里宽敞明亮的空间。这里因是莫昆达、屯达办公的地方，西窗下没有一般人家那样的火炕，空地上摆着桌椅，北面有炕，却被一面透雕隔扇辟成暖阁。善德老两口在里边居住。

屯达普乐和侄女沃淑芹早等在里面，见冯、蔡走进，就请出年迈的老善德走出暖阁侍客。老善德白眉白须七十左右岁，虽然嗜好抽两口鸦片烟，但却白白胖胖。他不懂几句汉语，全仗翻译。客人一落座，茶点就摆上来。所谓茶其实是鲜牛奶加点盐，所谓点心是杂拌儿果子。

茶点过后，摆上来的是割肉刀、酸白菜和韭菜花。蔡其乔悄声对冯仲业说："今天的接待是达族人最高规格的。"

话声刚落，两个女人就抬上一只全羊。普乐一边给两个卡官递刀，一边说："我们炒菜不行，我兄弟俩为敬重卡官，用全羊表示敬意。"

说话间，白胡须老头善德在羊尾上切下三条脂肪，两条送给客人，然后仰头把自己手里那条羊脂放到嘴里，像吞粉条般吞进肚里。普乐鼓动两个卡官学吞羊脂，两个卡官学吞，吞不进。善德乐了，说:“无意为难客人，只是表示诚意。”让家人把羊肉切碎，就酒边喝边谈。主客在普乐不时翻译两句的情况下，相谈甚欢时，隔扇门突然传进来外面几个女人叽叽喳喳的慌乱声音。席前善德、普乐也都有些面呈惊慌。冯仲业忙问，出了甚事。沃淑芹进来说，没什么，刚才大嫂进来送肉，出门老病又犯了，心口疼，在炕上直打滚。大家听了也都无可奈何，冯仲业从腰中摸出个白铁小扁盒，对普乐哥俩说:可惜是女眷，不然我或许能帮个忙。蔡其乔打圆场说:达族女眷大方，就有劳卡长去给看看吧!

善德的长媳是个接近中年的妇女，梳个顶髻，穿件长衫，正满头大汗地在炕上不停地滚动，而且地上吐了一大摊。冯仲业立刻判定是胃寒，遂让人把她按住，在其胃脘穴处扎了一针。只一针，大约一袋烟工夫，起针后她遂消消停停睡着了。一针见效，立刻引起女眷们叽叽喳喳议论。有的说:“不怪能伸手救吴家几口人性命，医术这么好!”又有人接下来说:“不!不是他扎针救出的，是他外请医生接种了牛痘治好的，花出去几头牛。真有钱，啧啧!”

听大家议论，并见卡长医术高明，善德老头乐不可支，频频给普乐递眼色。沃淑芹也来敬酒，叔叔普乐狠狠地夸赞她一番。蔡其乔也在旁边添油加醋，为二姑娘说好话。

冯仲业立即警觉起来。普乐提婚刚开头，他就挡住他的话:“感谢善老和二姑娘，对我不嫌弃，但我们汉族人有个小规矩，新鳏之夫须一年以后才能议婚，否则会被人笑话。”

桌面几个人都愣住了，连蔡其乔也不知汉族真有无此规矩。幸亏就在此时，有个骑马人闯进院内。别人都要在二门以外下马，他却径直闯进来，可见此人在这个家庭地位不一般。院子里有人喊:“表少爷回来了!”善德、普乐都停筷说:“他还真赶回来了!”蔡其乔不认得这人，但他奇怪地看见冯仲业也兴奋地停下筷子等着。

只一会儿工夫，弗灵阿风尘仆仆走进来，两手抱拳说:“抱歉，回来晚了，乞卡官赦罪!”普乐笑说:“知道你不会准时回来，就没住嘴地等你。”

待他吃几口羊肉，饮一阵子酒。冯仲业这才发问道:“怎么样弗老弟，办学进展可顺利？”弗灵阿猛搁一口酒，放下盅子说：“嗐！一言难尽。各屯子人对办学还算热情。不过现在缺乏的是有名望的教师和有吸引力的课程表。卡长是大学问家，务请不吝赐教。”蔡其乔插进来问：“原来你们认识？”冯仲业只好把刚来时同车的经过说了一遍。

“我刚到此地时间甚短，可惜谁是出名教师无从举荐。”冯仲业先谦虚一番后说，“如果讲教材，孩子们启蒙都是《三字经》《百家姓》《大学》《中庸》，顶多到《论语》《孟子》。高一点年级教材最有讲究，一般都从经、史、子、集中直接选取。因为那里边，不仅包括周、秦、汉、唐、宋、元、明各代文章精华，而且还涵盖了史传、论说、札记、艺文、游记、小品，等等。更重要的是里边有较为正确的注解和释文，教师们撰写教案较为方便。”弗灵阿听了慌忙起立鞠躬说道：“想不到卡长对教学竟这样熟悉，你若不是个官，肯定是巴达罕第一大教育家。”冯仲业谦逊地说：“哪里，哪里！只是略叙经历而已。当年师从弘万鼎先生，他既是我业师，也是我娘舅。因此投到他的门下，懂得稍稍比旁人多些。”

这时白胡子老头善德来转换桌子上的局面，他踢表弟一脚说：“两位的高深议论我和普乐听不懂。”捋捋胡子望着仲业说，“听说冯卡长答应给办免山林税，这让我十分感动。这是西博荣天大的事，我作为这里的莫昆达必须谢你。”说着斟酒，操刀割肉。

上次普乐向他提免山林税，冯仲业虽然答应给办，其实并未十分往心里去。这次为摆脱婚姻纠缠，被逼到了墙角。他只能爽快地回说：“那是应该的，我最近想要回省一趟，山林的事一定尽全力去办！”

酒宴上虽然接着谈些山林事，并不十分欢畅，因为主人原意不在这儿。蔡其乔观察到沃二姑娘再没进里屋招呼客人，可以说不欢而散。

仲业又抽时间去了一次高车吴家，虽然被自己的干儿子敲了一大笔，幸亏药质和医术还不错，吴家四个病人的状况都按预计的那样好起来，接种的牛痘都发出豆斑来，身上的发病处都消退了。其中最严重的劳丽佳脸部脓肿正在结痂。他特别注意往娜茉娅脸上、脖子上看了几眼，幸好没见深麻坑，才放心走了。

第八章　迁徙

1

卡长冯仲业又坐上马拉桦棚高车，在拉哈站换火车回省局述职。他从春天上任，过了春、夏、秋三个季度，经历了许许多多事，得详细地向他顶头上司，也是他亲娘舅弘万鼎局长做详尽汇报。但让他始料不及的是，现在省里、家里都出了那么大的变故。

首先是他去弘家，这回舅舅、舅母都异常热情地接待了他。但他刚提起西博荣税卡的事，弘万鼎就摆手说："谈点别的吧！你那篇报告已经十分详尽可信了。你大概还不知道吧！舌头帅和张大帅已经在皇姑屯火车上被日本人给送上天了。黑龙江省的总头，必换无疑。省里正在忙着给擦屁股。你得有个心理准备，你们那个税卡收钱不多，麻烦不少，裁撤是肯定的了。你回去就先把善后做好，定了裁撤我再调你回来。"

这件事，原在他预料之中，但还是感觉来得突然，让他大大吃了一惊，听舅舅这样说了，还是慌乱地答应几个"是，是，是"。

最使他惊讶的是，舅舅在谈话中流露出新省长上任后，想辞职还乡的念头。因为他对军阀政治彻底失望。东北的税务上，千辛万苦地从老百姓牙缝里抠出的几个钱，对民生一点都没用，都拿去买炮弹到关里打内战。而且中国人打中国人那么英雄，见了外国人都像避猫鼠似的，老毛子和小鬼子都成了他们的太上皇。这样的军队实在不会有什么出息，跟他们干尽丢人现眼。冯仲业对这也深有同感。但舅舅离省，自己回来单枪匹马面对尔虞我诈的军阀政治，恐怕会吃不消。他想到这儿，再也坐不下去了。因为在税卡被裁撤前，他必须把为吴家治病动用卡里的那几头牲口的钱还到账上。这事若叫舅舅知道，他肯定要挨骂的。所以他只坐一会儿就告辞出来，因为路途远，急忙找个拉脚车回克山乡下一个新开垦的村屯，因还没找到好屯名，只按地亩号数叫“二百号”。在这些垦荒户里，冯家大院是很有名气的大户人家，一二百里地范围无人不知、无人不晓。

冯仲业坐在奔跑的出租花轱辘马车上，忽忽悠悠地想睡一会儿，但又睡不着。他得有个说法，说服大家庭管事掌柜的，掏出来不算小数目的钱，汇到西博荣税卡账上去。

大掌柜是他大伯冯恭庭，人称笑面弥勒；二掌柜兼账房先生，是他叔伯二哥哥冯连阁，人称双面观音。伯侄两个人配合着唱双簧，屯里人都怕找他们办事。他得想个好理由，一下把他们说服住。什么理由呢？他想到父亲，父亲若能做主就不用这么费心思了。可惜母亲弘氏早亡，父亲已经年过花甲，和二弟一起过生活。老人家一辈子能言善辩，给屯里当了个什么长，净给人家说和事、断官司，在家里说话却一点不占位子……

他勉强地想出了个理由，就说是在内蒙古买了百个山股吧！一个山股能分三车柳条子。克山大荒片就缺这个。又一想，不行！柳条拉到克山太远。说房木吧？一个山股一根木材。北大荒极缺木材。对！就这么说。

编好理由，他想睡，还是睡不着。因为西博荣税卡撤了，他得回省重新分配工作。有原卡长职务和那份冒着掉脑袋瓜子危险写的调查报告，舅舅会给安排个不错的工作。但给军阀抬轿子，一点意思没有。舅舅如果像他说的那样——抬腿走人了，扔下他就更没意思了……

或者就留在西博荣，因为他看中那里被他称为“解语花”的达斡尔姑娘娜茉娅。若和她成亲……但他留下，不当卡长还能做什么？挣几个钱能养活家小吗？离开？他不但留恋那个女孩子，还有点留恋那里既平静又和谐的环境。左思右想，思路纷纭，困惑中他想写首诗，把现在的心境写下来，而且头两句已经想好了：“驱车松嫩北回眸，云锁兴安水竞流”。不错！人坐车走在松嫩大平原上，回头北望，使人十分惬意。大兴安的山岭树木都被浓浓的云墙遥遥隔断，水却从那里静悄悄地流出来，流到这里在脚下徘徊不断。他对开头这两句十分满意，但怎么接下来却颇费周折。

他在车上辗转反侧，还是抓到两句：“亲躬方知风物好，相遇始知解语愁。”他想了想后又改为：“亲临方知风物好，相逢悟得解语愁。”西博荣屯是个山区，居住者大多是少数民族，在一般人心目中，是荒凉不堪的胡地。他在那儿担任近一年权力不大不小的卡长，才知道其实那是个秀美宜人的地方，而且还找到个意中人。他在汉族中，多年没能找到，这次却在达斡尔族中相中了这个姑娘，他相信自己没有看错人。这回税卡要撤销，他有个回省重新工作或者留在西博荣的选择问题，这怎么写？又想出两句：“难测归去将何适，有幸淹留却无由。”回省被分配什么工作是难以预料的，留下可以和意中姑娘团聚，极尽绸缪，但工作又能干什么？结婚意味着要成家，对家庭生活负有责任了。他还有什么本事养活妻儿老小？

他忽然想到舅舅，在当知县前他曾学古人王安石，开过半山学馆养家，自己也曾浏览过四书五经，抑或可以和弗灵阿他们合办个学馆，收几个异族学生，传播点文化。于是他又琢磨出两句：“闯荡北疆一剑握，耕播边地五经求。”

这首诗合起来念是：“驱车松嫩北回眸，云锁兴安水竞流。亲临方知风物好，相逢悟得解语愁。难测归去将何适，有幸淹留也有由。闯荡北疆一剑握，耕播边地五经求。”仔细斟酌一下，虽然平仄声韵不够精确，但对当前矛盾心境的概括还是很贴切的。他又想睡一会儿，但思想闸门一开，想闭眼也难。这时他想起父亲，又想到二弟一家。二弟名叫冯鸣业，字连三，家里大排行是老四。那真是个庄稼把式，看他干活像看二人转，不觉累。母亲活着的时候把他打扮得那叫个漂亮。细篾苇笠草帽，还是双仓的，白布短衫浆洗得板板正正，再扎条挖云蓝围裙，拿把银亮锄头或镰刀在街上一走，有多少姑娘都偷看他。他这弟弟在农民中实在是个出类拔萃的高手。他这个读书人见识到他的劳动，都不得不心悦诚服。

起初，家里掌柜们并未看好他，因他干活是个左撇子。有一年初冬扬场，因窝风停工好几天。他却出头找二掌柜说，冬天西北风多，把庄稼垛挪一挪，就会有风了。二掌柜不信，说：就凭你说？打头的都没敢说这话。他急眼要和二掌柜打赌。后来真的把高大的糜垛动一动，风就来了！大堆粮食就和秕糠在风头上，用木锨一扬就分开了。这回大掌柜对他刮目相看了，说道："家有能人何必外求？就让他带人干活吧！"一带就多年，嗐，都是三个孩子的爹了。由二弟又想起二弟媳妇裴蕴清。在她那里，他这三大伯是个最受尊重的人，但她又是让他有些畏惧的女人。平时见他这三伯，礼貌有加。有一次回家，因为屯里几句闲言碎语的传说，他回家把自己女人骂哭了。嫂子在屋里哭，兄弟媳妇却在灶台上发话说："他三伯，把事弄清再霹雳火号的。我就知道，怎不问问我？男人在外面装腔作势，丢女人在家整天受委屈。谁还敢嫁给你们哥们儿，什么事情！"后来一探听事情真相，果真像蕴清说的一样，是冤枉了自己的人，使他叹服了这个既明白又爽快的弟媳。由此又想到她嫁二弟时的传说，使他到现在都有些忍俊不禁。裴蕴清娘家是满洲人，本溪湖火婆勒氏将军的后代，据传说还是个什么黄带子。满洲人的闺女家既不像汉族人那样循规蹈矩，在女红要求上也不比汉族人差。她二婶在娘家时，针线浆砧（满洲家庭讲究：穿戴的衣物使用糨糊浆，然后用棒槌在砧板上仔细砸平）是在屯内有名气的。说来他和她两个人结合也算自己愿意。那年她们一帮姑娘家上草甸里采秋蘑菇，却在冯家大片新垦地里看一帮男人割糜子看迷了。她们爬上树看。那个打头的，把后边人落那么远。屯里传说的"大飞刀"，今天她们算开了眼界。其他人干活是打绕放在地上，再割一铺糜子挪上去，然后单膝顶住捆绕。"大飞刀"是镰刀在身前身后一划拉就是一抱，割下的庄稼还抱在怀中不放，伸出左手在糜梢一绾，两指又一分，立时形成一个草绕，把怀中庄稼一同放在地上，两手一绾就是一捆。众村女被他的动作惊呆了，像看了一场大戏。原来庄稼活儿竟这么有看头！蕴清着魔般第二天又来看，第三天还来看。

这事传到屯里，屯里两家老人正给屯里人在一起说项，并一同赴答谢宴。宴席上有人当笑话提起此事，仲业他爹敬庭老觉得无比光彩，自豪地说："不就说我家那个小四吗？干活那跟玩似的，姑娘们没见识过就觉得新鲜了。"裴二爷听了脸上有些挂不住，愠愠地说："我们家大丫头就是有点疯！"又对敬庭老说："你若能做主，咱俩家就走近乎点。"

"你若不在乎满汉有别的话，大家我不敢说，我家我还是一手遮天。"敬庭老感到儿子给自己带来了无限的喜兴，回说道。

后来两家经红媒一拍即合，亲事就这样结成了。

2

令冯仲业意想不到的是，他风尘仆仆地从几百里外赶回家，冯敬庭和冯鸣业这一股人，已经从冯家大院搬出来，因为大家庭已经分崩离析了。他路上编织的种种要钱理由都枉费了心思，变作了一脑袋瓜子空想。

小家住在屯中间，三间泥抹的平房，高粱秆夹障子的小院。进门就是厨房，里边两间一溜儿北炕，外面火炕上是鸣业夫妇带三个孩子。里间是老爷子单独住。

他回来可能令人有些意外，因为三个孩子一时都怔在那里。弟媳蕴清强作笑颜迎接到房门口问声："他三伯回来了！"二弟鸣业原来头朝里躺着，两唇满是血泡，满脸愁容地站立起来，只说声："回来啦，哥！"

他走进里间问声："爹爹身体好！"敬庭老爷子从来对儿女都是喜形于色，这回却带着从来没有过的愁眉苦脸坐起来回声："回来了！"

屋里一时像十冬腊月天气般结冻了，连孩子都一声不响。过了许久，还是蕴清先说话："你们父子俩坐困愁城好几天，也拿不出个准主意，这回他三伯回来啦！他是做事的人，见识比你们多，实在不行就去大家找，他们咋也得讲点道理吧！”

仲业仔细听半天，才弄清怎么档子事。祸是敬庭老爷子引起的。他在外边给人说项，常给人家担保。屯里人一般都是照凭冯家大户实力认可的。大家庭柜上也确实给五老爷子撑了不少门面，承担了一些债务。

这次他是给外地一个叫钟琅斋的满族人担保一百担麦子，叫人家给吃了大片肉。钟琅斋，原是本屯的破落户，他到内蒙古地方西巴达罕去开荒，领了四五方荒，并筹建了个小镇叫雅尔寨。别人家领荒是先开地后建屯；他却先招户建立村镇，拉大排，办响窑。因为和邻屯达斡尔族人犯冲突，摊了人命官司。因他原来就借钱搞这些，现在一摊事，债主们都怕失财，都叮上来要钱，他就索性破罐破摔——干脆来个破产，吃了大片肉。

敬庭老爷子的一百担麦子眼看没了，他闻讯觉得不好，叫能办点事的二儿子鸣业也跟着，说软的不行，就要来硬的。钟琅斋何等样人，一流拆白党，软硬兼施地说："亲家公！现在你就是在我门前上吊我都不怕。咱们是至亲，还得讲点亲情。我还有一条快枪，是特意给你们留的。"百担麦子换一条枪，真是不可思议，但谁也不会甘心接受的。

敬庭老原指望一百担麦子大家庭能承担起来，过去在屯里给人家说项、担保都是顶风险干的，大家一般都承担了。再说，因为那个钟琅斋是二掌柜冯连阁的儿女亲家，以为他怎么也会关照些亲戚面子。但这回在他父子回家前，大家就解体了。那时土地产量低，百担麦子需要五十垧地的产量。家里柜上闻风都吓一跳。二掌柜对大掌柜说："老五叔管事从来没一点把握，这屁股可是越擦越脏。"大掌柜想了想回说："没头啊！干脆回绝了他这个念头。把家分了，让他自己和儿子们折腾去吧！"连阁叹息一声说："可惜老四那把好手了，地少人家用不上。"恭庭回说："愿意干，就找合适人家，给人扛大活呗！"两个掌权人就这样突击召开全家会议，在老五家没有人参与的情况下，分给他们三十垧地、三间平房、一挂大车。敬庭老和冯鸣业一生都为这个大家奔波卖命，原指望的就是大家能为他们挡风遮雨，但他们做梦都没想到，果真遇事时，大家会这样无情地把他们甩开了。一赌气，就把家搬到平房来住。可是屯里的麦债总得还人家。你十担我八担，还有论斗的。还完麦子债，卖掉二十垧好地，只剩下十垧地，能出多少钱？一帮孩子，还有老人，就指这点东西活命哪。

他们还有一星星指望，就是那一条枪。冯鸣业把它藏在车底下（百姓带武器要受重罚），悄悄带到正在放荒的布西县。找到当荒务科长的表兄弟冉殿臣，想和他弄两方土地。冉殿臣和科里商量几天才给他办出半方荒，并对他悄悄说："倒腾枪支是犯法的。我是看亲戚面子，才冒险给你办的。"半方荒，在诺敏河西太平境内大山里，能出多少地，也远水不解近渴。那时农民没了土地，等于失去根基，所以全家人陷入愁云密布的氛围中。

3

冯仲业终于把家庭变故的缘由听明白了，也怔在那里了。他本想编个理由让大家庭能掏钱还卡里的债，现在他有千个理由万个缘故都归于无用，大家庭再也指不上了。爹惹的大祸是小家拿出东西给摆平的，现在小家只剩下十垧来地，一挂车（两三匹马），还忍心和二弟、弟媳要钱吗？但他现在除小家这点家底，又有什么可指望的呢？想来想去，还得在这上头做文章。

正在一筹莫展之际，他心头忽然现出"树挪死，人挪活"这句带哲理性的话。现在他只有搬到西博荣屯一条路好走。他翻来覆去想着，忽然随着思路念出声来。

"哥！你说什么？"鸣业问，他以为当小官的哥哥见多识广，能随时拿出个万全之策摆平任何事故。

仲业这才回过神来。看到一家人都眼巴眼望等他拿主意，心里有些愧疚，但他还是重复说："我说树挪死，人挪活。事到如今，我们还能再跟他们相处吗？我在内蒙古地方待了近一年，觉得那地方比东大荒强得多的多。虽说民族话语不太通，但人直性，好处事；物质也丰富，好生活。那里人不起早不贪晚，可比我们每天要做死做活的自在多了。”

“对！首先不再脸朝黄土背朝天，奴打茶作。”弟媳裴蕴清首先同意说，“老四给那些丧良心的东西累死累活落个什么好？人好处比什么都强。他三伯怎么不早说这主意呀？”

一家人议事，有时候主妇说话很占分量。蕴清这几句话，让全家心灵的天平就朝外迁方面摆过去。仲业乘机又添说了几件那里的好处，譬如烧柴火不愁，整年往灶子里填的是树枝。山林是小钱庄，没零钱花就拉一车干树枝去布西街卖。小家人都在气大家掌权人无情，而且正在火头上，恨不能早早离开他们，不再和大家人们碰面。父亲和弟弟、弟媳很快被他说服了，于是议定：卖地，卖车马，卖房子，搬到西博荣屯去。

冯仲业没有再到屯里亲友家去走动，逗侄男侄女们玩一会儿，吃顿大楂子粥，就在父亲旁边睡下了。因为一路车马劳顿，吃饭时候他就有些乏困，所以一躺下就沉睡过去。但父亲心里有事睡不着，想跟儿子唠几句嗑，遂呼叫：“仲业，睡了没有？”唤了几声，他才勉强答应，回说：“打个盹儿，你还没睡呀！唤我有事？”父亲说：“你好像也等钱用？”儿子回说：“税卡要撤销，我还欠税卡几个钱，在它撤销前这个窟窿得堵上。”父亲说：“那样最后十垧地也得出手了！可怜老四最爱土地，一垧地都不能给他留。”仲业说：“只怕你这十垧地还堵不住我那窟窿。”父亲说：“老四也留个心眼，先卖的都是次等地，这十垧都是他留的旱涝保收田，一垧顶几垧价码，但这也都留不住。我们都对不住他这苦劳苦作干活的人呀！”说着老人狠狠地咳嗽起来。愁云越凝聚越浓重，并鼻涕眼泪齐下。但儿子却没睁眼看，他说着说着因困得不行，又睡了过去了。

半夜时候，敬庭老人却折腾起来，在炕上滚来滚去，把家人全惊醒了，问也不说，喝水好点儿，只好一会儿，还是两手捂肚子叫苦不迭，把仲业、鸣业哥俩全吓傻了。还是蕴清起来屋里屋外踅摸，见到一只空碗，拿来闻闻说："这老人家八成喝了卤水，快拿酸菜水来！"

庄稼院最不缺的就是酸菜水。鸣业端过一大盆，仲业用碗舀着喂老人，但老人不喝。蕴清说："救命要紧，还客气什么？"于是鸣业按住老人四肢，仲业用大碗灌。一盆酸菜水，灌得老人呕吐个昏天黑地，吓坏了两个儿子和儿媳妇，都急忙跪到火炕前，还有三个孙子也都扑通扑通跪下了。

儿孙们跪了满地，哀求老人活下来。仲业哭叫着问："爹呀！我们孝敬不够，惹你老生气啦！若打若骂都行。为什么自个儿寻短见？你自己背上横死名声不算，还让我们背上不孝之名，多不好听啊！"鸣业抽泣说："爹一定觉得土地没了，怕我受不了。我也想通了，一家人整天起早赶晚干，这些年也没落下啥，不如狠狠心肠干点别的。只要你老硬实实活得好，我干什么都情愿。"

哀求好长时间，敬庭老爷子流着眼泪坐起来说："起来！起来！你们都是我好儿孙，起来吧！你们没有不周之处。我是气大家那些人太狠心了。我从到二百号就叫他们派出去当屯长，办事、说项，还不都为了给大家立点信誉。事惹大了，就把我给开了。反正我这辈子时光都交给这个家和这个屯子，把我就地埋这里好了，不再拖累儿孙们啦！"

在儿孙们哀求下，老人同意不死了。冯仲业却气鼓鼓地说："老爷子说得也对，就这么走太便宜他们，明天我去和他们理论。"裴蕴清却不同意："他三伯也没个准主意！你昨天回来就去还理直气壮。老爷子现在闹出这码事，传出去多损声誉呀，干啥活不起了？就悄没声搬走了吧！"

哥俩觉得女人说得在理，再一商量，老爷子既然肯活下去，还是按原计划进行。

第九章　跪辞家长重担

1

克山县垦荒户一小股冯家人，搬迁去西博荣屯定居，议定分两步走。卡长冯仲业陪同父亲敬庭老爷子，坐火车先行。弟弟、弟媳带三个孩子后走。他们得把所能折卖的东西尽量折卖完，再用马车载着必需品，随后把家迁移过来。

但父亲冯敬庭走到布西街，就被亲友们热情留下了。仲业也乐得让老爷子留在布西街和亲友们多待几天，让老人家散散心中余闷。所以，他立即只身回到了西博荣税卡内。

他回到单位，先不动声色地悄悄开始了撤卡准备工作，他只是简单地向副手蔡其乔传达了省局意向。但外界却传来一说，说是别看他卡长小，却悄悄给沈阳当局写一信，列举特别税卡十大弊端，江省就决定撤卡了。有的越说越玄，把冯卡长说成是反军阀英雄。但他本人什么都不知道，只悄悄地准备善后工作。

他首先用折卖克山小家的土地、车马钱，悉数交齐了自己为周济吴家治病，对卡内所有的欠款。这使蔡其乔非常感动。别人当头儿，能划拉到手的钱，尽力划拉，哪有给公家交钱的人?

所谓善后，就是把卡内现有财产——几年来的排木税，缴上来的所有剩余木材，牛、马、羊登记造册，以备来人验收。

冯、蔡二人虽然严格保守秘密，但裁撤风声还是传出来，而且是各种各样的。因为卡里两个头人不动声色，所以下边职员还都照旧在埋头工作，但因有各种各样的风声，也就有各种各样的猜测、悄悄议论纷至沓来。对于吴家人病情如何，他已顾不上去探问，只通过肖郎稍稍了解些情况。

2

其实在高车吴家，随着妹妹、弟弟及侄儿们的病逐渐痊愈，娜茉娅的心事越来越重。冯仲业义掷数千金几乎救活她全家人的性命，她家却无以为报。其实她也心知肚明，那个卡长这么重的义举，多半是冲着她来的，一般女孩子对这种事非常敏感的。她是从他每次和她接触时，他嘴角眉梢的笑容中，以及眼神里发觉到这种渴望的。只有她以身相许，才能补报这份厚重的人情。虽然她因举止端庄，仪容姣好，求婚者甚多，但她心里却十分倾向于嫁给这个温情、多才，对她体贴入微的税官。每当她想到屯中那些因醉酒而殴妻、因柴米终日口角不断的家庭，就不寒而栗。但是她这个心事，怎样叫父母知道变成行动，却无从谈起。因为她知道父母对于她，各自抱有各自的期望。

那次么斯库不听话，放排时执意要逃税，为他们家惹下大祸，逃税罚单发下时他们家感到吃不消了，宝山老头曾找女儿谈了一次话。父女俩在园中栽植叶烟苗子时，父亲把烟畦中幼苗连土根装一满筐，递给女儿娜茉娅，却没让女儿离开，他说："娜茉娅！我有话跟你说。"于是娜茉娅手执烟苗筐站在那里，等父亲开口。宝山寻思了一会儿笑问："我们家的那首《制车谣》为什么是山歌形式？"女儿回说："那是因为七祖是个女人，她还会弹一手好木库连，所以她用赞达恩形式作了《制车谣》，要求吴家人世代遵守。"父亲问："你还记得吗？"女儿回答记得，遂轻声唱道："纳依耶！为何吴家家风严？造车容易精制难。良材更要良匠造，精心加工技艺娴。纳依耶！好车必是良材制，选好毂材第一关。十之八九难为用，良匠有心材入选。纳依耶！良材还需细加工，磨快三刃第二宗。轻打轻敲不挤压，卯正榫准天合成。纳依耶！毂辐辋材皆备好，匠人三刃磨快了，净心操作无杂念，精准不差一分毫。”父亲说：“孩子你看，这要求标准很高，当年七祖通莫日根主持家务时，却都达到了。但周围世风很坏，粗制滥造的高车泛滥，以次充好，只有吴家高车旗帜迎风不倒。后来他被坏人所伤，大病一场后抽起鸦片。眼看这面旗帜保不住了，他的夫人哈莎儿，自称为七祖哈莎莫日根，出来整顿家务，严格高车标准，并制作了《制车谣》约求全家族遵守。泛滥之风到底被她遏制住了。”女儿说：“那是特殊时期，逼得女七祖不得不那样做呀！”父亲哽咽着说：“孩子！我们现在也是特殊时候，该不该产生个女家长了？你在铁轴承小爪上表现了非凡的才干，虽然名义上是爹的制作，但我知道是出于女儿的智慧。特别是你冒生命危险抢救出秘笈和传记底稿，你早就该是这家的家长了。怎么样？要开个家庭会议，爹给你说句话定下来吗？”

娜莱娅听明白了父亲的意图，么斯库逃税让老人彻底失望了，遂心里颤抖一下，烟苗筐由手中掉在地上，妙目中流出泪水。宝山满怀期望地望着女儿的脸，久久才嗫嚅着说：“我女儿不愿意？”女孩子流着眼泪跪倒后回说：“这担子太重了，女儿肩膀柔弱，承担不起！况且长房还有么斯库在，咱们小家上有哥哥明太，他下边还有弟弟恭太，怎么会轮到我？”

父亲长叹一声说：“可怜吴家，你若不肯承担，还是摆脱不了这危困状况。我想了很久，也观察了很久，长房人么斯库太鲁莽，咱家你哥太孱弱，你弟弟又太小。我只好承担个虚名，由你母亲胡乱处置吧！”女儿说：“爹也太高估女儿了，我想我不该像七祖那样强露锋芒。何况我是大娘安代儿的弟子，从打她手捧传记稿跪我那天起，我就发誓：应该做的是学习文化，续写好她留下的传书。这样吧！家里的事只要我看出来什么，我会尽力帮父母的。”

但父亲又非常郑重地问了一句：“你不是被那个汉族卡长的权力迷惑了吧？”女儿原本已经站起身，听见这话立即重新跪地说：“爹还是放手让我去吧！请相信女儿的判断能力，看人的眼光不会差太多。”

就在这个时候娜茉娅听见嫂子远远叫她，她见父亲不再想说什么了，忙拎起烟苗筐走了。

其实她不是想放弃拯救家庭的责任，而选择爱情的路。在她看来，在当时的社会环境下，一个柔弱女人就是拼出死命，也难拯救高车吴家的命运，风险又很大。何况她一直对代儿留给她的事情念念不忘。她希望能借助些外力。外力何在？现在她只有一线光明，得及时抓住，又怕双亲不太理解，为此她最近非常忧郁。

她的忧郁，终于被老太太维尔金看穿了。母亲对女儿说：“孩子！你的妹妹、弟弟的病都在日益好起来，你怎么反而终日长吁短叹了？”

“嬷嬷！我们的病被雅达干给耽搁了。是你带领全家人给冯哈拉下跪，感动他花几头牛钱救活我和家里几个最小的。这份人情太重了。你想过吗，怎么样补报人家呀？”娜茉娅反问。

“是啊！这份情太重了。”母亲叹息说，“可是你看咱们这个家里，除了车材，就是车件，没一样值钱东西。只有一个办法，那就是把你嫁给他。我们家现在也太脆弱了，你嫁他后，我们还可攀点力量。但是，这么做，做父母的于心何忍哪！再说，又怎么向冯哈拉张这个口呢？”

女儿似乎胸有成竹，她说：“他的许多好的方面都是在屯子男人里找不到的。只要你们二老同意，我就嫁他。你们能开这个口，剩下事我自己找人安排好吗？”

母亲也像对此事考虑很久，但不知女儿她心里想什么，却没点头，只同意说：“你去试试看吧！”见母亲还是有些不放心，娜茉娅没再往下说，她要让老人从心里愿意。

一天，男人们在院中做车活儿，娘儿几个在屋里说话，东院金桩子家男孩子哭着跑来找维尔金老太太去他家拉架，说是阿恰又打嬷嬷了。桩子原是个外来户，因他膀大腰圆，一把开山斧在砍林子时，两个人抵不过他一个人砍的多。媳妇腊月的父母看好这个劳动力，就把她嫁给他了。夫妻俩很般配，小日子过得应该说也不错。就是两人都有两个孩子了，腊月还三天两头挨打，主要是因为桩子喝酒，腊月不能劝，一劝就挨揍。不劝，家又没多少进项，就卖柴那两个钱被他有时一高兴全买酒喝了，孩子们连野菜粥都喝不成。

老太太这回想弄明白，两口子为什么总打个没完没了，就领着大姑娘和大儿媳妇，一阵风似的跑过去。此时桩子正揪住腊月头发用脚踢她，腊月不是求饶，而是一边哭闹一边诉说什么。在老太太喝阻下，姑娘媳妇一齐动手，把腊月终于解救出来。腊月哭号着说："维尔金太太，请你作证，我们的日子再没法过下去了。"维尔金先没理会女人怎么说，却责问男人："为什么总打媳妇？"桩子开始不回答，问急了只说："她不……她不在人前给男人留面子，我只能这么教训她！"

这时娜茉娅插话说："桩子大哥不愿说，那么腊月嫂子就先说，两口子今天为什么打起来？"

腊月边哭边说，好半天才讲明白两口子打架的原因：又是因为桩子喝酒。昨天桩子去布西街卖柴，临走腊月嘱咐他回来时务必给家里带米回来。米盆已经见底了。桩子答应得挺好，但是腊月把野菜都切好等米下锅，上街的就是不回来。等呀等，等到太阳栽西也没见人影，孩子们饿得不行，腊月就猜到是怎么回事了。她借一匹马，骑上去就奔西拉金坟地。

果然几辆车在路边，牲口都在坟地上吃草，它们的主人们都喝得东躺西歪在草棵里睡着。腊月当时真是哭笑不得，她男人五大三粗，背不动，只好把车弄进坟地来，再把他弄上去，抓牛套车，把马拴在车后，赶牛回家。这件事明显是桩子错了，但他醒来就骂媳妇不该弄他回来，让他在屯内老少爷们儿面前丢了份儿。腊月顶了几句，他就开打了。

维尔金老太太领着姑娘媳妇回到家，母女们议论说："腊月家日子也真没法过了。"大儿媳仓瑞平常不怎么说话，今天愤懑地评议说："若我说，嬷嬷你别多心，对桩子这种男人，就应该打扁他，女人在他的眼睛里不是人。明明他有错，还一点不讲理。"娜茉娅说："我遇见这样的男人宁肯一辈子不嫁，既醉酒又蛮横。"母亲这回想通了说："娜茉娅！冯哈拉的事，随你怎么办，只要你把我们的意思转达明白。"

屯中有几个酒鬼，特别是那些已经成为酒精依赖症患者的，总是喝，喝了就闹，女人对他们一点办法没有。对此，娜茉娅深为警惕。

一天冯仲业去布西街里核对业务，娜茉娅抽冷子闯进蔡其乔的办公室，她坐下就说："蔡副卡长！我能问你几个问题吗？"

蔡其乔见是卡长的意中人，先怔了一会儿，但他对她客气地说："请问！"

娜茉娅是有备而来，但她还是沉默许久，才把想问的一股脑儿都问出来："冯卡长，他家的妻子确实没有了吗？他说我的很多好话，都是真的吗？他对我家有恩，我若嫁给他，他肯娶我吗？"

蔡其乔见她问得严肃，也就郑重其事回答说："据我所知他妻子已去世一年多了。他对我话里话外没少称赞你。主要说你朴实、聪颖，有音乐天赋，和他有相通的音乐语言，并可惜你就像棵灵芝被埋没荒山。你若嫁他，他绝对乐意娶你！"

"好！那我就说说我的条件。"娜茉娅咬咬自个儿姣好的红嘴唇说，"达斡尔人讲嫁鸡随鸡，嫁狗随狗。但喝醉酒打老婆的，我不愿意嫁。他常讲夫妻是伴侣，他若把我当伴侣，我就嫁给他。别看他为我家花好几大千，我嫁他可不是为还债的。"

蔡其乔闻说，诧异地睁大了眼睛说："好！我会如实地转告卡长。还有吗？"

蔡其乔的态度，让娜茉娅受到鼓励，她又说："他对音乐很在行，婚后他得教我，但不是老师，我的老师是我大娘安代儿。我识字不多，还得教会我文化。我还得继续承担祖上传书编写的责任，他得帮我。"

蔡其乔忍俊不禁地笑着说："好！我转告，还有吗？"

"有！"娜茉娅接着说，"我是达斡尔人，他是汉族，组成新家庭，得各说各的。将来孩子是什么族，让他们自由选择吧！"

"好！我会如实转告的。"蔡其乔郑重其事地说。

"他，如果对我的这三个条件都没意见，我就嫁过来！"娜茉娅说完转身就走，但走到门口又回过头扔了一句，"我听你的信！"

对娜茉娅找上门自荐，并提出三个不俗的条件，蔡其乔大为惊诧。他觉得就凭这一条，就够奇女子了。达斡尔族女子较汉族女子一般都平易、大方，没有那么多矫揉造作。但像娜莱娅自找上门谈论婚事，实在是绝无仅有。冯仲业回卡后，他果然如实转告他，而且最后加一句：“大哥！你若有妻如是，岂求他哉！”

冯仲业听了也很动容，觉得自己没看错人。娜莱娅的三个条件他不仅接受，而且很客观地为其解释说：“她很聪明！她家四个人接种牛痘，花我几千块钱，这对他们的压力太大了！她若不提出这样的条件，背上包袱，将来都没法面对我，也没法面对屯里乡亲们，特别是将来我家人。”

蔡其乔听了点头说：“果然如此！”

3

就在这时候，普乐他们也可能听见撤卡风声，抓紧来交涉免山林税的事。他又强调那一套说辞：“清朝时这里本无山林税，现在是民国，当讲民主。其实诺敏河沿岸，莫力达坝以下早已经无林可言。西博荣山林，早先没税。是设卡以后，税官们觉得此处林木蔚然，不顾此处特殊情况，就决定我们必须纳税。你们两位就发发善心给免了吧！”

两个卡官因卡里办善后太忙，只得推托说：“忙过这一阵再考虑！”

但普乐还是不肯罢休地纠缠，他的最大心愿就是在税卡撤销前，能哀求卡长冯仲业把西博荣山税免掉。但他又觉得给山林定税后，就像羊羔送进老虎嘴，送进去容易，但要掏出来，那就太难了。他又通过蔡其乔了解到，几任卡长，只有冯仲业能帮办这事，因为他和前几任有不同之处，就是对少数民族有点同情心。于是，他和兄长善德都断定，冯仲业这个人多愁善感，得想办法打动他的心，把免税的事办成。

这天，冯仲业正和蔡其乔商量处理畜群的事，普乐笑嘻嘻进来说：“两位别太忙了，身体要紧，我带两位去逛逛博荣山吧！你们虽然来了很久，大概谁也没见过它全貌。”

冯卡长不太愿意动弹，蔡其乔说："现在办这些事，累倒不累，只是心烦意乱，不如就跟屯达出去看看西博荣全貌，也散散心？"

副手这么说，好奇心很强的冯仲业也就同意了，两个人坐普乐赶的单马车去了后山。后山和前山不同之处，就是多了几棵樟子松。回望它树梢高出密林，几许湛绿稀疏挺拔针叶的树影，在风中款款摆动，刹那有横空出世的气势，确实使人一扫胸中几天来折卖物资的郁闷。普乐讲，博荣山原来就是针叶密林，被砍伐后，再也恢复不出原来的样子了。针叶树怎么也抢不过阔叶树的生长速度。这使冯、蔡二人产生一种人世竞争不休的感叹。蔡其乔说："人生不容易，若想出人头地尤其不容易。"冯仲业回说："所以世上出类拔萃的人很少，都是些平庸之辈。因为出人头地太累了，不如平庸地活着，任凭历史摆布反而容易些，动不动就来一场什么劫数，像东北王张作霖、黑龙江督军那么威风。嗐，才威风几天不就完了……"他们是来散心的，眼前景物又使他们生发无限感慨，普乐忙赶车走开。

他们坐上车又向东山转，来到几棵参天大榆树跟前下车。

这里山势平缓，从此向东山望去没有树木，净是纵横交错的农田，山下尽是一排排草屋茅舍。名字是：东博荣屯。

他们又回到榆树下，那里有座长满荒草的大坟墓。普乐指着一座坟墓说："这是我的叔祖，名字叫善平，是过去的佐领。这里过去曾是一片大榆树林，也是东、西博荣屯分界线。可是东、西博荣人在这里流了不少血。因为在东博荣屯开垦户中刮起一股不知什么时候兴起的伐榆木风潮，他们喜欢用榆木做柜箱。因为榆木有些花纹，很美丽，用它做料打出的柜箱，很受人们的追捧。因此各家都希望有一口榆木箱子或柜子，以追赶时尚。这样，这片榆林就遭了殃，经常被偷伐两三棵、四五棵，或有时伐倒一大片。西屯的山林队出面干涉，两下就打起来，打起来就会流血，有时还会死人。东西屯也不知为了盗伐、反盗伐，发生冲突多少次，死了多少人。不管是原西巴达罕总管衙门，还是布西设治局公署，都管不住。有人说这片林子风水有问题，我叔祖邀来东屯的屯达商议，请了三天大神，跳了三天萨满。巫家那套什么吃红枣、撸红绦、穿铁鞋、戴铁帽，全武行都用上了，但都没能吓住，也没能解决偷伐盗砍和流血的灾难。”

“又过一段时间，”普乐缓口气接着说道，“盗伐、流血还在继续着。不知又过了多长时间，我叔祖在一个萨满那儿得知一个制止盗伐的方法，就是立血诅——伐木必见血光。我叔祖当时兼山林队长，能否制止住盗伐和流血他是有责任的。于是他就请来萨满作法。但立血诅必须用人血作咒。人血何来？因为有生命危险，谁也不愿献血。后来我叔祖说：‘为了这片树林，已经流了过多的血，立这诅咒是最后一次流血。为更多人不再流血，最后一次流血的人就是我吧。’于是他让萨满割他手腕取血。血取了，诅咒立了，我叔祖因流血过多而得大病，又因不治失去性命。族人为纪念这位急公好义的佐领，把他葬于此地……”普乐说到此处哽咽起来。

沃善平的故事，显然使两位税官也有些动容。蔡其乔忙于知道究竟，遂问：“用人血立诅咒，管用了吗？”普乐摇头回说：“这很难说，可是从此盗伐的事慢慢平息下来。但据传说东屯有人不信邪的，还是去偷伐了两棵榆树，回家就吐血身亡了。从那以后偷树风渐渐刹下来。”

冯仲业虽然未形于色，但他对此评判说：“这种事可能有，也可能是有人借用人们的迷信心理编造的故事。不管怎样，起作用就好，说明保住一片树林多么不容易。这位善平义士的义举倒是很感人的，因而保留下几十里一座西博荣大林子，着实来之不易呀！”

他们又登车准备返回去，走到离屯不远的地方，有一处房舍很整洁，院子里花木扶疏，在一大片林木掩映之下显得出尘遗世。这引起冯仲业的注意，让普乐停车，和蔡其乔二人走了进去，

院里空荡荡的，杳无人迹；门窗紧锁，大概是座库房，只有一院小鸟乱飞。院落四周花木甚多，除了梨树，还有山丁、稠李树，春天定是一片花海。这使仲业怦然心动，他对蔡其乔叹道：“倘若招几个小孩子，在这里开个学馆，也不失为一种职业。叫什么名好？对了！就叫博山学馆吧。”

蔡其乔惊讶地问：“卡长真的不想回省另谋高就，而是留在这里教

学了？”但冯仲业摇摇头说：“哪里，哪里！留下还得有留下的条件，譬如真娶了高车家的那个人。”

蔡其乔听了这番话，半天哦了一声，心里通明，卡长心事已昭然若揭，于是说：“一段障子三个桩，一个好汉三个帮，我来帮你吧！”

他找到屯达普乐说：“免山林税的事，你光会苦苦纠缠不放，也不顶用，你得明白事情的来龙去脉，还得会些手段才行。你看冯卡长这人怎样？他可交吗？”

普乐想想说：“当然他很好，很有学问，很有魄力，心地也很善良。老实说，那么多个特别税卡长，叫达斡尔人烦透了，但谁也奈何不了他们。他来这儿不到一年，就把税卡给撤了。这得多大的胆量和本事？”

蔡其乔又说：“你想不想让他留下来？”普乐惊讶地说：“我能留住他吗？”蔡其乔说：“不可思议吧！什么事都得讲条件，你让高车吴家的姑娘娜茉娅嫁过来，他就走不了啦！你光死乞白赖哀求他给山林免税，他又没时间去办，再说办得了办不了也很难说。假如你出头把这桩婚事给他办了，他会主动去办那桩山林税。你不是就省事了吗！”

蔡其乔想成全卡长的美事，但又觉普乐出头更合适些，就把两个恋人的情况稍稍透露给他。

达斡尔族人最重情义。普乐听了这些之后，就想替他办成此事。他再也不顾忌会引起表弟弗灵阿的不愉快，跑到高车吴家去提亲。

吴家二老看到屯达拿出做媒用的红纸包的酒瓶，愣住了，但这件事也在他们预料之中，由屯达亲自来，却是没想到的。维尔金老太说：“哎呀屯达！我们姑娘能嫁给省里来的卡长，也算攀上高枝了。但他是‘涅坎’——汉人，和达人生活习惯是不同的，两族人生活习惯不一样，能过到一起吗？”

普乐知道达族家长对媒人提亲，习惯上都是要先找理由打几个拨回，不然怕被人看矮了，遂信口解释说：“他是汉族，但不完全是。他嬷嬷大概是满族！应该说是混血统人。再说，习惯会改变的。”

“他们家好像挺富裕的，”维尔金想了想又问，“父母人怎样？好伺候吗？”

“那当然，你看他一下豪爽地拿出几头牛都不在乎！”普乐耐着性子解释，并提醒老太太别忘人家对她家的好处，又添油加醋说，“他嬷嬷没了，他的阿恰听说比他还大方。”

维尔金被普乐左右逢源对答得实在没话了，想了想又说：“我们怎么也得问问姑娘自己愿意不。”

老太太装模作样进里屋问娜茉娅：“屯达来给你和那个税卡的诺彦提亲，你自己听明白了吧？怎么样？”娜茉娅在天花劫难中脸上平添两颗细微白斑，但没影响她的面容，却另添了一番风韵，就是一笑，脸上现出一片涟漪，最后归结成一个美丽的笑涡。她自从那天拒绝父亲要她做女家长后，就开始翻看大娘代儿留下的遗稿。现在她正穿件红袄坐在蔓子炕上整理遗稿，听到屯达进来和母亲说话，心里暗暗高兴：这是她自己布的局，直到现在才开始起作用。自己的小本事还真管用了。她又想到在全家遇难时，那个人不顾一切地救了他们，从那时起，她就觉得必然有一天要飞到他的身边。他会很温柔地教她音乐，教她书本知识，帮她分析传记。

但是她听母亲问，没想作答，却拿起口胡吹奏冯仲业教她的那支曲——《双飞燕》，然后又去整理稿件。维尔金被女儿的举动弄怔住了，但又马上明白过来，去回屯达话说：“那个死丫头和我打哑谜，就算同意了吧。”

普乐也高高兴兴地去回复蔡其乔。蔡其乔立刻去向冯仲业表示祝贺。

4

省局有正式文件来，决定撤销西博荣税卡，要他们做好善后准备，并说弘局长可能亲临检查。冯仲业把税务做两种处理。纯工商业木材税：板材、铁道枕木、坑矿木部分留给省局，木排要放到齐齐哈尔由省局直接课税。布西税务局属于民用：民间用的柱、椽、梁，车、船等板材及零用杂木，由布西税务局直接课税。现有人员也被分作两种调动。原来省里来的税员随税务回省。蔡其乔作为副科级税员，随税务回归布西税局。沃淑芹、肖郎几个税员亦随税务去布西局。

冯仲业对自身的前程却很犹豫不决。若回省局等待重新分配，就怕舅舅真的辞职还乡。对于军阀政治同样讨厌的他，老人家一走，他就得对陌生的顶头上司奴颜婢膝地做笑脸，那是一种什么生活？看来只好留在这里，家已决定搬来，自己还能干点什么？就教学生吧，他又一次想到，那就该先在屯里买座好一点的房子。

冯仲业正在拿不定主意，蔡其乔领普乐进来向他贺喜。他一时没回过神，不解地问："我还有什么可喜的？"

普乐吓了一跳，忙问："不都说好了吗？你说只要女家愿意，你怎么的都行，现在反悔了？"

蔡其乔知道他在专心致志想心事，没顾得上考虑别的事，赶紧说："吴家亲事成了！现在只等你点头、过彩礼，你得好好感谢屯长这个大媒啊！"

"哎呀！原来如此，当然得重谢。"冯仲业立刻喜形于色，忙站起来，说，"屯达你让我怎么谢？"

"谢我不忙！"普乐转忧为喜嘱咐说，"那家女主人事多，你得赶紧把吃恰恩特日子定下来。"

"衷心恭贺你，我的头儿！"蔡其乔在普乐走后，异常亲近地说，"能把全巴达罕有名的美女娶进门，那也算金屋藏娇，人生一大幸事了。可是你把她娶到哪儿？听说你家也马上要搬过来，又落脚到哪里去呢？你整天没白天没晚晌忙卡里的事，也该想想自己的事了，别让亲人们日子太难过了。"

"我不过尽一点卸任前的职责，让验收人少挑刺而已！"仲业笑了笑又问，"屯里可有合适的房子吗？"

蔡其乔回说："屯里有几处好房，都是富裕户，不会租不会让，剩下的都是小门小户的老房子。合适的，只有咱们这所大院。我都替你想好了，你把她娶进这所大院才算够格，再说你家来了也能干点营生。”

冯仲业不是没想过这所大院落，但他怕人说三道四。再说，这大院得值几千，他手中的钱都还账了。他见老蔡诚恳，就把这顾虑讲给了他。蔡其乔听了哈哈大笑说：“真是一掷千金的富人，连工资这不小的钱都没看在眼里。你从打来，近一年时间，只是临时借点零花的，还从来没正式开过工资呢。沃淑芹算你的工资账，几个月合在一起还有几千元龙江票子呀！再说，达斡尔人有个忌讳，这院子被机关单位占用过，别人都不敢再住。除了你，谁敢接手这所大院呢？”

冯仲业听罢吃惊地张开嘴巴，想到近一年没开工资，自己也乐了。他是学商的，商业上熬到掌柜身份的都是不讲开支，讲年底分红。他来税卡，把税卡小官当商业掌柜干，忘了开支。愁钱愁了这么久，没想到在薪水上竟攒下不少，紧要关节还顶用了。

于是冯仲业先把老父亲冯敬庭请到大院，接着又捎书带信让二弟全家快搬过来，克山的小家一来，大院子又会热闹起来。

俗语说船破有底，底破有帮，帮底都破还有三千六百个钉子。虽然冯家穷得在东大荒最后一垧地都卖了，和本家人又闹崩，但敬庭老爷子在屯里人缘好，老亲少友还是很多，搬家来了一大溜车队，只裴姓亲家就伴送了四五辆车来。

对于西博荣山撤掉山林税的事，最近冯仲业一直放在心上。倒不完全是为报答普乐为他撮合和娜茉娅的婚姻，那天他听普乐讲的善平的义举确实使他受到了感动，始知道保住一片林子确实不易，而且是用流血换来的。

深有感触的他晚间回宿舍，临睡前填写一首名叫《山魂·解佩令》的词，又名《解冤结》，副题是“记西博荣屯善平义士力止械斗护卫山林义举”。其全词是：“犀因角死，獐为脐灭。树夷平、因纹理卓别。时尚人前，柜子俏、炫耀风烈。惜榆林、削成平野。东邻施虐，西邻制孽。两斗械、尸横月夜。有士制强，巨臂舒、止邻破裂。血沃丛林，魂掩山阙。”他知道这番故事后，遂决心消除此税，但必须有根据，为此苦苦思索着。

正副卡长经再三调查后，找到了当年确定山林税的凭据。当初特别税卡刚建立，税官们都觉得西博荣山林完好，村民生活比农户生活宽绰，毫不考虑其山林得以保存的特殊原因。冯、蔡找到这个设税起因，就大胆用税卡名义发文决定：随同特别税卡撤销，永远免去西博荣屯山林税。

这桩事办成后，几天内屯达普乐有如登上云端，浑身都有点飘飘然。这算是他多年屯达任上，为屯民办的最大好事，还从来没有叫屯里所有屯人都享受到这样的好处。

第十章　之子于归

1

凌晨，在西博荣屯东南角蒿草迷离的车道上，匆匆地走来长长一趟带棚子的马拉高车。前车桦棚上挂着红绸和大朵红绸花，后边跟着十几匹鞍鞯鲜明的骑马人。马上的骑士个个衣着光鲜，扎着各种颜色的腰带，笑逐颜开。

车队在深深的山坳里刚走出一多半路，东边山脚下，原来的海牙屯废墟已远远在望了。这时车队忽然停下来，第二车上的“华达”和“霍都古”们都下来安排香案。

第一车上身穿大红嫁衣、脸颊白嫩的新娘，在伴娘的扶持下，走到香案前拈香，面向东边的海牙屯的西南角凝神张望，然后深深地下拜。

这时红日已冉冉升起，一切都变得如此清晰。车队原来是西博荣屯高车吴家，以吴明太为首的送亲队伍，送他的妹妹娜茉娅哈朵，去和原税卡卡长冯仲业成亲。因为新娘就要离开父母，父母最大的心愿就是恢复祖业，能搬回原来的东博荣屯旧址去住。那日父亲曾语重心长地要把恢复祖业这个大任交付与她，把她吓坏了。那不是容易接的差事，因为环境不行，爹说起的当年哈莎儿女七祖，那是在清朝时期。在黑龙江北鄂嫩河流域的时候，其实那时清廷也管事不多，只要民族自身强盛，就少有人敢来干涉和欺侮。现在是在民国，在诺敏河流域地方由军阀掌权。连精明强干的大伯和大兄长都叫人给算计了，自己一个弱女子，怎么能忍心让全家人跟自己冒这个险？她只有出嫁，出嫁找个依托，或者还能为父母再做点什么。她能做的只有再学点文化，把修传记的事重新拾起。她想临嫁前再看旧址一眼，一家人梦寐难归的地方。她拈香时眼含热泪，想起儿时家中的富裕，高大的房屋，宽敞的院落，成千上万的畜群。自从大伯和堂兄去甘珠尔庙会，在他们交易后赶着畜群回家的道上被劫，家里又连烧两把火，一切都变成了一堆灰烬，剩下的只有贫困、贫困。母亲维尔金经常半宿半宿跪在地上向巴日坎祈祷，而她常常从梦中被母亲哭声惊醒。母亲的眼泪和哭声，爹的期待眼神，每每像锥子一般刺疼她的那颗稚嫩纯净的心，使她浑身不停地颤抖，无可名状地恐惧。现在她出嫁了，还能为二老分忧多少？

娜茉娅哈朵正在悲思纷纭，却被另一阵马蹄响声惊醒过来。原来是蔡其乔、弗灵阿、肖郎的迎亲马队到了，而且迎亲队伍中伴有唢呐队。两队人马一会合，唢呐呜哇一响，新娘就被立即拥上轿车起程。

走在迎亲马队当中，心情最复杂的要算新郎的义弟弗灵阿了。他来西博荣当初，除了帮助表兄办学外，另一个目的是把人称巴达罕第一美女娶到讷谟尔河彼岸去，而今天却变成了他的义嫂，让他随帮唱影地跟来迎新人。他心中有些愠怒。他和冯仲业同车到达西博荣屯，同一天初识新娘子娜茉娅，自己家的财产要比开垦户冯家多多少倍，但事隔一年多，阴差阳错地她竟和冯仲业结成连理；自己却成陌路之人，只能趁现在多看她一眼。他若报复那个结拜义兄，只能先于他狠狠盯她一眼。弗灵阿骑在马上，心里酸、甜、苦、辣的滋味不停地在翻腾着。为这件事，他差一点和表侄女沃淑芹吵翻。当娜茉娅亲自去税卡提婚姻条件，表哥普乐又必须为全屯的利益去高车吴家做媒时，弗灵阿后悔不迭，埋怨表侄女没有早点用心给他撮合成，耽误了他的天大好事。沃淑芹也不是让份儿的女人，两唇如刀，是个不好惹的主儿。她反唇相讥，笑说："你自己想喝茶又怕烫，怨谁？我都和老的说好了，你自个儿去看小的。人家姑娘下颏被虫蜇了，贴片烟叶消毒，你就疑神疑鬼的，怀疑人家长了鼠疮。瞪眼看人家冯哈拉得到人，你难受，埋怨我。你看人家是怎么办的？她家那么多人得天花，他不是躲开，而是跑去找医生，又不惜花大价钱买疫苗救人。那时你在哪儿？在干啥？对女人像你这样挑肥拣瘦的态度，什么样的姑娘你也捞不到，只配一辈子打光棍。你以为是我故意拖延你？呸！不拿镜子照一照，活脱的大鞋拔子，不是表叔我才不理你。”

被表侄女拾掇一顿后，他还是跟着迎亲马队出来了。他为什么不恼？原来他对婚姻并不像他说的那么认真。因为西巴达罕很少有人知道，东巴达罕地方，除了产书生、学者以外还产“婚闹”，就是指那种行为不端的狭斜恶少，这种人对婚姻并不认真，爱在婚礼上揩他人之油，这是一种恶癖。他原来只是有些痞气，这种恶癖却是后来形成的。他因先天容貌不佳，几次被女孩子所贬斥，婚姻不成，他改变了主意。他想，自己读了那么多书，又年轻，先不要忙结婚，在结婚前玩她们，而且要玩个够再说。不过这次迎亲，弗灵阿没有机会得逞。因为蔡其乔的安排没给他留一点空子。再说，他表哥普乐也在人群里，他也有些顾及面子。

迎新车马队伍在锣鼓唢呐的簇拥下，直到冯家大院门前，一阵鞭炮响才把他从懊悔中解脱出来。

2

冯仲业大婚，虽然蔡其乔帮他买下税卡大院，落实了新房，但他若想把新人娶进门，还有两大关难过。因他不会弄权，不会弄钱，又不擅交际，实际上他早已囊中羞涩了。这早已被细心的助手蔡其乔看到眼里，他觉得冯仲业学识很高，也有很强的工作能力，人品正直，心地善良，只是他是富家子弟出身，大手大脚不会过生活，也缺乏手腕；但他却另有一种亲和素质，就是与他相处可以不设防，常常与人为善地帮人，相互交谈，每次都会很愉快，因此想和他进一步交好，并帮助他。所以在离开西博荣屯时，蔡其乔想帮冯仲业创造个较好的生活环境。

当普乐又在他面前夸卡长是难得的好人时，蔡其乔一边附和着，一边数叨冯卡长就职不到一年时间却帮达斡尔人办了几件好事：一、倾家荡产救了高车吴家四条命；二、想尽办法免去了西博荣屯的山林税；三、仔细调查，并有胆有识真实地反映了特别税卡的情况，得以撤销达斡尔族人最头疼的西博荣税卡。然后，他问普乐："你好赖大官、小官也没少见，但见过这么好的人吗？"

普乐摇头回说："没有，他没官架子，心肠软。千百个官员中挑不出这样一个来，看来他就不是个当官的料！"

"嗐！他遇到困难啦！别看他没事人一样，他已经和克山大家庭分开了，再也没有弄钱的地方了。兜里大概早就花空了，可是他不懂理财，办喜事安家处处都要花钱哪！"蔡其乔不无忧虑地替他难过地说。

"那怎么办？"普乐问。

"现在看只有我们能帮帮他啦！达斡尔人一段障子三个桩，一个好汉三个帮嘛！"蔡其乔回答，"我们不是他好朋友吗？可是他不会白白接受帮助，有什么办法让他顺顺当当接受这些帮助呢？"

两个人想来想去，普乐说，只有一个办法——结义。结成兄弟，兄弟相帮他没法推辞。这是满文《三国演义》里写的。达斡尔人有头有脸的人家都供关老爷，也都熟悉桃园三结义的故事，所以普乐的脑子里很快跳出个点子。

但和冯仲业一说，他却犹豫不定。因为仿效三结义，他觉得庸俗而又反感。还是蔡其乔说服了他。蔡其乔非常动情地说："头儿！你现在可没有刚从省里奉命走马来卡时的风光了。我就要去布西上班了，你在屯里一个亲近人都没有，这叫我很不放心，假若你和普乐他们结成兄弟就不一样了。你是有学问的人，还记得老夫子说：'水至清则无鱼，人至察则无徒'，朋友是任何人不可或缺的。"冯仲业想想，点头应承下来。

原本议好的金兰谱序齿是：冯仲业是老大，沃普乐排行老二，蔡其乔排行老三。正式结拜那天，在普乐极力主张下，临时又插进两个人，一个是哈力沁屯达嘎珠儿，另一个是普乐的表兄弟弗灵阿。这个嘎珠儿，冯仲业是闻其名的。这个弗灵阿，是与他同车到西博荣屯的，是讷河人，念过几天齐齐哈尔师范，来表兄弟家帮助办学。因慕冯卡长大名，非要加入不可。这样冯仲业还是老大，嘎珠儿排老二，沃普乐排老三，蔡其乔退居老四，弗灵阿刚刚二十九岁，排为老疙瘩。于是在大兴安岭东南麓诺敏河边西博荣山下，民国年间颇有影响的博山五义形成了。结义，其实在当时是底层人一种政治势力的结合。能够和有胆识裁撤吴大帅税卡的勇士结为兄弟，该有多么风光！所以因有屯达普乐牵头，五义结拜那天，由大户出钱（当事人一个子儿没掏），杀猪宰羊大宴宾朋而轰动一时。十里八村有头有脸的人都来祝贺。

敬庭老爷子对长子续弦办喜事最为兴高采烈，但需要钱，又让他急得不行，想和布西街亲友借贷，又没法张嘴。逼急了，想起自己还有老箱底，就问二儿媳蕴清：“搬家时，我那两口破箱子可给我带来没有？”

蕴清不无讽意地笑着回说：“哪个人有包天大胆敢不把老人家万贯家产给带过来，都在那边高脚仓房里堆着哪！”

老人并不在意儿媳话音里的含意，他转身蹒跚地登上高台阶，打开仓门，揩了揩视力不强的眼睛，左找右找总算找到自己的那两口破箱笼，只是压在别的东西底下拖不出来。他只得让蕴清上来帮着把上边的东西挪开，再把箱子拉出来打开，然后在里边找来找去。总算不枉老人一番苦心，从中找到一个祭红梅瓶，一只祖母绿扳指。记得这是当初给人家管闲事，人家给的答谢，在庄稼院时既不宜摆，又不宜玩弄，又不觉其有多贵重，就把它扔进箱子里留下来，想着或许将来会派上点用场，现在果然用上了。他笑了一下，告诉儿媳把它送省城折卖，会值些现钱的。公爹这个点子启发了裴蕴清，遂把公婆的、三伯的，包括自己出嫁时带来的妆奁及所有老箱底搜检一遍，先拣出些绸缎，从中找出给新人做旗袍及被褥的布料，又找到许多零碎金银首饰，可以到首饰店给新娘翻新。

大婚过彩礼，没钱是件挺难的事。但因冯家还有些箱底余资，翻箱倒柜一番，没白折腾。冯鸣业和裴蕴清夫妻俩去趟省城都解决了。

过彩礼，达斡尔人叫“恰恩特依迪呗”，男女双方协议是达斡尔式的，也是蔡其乔一手承办的。婆家队伍里除了新郎二弟冯鸣业夫妇和新结拜把兄弟弗灵阿（他心怀叵测，想早一眼见新娘），其余都是蔡其乔找原来卡里人充当的，如肖郎等。送去一头肥壮的黑白花乳牛（补偿母乳），和一匹长鬃长尾小红马（拴马桩之说），还有贵重的绸缎旗袍和被褥、金凤簪、银花钿、玉耳环、玛瑙耳坠，等等，却被维尔金等闲视之，因为她家曾是海牙屯首富。但她招待婆家客人的“恰恩特”果品显得寒酸，牛奶兑了很多水，奶味不足；手把肉不是正宗羊肉。这些都被她能说会道地遮掩过去了，蔡其乔极力维持热闹的气氛走完整个程序。失望的只有弗灵阿，因为娘家人除母亲、哥哥出来应酬外，其他人以劳丽佳尚在病中为借口都避开了。

3

蔡其乔、弗灵阿、肖郎等迎亲马队，簇拥送亲车队，加上看热闹的孩子们，在唢呐的高频调演奏下，锣鼓猛敲的剧烈音响中，走进原来的税卡大院，现在的冯宅。这种高调婚礼是双方协议的东北汉族式（因为敬庭老坚持），是经大媒人——有开放胸怀的屯达普乐所允许的。在西博荣这还是头一次。因为篱笆院太大，不仅马队，包括所有车辆、人群都前拥后挤，挤进张灯结彩的柳笆长廊进入内院。又加入一阵猛烈的鞭炮声，两个伴郎陪伴着身着大红缎褂，头戴镶有红边的长绒礼帽，喜形于色的冯仲业走出人群，用竹节手杖截住了新娘喜车。在他后边，裴蕴清带着两个时装打扮的中年妇女，给从喜车上走下来的新娘头上罩上大红盖头。然后，新娘被伴娘架着跨过马鞍（寓意生活平安），迈火盆（寓意红红火火），走向插在方斗中的天地牌位，在司仪呼叫“一拜天地”声中，和新郎并排跪拜三次；“二拜高堂”，对公公敬庭老恭敬地三次跪拜；又和新郎夫妻对拜。然后在“送入洞房”时发生了一件事，把达族汉族婚规全破掉了。弗灵阿唆使一帮青年宾客，要求名满西巴达罕的美女、木库连高手和大名鼎鼎的学者清官在入洞房前，破除清规戒律亮亮真容。其实冯仲业虽是饱读经史，对社会上一些不成文的旧俗已经厌烦，他在《后汉书》上读过的一则叫“燕风”（实指东胡族系）的文章说“嫁娶之夕，男女无别，恣意狂欢，直侵新娘”，但他又不能不迁就入乡随俗说。他想主要保护好新娘，遂立马拉住娜茉娅的手，并对她悄语：“大方点，不要拒绝，越拒绝会越麻烦。”主动摘下她的红盖头并笑着说：“请尽情欣赏巴达罕美女，也是我的解语花的丽容吧！”与此同时他嘴里念他那首“拂衣振袖上兴安，手撩祥云赏杜鹃……”

他的猝不及防的举动，让在场有过分要求的人全都愣住了。好半天人们才回过神来瞧看新娘。俗语说，人是衣马是鞍，娜茉娅的婀娜身材，在大红嫁衣衬托下，显得格外窈窕。她的雪白粉面和弯眉细眼，一经化上婚妆，就使她如羞似笑的容貌分外动人，再加上她插满金银珠翠，被绾起的乌亮秀发更使她显得雍容华贵。许多女人都啧啧连声；男人暗暗举直拇指。特别是仲业义弟老五弗灵阿，看义嫂看得简直销魂噬魄，身子都酥软了。他极力撺掇青年们闹婚。闹婚其实是在人类婚姻有序之后，对有些人产生的性压抑，在一定社会条件下，所谓“新婚三日无大小，不分男女”的群体行为中迸发出的性萌动。

这时又有人提出花样：听说新人是因交流音乐而心心相印的，现在请他们为宾客合奏一曲。还是新郎先同意的。因为洞箫也是他的手杖，就在手里。有人把娜茉娅的口胡送来了，他们俩就在院子里演奏了那首《梨花词》。大家还要听，他们又演奏了《双飞燕》。

众人还是不满足，纠缠不放。仲业想想说：“最近，因要结婚，为娜茉娅量身定做写了一首，名叫《生之幸》，吹给大家听吧！先吹后唱。”

他咿咿呜呜吹了一通竹箫后念道：“我生不幸战乱中，诗书无用弃功名。没奈何，兴安行。寻找桃源度余生。我生何幸佳丽拥，如花解语两心通。容似月，人多情。坎坷世路熨溜平。”

人们又要求娜茉娅加进来。仲业让她跟了两遍，就让她用口胡伴奏，他清了清嗓子唱起来，居然是不错的高音，在满院人群头上飘来荡去。

人们还要不依不饶出点子，这时裴蕴清走过来怒颜厉色地制止说：“请注意不要把美丽、圣洁的事物沾污成丑恶和龌龊行为。我是满族人，我们族规也该立一个。”遂让两个穿戴整齐的男孩子，把两个用红纸包的酒壶——保平壶递到新人手中，然后连伴娘一块儿向洞房推拥而去。蔡其乔让男女客人到上房东进、西厢北进入席。

冯仲业也刚想离去，弗灵阿这时忽然匆匆走来拦住，正儿八经地说：“义兄啊，大哥，此时此刻我想问你一个事行吗？”

“怎会这么说，自家兄弟！”仲业止住脚步，对弗灵阿回头一笑说，“有什么事敞开问吧，我的老兄弟！”

弗灵阿受他的好心情、好态度的感染也笑了，但立刻郑重起来说：“你在大婚之后，要偕嫂夫人去省城高就吗？”

这对冯仲业是个很沉重的一问。他望着弗灵阿的惨白长脸、浅白麻子、长而又大的下颏。新结识的义弟许久没出声。考虑了好长一会儿，冯仲业才回说：“税卡善后完了，回省城，或去布西设治局谋职，反正和你嫂子成婚后，离她娘家不会太远。”

弗灵阿听了后评说：“这就是说——行踪未定，是吗？”

冯仲业点头：“可以这么说！”

弗灵阿拍拍手说：“那我就斗胆劝一句。”他故意抻长声调，“请你留下来，和我一块儿办教育，请你做教授！听说你也有过这种打算。”

这句话真打中了仲业心坎。他本不想再回省城，不愿再去伺候军阀，舅舅走了，再回齐齐哈尔也毫无意义。布西县有亲友，找点小事做也行，但又一想，省城不干到县城，又是何苦来呢？只有留在西博荣，照顾妻子离家近。打算利用原税卡大院子开所学馆教几个孩子，或开座车马店，补一补大家破产拉下的亏空。但他想把这些交给二弟鸣业去管，二弟和裴蕴清足以胜任，自己把身子脱开干点别的。但自己除了文字和算盘还能做什么？他想来想去，最成熟的职业就是开座私塾馆教几个学生，在这儿传播点文化，也是自己的所长。这里人也太需要文化了。他在弘万鼎学馆数年，读尽经史子集，一脑袋学问却无处去用，实在是读书人的悲哀。

就在他沉吟不语之际，普乐走过来，见两个把兄弟谈论办学的事，遂插进来说：“族人早有此意，灵阿过来一串通，很多人家都同意了！”弗灵阿接过话头：“教学需好老师，冯大哥师出名门，又是巴达罕闻名的好官，还有谁是比他更合适的人选呢？可惜他不一定留下！”

沃普乐说：“这我没想到，你要肯留下来教达斡尔孩子，屯里人最放心了。弗灵阿都联系得差不多了。”

蔡其乔踱步过来说：“话说到这个份儿上，我替大哥答应了。”

仲业看看三个把兄弟，说：“我刚结婚，怎么也得和家人商量才能最后定下来呀！”

达族没有闹洞房的习惯，但因为弗灵阿的撺掇，也因为冯仲业和娜茉娅都有些名气，因此，有些好事的年轻人和汉族宾客不想放过他们，就去扒洞房西窗偷听。

闹洞房，又较婚闹深一层。第二天有人好奇地问偷听人：你听到什么啦？偷听人开始只是笑，再追问就回说：“……开始啥也听不着，后来勉强听新郎小声对新娘说：小娜！今晚你肯做我夫人吗？好像新娘不懂汉话，问夫人是什么意思，半天才弄明白。她悄声回说：我有一个不能玷污的圣洁至宝，等着献给我至爱的人。隔许久，她又说：我酷爱木库连，但我母亲只教了我模拟这、模拟那。是你让我知道什么是音乐，还学会音符。那时看你风度翩翩的样子，就想过你这位师尊是不是我至爱的人。后来就什么声音都没了。”

这些人一般对“圣洁”“至宝”这些敏感词都感兴趣，又加进几个人来，一齐追问后来怎么样。偷听人卖完关子回说：“我们耐住性子等啊等，又有声音了。”大家追问：“什么声音？”偷听人回道：“还是新郎先说话，他说你挺主动，还有动作，是男人难得的美事。嗐，不像我原来那个直挺挺的毫无情趣。”这话让几人都竖起耳朵，偷听者又说：“新娘很大方，问新郎，那是两人的事，为什么不能主动？新郎回说：主动是对的，但又不无醋意地问：你个黄花少女是怎么知道的？”

“新娘仍从容地回说：是我嬷嬷郑重其事嘱咐我的。我们吴家对嫁女、娶媳妇，都看成人生一种圣洁义务的开始。而且做这种纯洁延续种族的事，还得有些条件：譬如，两个人心情都要好些，不能把坏情绪传下去；环境尽量安静，不能受惊吓；必须洗浴，干干净净的。新郎惊讶又叹息说：不得了！神圣到宗教一般啦。也对，传宗接代还不是神圣大事吗！可惜代代相传后，被世人庸俗化了，视为单纯愉悦，而变为偷鸡摸狗，甚至变为金钱买卖，致使人种低下。新娘悄声说：嬷嬷说愉悦是神的一种奖项，为鼓励人口增长和部落的生生不息，但不能乱来。新郎叹服说：想不到在西博荣高车吴家对生命观竟能返本还真，是吴家或是苏家哪一辈子上一定有过高人哪！”

一般对闹洞房感兴趣的人，都为听点两性欢悦的荤故事取乐，他们这几个人都被这些圣洁、神圣，甚至宗教似的议论惊呆了，一个个悄悄离开了，却没人发觉这是受了愚弄。

因为以上这些，都是新郎导演、新娘配合，故意给西窗下那些不逞之徒布的迷阵。世界没有哪个新婚之夜，两个新人会坐下来非常理智地谈论生殖科学。

其实，他们走进新房只小坐一会儿，新郎就端过玻璃罩座灯，往新娘脸上照。新娘奇疑问：先生！我脸上有什么？新郎回说：夫人脸上好像新添了点什么？什么时候添的一笑俩梨涡呢？新娘答说：早就有，只是浅浅的，笑时才有。早先，你见我，我不敢笑，你当然见不到。再就是见面就弹木库连，两个手遮着脸，你总见不到什么。不过天花病后，因为脸上肌肉收紧之后它又深了许多。说着她羞怯地一笑，脸上立即一片美丽涟漪荡漾开去，接着就是两个深深的梨涡，看了使人心波也跟着动荡起来。新郎大悦，搂过新娘悄声说：这是天赐我的最大幸福！但新娘冷静地用手指指西窗，新郎就收敛起行为。这时弟媳蕴清派人给送来子孙饽饽长寿面，夫妇吃完就悄悄睡下，用嫩唇去追啄他们的梨涡去了。第二天冯仲业抽时间在日记里写出他平生的艳诗《观美人梨涡》：“一树梨花照清波，风来纷纷雪婆娑。锦鳞逐花成奇观，最是嫩唇啄梨涡。”

第十一章　博山学馆

1

春节前，博山学馆董事会成立。因为招生范围东到西拉金屯，北至哈力浅屯，南边括到汗古尔河和坤浅两屯，所以董事会由西博荣屯莫昆达沃善德、学馆发起人弗灵阿担任正副董事长，但学董中包括北邻讷·嘎珠儿，东邻东博荣屯开荒户孙海山，南邻坤浅鄂温克人屠永福，本屯的尔登宝，还有学馆馆长冯仲业。董事会议定：学馆名就依馆长意见定为“博山学馆”。董事会高薪聘用在巴达罕地区有很高声誉的原税卡卡长冯仲业就任学馆馆长，并制定学制：设初、中、高三个班级。初级课主要是攻读《三字经》《百家姓》《千字文》，文理并重，以识字为主。中级课主要攻读《论语》《大学》《中庸》《孟子》，以伦理道德为主，以诵读和讲解并行。高级课以经、史、子、集中的文章为范本，适当采用现代论说文范本，以讲解、习作并重。高中班教授由馆长冯仲业、副董事长弗灵阿兼任。特聘布西街戴锡范先生为本馆教员。最后议定春节过后，二月十日博山学馆开学。

这学怎样开法？馆长冯仲业和董事会正副董事长——沃善德和弗灵阿的意见大相径庭，争论很激烈。冯仲业认为学馆既属于布西设治局管辖，该请该局的教育主管和本地教育界一些名流参加，以便将来交流教学经验，提高教学质量。因此客人不宜太多，只在学馆置办几桌席面，招待一下就行了。而正副董事长认为学馆开学是西博荣开天辟地的大喜事，也是附近一方人的喜事，应该开个敖包会搞点活动项目，让邻近各屯人家都来参加，顺便也乐和乐和。

冯仲业说：“尽量让场面小些，把精力放到教学质量上。”

弗灵阿却争辩说：“在不影响质量的情况下，场面尽量大些，以便扩大影响，争取社会支持，让学馆将来规模越办越大。”

冯仲业说：“老弟！我们是在办教育，开学和敖包会搅一块儿，让常德雅达干主持大会，传出去还不让人笑掉牙！”

弗灵阿说：“得了，我的长兄！敖包会的内容可以各式各样，我们不会搞些体育项目吗，大会由我这副董事长主持怎样？”

冯仲业知道他这把兄弟性格好张扬，傻子放火不怕大，主要图名声，就不再和他争辩，随即定下典礼日程：上午在博荣山东山祭敖包（离学馆很近），由弗灵阿主持开运动会，进行摔跤、赛马、射箭等项目；下午在学馆举行开学典礼，由弗灵阿主持，馆长冯仲业讲话，举行小型会餐；晚间给客人看烟火、“曲棍球”赛等。

民族习俗有很多是相通的，寂静的西博荣屯，春节时和汉族地方一样打正月，闹二月，哩哩啦啦到三月。而二月龙抬头是春节最后一场热闹，在西博荣屯达斡尔人家，家家门前点燃一堆火，又用柴灰勾出龙头，由门外向院内引，在米仓前撒出圆囤祭拜，就是所谓二月二添仓。而汉族家孩子后背上，都缀上三条用苇管和花布块穿成的长长龙尾，帽上顶着一串小盖帘，手拿纸做的风车噗噜噗噜旋转着满街跑。西博荣屯在这之后还有一场更大的热闹，那就是为庆祝学馆开学的敖包会。

在荒废多年无人问津的老敖包上，已经长满荒草和小树，石头缝中生满了青苔。而这并不影响人们凌晨就忙着在包前挖坑起灶。杀牛，宰羊，熬肉粥，做胙肉。太阳渐渐升高，屯中人男男女女，一批又一批扶老携幼向这里聚拢过来。冯敬庭老人被邀请站在本屯长者之中。布西街和各屯与会者，还有应邀的客人，都陆续骑马乘车到来。

先是本屯的长者围着敖包坐一圈。屯达普乐和学馆馆长冯仲业，以及沃善德、弗灵阿等董事们陪着本县教育主管、教育界名流和各爱里头头脑脑都在敖包前就座。祭祀敖包开始，先由本屯雅达干常德主持摆供品，叩拜时念念有词稍微露面。接着是运动会主持人弗灵阿手持铁皮话筒宣布："博山学馆成立典礼的运动会现在开始！"他是个善于辞令的演说者。他接着说："我们……曾经流血牺牲抗击罗刹，从而义薄云天地保卫了祖国边境的达斡尔人，不乏打虎英杰、擒罴健儿，但因自己没有文字，缺少才高八斗的文士。崇武轻文常使我们，国家有事只供差遣，难进运筹决策的高层……民国以来情况有所改变，一些先知先进者奔走呼号，省城附近村屯都陆续成立了学堂，文士群体渐渐形成，但很不普及。西博荣这次何以破天荒能成立博山学馆，只因我们寻寻觅觅多年，才请来一位学富五车、有社会威望的高人当馆任教。我们祭敖包开运动会，除了禀知神明，还表达我们的高兴。孔子曰：学而时习之，不亦说乎！有朋自远方来，不亦乐乎！我们从省城，从布西县，从各努图克、各爱里请来这么多朋友，还有本屯长辈和我们共同欢乐！让我们尽情欢乐吧，运动会开始！"

赛马、摔跤、射箭开始了。冯仲业和客人们因为座席离赛箭场近，他就转过身来，一边陪来宾闲聊，一边观看箭赛。他很快就发觉这是一项全民项目。因为下场的不仅是青少年、成年人，连善德、尔登宝这些花白眉毛、胡子一把的人也都站在竞争行列里。因为长者赛手被排在尽前边，他看到尔登宝和善德较劲。如打靶时，裁判人员把三担弓送给善德用，尔登宝就要用五担弓。若善德打中五环，尔登宝必中七环。最有意思的是，善德从正面射中的箭镞，尔登宝必从另一面用箭把它顶出来，虽然弄得老善德不好意思地面红耳赤，却使观众开了眼，特别是来宾们鼓掌叫好。这让冯仲业透过他们的明争暗斗，看到这个民族当年威武不屈的性格。他悄声对教育主管说："我看过一个材料，在雅克萨战争中，他们就是以这种简陋武器抵挡哥萨克的洋枪火炮的。"

教育孟主管回说："是的！我也在一本杂志上看见：有一次侵略军连续攻木头城堡三天三夜，达斡尔人的箭雨硬是没叫他们抬头。战争结束，待他们撤退时看到，他们身前身后的箭镞，就像蒿草般长在身边，吓得他们两年没敢走近这座城。"

被他俩你一句我一句这么一议论，观看的群众更兴高采烈地一阵阵鼓起掌来。获胜者被簇拥着过来领奖。这时赛马、摔跤项目都陆续赛出名次，获胜者也来领奖。普乐忙坏了；弗灵阿从这儿被叫到那儿，从那儿再被叫回这儿，两脚不停地跑来跑去。

2

下午在学馆举行开学典礼。人们开始觉得规模一下似乎小了许多，但只是一会儿，人们又从敖包那边挤过来，又是人山人海。因为西博荣屯成立博山学馆是破天荒的，大家都想看自家孩子参加典礼是什么模样。被树林包围的尔登宝老宅，现在完全改观，一点都找不到原来那个粮仓和大鸟笼子的迹象了。

冯仲业根据原有老宅的条件和学馆班级需要，将三间正房和东西厢原本的院内开门改作向外开门，把原来的院子辟作操场。原来正房房后边就是后园，后园有一片山丁树，新在山丁林中开通一条小径直达教室，命名为“棠梨园”，做了学生数最多的初级班的教室。东厢有两三株向下垂枝的稠李树，命名为“李园”，做中级班教室。西厢西边是片新生柞树林，嫩柞叶都是手掌般大，秋天红艳如锦，因名为“红叶园”，给高级班使用。原来大院中心，留作学生体操和其他活动的场所。在进深到正房窗下有一株枝斜茎歪的老梨树被留下，在其前面石砌一座讲台，因名为“梨坛”。现在梨坛后边大大地张挂一面耀眼生辉的青天白日旗。弗灵阿就是站在这个台上面对台下多行站立整齐的学生队伍和坐在两侧的学董、来宾，还有满院本屯学生的家长，用铁皮话筒维持会场。他讲些什么都听不到，只有人们的吵吵嚷嚷声，直到他最后喊“现在请馆长冯仲业先生讲话”，人们才肃静下来。

冯仲业先向国旗深深鞠躬，又向两侧客人鞠躬，这才说道：“我冯某人，辽沈区学子。学商不成，就业税务，税务又不成，蒙西巴达罕达斡尔同胞和兄弟们不弃，聘我为博山学馆教授，深感荣幸和责任重大，而诚惶诚恐！”

“今天学馆开学典礼，大家都想听我讲点什么。讲点什么？和大家来研究研究。我们屯里最多的一样东西就是高车，高车是有品格的。就说说高车的品格吧！”他这话引起了一片哄笑声。他停顿一下接着说：“我原来接触高车不多，和高车吴家的娜莱娅哈朵成婚后，接触高车的时间就多起来，她又想让我帮助编纂祖上的传记，整天给我讲高车故事听，因此我见到高车就端详，端详，端详……”他这么“一端详”，有人插话问：“姐夫！你是不是把大轱辘车给端详活了？”

他婚后在西博荣多了一帮小舅子，这话又引起一片笑声。“是有点活了，而且它还有很好的品格呢。”他郑重其事地回答说：“别说车材没加工时，只是一堆木头而已，一旦车匠把心血付与了它，它就渐渐活起来。比如，几根辐条插进毂中，就像武人射击一般；辋材弯弯，就让人想到壮士的强弓。这还不算，等到所有榫卯全部合成，它就真的活起来。首先是它勇挑重担，只要它身子骨承受得了，管你百斤，还是千斤，把什么或贵重物、或轻贱物品装在身上，它都不计较。在路途上，只要它走得过去，管你是走远，或是走近，走的是一马平川，或是满地泥泞，或者爬山，还是过河，都不在意；它还不计较待遇，不和马或牛争水争料。干那些重活，只要想起来给它一刷子油，它就满足了。闲起来，把它放下，放在哪儿都行，院子里，场院外，房前或房后。它动如脱兔，闲如处子。处子懂吗？就是说像大姑娘一样文静。”这句话又引起小伙子们的兴趣，有人又接话说：“处子还抽长杆烟袋吗？噗唧、噗唧往地上吐。”这句话又引起一片笑声。

他停了一会儿，一转话题说：高车有品格。人类更需要品格。我今天讲的题目是“知识与品格”，方才讲高车品格，只是教学的一种方法叫引起动机，用一下而已。我们办学的目的是让孩子们学点文化知识和产生印象，但首先要让孩子们锻炼品格。

人类社会发展生产需要文化知识。是不是有了知识和技术就好起来？还必须让掌握这些的人道德观念跟上来，没有道德观念可能更糟。人类自从有点知识，发明点技术，生产生活稍有一点改善，稍稍有点剩余，就有一伙心怀叵测的寄生虫们，以阴谋诡计爬到多数人头上，为所欲为，把知识者、发明者、劳动者踩到脚底下，并把他们变成自己的奴隶，供其驱使。所以规范品格非常重要，如果掌权在手，就崇拜炮弹，不认识治下老百姓，是件很糟糕的事。更糟的是：还没掌到权，只能扛一条枪就抖神，不认识老百姓了，一到乡下就吆三喝四，让人给他遛马，主张“打粳米骂白面，削老太太吃鸡蛋”，这叫军人吗？连土匪都不如，所以练人要先练品格。

其实施政必须以劳苦大众为本，这个道理发现得很早，远在周朝时的邹人，孟老夫子就说了，他说：“民为贵，社稷次之，君为轻。”为实现这个治国理念，他为社会道德定了很高的标准，即仁、义、礼、智、信。他周游列国劝说诸侯们施行仁政，《梁惠王篇》，若翻成白话就是：哎，老头儿。你来我们国家，给我们带来了什么好处？孟老夫子不慌不忙地回说：大王先别见面就要好处。好处不一定就是好东西。比方说，假若大王酷爱争好处，就会带坏士大夫们；士大夫们又都爱争好处，就会带坏了他们的家臣。上下都爱争好处，就是一团混乱。朝廷里最大的好处是什么呢？就是大王的那个宝座。那要互相争起来还得了？他用这道理最后还是把梁惠王说服了，不再要“好处”了。但统治阶级都是阳奉阴违的家伙，答应了却不做。

开始讲孟子时，他说得很严肃，讲到这儿，因为白话大家都听得懂，又把听众逗笑了。

他想想又讲：“中国几千年就像一锅熬熟的豆浆，极其缺少一种叫盐卤的东西，把它点成豆腐脑。”

“清代中后期，世界列强靠坚船利炮打进来，中国面临被肢解瓜分的危险。辛亥革命胜利，只是表面胜利，民主步骤根本没有实行，民生更谈不上。清帝退位之后，各路军阀你方唱罢我登场，但谁起来、谁当权也不是为了落实三民主义，都是打着民国的幌子来抢地盘、争势力。中央皇帝没了，各省出来许多土皇帝，谁也不肯让份儿，于是相互混战起来。军阀无义战，几千年封建体制的老路走起来，太容易了。中国在几千年封建思想的泥坑里陷得太深了，人人都想爬到别人头上当人上人。让劳动者当家，包括体力、脑力劳动者，尊重文化知识，太不习惯了。中国这锅翻滚的豆浆，去哪里找到一瓶好卤水呢？

“三民主义头一条就是民族问题，在民族地区施政，首要一条就是慎重行事。譬如垦荒，达族生产是半农半牧还有半猎。为了国防，增加人口开垦荒地可以，但必须给他们留够牧场、牧道还有猎场。不然那一半就没了，叫他们怎么生活？”

他话说到这儿，四周哗哗响起掌声，有人喊叫：“就是这么回事！”“他真懂我们！说到我们心里啦。”还有把帽子、腰带扔向天空的。

“现在从省城出来，”他接着说，“向北已推进二三百里没有树林了，主要是烧木炭造成的。为大城、小镇用火方便，已经是山山筑窑，岭岭冒烟，大兴安岭都危险了。这怎么办？主要是课以重税。税重就没人用了，没人用也就没人再烧炭了。税不仅是国家经济来源，而且是调解经济的杠杆。当用杠杆时不用，不当用时却课起没完。给博荣山课什么税？几百里树都砍光了，只有西博荣林木蔚然。那是博荣屯人明智，知道怎么能把山林保住。所以我来时没等进屯，就觉得有走进世外桃源之感。但那是人间梨花山。课他们税就等于让他们受罚。他们不该受罚，应当奖励。那样所有达族人村屯旁边的山头上都会长出树来……今天我们就对智慧的西博荣人奖励。奖励什么？一所新学馆，让他们的子弟都成为有文化、有知识的新一代。不仅是体力劳动者，而且是脑力劳动者，道德高尚的群体。”

但他这番讲话讲到这儿再也讲不下去了，不仅被满院的热烈掌声打断，而且一伙称他为姐夫的青年把他簇拥起问：“是否那时就想到娜茉娅仙女了？”他只好承认：“是的，我找到我心灵的归宿，有幸在这里遇见梨花夫人！”

3

晚间招待客人的是“曲棍球”游戏。天色刚染黑，客人和屯中看热闹的男男女女都在一段被柳笆挡着的长街上就座。那是一段二十几步宽、不到百步长的街道。中间画线，向东西各延伸五十步的地方设门。门宽五步，以插地的两根木棍代替。为了照明，每座门外都燃起一堆篝火。攻防两个队各七人，队员手执“贝阔”（幼柞根弯成的球棒）打击杏木疙瘩做的木头球，抢攻对方的门。但今天夜战是打击一块用油脂浸泡的木灵芝，被“贝阔”一击会冒出长长的火星串，煞是好看。为让客人叫好，今晚弗灵阿独出心裁，让本屯学生和外屯学生打对抗赛。本屯学生沃登来、录新得、小葛根等由沃平元率领，外屯学生乌得惠、屠志清，汉族同学苏智、牛奔等由吴恭太率领。

头天晚上吴恭太就找那几个队员讨论。他问大家，在这场“炮来游戏”中是想当胜利者，还是想把球赛输掉。乌得惠等六个队员齐声说：“想赢！比赛哪有想输的。”

恭太皱了皱长眉回说：“那好！那咱们就要研究这球怎么打，怎么能赢。”牛奔说：“那个沃平元球打得猛，就是爱好自己射门。沃登来不服，两个经常吵架。”恭太想了想说：“这就有办法了。得惠同学你能打枪，射门一定准，就在对方门前等。我传球给你。你们五位同学，三个人看住沃平元，两个人看沃登来。”

时间到了，两队人都雄赳赳扛着“贝阔”走到中线。两个裁判一个是本屯锁连，一个是外屯讷兴保。两队在裁判示意下互相敬礼，开球。当两根“贝阔”在中线对击，把油浸灵芝球击向空中扯起长串火星时，全场掌声四起。

小舅子恭太在场上的表现，让坐在观众席里的姐夫冯仲业尽收眼底，又一次引起他对这孩子潜质的惋惜和幻想：“是一块好料！可惜书念晚了，怎么想办法给他点偏饭吃？他记忆力很好——给点恶补吧！说不定会管用。”

第一场果然像恭太预计的那样。开场平元让队员把球传给他，他不顾其他队员，把球控制在杖下，向对方运动，以找机会射门。但中途都被苏智、牛奔抢去传给恭太，恭太再传得惠，得惠一棍中的。虽然沃登来和他吵，但头场五个球就这样输掉。第二场，本屯队内部吵几次还是协调不好。因为恭太照顾观众兴趣，表面和他激烈争夺，却故意让球使他射门球球命中，引竞争进入高潮。当他兴高采烈进入第三场，强敌依旧。每个球都过不了中线就被夺走。最后胜利被外屯学生夺去。但观众不知其中原委，只看火团在地面滚来滚去，忽而腾起一串银花，忽而炸裂如雨，觉得是看了一场好球。

4

很晚，冯仲业送走参加开学典礼的客人们，就回到东园子里和娜茉娅新婚的小屋。冯仲业原有些书一直在箱子里放着，娜茉娅新打了两个书橱，把书全都摆出来，再加上一张写字桌，一盏带罩座灯，立刻让小屋增添许多书卷气，确实有点馆长公寓的样子了。娜茉娅经他那天一番开导，心情好多了。今天因开馆典礼，她打扮得格外漂亮，一袭新粉红衬衫，在罩灯映照下，使她面如凝脂，唇似涂朱。两只红袖头，伏在桌面上，露出的雪腕分外动人。

丈夫在她身后看到这些喜悦得不行，他想悄悄拥抱她。她却聚精会神地说：“让我把这段写完。”

丈夫也俯下身看，原来她正写十四祖《吴海山传》的一段。他坐下来，端起凉茶水喝。

她只用一小会儿就写完了，丈夫接过来她的稿子，上面又是汉字加汉语拼音和图画。她有些羞怯，双颊上的梨涡由浅而深，格外动人。他深深吻过她后，重新看她为伯父列的几条：一、从诺敏河流域百姓嘴里得知轴毂相互研磨的高车使用不耐久的情况，就开始了组织铁轴承的研究；二、为寻找车材，不惜家庭，冒险大迁移，从扶余县三江口移到东博荣山下；三、推销高车占用他全部精力。嫩江流域诺敏河上下，最主要是他找到甘珠尔庙会，并不以赢利为目的地与蒙古牧民建立供销关系，这大大改变了吴家经济状况。

娜茉娅急不可待地要冯仲业教会她识字，她要把写传记的重担担起来。他因学馆教学事务，有点顾不上，建议她自学汉语拼音。他见她对《制车谣》感兴趣，就问：“想从七祖续起吗？”她回答说：“八祖就开始抗俄了，所以九、十祖以后几祖除了由黑龙江北移到大兴安岭南来以外，在高车上没有多少作为。大娘她搜肝索胆写不出，都急病了，我也觉困难很大。”仲业建议她先从容易处着手，她从第十四代传人海山伯的传略起草，终于写成不甚规则的短文。冯仲业手拿妻子的草稿，斟酌了许久才说：“这已经难为夫人了！开天辟地，有几人文章是这么写成的？有了这几条就好办了。先要澄清一件事，第三次车改，那个铁轴承，不是岳父大人的发明吗？那上边的铁爪还有你的功劳。”妻子腼腆地回说：“创造者当然是我父亲，但发起这件事，组织者还是我大伯。我那小铁爪的事，再莫提，丢死人了。”仲业点头说：“原来如此，但两者关系要写清楚。你那小铁爪应是关键部件，也不是小事，也应注一笔。”娜莱娅却羞答答回说：“自己作传，给自己注一笔，有多难为情呀！”仲业再没强调，又说：“从你提供的情况看，十四祖对社会追逐超越、构筑诚信，贡献力量都很大，这是一般社会上从供销两方面都容易忽略的地方，所以交易行为上欺诈是经常的。他却把销出的车召回换轴承，是难得的一项利他行为。传记中要狠狠强调一下。当然他也是从利己出发，利己先想到利人这不容易。”娜莱娅想了许久才“哦”一声点头承认：“不是你细致的分析，我也拐不过这个弯儿来。”

第十二章　疤眼人救麻面女

1

西博荣车马大店的生意真正火起来，还是在地冻河封以后。那正是诺敏河流域的开荒户们，赶着车向省城或向拉哈火车站运送粮食，纷纷走下山的时候。两截套的花轱辘，三截套的大铁车，老板大鞭一甩，咕隆咕隆一溜烟地赶进车马大店院里来。店掌柜迎上去亮招牌：“孟尝君子店！”掌包的坐在车上回应道：“千里客来投。”掌柜说：“铁车轮一响，黄金生万两。”“见面发财，见面发财！”掌包的边回着话边跳下车来。掌鞭的凭空抡出一声脆响，辕马和二接套马立刻向后一坐，大铁车下闸，车马完全停下来。他威风凛凛地跳下车，把大鞭杆往院工手中一扔，就意气风发地跟在掌包后边进了店房。厨房里灶上师傅、小搭们齐声道：“辛苦啦！师傅。”掌包回说：“够不上辛苦。麻烦师傅们啦！两筷子家常饼，猪肉炖粉条，酒水随喝随上。小柜不会少给！”进屋里把大貉壳帽子、羊皮袄往大通铺上一扔，酒菜就上来了，只听一阵吱吱喽喽响，酒盅快捏圆了。真是车伙子进店，胜似知县般抖神啊！

这还只是个开头。等到落了雪，大地河山一片白，沟里的拉炭车也就一辆跟着一辆下来了。这才是真正增加了车马，增加了客人的流量。炭车一色是牛拽马拉的大轮车。他们用树枝左绑右架，架成高高的一堵会移动的黑炭墙。一人一辆，一人两辆，或一人三辆车，在冰雪路上吱吱嘎嘎地慢慢移动着，移动着。

因为大城市和小集镇冬季取暖、食品加工、手工业的作坊都需要燃料，当年一到秋季，诺敏河两岸的一部分汉人，还有少数少数民族，像达斡尔人、鄂温克人，车载着口粮和砍伐工具，上山打土窑、砍小杆。入冬时候，大兴安岭岭南，所有山上的沟沟岔岔，所有柞桦木阔叶林里，都在窑中冒出黑黑的浓烟来。一窑窑地把正在成长的柞桦树干，都变成通红的火焰，火焰过后一土封之，就闷出了黑黑的木炭，然后被一车一车载下山去。不要轻视这小小的高车，蚂蚁虽小却可撼动大树，小车在几年间就可陡转茂密山林为光山秃岭。

大兴安岭就这样被破坏了美丽的生态，它迅速地向北方退去。但车马大店却增加了收入。那时社会上对“生态”两个字还十分陌生。祸害树林连省城官家也不吭一声，县里官人也都不管，店主人哪里管得了那么许多。不久车马店却又增加了另一份收入，那就是有的炭车轮子，在路上破损了需要修理。开始，住店客人找到店掌柜的帮忙，店里碍于面子就求亲友帮助，多半是找高车吴家人，吴家就派么斯库来修理，他也愿意来。因为他管女管事的裴蕴清叫二姑，每逢他干完活，二姑都叫院工瓦干保给他盛一大碗猪肉炖粉条子，就着油饼吃，让他吃个满嘴流油。

社会上粗制滥造、滥竽充数的高车越来越多，山上下来的木炭车，在路上坏损的也越发多起来。店里对修车只好开始收费，所以成立了个临时修理站。么斯库自己忙不过来，有时就把大叔明太，或者小叔恭太叫来帮把手。

他这个高车家族成员，直到这时才算对社会上粗制滥造的大眼木匠的本事领教了：那种高车的最大毛病就是卯不像卯，榫不像榫。也不分自斜和互斜度是多少，在毂材上或辋材上开出个所谓卯，只是在木头上开个口子而已，或者所谓榫，就是或圆或扁地插上一根棍子而已。他们打车的最大本领就是楔子。附着力有赖于楔子的打入，倾斜度也赖于楔子的左右。区别就在于在左边加楔，在右边加楔，加大楔与加小楔，加多与加少。

他也非常可怜那些木炭车的驭手们，他们是怎样让那些牛或马把大堆大堆木炭从山上拖到车店中来的？当然那些赶车的少数民族，多数会自己修理车。而那些开荒户们，自救办法就多种多样了，有的都要笑死人：车坏了，或在毂头上用一根绳拴住，或用铁丝把辋子远远摽到辐头上，使其不至于脱落或丢失。假如辋子丢了，就用根木棍把三根辐条连在一块儿勉强行走，或再用一泡牛屎抹到辋辐连接处，使车轮变半个冰轮前进。不管用什么办法，车轮都会扭曲，难以直线行走。驾车的役畜原本就不多的牵引力大大打了折扣。那些马、牛费尽平生之力，把高高的木炭小垛从山上拽到车店中，不知吃了多少带血印的冤枉鞭子。

吴明太来当修理工时，他什么都不说，悄悄地帮侄儿把活儿干完就走人。若是吴恭太来时，别看他是刚扔开奶嘴的孩子，已经正儿八经地学打车了，据说车活还不错，而且馊点子也不少。大侄么斯库叹息那些开荒户不懂车真倒霉，今年修理车花一笔钱，明年那一半坏车还要花冤枉钱。小叔恭太回说：“你若替他们着想，就和他们订合同，这一半用好材料给他们修，明年再修那一半，修两年就会修成一辆好车。车都卖了，何必去甘珠尔庙？”大侄听了觉得有道理，用眼盯着小叔看，心想这个刚扔开奶嘴的小屁孩咋这么多见解，够聪明的了。于是他就和几家修车户约定，回家取好材料替他们修车。从此，店中修理站还兼向外订车，半个车半个车订出许多车。但这消息后来被麻子沃海山知道后，却引起一场风波。

2

掌柜兼账房又兼下夜工的冯鸣业每天结账，去了伙计们的工资、店房成本折损、肉面油的成本还能赚一二百元龙江票子。一个月过后，他就能把一千多元或两千元交给长兄冯仲业保管。

哥哥也不推辞，就收起来。他自从答应弗灵阿留下教学，就算计着自己也该盖所房子办个学馆，再盖几间达族式草房给家人住。叫老父、新妇、二弟一家人在大店中和南来北往的客人一块滚，心中着实不落忍。

冯鸣业大公无私，身兼三职并不计较报酬。但他自己也另寻到财源，还衷心感谢哥哥把他带进这块宝地呢。他是在柳笆院外、黄土崖边原税卡柴堆中发现了宝物。冯鸣业是大家的带工人，他最知道“工欲善其事，必先利其器”这句箴言。在东大荒最难寻找的就是好的锄杠、好的镰刀把和木锨杆。市上卖的商品多是糊弄人的东西，花钱不少却不实用。他从干柴中挑出桦木锄杠、柞木镰刀把，还有山杨木木锨杆来，闲着时用锯把它们断成材，略略加工。在他下夜时，大多是为其新发现的木棒削皮、抛光。因为柞桦木最易被虫子腐蚀掉，必须及时削皮，所以他一天内紧忙着。后来妻子裴蕴清、女儿秀云都来帮助他削皮。

这天上午没客，一家人就坐在高脚仓的木台阶上，刀铲飞舞地做起工来。

新人娜茉娅来凑热闹，正在兴高采烈地用半朝銮驾的汉语和弟媳裴蕴清调笑着。冯仲业进院来了，顿时被这场面感动了。他和弟弟打过招呼，就笑着问妻子：“夫人（他在众人面前也称她为夫人）！你也想加进来干个活儿吗？”

娜茉娅向丈夫诉苦说：“先生（她在众人面前也称其为先生）！他们不准我动手！”

侄女冯秀云怕伯伯误会，抢话解释：“三伯！我妈说大娘两只胳膊白得好像嫩桦皮一般，万一割个口流血了那多可惜，所以最好是不动手。她把山梨酒酿好比什么都强，何况她还忙着写什么传！”

仲业没办法接这个茬儿，就笑笑对鸣业说：“弟弟，你进屋来，哥得求你帮着办点事！”

鸣业跟哥哥进屋。老爷子可能又去摆渡口找舵工闲聊去了，屋里行李上空着。兄弟俩坐下后，弟弟问哥哥让他办什么事，哥哥坐后倒碗凉茶边喝边说：

“学馆的事。董事会开过了，想过春节开学，只是馆址落实不下来。我看好尔登宝家的旧房子，没料到他和普乐两家是对头，硬是咬着善德家房子不撒口。弗灵阿想玩硬的，被我拦下了。尔登宝是达族农活老把式，你不也是农活高手吗，或许你们能有共同语言，租金好说，你去帮哥哥把这老把式家的旧房子给攻下来，如何？”

“听说他是庄稼人，我倒想认识认识这么个同行，”鸣业沉吟说，“我试试吧。”

听说是冯卡长的弟弟、现在是大车马店掌柜的要跟他学达斡尔农活，尔登宝乐了。他用辆单马夹苇高车，第二天上午就把鸣业带到柞桦树茂密的西博荣山的后山。

在这儿可以遥望北邻——东西毕台屯的间隔十余里的宽大草甸当中，纵横交错地躺卧着被白雪覆盖的西博荣屯各家的农田。它们很像褐色的破皮裤上，绷着的左一块右一块白布条。他们很快走到尔登宝家的一个地块跟前。离地不远的地方有座小屋，所谓地房子——供劳作者休息的场所。但他们没进屋，而是在地头就跳下车来。鸣业听尔登宝眉飞色舞、滔滔不绝讲述达族人的轮作技术。

尔登宝在这儿有四五块这样的地块，二十余垧地面积。种植是每三年一轮替。实际他每年只耕作土地十余垧，而且不锄草，只是把糜、稷、荞麦种子向地里一撒完事。听他讲述时，鸣业注意到尔登宝年纪比屯达普乐大些，虽然都姓沃，但在人种上，似乎截然不同：普乐是黑发浓眉、细眼高颧骨，典型东胡血统；而尔登宝却黄头发，黄白镜子脸，深眼窝，有点类似阿拉伯人。他的讲述虽然不擅辞令，却易懂。他说：“达斡尔人种地每年都在开荒。四条大牛脖子上架一根抬杠，用绳套拖着后边的大木犁。犁头上装着生铁铧子，用它披荆斩草，把土地分成长片翻过来，晾晒后等待着播种。”

鸣业十分感兴趣地问：“这样你们每年都在开荒？开荒十分费力的，为什么不像汉族那样把田种熟？”这一问，把尔登宝难住了，他们实际上只是一代接一代地遵照祖辈的饮食习惯和耕耘习惯去操作罢了。他想想回答："为了保持土地肥力呗！"冯鸣业笑说："生荒肥力没了，还可以人工施肥呀！"尔登宝摆手说："巴子通苦拉呗，粮食送嘴里该有多脏？"这个道理让鸣业也很尴尬，他也说不准施肥的粮食脏不脏，让人往嘴里送该不该，但汉族年年都是这么耕耘。

看来尔登宝是个喜欢交友的人，两个人交流不下去并未使他减兴。尔登宝把车上带来的十几根蒿秆加一块四方桦皮做的鸟笼和一把谷穗送到一片小树林里，让诱鸟叽叽叫，只一会儿工夫山雀成群飞来。他用一根细柳杆，顶端拴根马尾套，一下就捉了十多只小鸟。鸣业拿过鸟笼子看，都是那种叫"苏雀"的红肚囊，他小时候整天都玩这种鸟。他们又坐车去尔登宝家老宅子。鸣业没看出房舍怎么幽静实用，却看到院内到处挂着鸟笼子，有两间大屋，满屋都飞着苏雀。尔登宝又将刚抓来的小鸟放进去。新来乍到的小东西惊慌失措，更加横冲直撞起来。鸣业注意到他鸟笼虽多，却没有一个像样的。在尔登宝请他吃了一顿野鸡肉汤的荞面饸饹之后，这位汉族农家巧手打定主意回敬他一只用秸秆做的大鸟笼子。

鸣业回到店内，就打发院工瓦干保去东屯农户买进许多筲帚秸，又用个把月下夜时间扎成一个三间大滚笼。这个滚笼中间的诱鸟笼又高又大，有一圆滚盘可以装进鸟去，小鸟可在滚盘上一蹬一蹬跳跃，在最高蹬脚上欢歌。两旁有两个对称捕鸟的活滚儿，上边可插谷穗，诱鸟一鸣叫，鸟群飞来，见到食物去啄，立马被翻进笼里。

这个鸟笼使尔登宝为之一振，见到的人无人不夸。屯里有许多人当新鲜去看，无不赞不绝口。

尔登宝主动找鸣业店掌柜说："我答应老屋做学馆用，因为我自己孩子也该读书了。我只气普乐哥俩要奸，本来他家老房可以做学馆用，他却以屯达身份压人，非要我的旧房子不可。"仲业听说又去找尔登宝解释，他不能让两家为此不睦，他说："尔登宝大哥，你完全误会了！是我看中你的老屋。那地方房间最适合教学，环境幽美，离屯子远些。学馆可不是随便什么地方都行。"这话让尔登宝听了乐不可支。馆址就这样解决了。

3

麻脸老汉沃海山每天躺在烟榻上喷云吐雾吸食鸦片。当听说入冬以来“朱格里”高车吴家打造高车没有进度，每天几乎没什么人干活，他从烟榻上坐起来问：他们人都哪儿去了？麻脸小儿子说：都去车马店里，修理炭车去了。沃海山说：这个在省城有势力的家一来，博荣屯的好多事咋变了样？明年去甘珠尔庙，时间还能赶上吗？去把那个老牛头找来，想办法制止他们再这么干下去。

只一会儿，那个头戴紫帽头、脖后插杆小烟袋的四五十岁老农民来了。他和他对面那个描眉打鬓烧烟的老女人递个眼神，就问：大哥有事吩咐我？沃海山让他递耳朵过去，在他耳边小声叽叽喳喳一阵就让他走了。

从此车店里的高车修理站，就没那么顺利了，修完的车经常出事。渐渐地，让么斯库修车的人减少了，更不用说约订下一年的车了。最后连车店的炭车客人也少了。大家都不知出了什么事。店家原以为是山上炭车过完了，后来才知道：炭车多数不再进屯子住，都到对岸哈牙都尔本去了，那里新开张一间车马大店。

那天么斯库刚干完活儿，坐在厨房里吃饭。冯老爷子进来想和他说话，么斯库按达族习惯规矩地站起身来。老爷子摆手让他继续吃，然后问道：“这两天是不是活儿不多了？”么斯库点头承认。老爷子笑说：“我昨晚半夜出来解手碰见点怪事，一个人鬼头鬼脑在刚修理的炭车上干什么，好像用锯锯车辋子。我疑惑，刚修完怎么又锯上了？我喝了一声，他抬脚就跑了。这人有点跐脚，好像是莫拐子，我觉得这个人肯定不会干什么好事。”么斯库谢过太爷后，晚间很想跟小叔讲，让他出主意，小叔却不在。他就自己披件狍皮大哈，拎把斧头夜间去了车店。他打量打量周围环境，就平躺在一口大槽里藏好。

后半夜，果然来了一个踮着脚的蒙面人，拿着一把什么小锯，来锯那新修好的车轮。么斯库大喝一声，那人立刻刺猬般缩成一团。么斯库好像抓小鸡一样把那人拎起来一看，来人果然是莫拐子。么斯库问："就你这小样，敢来砸我们吴家的车牌子，谁指使你来干的？"莫拐子哆嗦成一团，连叩三个响头说："吴大少爷，饶了我吧！我错了！我就是嫌你吴家日子太红火，来钱那么容易，想破坏一下，博荣屯谁会理我这拐子呀！"

么斯库提着他走到他破坏的车轮前看，原来他是用一把钢丝锯把已经修好的辋子锯透三分之二。么斯库越看越来气，一回手对着莫拐子连打几撇子，再用脚踢。因为车匠手太重，只几下，莫拐子就只有躺在地上哼叫的份了。倘若么斯库是个有城府的人，不那么只顾泄愤，说不定他会从这个小坏蛋嘴里弄出点材料，揭开他家遭劫大案的真相。但他太粗鲁了，又过于愚钝，只图一时之快，连打带踢，连莫拐子破坏车的那把钢丝锯都忘记追究，只一心解气。

一会儿天就亮了，首先发现这两个人的是院工瓦干保，他惊恐地喊："么斯库，你为什么打他打这么狠，你会打死他的！"么斯库恨恨地连声说："他砸我家高车牌子，一会儿弄清楚问题，我还要把他丢冰窟窿里去。"这时车店伙计都来了，都劝他别弄出人命来。接着屯里人也都逐渐聚拢来，其中就有牛家父子——老牛头和牛得水，还有沃家兄弟。这时莫拐子也活过来了。他大声喊叫救命，牛得水责问车匠："为什么下黑手打人？你们民族人多，也不该欺侮我们少数几个汉人。"么斯库哪里肯听，非要把拐子打死才解气。沃家兄弟见状忙把沃海山找来喝道："别叫这小子打出人命来。山林队！不听话把他给我绑起来！"么斯库抢几步操起店里的铡草刀喝道："谁敢上前我就砍死他，而且一劈两半！"一下把全屯人都震住了。

众人正不知怎么处置这事，僵持着，学馆冯馆长从大门外走进来，一见这场面他愣了一下，又笑了。他走上前，先从么斯库手中轻轻接过那把铡刀，说："这孩子！都是乡里乡亲还用这个？"又去把躺在地上的莫拐子扶起来，说："屯里人谁挣几个都不容易，这么干多龌龊呀！回家去吧！”车店里人、屯里看热闹的、剑拔弩张的牛家父子、沃姓兄弟一时都无话可说，悄悄走了。

4

入冬以来，高车吴家一直为劳丽佳因天花破相的作闹而困扰不堪。但也有些希望，给店里炭车修车，每天么斯库都能交给维尔金几十元，就够生活费用了。再说车匠们辛勤半年多，也打出十多辆车的预制件。如造出百十辆车的预制件，就组装车队去北边甘珠尔庙会卖出换钱。这天全家人正在集中精力制作车件。恭太进屋喝水，惊慌地跑出来报告说：“劳丽佳又不见了。”

人们只好停下手中活计，四下去找。山上山下，条通河套，亲戚朋友家都找遍，晌午派出找人的人，回来都报说没找到。维尔金恨恨地连声说：“找不到也好，死了干净利索！”然后又大声哭着，“我的苦命儿啊！”

饭后大家无计可施，只能再分头去找，正在这时，邻院的山林达沃守连赶辆单马车，用一床狍皮被，裹着气息奄奄的劳丽佳走进院来。众人这才一颗心放回肚子里，一边七手八脚地把她往屋中抬，一边忙询问守连怎么回事，他怎么会找到她。沃守连讲出了原委，原来是这样：

西院的麻脸老爷子沃海山，整天躺卧在烟榻上让那个描眉打鬓的柳姨陪着吸鸦片。别人的财产都会从烟枪那个小孔钻进去，然后烟消云散；而他的财富大多是从烟枪钻出来的。他被称为西博荣屯的最会抽烟的人。之所以这么说，是因在牛满山一干人到来前，他从拉哈镇带回个五十多岁姓柳的厨娘，她不仅风韵犹存，还好描眉打鬓，还有三大绝活儿：会烧饭，会烧烟，更有迎合老男人的绝活儿。她最会用宰杀后的老牛蹄筋，配料煲成一种黄芪蹄筋汤，入口十分鲜嫩，口感如同嚼海物一般：她烧的大烟膏既起发多烟泡，又香气浓烈。沃海山为讨好顶头上司善德，请了几次到家吸烟，回回来，回回善德都赞不绝口，还说："老年人最怕老伴早走，海山老弟你是个例外。"

沃海山入冬以来除抽大烟，就吃黄芪蹄筋汤，都吃腻了，想换换口味，告诉大儿子去河里弄两条鱼来让柳姨红烧。达族人的儿女至孝，老人吩咐下来只能是照办。守连听父亲这样说，马上穿上狍皮大哈，蹬上牛皮果挫勒（雪靴），找到一杆鱼叉、一杆冰镩扛在肩膀上，出屯就往渡口下游走去。那个时代河水很丰沛，鱼类较多，民间传诵"棒打獐子瓢舀鱼，野鸡飞进饭锅里"，差不多就是这样。他踏上厚厚的河冰，想找一处冰薄水深的鱼窝子。左找右找，好容易找到这么个地方，放下鱼叉，想开凿。忽然远远见一个女人的身影，似乎穿得很单薄，但头上却捂得严严实实，也在冰上寻找什么。他对这诱人的身影觉得很熟悉，却一时没反应过来。他凿了一气冰，想抽袋烟歇一歇，于是掏出烟荷包，在烟锅中装进黄色粉末，又用火镰打着火绒点上，深吸一口，想再看那个女人在干什么，却不见了。怎么这么快就不见人影了？心里突然咯噔一下想起：她不会是那个吴家劳丽佳吧？那天在她家，自己还隔门帘子劝她来着。答应好好的，怎么会来这里？因为天花病破相，她在家没少寻死上吊作闹，得过去看一眼。

他知道，父亲收留他们的原意，除了为高车能赚钱外，还有一层意思，就是他们家有两个很出众的姑娘。如果能行的话，两个都娶过来给哥俩做媳妇，让她们成妯娌。所以他敢大胆地去追姑娘。但他这当哥哥的总觉得那个大姑娘，人虽姣美，却一本正经，对人总是冷冷的。他喜欢上了那个性格活泼不设防的妹妹，就在他犹豫不决之间，姐姐被税卡新来的冯卡长捷足先登了，因喜欢姐姐，肯花大价钱把他们几个得天花患病的孩子从死亡线上拉回来，医治好。而就是这次病劫，对自己有点意思的劳丽佳却因天花破了相，很是作闹了一阵子。多可惜呀！那么漂亮的女孩子，又心灵手巧。

想到这儿，他忙磕掉烟灰，把烟锅装进狍皮烟口袋里，顺着一条青沟往上找。走不甚远，果然发现她脚朝上、头朝下栽在青沟里。因为沟窄水浅，她被冰卡住没有被冲走。他急忙用手中的鱼叉凿冰，但凿不动。他又小跑回去拎来冰镩，回来拼命地凿冰。

劳丽佳怎么会在冰天雪地栽进青沟里？是她自己想投河去死，但河面结冰了，她就换个死法，以钻冰窟窿的办法，结束自己短暂的生命。

这个女孩子自幼心气比较高傲，处处想和被屯中公认的美女姐姐媲美。可是她命运不济，在天花劫难中，姐姐只落下些许白斑，而她却因此破了相，并因此而失去姐姐那样得佳婿的机会。她既失望而又不甘心，不停地作闹，使全家人不胜其扰。

那天，对自己有点意思的守连隔着门帘子向她建议：用自己的长处掩盖短处。这一招她早就想过，但却又没了信心。那天经守连一提起画她会笊篱姑姑，她的信心又回来了。她对着镜子，用画笔蘸蛋清和的脂粉，厚厚地盖住脸上的麻斑，又描眉打鬓，晚妆确实扮出个妩媚少女。但早晨再对镜，化的妆都被睡枕摩擦掉了，现在仍旧是个丑陋不堪的怪物。她的心又一次被击碎了，觉得无法再活下去了。她在家人忙着装打车辆时，悄悄穿好衣服，包上脑袋乘机走出家门，并信马由缰地走到渡口下梢。那是妇女夏天的乐园，现在她要在此结束自己的短暂生命了。

她找了几处冬季不结冰的青沟，不是水浅，就是冰坎陡不适合下水。当她真找到可以下水的地方，想结束生命时，又想起姐姐来。

那是某年七月，姐妹俩难得从东屯走到这游泳场一次。全屯姑娘媳妇们，都穿长衫下水，在水流不甚急、深浅适中的水里玩狗刨儿。她们的衣服因水膨胀，人人后背都拖了个圆圆的大气包。这个气包看上去很滑稽，但可以托着她们在水里如鱼得水般自由自在地玩耍。人们在水面游够了，还要凫过大流去河心岛采稠李给家人吃。这时娜茉娅对劳丽佳说：“小妹，过大流危险，你就留在河这边看衣服吧！”

“不！我水性一点不比你差。”劳丽佳逞能地说，而且跟了上来。

但真正凫到大流时，劳丽佳还是力量不济而呛了水，吓坏了娜茉娅，她大声吆喝：“快打仰颏！快打仰颏！”而且她自己也翻转仰颏打水追上来。

劳丽佳这回听话了，翻转身子在水上漂浮，虽然呛了两口水，还是靠岸了。娜莱娅追到跟前，一边扶起劳丽佳，一边狠狠抽她几耳光，然后又抱起她大哭：“死丫头你太倔强了，把我吓死了！你死了我怎么办？”

劳丽佳因为处处总输给姐姐，有些恨她，不知这几个耳光怎么了，她到现在还觉得她打得亲切。

她站在冰窟前泪眼婆娑心疼地说：“嬷嬷，对不起你，让你白养我这些年！姐姐，对不起你，让你白疼妹子这些年！”然后硬着心肠，头朝下投进了青沟。

沃守连终于把她拖出青沟来。幸好她没喝多少水，但已气息奄奄了。他想找个暖和的地方让劳丽佳苏醒过来，急忙脱下狍皮外衣，把浑身湿透的女孩子紧紧裹住，然后往肩膀一扛就往河南的房子跑去。在诺敏河向东拐的肘子弯的南岸，有座用塔头块砌成的小屋，虽然简陋，但那是在河南农田许多侍弄庄稼的人和放牧员休憩的地方。但现在是冬季，已空无一人。他踹开房门，把她放到短炕上，又找几块木柴架起来，又用火镰打着，屋里渐渐暖和起来。

劳丽佳清醒过来时，守连正在火上为她烤衣服。她左看看，右看看，哇的一声哭了。他惊慌失措地跑过来问需要什么，她不回答，只是哭，苦得浑身痉挛个不停。她虽然性格开朗，但醒来发现自己浑身被扒得精光，这是一个少女从没经历过的，虽然守连也算是准恋人，也有过卿卿我我的期许，但这样还是吓坏了她。守连见状慌忙跑过来安慰，但劳丽佳不依不饶，啪的一声一块石头打中守连的鼻子，血流出来。她惊恐地哭着喊叫：“你坏，你坏！对我做了什么？”守连找块杨絮塞进鼻孔说：“小姑奶奶手真黑。你浑身都是冰水，怕你死掉，就把衣服全脱下来烤，我什么都没做。”劳丽佳还是不停哭叫，指着亵衣说：“我还能活吗？你把我什么都看了，我还怎么嫁人？”“我什么都没做，也没敢看！”守连嗫嚅地说。

守连这才体会到所谓“少女的秘密”，见她哭叫不停，同情心油然而生，遂说：“你不要再动手，咱们说两句知心话好吗？”

他见她稍安静些，凑到她近前悄声说：“都是天花闹的，不然你可能是我的媳妇了，有什么看见没看见的，不是吗？我谁也不要，还得要你！”

劳丽佳止住泪珠说：“你说的可是真话？过去的事不说了，我现在已丑陋不堪，还要我吗？”守连说：“不是都商量好，用你的特长再变回来吗？”劳丽佳又抽泣说：“没成功！也没画好。”守连从衣袋里掏出一卷桦皮膜说：“这对你修修补补或许有用，我想没画好是不是没有参照物的原因？我们老爷子手里有许多好看的画，有一幅最好看的，老爷子天天看，说是被哈萨尔抢来的太阳汗夫人的画像，我把那个给你弄来模仿怎样？”

劳丽佳点点头，再不哭叫了。守连见状说：“我看中的是你那灵巧的心！你要真把自己打扮成出众的太阳汗夫人的样子，我就娶你。”劳丽佳疑惑地问：“你敢定准吗？”

守连沉思一会儿说：“你什么时候画成，咱们就什么时候结婚。”

劳丽佳止住啼哭，穿衣服。沃守连去路边截车把她载回来。

总算有人把她送回来。人们把她放到炕上，问话不回答，只是一个劲儿痉挛着。母亲过来给她盖被，给她饮水、喂饭，她都无声接受，只是痉挛个不停。

这时冯仲业领娜茉娅来看她，并为她把了脉，又命恭太跑着去取他的针包来，抽出细长银针在她头部、背部扎了几针，痉挛总算停下来。姐姐给她饮些温水，见她还不理人，就都退出来。

以后娜茉娅去看妹妹几次，回来说饮食还正常，只是整天睡觉，醒了也不理人。除了弟弟恭太，不和任何人说话，问话也不回答。后来再去，回来说：“起来了。起来就找颜料、纸笔，作画。有时睡醒就画，不知画些什么。”

其实她是在等沃守连给她送参照画——太阳汗夫人画像。守连是把牛吹大了，那幅画是他老爷子的心尖宝贝。其实装饰很简陋，柳木框上钉张白桦皮，美人图就在一张桦皮上，一个头戴红色辣椒帽的金发细眉蓝眼女人。就在山林队墙头挂着，老爷子得时间就去看，根本找不到机会给摘下送她这里来。劳丽佳因为等得焦躁，对家人没有好态度、好语言，包括母亲维尔金，都认为她还疯着，所以她在家人中很孤独。她日夜思虑怎么样改自己的面貌，甚至半宿不睡对镜画脸，也没有突破。她只好等守连送画像来。

为消除等待中的孤独感，她转移下思路，转向她家发生的大事——遭劫。作为一个不懂事的女孩子，她听见过家人、亲戚、朋友们都议论劫祸中的奇异事。有许多问题她也百思不得其解。她想到屯中女人有事求卜于笊篱姑姑。她画了姑姑像供上，并叩头默默祈祷。当晚后半夜她做了个噩梦——在山路上，她堂兄大伯和伙计们赶着牛马从树林走出来，一伙强盗劫夺财物，不仅杀死他们，而且把尸骨焚烧掉。她被吓得大哭着惊醒过来。她哭泣着要把这一切记录下来，但她大字不识，只有求助自己的特长。她画车轮代表高车队，她画牛马代表换回的商品，再画洋枪火炮代表敌人，再画火焰代表灭迹。从此，在守连偷来美女图前，她一直沉睡做各种各样的梦——做各种各样绘画的记录——再沉睡——再做梦，持续很长时间。

第十三章　江桥炮声

1

博山学馆正式上课了，当人们刚一步入门厅，就会听到满院书声琅琅。这是西博荣屯立屯多年没有过的事。

高级班任教师：冯仲业（兼，因他意在普及，重点抓初级班），弗灵阿（兼）。学生有：徐凤池、苏智、吴超等十余名。指定学长徐凤池。

中级班任教师：戴锡范（特聘）。学生有沃平元、沃登来、武德秀、乌得惠等二十余名。指定学长武德秀。

初级班任教师：冯仲业。学生有冯驹驷（小名玉柱，鸣业家儿子）、吴恭太、录新得、沃录充、沃荣山、沃和实、鄂邦杰等三十余名。指定学长冯驹驷、吴恭太。

开学头几天，高级班主要由老师、学长帮助学生在经、史、子、集范围中选课文。中级班则由老师先给学生号《大学》《中庸》《论语》等，全都背诵。学《孟子》是以后的事。初级班则先由学长给学生号《三字经》《百家姓》《千字文》《名贤集》《庄农杂字》等杂书背诵，以识字为主。

初级班人多，教室里南北四铺大炕，摆满书桌，一片书声琅琅。但原来有基础的学生甚少，学长号书很慢，也最难管理。最初发生的事叫先生哭笑不得。冯仲业没想到首先出事的是他的内弟吴恭太。他跑去家里愤愤不平地对姐姐说："姐夫不公平。冯驹驷是侄子，我是舅，学长为什么他是正，我是副？这事叫我在同学中间抬不起头。"娜茉娅把这话告诉仲业，仲业笑了笑说："这小子还很争强好胜呢！学馆不论辈分，只问谁书念得多，谁字识得多。他能背下几本书？有驹驷背得多吗？这是怪我没给他压担子了。"娜茉娅觉得这么说也对，连她都是驹驷教的。给恭太回话他还不服，争辩说："他号书，达斡尔学生听不懂，都得我翻译，你问姐夫，我俩谁重要？"娜茉娅再把话转告丈夫，仲业很生气，骂道："这小子精力太旺盛了，他是闹着要我给他加课！"但想想又对夫人解释说："驹驷说，号书让学生硬背，不容易记，解释下内容就容易记些。达族学生听不懂汉话，让他翻译下这也要记功劳吗？"娜茉娅想想回说："对的！玉柱教我的时候，对'人之初，性本善'那句书，我就那样想的：人刚生下来很粗鲁吗？后来他解释，说是善良，我就明白了，也记住了。玉柱这孩子很有招数，我得好好劝恭太，他没驹驷心眼多。"冯仲业回说："不用劝，回头我告诉驹驷给他号双份书。"娜茉娅听了心疼弟弟，掉下眼泪。仲业果然告诉驹驷给恭太号书加份。驹驷却说："别加了，小舅两天就背会了《百家姓》，五天就把《三字经》背会了。"馆长愕然。

还有一件让仲业生气的事。尔登宝来学馆，被琅琅书声感动了。他家已经有两个学生来学馆，特别是他老弟小毛（大名沃和实）那么个笨小子也能背书了，因此和学馆要求，让他女儿沃续花也来入学。学馆没有收女生的先例，和董事会商量，开始善德、弗灵阿都不同意接收女学生，怕麻烦。他以馆长身份再三说服董事会，提倡男女平等是社会的进步，这才同意接纳女生。一下进来仨女学生：头一个是沃续花，还有一个叫鄂美芳，另一个是汉族女孩叫莫桂芝（小名叫金锁）。美芳是鄂邦杰的妹妹，学长驹驷只能分配她和邦杰兄妹同桌，邦杰却不同意，要和续花同桌。续花又不同意。学长只好强行安排邦杰兄妹同桌，把续花安排和恭太同桌。第一次纠纷暂时平息了，放学时矛盾又起。

祸起续花的书包。她的书包在墙上挂着，放学后摘下背起来时，一只大老鼠从中钻出来跑了。女孩子胆小，吓得跌坐地上，大哭起来。这一下谁也走不了了，走的人也被叫回来，追查恶作剧者。最后却追到鄂邦杰头上。

鄂美芳和续花是密友。美芳哥哥邦杰对续花这个黄金发，眼如一汪清水，一张雪面，却有两个苹果般粉腮的女孩，已经暗恋了许久。正因为续花和美芳走得近，她才知道邦杰的许多恶行劣迹，避犹不及，怎么肯跟他坐同桌？邦杰对此怀恨在心，出恭时抓只大老鼠，趁人不注意塞进女孩子书包里以示报复。

最后冯仲业判定：体罚鄂邦杰二十板子，向孔子牌位罚跪三炷香。但这事刚结束，吴恭太又接二连三出了麻烦。

屯里的孩子们，都喜欢和恭太玩耍。因为他的玩具经常翻新，还能出些意想不到的玩耍点子。比如，他用屯里的废车轮做过几样玩具，最适合孩子们口味，被他们呼啸着推着单轮满街飞跑，或是去南河河套里两伙交兵，搞得杀声震天，飞石如雨，玩得才过瘾呢！最近他因上学，再不能和那些小伙伴一块儿玩耍了，但他却把一件新奇玩具留给小伙伴们，就是在一辆修理好的旧车上安装一架杠杆，杠杆头上还安有盛物器，这样借用杠杆的力量，可以把石块或其他玩物装到里边，抛掷到很远的地方去，那才叫过瘾呢！

但过瘾是过瘾，有时玩过头就闯祸了，但这祸就要算到恭太头上去。他们玩打仗交锋抛石头，一般情况下力度都不太大，谁挨上一石头也不会咋样的。但石块被杠杆甩出去，既远又有力度，有一次打中了一个小男孩的嘴巴，登时流出血来，一颗牙齿也打掉了。男孩一见不但流血，还掉牙齿了，就大声哭叫起来。过去，孩子们玩耍，玩出纠纷都去家里找，现在有学馆了，家长就来找馆长理论，质问孩子被打掉牙齿该怎么赔。冯仲业无奈，只好给他仔细地检查孩子伤情，发现并不太重，就给上点药并包扎一下。根据年龄，孩子的牙齿还会重新长出来的。仲业遂用好话安抚家长说：“既然牙齿还能长，就不要再追究了，因为大家都是自愿凑到一起玩耍的，还要顾及下次在一起玩吧。”

家长没再说什么，就领孩子走了。因此，馆长也没批评学生，却和他姐姐说："你弟弟聪明是聪明，却很麻烦！告诉他小心，下次绝不饶恕！"

但下次麻烦很快来了，还是那伙孩子，晚间竟敢抛掷火球玩，乱麻包石头块，再蘸上油，抛掷出去一条火线那才好看又好玩。后来居然把火球抛到人家房顶上去，达斡尔族家家都是草苫屋顶，火球一落登时烈火腾烟。吓坏了四邻，大家赶忙纷纷担水救急，把火扑灭了，但房顶被烧了个大窟窿。受害人家来找学馆。学馆当时就指定吴家赔偿这家所用的苫房草，又由学馆请人去给修理房顶。

这个讨厌的小舅子屡次闯祸，姐夫想看看他到底造出了个什么稀罕物来，让学生去把那载有抛物杠杆的高车给推过来。这一看，差点把他气晕厥了，就是一辆被修复的旧到不能再旧的高车，车轴上立一根高杆。高杆用木轴连着一长杆，长杆上边安有一把锻铁造的马勺（住户用过的废物），就是在这一把破马勺里装上石块或火球，会抛掷得很远很远。

冯馆长一气之下，把吴恭太叫到馆长室给予严厉批评，并罚跪拜孔子像半日，又让他去打柴一天。

冯老师当年虽也有过学生生活，现在当老师却毕竟是刚开始，体罚学生后，自己也郁郁不快地走回家中。

吃完晚饭，娜莱娅见丈夫不快活，公公又不在家，就斟半碗梨酿——龙涎香，放在桌子上。他不是就饭慢慢喝，而是吃完饭拿起来一饮而尽，喝得酣畅淋漓后抹抹嘴夸说："好香，好香！夫人的酒真乃龙涎玉露也！"

这时娜莱娅笑着把竹箫递过来。仲业明白这是妻子为他缓解忧虑，要同他合奏，遂用舌尖舔一下箫孔，就起头广东乐曲《梅花三弄》，娜莱娅还是用口胡衬托。仲业要教她学琵琶，她因精力全在写娘家的传记上，宁愿用原来的简单乐器打节奏，但她会的曲子却越来越多。夫妻俩吹弹几首广东音乐，丈夫面上渐露出霁色，妻子才把一封书信递到他手中。

2

拆开一看，是蔡其乔从布西捎来的，说是他已被提升为正科长，感谢盟兄极力推举。只是时局堪忧，日本人蠢蠢欲动，东北军好像毫无准备。又说他们税局有一姓籍的青年品貌手笔俱佳，他有意替大侄女（指秀云）与他撮合，如有意则可来相亲。最后提醒：女孩子及笄，乱世还是早嫁为好。翌日早饭时，仲业将此事禀知老爷子冯敬庭，并和鸣业夫妻商议该怎么办。都觉得女孩大了，对乱世应有防备。遂由祖父敬庭老人、母亲裴蕴清组成相亲队伍，坐车去了布西街。

学馆里的学生鄂邦杰因调戏沃续花犯戒的事，还在发酵着。

男生被打板子，并未认错，回去向当努图克达的父亲鄂苍颉状告老师偏袒。因为老师名望高，再就是当官的父亲毕竟比儿子老成得多，他认为老师不至于偏袒。但想得到续花姑娘做儿媳，父子意见还是一致的。父亲遂决定替邦杰争取这门婚事，向沃家派媒人送酒争取议婚。

民国期间，黑龙江省决定在纳文江西岸（西巴达罕）成立布西设治局（县制），下设四个努图克。这位鄂苍颉就是权倾一方的四个努图克达之一，掌管阿尔拉努图克。沃续花父亲尔登宝虽是个不屈服于势力的倔强人，但对鄂家送议婚酒来，却颇费心思考虑一番，最后还是同意和鄂家吃“恰恩特”。但和女儿续花一商量，她却一口回绝。续花虽然胆子小，却是个很有主见而且倔强的姑娘，她把在学馆因不和他同桌，他把老鼠塞她书包的事告诉了父亲。尔登宝听了也很生气，但他认为那只是小孩子恶作剧。男孩子淘气不算大毛病，吃恰恩特的事，既然答应人家就不改了。

续花听父亲说吃恰恩特不改，心里很着急。如果她是个毫无主见的乖乖女，也就只好逆来顺受了，但她现在随着读书，好像懂了许多事，心气也高了许多，胆子也大了，对父亲很不客气地说：

“你相亲不是看女婿，是看他父亲努图克达的势力！他曾领几个男孩子偷东屯的牛犊子杀了吃肉，算不算坏事？”

听女儿说他是势利眼，尔登宝立时很不理智起来，回说：“男孩子淘气过点火有什么？为这点事，恰恩特的事不能推掉，还要照吃不误！”

女儿的脾气，倔强得跟父亲差不多一样，见父亲不听自己的意见，把手中书本一摔：“吃完恰恩特，你自己去嫁他吧！”女儿不听话，居然敢这么顶嘴，父亲举手就要抽她。女儿是学生了，不受打，用胳膊一搪，架住父亲胳膊，然后气呼呼地就走开了。

事出突然，沃续花虽愤然出走，但她心中什么数都没有。她不嫁鄂邦杰，应该嫁给谁？路上她停下了脚步，倚在一堵柳笆障墙上，思绪翻腾，把学馆的所有本屯男孩子都从头翻检了一番。她首先想到的是那学长驹驷，那个男孩子个头模样都不错，学习还好，初级班的大学长，只是他是汉族，特别是这中间夹着鄂家事，他家里肯定不会同意的。同桌吴恭太？过去她与他接触不多，只是听他两个姐姐夸耀他怎么好，谁家姐姐不显摆自己的弟弟？恭太相貌奇特，浓眉毛，大脑壳，记忆力突出，特别还有些仗义。嫁给他应当很合适。对了，就嫁他吧，但又一转念：不行，他比自己要小两岁左右。姐姐嫁给弟弟，叫人笑话。于是重新放飞念头，仔细检点屯里各户婚姻状况，发现有好几家都是女人比男人大，家庭都过得很和顺。

沃续花决心去找恭太，就嫁给他算啦！她知道他很用功，经常很晚才回家，就转身向学馆走去。走进初级班教室，果然，他还坐在学馆里背书。他见到她来，只是招手让她坐到他对面，她坐下后问他：“背什么书？”

“《论语·八佾第三》。”他回说，“我背给你听：子夏问曰：‘巧笑倩兮，美目盼兮，素以为绚兮。何谓也？子曰：绘事后素。曰：礼后乎？’子曰：‘起予者商也，始可与言《诗》已矣。’”

续花听不太懂，疑惑地仰脸问：“你在夸奖我长得漂亮吗？”

“不，是孔夫子他老人家和他弟子们的对话。我只是背诵，内容也弄不太懂，好像说应该怎样做事情吧。我是先背熟，然后抽空让我姐夫给讲讲，记得会更牢些。”

续花是顺自己来时的思路问话的，听了恭太的解释，不是夸她，觉得有些脸上发热，忙搭讪说："你的记性真好！念书跟吃书一般。人说你过目成诵，你是怎么做到的？教教我。我太笨了，一个月也啃不出一本书。"

恭太笑笑回说："背书其实我也很吃力，只是我念书专注，心无旁骛，就比别人快些。专注算我们高车吴家的门风吧！男孩子六岁就得习车活，什么锛、凿、削、刨，每个部件，甚至于每个卯孔，都要求十分精确，错了就要受罚。罚站，罚跪，罚不吃饭，或者反复再来。我就是把这种劲头用到读书上了。"

他说话时，那两条浓黑的眉毛像鸟儿般，两个翅膀一扇一扇的，使续花悠然神往地看着，竟至走神，忽然发现恭太住嘴在等她回应，慌忙说：

"这办法真好，恐怕我学不会。你何不介绍给同学们，让大家都受些益？"

恭太点点头同意说："看大家背书很吃力，我倒想说说经验，但我的口齿笨，说不好就成了自卖自夸啦！"

续花说："那就用写诗的方法说，你看高级班同学们引吭诵诗多带劲儿！"

恭太听说，也来了兴致，手舞足蹈拉长音调说："噫吁兮！高车者，兴安之佳木也，良匠伐之，加之以斧刃……"又叹息说，"我有姐夫那个本事就好了。可惜识字不多，有些话弄不到一块儿，你来帮我……"

续花笑说："我可帮不了你，如果喜欢作诗，去你姐夫那儿找诀窍啊！"

两个人说笑一阵后，续花觉得她真有些喜欢上这男孩子了，但再待下去，怕耽搁他背书，就告辞走出来。一出教室门又后悔，她是来谈婚论嫁的，到一块儿却一个字都没提。她想再回去说，勇气却一点提不起来，一狠心，就决定以后再说吧！回到家她只轻轻对嬷嬷说："阿恰说要和鄂家吃恰恩特，我没同意，你不要顺着他来！"

再说冯家的事，多亏蔡其乔极力撮合，出资大请客，既见到姑爷本人，也见到其父母。爷爷敬庭老爷子更高兴：孙姑爷人品不错，还是亲上做亲，又多个能串门的地方了。母亲裴蕴清则担心婆家小姑过多，七嘴八舌，让秀云难以为妇。

问秀云本人，她回说："我嫁她哥，也不嫁他姐妹们，怕什么？"

这话让母亲想半天才弄明白，一把搂过女儿掉下眼泪说："我女儿真的长大了！太像你妈啦。但妈二十来年多不容易。幸亏有了你，知疼知冷热，相依为命，帮妈干多少活儿？你走后妈怎么办？"说到这儿女儿和妈都呜呜地哭出声来。母女相拥哭了一阵，母亲忽然醒悟过来，揩揩泪水说："我这是怎么了？老糊涂了。女儿出嫁是大喜事呀！"

女儿要嫁人，冯鸣业也心里酸酸的，说不出是高兴还是不高兴。他做父亲的责任就是赶忙装车，趁店里客人少，路还能走，必须把那些刀把锄杠运送到克山老家换钱，好给秀云置办嫁妆。婆家是城里人，别叫他们小瞧了。冯家虽然大户分成小股，车破还有轱辘在呢！他装好车，准备和尔登宝搭伴去克山卖刀把。临走前晚，南边沈阳方面隐隐传来火炮声，裴蕴清阻止丈夫出车东去。因为女儿婚期等钱用，作为家长的冯鸣业哪肯听劝，坚持要出车。这会儿秀云出来跪着求爹不出车，甚至说愿意推迟婚期，不要妆奁了，只求父亲的平安。但冯鸣业认准时局还未大乱，机不可失，还是和尔登宝搭伴走了。

3

但他怎么都不会想到，在他去克山县的短短时间里，却正是中国国土沉沦的开始，东北大地一切都在起着变化。无形中他们变了身份，成为沦陷之民。

日本侵华蓄谋已久，中日一战在所难免，只是什么时候、规模大小的问题。对于决策者来说，是英雄，还是枭雄，也就是在这个时候最易区分，也最能考验他对国家、对人民的忠诚度。张家父子权倾东北，他们面对的是北熊、东狼，难题确实很大，如果依靠人民，极力除害，能做多少是多少，无论胜败都会是英雄之举。但他们的战略却是养痈遗患，借日本势力，用东北人民的血汗换取炮弹，进关内去争霸逞凶。所谓老帅，虽然弄个保安总司令的头衔，很风光了一阵，却被日本人在皇姑屯炸得魂飞九霄。

“时势造英雄”，“九一八”事变初期，东北确实出现个大英雄，他就是马占山将军。在各省军阀们高举白旗纷纷投降、归顺如潮、万马齐喑的时候，他在嫩江江桥筑起堡垒，打响了抗日战争第一枪。他的难能可贵之处，就在于明知大势已不可为而为之。他参加了关东军本庄繁召开的筹建伪满洲国“四巨头”会议，而且还被授予伪军政部长官衔。开始他只是拒不签名，当他弄清全部真相后，迅速返回黑龙江，向全省发出不让日军侵占一寸土地的通电。1931 年 11 月 4 日，是他在泰来县江桥，以地方微薄兵力，列开阵势对日本鬼子兵打响第一枪的。

冯鸣业和尔登宝等人车载镰、锄、锨、斧等各种农具的柄杆，运到东大荒农垦区去卖。因为这里是平原，离山林远，缺乏这种柄材，他们的货物一时变成当地的畅销品，到克山乡下只三五天就全出手了。每个人手里都有了千把龙江票子。尔登宝说怕被战争耽搁了，货脱手就赶回去了。他本来要和冯鸣业一块儿去齐齐哈尔，也买一对瓷砖炕柜为女儿做妆奁，因为女儿续花骂他势利眼而作罢。而冯鸣业为女儿竟甘冒着炮火的危险去了省城齐齐哈尔。

因为督军兼代省长马占山正领人马在泰来县境江桥两岸和日本人列开阵势作战，而且两下一接火，就先把刚露头的洮南汉奸张海鹏的队伍打个七零八落。齐齐哈尔市内虽然人心惶惶，却士气大振。所以街头商铺还都照开，买卖无误，只是街头巷尾人们多叽叽喳喳耳语。好在他要买的货物——炕头柜很容易就找到了。装好车准备回去时，他听说马占山的部队和日本人对抗了十多天，终因抵挡不住向北撤去。鸣业怕碰上日本人和散兵，又在旅店耽搁一晚上，但第二天清早终于上了路。

冯鸣业车载两口新柜，走到江边才知道要封河，大漂冰凌，摆渡已经停止，船家用单船费九牛二虎之力才把他的车马还有两口新柜运过江北。他登上岸，发现河套旷野已被一层薄雪覆盖了，回西博荣屯已是一条弯弯曲曲的雪路，沿着条林和一堆堆莽丛，向远方伸展开去。他打马急奔，车轮哗啦啦颠动着。此时他心里暗暗欢喜，为秀云买到两口新柜子，有这么时髦的新柜做妆奁，叫姑娘多体面。但他也知道尔登宝车一到家，家里的人们都会为他的安危而着急得不行，所以他恨不得一步走回家。

就在此时，路右侧一堆羊草被推开，从中滚出一个人来，大声哼叫着。鸣业扯住辕马缰绳，把车停下。

是一个穿灰军装的军人，面孔被烟火熏得黢黑，制服压得皱皱巴巴的，手拿一支快枪叫他。开始他不敢靠前，见他并无恶意，只好走过去问他要做什么。原来军人要他帮忙，用这支枪把他毙了。这把鸣业吓了一大跳，说:“你是老总！百姓怎敢用枪毙老总？”

伤员口齿不清地说:“江桥败了，主席走了。我因阻击鬼子，受伤活不了啦！你帮忙让我死吧，求你了，行行好，别让我落到鬼子手里！”

听他再三这样说，冯鸣业心软得哭了，说:“我不能毙你，我得用车把你拉回家。”

军人不再作声了，冯鸣业就把他抱上车，让他头枕料口袋，身盖草口袋，怕被人发现，半道捡个满是粪便的破鸡笼子压在草口袋上，然后打马，让马尾巴迎风扯直了。

第十四章　感知梦和感知图

1

博山学馆四周环境，一到春季真是美不胜收。雪未消完，兴安杜鹃就火焰般在树底下猛烈地绽放；刚进四月则是满山梨雪，一股龙涎香味笼罩了学府。稍晚，棠梨花的嫩唇微点胭脂，娇卧枝头，频频向学生示好。更有稠李花，流苏般的一串串细小白花从枝梢坠下，就像那帮学童，对书本张开星星般的小眼睛，发出一个又一个的奇异问号。

冯仲业每天课后，都在学馆四周徜徉一阵，或酝酿一首小诗，或萌生一首曲子，回去和夫人娜茉娅切磋。而她现在勤恳修传，虽已有了身孕，行动不太方便，但她总是喋喋不休念给他听，征求他的意见。

虽然蔡其乔两次来信都提到时局问题，冯仲业的心境还一直是平静着的。但他哪里知晓国家、家庭以及亲朋圈子的风暴，将给予他的猛烈冲击和考验。作为一代具有一定文化素养的士子，一个普通中国人，还都必须痛苦地体验着、煎熬着这些。当他们找到一定的心灵依托之后，才能够慢慢地挺起腰身来，做他们该做之事。

回到家中，裴蕴清和秀云已备好晚饭，正要开饭时，吴恭太跑来，说宝山老爷子和维尔金老太太请他们夫妇俩务必过去一趟，到他们那儿去吃晚饭好了。这是他和她婚后一年多没有过的，这使冯仲业和娜莱娅都感到惶惶不安，双双匆忙地回去了。

原来她家是在准备吃初生牛犊的新乳粥。就是把第一胎生牛犊小牝牛的乳水积存下来，攒到一块儿时，做顿有异香的粥饭。还有新柳蒿炖重唇鱼。重唇鱼是松花江特产，每年鱼汛，它们都逆流洄游到上游来产子。因为重唇鱼脂质多而且鲜嫩，每到稠李开花时它们都有一多半被人吃进肚子里。为了今天请姑爷和姑娘吃这顿饭，维尔金老太太和么斯库挖白虫、蹲河沿足足张罗了两天，才凑够一桌好饭菜。这不是寻常能吃到的。但是劳丽佳还是照例没有出来和大家同桌子吃。娜莱娅心知肚明，这丫头还是在耍小脾气，故意和姐姐、姐夫疏远。

饭桌上冯仲业总感到岳父和丈母娘有话要说，却几番欲言又止。果然，饭后二老把他夫妻俩叫到高脚仓房里，在昏暗的灯光下，二老都满眼泪水。宝山老爷子哆哆嗦嗦地对冯仲业说："姑爷，我这些孩子里只有你有智谋，有资历，见过大世面。求你把我家人从这火坑中救出去吧。那年自从你大伯的车队遭抢劫，家园遭火灾，我们每天都在惊恐中生活。我们俩老了，死就死了吧，可这些年轻人，这些孩子，更重要的还有高车秘笈和传记材料得保留和传承下去。"

这些话，即便像冯仲业这样经历些过事情或所谓见过世面的成年人，也被说糊涂了。对高车家的事，他从外人或妻子嘴里听到了不少，特别是娜莱娅求他帮着立吴家传记，讲了许多故事。但他从来没做过深想，今天却突然在这样严肃的氛围下向他摆出来，使他摸不准头绪，再者要求救全家人性命，更无从说起，真是一件无从下手的难事。

维尔金老太太见老头说不清，就把手中一卷彩画放在冯仲业的面前，说道："这是劳丽佳病中画的，大部分看不明白，看明白的不少和过去的事都对上号了。姑爷你替我们看看，我们还能活下去吗？"

依自己经验，冯仲业笑了，心想，就这些个呀！它可以为凭吗？是不是跟得病跳耶格耶一样？但他不好说出来，借着昏暗的灯光翻了翻，竟都是用颜料和鸡蛋清掺和成各种颜色，在一种粗糙毛扁纸上画出来的彩画，有七八十张，叠成一大沓子。大部分画上有一个车轮，可能是代表高车的意思。再就是画些眼睛，有的是一只，有的是两只，还有三四只的。此外就是画刀、枪者居多，可能是代表某种武力威胁势力。还有水、火等，可能代表天灾人祸。但它们能证明什么呢，或者能说明什么？

说明它们代表什么都是不可能的。他放下手中画，郑重地问道："劳丽佳病中为什么要画这些？"老太太回说："她两个多月都不肯好好吃饭，就是睡觉做梦，醒了就画，现在她已经什么都不做了。趁她不备，我悄悄拿出来，看她画些什么，竟是画这些个。我想给她送回去，老头发现了，说有的和我们家曾发生的事对上号了，画的竟是我们家和车队被抢劫的灾难过程。所以把姑爷请来替我们判明一下，能否找到祸因，把它公之于世。该怎么办，能否送法律机关？"仲业闻说暗想：病中做梦，梦醒作画，这样的作品如有可信度，也该算天下奇闻了！他忽然想起曾看过一本荒唐的书，书上说，宇宙是物质的，是流动的，或者叫物质流、物质旋涡什么的，它是透明或不透明的物质，其中包括声、光、电都像水流一样搅和在一块儿，在宇宙空间或伸屈，或舒卷，泛着无尽的波澜，或者说能承载着过去、未来发生了或未发生的信息。或者将要发生的事，都承载在上边……又说如果有适合它的某种收发装置，就会把接到的那些信息，或变成某种语言，或变成影像。难道这都是真的吗？

他想了想又说："高车家过去的事，我听到的是只言片语。如果二老给我详细讲讲，或许对理解这些梦和图有些帮助。"

宝山老爷子口齿不清，但讲得很有条理；维尔金老太太口齿清楚，但语急气促反而讲不清。两人的叙述，再加上娜茉娅的解释，构成一幅惊心动魄血泪图。

二三百年前，社会大变动。达斡尔族人从长城附近荒凉的热河地方，迁往黑龙江北。全族先人赶着牲畜，车载妇女老幼和家当，随族人的搬迁大潮，进入了外兴安岭。因金兵追赶，走错路，进了鄂嫩河流域的沼泽地，车辆被杂草污泥缠裹，托轴打误，不得不与金兵厮拼。

高车可能是辽族库莫奚人所发明，但传到达斡尔人手中，还是一种很原始、很粗糙的车具。祖先边抵抗金人追杀，边改造高车，出色地完成第一次高车的改进。高车铁轴承问题，是吴家内迁后在诺敏河流域解决的。“我其实是铁匠，而不是车匠。”宝山老指着自己鼻子说：“造车是我大哥吴海山的事。”

从此高车吴家财源滚滚，变成族人仰望之星，但也为吴家带来无穷灾难。离开鄂嫩河前几年，一伙俄罗斯强盗攻打高车乌寨，围困一个多月，多亏族人营救，才免于灭门。吴氏家族因追寻车材，远离氏族，居住得过于分散，在纳文江入松花江口——扶余县境内，曾被抢劫数次，但都未吸取教训。

吴家又远离族人占据了东博荣山，成立了海牙屯。高车很快知名嫩江上下，吴家车在甘珠尔庙会上，一辆车可换两头牛或一匹马，超出普通车一倍。但灾难也随之潜伏下来。每三年去甘珠尔庙会一次，有两次被劫，都因有较好的防范，让土匪未能得手。最后一次应该说防备最严，带着快枪硬弩，但还是被敌人算计了。车队失踪，家人沿着去海拉尔的岭南山路上寻找，只找到打斗现场和一堆堆灰烬。大掌柜吴海山及其长子吴登太以及雇工们都在这场灾难中失踪了。人说福无双至，祸不单行，就在寻人的人们回家那天晚上，家里也摊上了一场火灾。说也奇怪，火是从马厩开始的。也是正因先救马厩火，家人都惊醒了。正房再起火，人都逃出来，高车秘笈也抢救出来。

西博荣沃海山山林达是吴海山的朋友，相隔几里远见到火光，他们赶来相救。在吴家片瓦无存的时候，沃海山伸出了善意的手，把吴家这些受难人，收留到他们老房子的东厢，就是现在这个“朱格里”住下了。

冯仲业听到这儿，先犹豫一会儿，才问道：“我有个不实之请，二老也不要为难，能否把高车秘笈和传记材料叫我见识一下？”

这个请求叫吴宝山眼望维尔金犹豫半天，才说：“女婿也是半个吴家人，不该再瞒你了。”又对娜茉娅说：“你去拿给他看吧。”

娜茉娅回到东厢抱来个桦皮制的扁匣，还有纸稿等，原是供到苫墙板上那尊霍日列巴日坎的。打开桦皮匣，从中把那几十个小精灵（绳头、蚱蜢、小木人等）拿出来，在最底层，拿出一沓白桦软膜，还有安代儿写在纸上的传记，递给丈夫。当初达斡尔人缺少纸张时，多用桦树膜来记事。早时，这东西女孩子是不让接触的。娜茉娅平时观察，大伯夫妇和父母对这个神明格外注意，逃难那天，因她熟悉大娘代儿的房间，她什么也没拿，就冒着危险钻进西里间，把这个桦皮匣和传记一块儿抱出来了。因为她有功，所以女孩子中只有她可以打开它。

冯仲业数了数桦皮膜，不到二十页，上边没有文字，只是上边画有横一道、竖一道的符号，判不清什么意思。他想了想，合上桦膜问:“这上边，还有多少高车技术没实现？”

“木工活儿因车材限制，再难有别的作为了！”宝山老想了一会儿说，“铁活儿还应有一些，比方改进铁轴承。定下来的，车轴上边还有一个铁件至今没有装上，这是秘笈上规定的。”

“秘笈既有规定，那就按规定装呗！”冯仲业边交回秘笈本边思考着说，“我说的不一定对，听二老话中提到的危险，多年来你们一家可能就是陷入这个秘笈的陷阱中，难以自拔了。财富来源于它，灾难也来源于它。要想过正常人家的生活，就需要跳出这个循环不已的圈圈才行。因为莫昆协议对整个达族是不管用的，对社会上其他民族更无约束力，更何况你说吴姓家族搬进纳文江流域后已经和本族人分散了，再没有安全保障。这是多么危险的事啊！”

“那就全仗姑爷了！你看到秘笈后，就成为我们一家人了。但我们这老的不知世事，小的更不懂人间，每天都提心吊胆战战兢兢活着啊。我早就说把姑爷请来拿主意。”维尔金插进来说，并问，“你可愿意和我们这家人同生死共患难？”“我愿意！和娜茉娅结婚那天我就下了这个决心。”冯仲业回答。但是事关重大，他一时也想不出什么好主意，也不敢轻易开口。

他坐思许久，最后还是让娜茉娅把桦膜秘笈装回桦皮匣子，把画卷起，与安代儿写的那些传记卷到一块儿，准备拿回去看，说是事关重大，容他回去仔细揣度，意见成熟之后再说。

2

冯仲业夫妻从吴家回到自己家，因那些画把脑子搞得很乱，打开画卷，却无心再看，想睡，又睡不踏实。

慌慌地到后半夜。刚睡稳，被人敲窗惊醒了。仲业一时愣住，娜茉娅说："像是二弟鸣业。"他细听，果然是，急忙穿好衣服走出去。果然是鸣业从齐齐哈尔回来，刚刚到家。兄弟俩相跟着到大院去。

鸣业因车上拉了个伤号，怕走漏风声，见人躲人，见车躲车，走得很慢，刚从齐齐哈尔回到家，没等卸车，就忙来找哥哥。他先让哥哥帮他把大鸡笼子从车厢上抬下来。鸡笼下边露出个破麻布口袋，套床破棉被，他揭开棉被，又帮着把一个不停呻吟的中年男子抬进父亲住的炕上。冯仲业一边帮弟弟抬人，一边觉得问题严重了。岳丈家的一堆感知图已使他心烦意乱，现在又遇这事，他打心眼儿里向外烦躁得难耐。

他一脸怒气地把二弟拉到门外责问："这是个什么人，被你拉回家来？"

"是个伤兵！"鸣业回答说。

"在什么地方遇见的？"

"在齐齐哈尔这边，大荒甸子里！"

"你认识吗？"

"不！不认识。"

"不认不识怎么敢把他拉回来？"仲业的气更大了。

"我在路上走，他在草棵里号叫。"鸣业解释说，"我下车问。他叫我帮他个忙，他递我一把枪，让把他枪毙了。我能毙他吗？江桥刚打完仗。帮什么忙？就把他拉回来了。"

"他怎么了？"

"腿上受了弹伤！"

“那么你会治红伤吗？”

“不会！”

“不会，你拉回家怎么办？”

“我寻思你对不少症候都敢下手整治，对这也……”

哥哥怒不可遏地吼叫：“你想害死我，我从来都不敢碰那种性质的伤！”

兄弟两个争辩的声音可能大了些，这时弟媳妇裴蕴清手拿一个刺绣荷包出现在门口，低声呵斥：“哥儿俩吵什么？怕大街上人听不到哇！有话进来说。”

冯家兄弟俩这才发觉刚才的不当，于是悄没声跟着进到屋内。

蕴清一脸严肃地说：“当兵的都不怕打仗，却怕受伤。现在他为打日本人落到这个份儿上，我们作为中国人，只能替他担着点。叫什么来着？对了，叫责无旁贷。现在你弟弟眼力上不去，只有靠哥哥你了。”

说着她顺手从荷包里拿出刀、镊、钳各一把，并说：“炭火我笼好了，把它们放进火里烧一会儿，凉一凉好用。他若身上有弹头或弹片，必须替他摘出来，不然就一辈子残废了。”又从荷包中拿出两包有点像松香的半透明药末说，“这是乳香，这是末药，都是红伤不可少的好东西。裴家历代习武必备药，到我的父亲这辈，再无人习练此道，这药就落到我手上，一直无用，今天总算派上用场了。烂肉什么的，必须摘净，然后把这撒到上边，它自会止血化瘀。”

蕴清又说：“让鸣业抱住他的腰。他肯定疼痛地号叫，不管他怎么号叫，甚至骂人，都不要管，得弄得干净利索才行。所谓治红伤，就是得有胆量，敢下手。”

冯家哥儿俩，被妇人一顿数落和教导，再无话可说，只能从命照办。他们走进尽里屋，果然有盆炭火烧得很旺，仲业顺手把三件铁器具放进去。鸣业吃力地把伤员抱起来，按蕴清嘱咐先喂他喝点鸦片水，并向伤员说：“喂，挺着点儿哥们儿，一会儿就会好的。”但伤员先疼得直哆嗦，一会儿挺不住就张口骂人，不住嘴地数落祖宗三代骂人。哥儿俩也顾不得这些，仲业还是有些经验的，先是不慌不忙挑开他的裤脚，露出已肿胀不堪流脓淌血的伤腿来。因为肿胀，仲业很困难地找到伤口弹片处。就如女人说的那样，一狠心，约莫着挖掉烂肉，放出脓水后，才发现那块祸患——弹片。他用钳子钳住那块小铁，拼着全身的力气，将它运到手指上，试了几次才把它和腿骨分离开。这些使他头一次经历了治红伤。冯仲业累得浑身大汗淋漓，差一点没呕吐出来，而小便却因此失禁了。他气急败坏地丢下手头工具就走开了。后边的事，都是裴蕴清默默地做好了，如清洗包扎等。

3

不管高车家族产生怎样的危机，对吴恭太读书都不产生妨碍，这就是他对续花说的那种专心致志。开学不到一年，他不仅读完启蒙的几本杂书，而且已涉猎《大学》《中庸》《论语》，还有《诗经》、楚辞、汉赋、唐诗少部分。又因不想再当初级班副学长，他想极力跳到中级班去，因此一大早姐姐娜茉娅正做早饭时，他就跑来找姐夫冯仲业恳求上中级班。他吞吞吐吐讲半天，馆长夫妇才听明白：他是想跳班级。姐姐听了有些不高兴说："弟弟，你除了读书，还能不能长点别的心眼？现在父母都为高车的事发愁，你还闹跳班级？"姐夫却是另一种看法，说："夫人，先别埋怨他。学馆还真得提倡学生拔高。学生肩头齐，不是好事，只有拔高，才能出人才。"他又对恭太说："你真的是脚踏实地念完了那几本书吗？不是图虚名好高骛远吧？"恭太点点头。仲业又说："为让同学们服气，需要考一下成绩。"恭太胸有成竹地拍拍胸脯说："我不怕考！"

弗灵阿从外地回来，听戴锡范说恭太要跳班，他想知道是否属实，遂答应跟戴锡范一块儿做跳班生的主考老师。他俩相约早早来到教研室坐下喝水。还有高、中、初三个班级的学长，虽然还都是学生，但都被拉来做陪考。要跳班的吴恭太和鄂邦杰两个同学也把冯驹驷给叫来，学馆教研室的气氛一下严肃起来。

人生，升官容易，升级却很难。吴恭太和鄂邦杰两个同学在初级班不到一年，要升上中级去，学馆的制度是要经过考试，按成绩决定升留。这实在是件轰动的事。虽然今天是大休日，同学们却来得不少。他俩一进屋，外头窗上都趴满了人。吴恭太和鄂邦杰刚落座，弗灵阿就让戴锡范主持。

戴锡范只好说："冯馆长说，学生跳级是件好事，欢迎两同学报名参与。既然是想拔尖往中级班跳，就考中级课吧。你们谁先来？"

鄂邦杰这时谦逊起来了，用眼瞅吴恭太，恭太就挺身而出说："请老师赐题！"

戴锡范说："请听好，请背诵《论语·为政篇第二》。"

吴恭太背诵道："子曰：'为政以德，譬如北辰居其所而众星共之。'"

戴锡范又问："怎么讲？"

恭太说："姐夫说，以德治国，就像北极星，放出光芒，而它周围众星都围着它……"

戴锡范笑了说："你基本传达清楚了。下边是第二题：请背诵紧挨着那句。"

开始恭太没明白，等他弄明白后就背诵道："《诗》三百，一言以蔽之，曰：'思无邪。'"

戴锡范问："什么意思？"

恭太回："孔子说，《诗经》三百篇，一句话概括是，很纯净。"

包括副董事长在内的在座人一齐为他鼓掌。戴锡范也来了情绪，说："听好第三题：'泰伯篇'论证唐尧的那段，请背诵。"

吴恭太背道："子曰：大哉尧之为君也！巍巍乎！唯天为大，唯尧则之。荡荡乎！民无能名焉。巍巍乎！其有成功也。焕乎！其有文章。"

戴锡范问："怎么讲？"

吴恭太回答："伟大的尧这个国君，崇高啊！只有天最伟大，只有尧能效法它。圣德无边哪！他成就了伟大的事业，制定了礼乐的法度。"

戴老师赞许说："好！果然得到过我们馆长的真传。听说你已会写诗，一定涉猎过《诗经》，能背诵一段吗？"

吴恭太想想说："我最喜欢《秦风·蒹葭》里的一段。蒹葭苍苍，白露为霜。所谓伊人，在水一方。溯洄从之，道阻且长。溯游从之，宛在水中央……"

戴锡范摆手，吴恭太打住。他问在座的人："恭太同学考得如何？"众人一齐鼓掌。

弗灵阿这回来了兴致说："这回我来。该轮到鄂邦杰同学了。"

见鄂邦杰站起来，他问："你希望考你中级课，还是初级课？"

邦杰说："没学过中级课，就考初级吧！"

弗灵阿说："《三字经》《百家姓》《千字文》，就背诵《千字文》开头一段吧！"

弗灵阿觉得鄂邦杰会脱口而出的，哪知这么容易的题目，鄂邦杰竟是磕磕巴巴地背诵不出来。

初级班学长冯驹驷吃不消了，他请示了老师，为邦杰提示说："天地玄黄……"

鄂邦杰重复："天……地……玄……黄……"

冯驹驷又引导说："宇……宙……洪……荒。往下背。"

鄂邦杰还是没有跟上来，冯驹驷又往下引："日、月、盈昃……"

鄂邦杰还在"天地玄黄"字面里打转，接不下去。弗灵阿颜面上有些挂不住，拍一下案子说："鄂邦杰同学！你这书是怎么念的？这么容易的题都背不出，还是努图克达的公子哥呢！"

听弗灵阿提"努图克达公子"，众人都觉不妥，正要阻拦，却拯救了尴尬中的鄂邦杰。他先恭后倨地说："对不起！念熟了的书叫我都忘了。不过弗老师把这和努图克达公子联系在一块儿说，我不同意，这话是否别有居心？"

弗灵阿被大家阻拦，也知自己失言，但被考生反诘，下不了台，遂怒向胆边生，啪地一拍桌子大声喝道："是的！我想告诉你老子该管教你几天了！"说罢拂袖而去。

第十五章　脸谱

1

因学馆董事会开会，冯仲业回到家时，家人已经都睡下了。他一路上想着岳父家的事，怎么样才能把一家人从危险境况中解救出来，但左思右想还是没能设计出一个可行办法。为使自己的思路活跃一下，他想再翻翻劳丽佳笔下那些胡描乱画的东西。

娜茉娅见丈夫进屋，她悄没声地起来为他点上灯，斟一碗茶水就坐在他对面，久久观察丈夫的脸色。仲业觉得有些奇怪，遂问："我脸上有花吗？"

"我看是否因秘笈一直瞒着你，对我不高兴，求你的事几天都拿不出主意。"娜茉娅的双腮泛着红晕，并稍带娇羞地回说。

"傻孩子！这个事让我知道，才真正让我为难。以一家人的身家性命相托，那责任重如泰山，使我都快撑不住了。主意嘛，我倒是想出来几种，但都不成熟，因为太重要了，不敢轻易拿出来。你就先睡吧，我想再翻翻劳丽佳的画，看有没有别的路子。"

娜茉娅重新躺下去睡，但睡不着，又睁开眼望着丈夫说："昨天是老人家们实在走投无路了，这才张嘴求你。出嫁前，父亲曾想让我当女掌门人，像七祖那样把家管起来。"仲业惊讶地问："那你怎么不当女掌门，还出嫁了，我的女皇。""我要接掌门，怕你打光棍呀！"妻子笑说，回身又闭上眼睛。就凭她的才智，说不定真能让一家人脱离苦难！丈夫望着妻子美丽的面容，对她的能力深信不疑。

他这才把那卷感知图打开进行分类：第一类是已经发生过的事，这类居多，数一数有三十多张。如一只车轮上边画一只眼睛，一只车轮上边画两只或三只眼，车轮上画把刀，或画支枪，有的画车轮，画牛马，再画枪支，可能代表抢劫。从山林中走出的牛马群，正在被火焰吞噬。牛马厩起火，大火吞噬房屋。为了记忆与判断，他在车轮、眼睛与刀枪的画面上注上想说的话，如："车改成功对社会是大好事，但社会上对其享受财富看得较重，却忘记其付出的辛苦……秘笈契约显然是一种误导。"又添写几句判语："误将梨山当桃源，其实高车福祸连。千辛万苦车成后，不看贡献看财源。"

再看火吞房屋画面时想道："先在畜厩纵火，再去烧房屋，显然并不真打算让其灭门，为什么不一下灭口以绝后患？显然对活着的还有需要。对啦，就是想得到那本所谓秘笈，在汉族里，这种事也多到不胜枚举。"因之在旁脚注："火吞人家险灭门，秘笈造福亦祸根。欲擒故纵为底事，放生害死竟何因？"

对三只眼加刀枪那幅画他想了许多："祸害吴家的匪人，显然对这个家庭了如指掌，几次作案都未留下破绽。干得干净利索，显然是职业匪人所为，这么长时间没听说博荣山那地方有这么一伙强盗。他们和吴家很熟，吴家却没一点察觉。"这时他突然想起个名称："暗匪"。东大荒克山那地方胡匪特多，到处都有。除了明火执仗，还有许多暗匪，他们平时是以其他职业做掩护的，装扮得文文明明、老老实实，有的还有某些善举，当他们踩好作案盘子，匪首一声号令，哨聚到一起打家劫舍，比那些明火执仗的匪徒还凶狠十倍，因为他们要彻底消灭证据。因之在画边又判道："梨花山下梨花人，知人知面不知心。暗匪更比明匪恶，肉与骨头一口吞。"

有十多张感知画，以现在的思想难以想象出代表什么意思，或属于未来方面的，他已觉得头脑有些累了，不愿再费力思考，就放到一边。剩下近三十张，他觉得属于将要发生的方面，譬如一群狼抱啃烟筒石，他想再琢磨琢磨。

但这时娜茉娅又醒了。她见丈夫还没睡，又去倒杯水端过来。冯仲业边喝水边对妻子说：“夫人，你看这些图，有没有脖后发凉的感觉？”娜茉娅听了笑摸后颈说：“我刚睡醒，脖子还热着哪！”仲业大笑一阵，但很快收住笑声说：“傻孩子！难为你们这些年怎么活过来的，吴家头上一直悬着一把刀。从那晚上听到这些事，再看这些感知画，越看越觉脖子后边发凉。”

他拿过感知图，挑出注释的几幅再一次对妻子叨念判诗，并详尽分析了暗匪。娜茉娅听了点头说：“爹妈也有些察觉，好像灾害跟得很紧，但又琢磨不透。比如阿卡他们找人刚回来，家里就着火，火还是先从畜厩起的，不然人很难逃出来。整天在别人眼皮底下，被人监视着生活，连大气都不敢出了，你能快些想办法破解它吗？”

冯仲业回说：“破解？没那么容易，这种案情报官都难解决。一不知是谁，二没任何证据，连蛛丝马迹都找不出来，太困难了。”娜茉娅失望得快哭出来了，说：“父母把希望都放在你身上，你也划不出个道儿来，吴家就没有救了！你不是说从打和我结婚那天起，就把自己也当作吴家人了吗？”仲业见妻子急得不行，就缓解些说：“也不是一点办法没有，只怕二老不肯痛下决心。那个秘笈，看样子，已经没什么秘密可守了，因为上边这些东西和社会上的普通车辆没有多大区别。死守它只是徒有虚名，枉招其祸。”

娜茉娅觉得有道理，揩干眼泪问：“你的意思是……”仲业说：“只能主动去破解！汉族中对这种发明权，主要靠社会处理。给发明者以奖励，并帮助推广，创造者可以保留发明权。有发明，或者有绝活儿还可招生传授，桃李多了还可以自成一派。你父母若同意，吴家高车可招收学员若干名，在开学会上宣布秘笈已完成，当众销毁，永绝那些想在高车上刮骨割肉的人们的念头。”

娜茉娅眼睛亮起来。冯仲业在叨叨念念中睡着了，挖肝搜胆想主意，使他太困了，也太累了。

2

时局虽然持续动荡不安，但对博山学馆似乎没产生多大影响。

博山学馆开学半年多，成绩斐然：首先是初级班，因为采用学长冯驹驷先讲后背法，大多数学生都记忆非常快。许多学生不到半年，差不多都能背诵下启蒙那几本书。像吴恭太几乎是过目成诵，启蒙书籍早已经背得滚瓜烂熟，并跃跃欲试跳上中级班开始读《孟子》。“孟子见梁惠王。王曰：‘叟，不远千里而来，亦将有以利吾国乎？’孟子对曰：‘王何必曰利，亦有仁义而已矣！’”

中级班老师戴锡范教学是一步一个脚印。因学生多，只能号书先背。恭太也会有不适应。他拿《孟子》的句子问姐姐娜茉娅，姐姐怎么知道，只好转问姐夫。姐夫笑说：“这是个麻烦人，走到哪里都不会消停。”高级班学生对他选课题、讲演会、文章的批改，都非常满意。只是老师弗灵阿近来常往外跑，说办学有事。多亏了学长徐凤池能撑得住。但批改作业多半落到学馆馆长冯仲业头上，又因忧虑吴家的事，只得一条肠子两头扯。

这天上午，他正独坐在办公室批改学生的一篇《对汉室削藩令的思考》短文，对其政治哲学的妙用想给写几句赞语，忽见一个人影在孔子牌位后边一闪来到窗前。他觉得不像学生，忙去开门。啪的一声，一封信从门缝递进来。他去取来，回到座位上打开看时，不由吓出一头冷汗。

那信上写道：“仲业阁下：你已不是省官，切勿插手高车家事宜。否则会对你、对你的亲眷不利。切切此致，勿谓言之不预哉！”

他看完恐吓信，真吓出一头冷汗来。他现在真的半点护身保障都没有了，完完全全就是一个穷教书的，而且在乱世来临之际。

愣怔一会儿，他想，他不能让家人知道这事。首先使他想到的是老父亲，老人家眼神不太好，整天在河边闲坐和舵工们闲聊。有一天，老人家对他说：屯子不大，闲散人不少，有的人看样子很不地道。他知道父亲在老家是屯子的头行人，爱管闲事，仲业怕他再闯祸，遂劝阻说："爹！这是个少数民族地区，许多情况你不了解，切不要轻易摊事了。"老爷子听他这样讲，把筷子啪地一摔，说；"怕我给你惹事，我走人好了！"他好言劝了半天，老爷子才消气。现在他又对父亲的安危担心起来，不管老爷子怎么不愿意听，也得嘱咐他老人家几句。

出乎他的意料，午饭回家时，娜茉娅边给他端饭菜，边说吴家二老完全同意他的分析。这些年，就像十冬腊月掉进青沟水里被冻得半死，又被扒光衣服，然后又扔进凉水盆缓起来，精赤赤、凉飕飕地活着一样。这样的生活已经过够了，不想再传给儿孙了。

这一下，冯仲业就是想打退堂鼓也打不成了，边吃饭边和夫人商议，让高车吴家以进为退，即先做一广告，声称达斡尔高车为北方各族人民广为利用，成为几个民族物质交流的主要运载器具。其中吴家高车——诺敏河牌高车颇受社会欢迎，现在社会上号称诺敏河车者很多，但良莠不齐，许多是滥竽充数者，而且多滥用吴氏名誉，使用户对吴家抱怨者有之，亦有登门索赔者，使吴家不堪其扰。但在吴家饱尝天灾人祸之后，已经无力承担褒扬或者毁誉。对社会信誉负责起见，拟办吴氏高车学徒精进班，招收学徒五至十人，于三个月中打造一辆标准高车。学徒两年出徒后，以维护诺敏河牌标准车为己任。此后，高车吴家当众销毁秘笈，不再负担研究改造责任，今后也只是众多打造高车人家中的普通一员云云。

夫妻俩商议得头头是道，饭后娜茉娅立即跑去娘家落实这些行动。

这些天，她天天吃完早饭，就回娘家帮助父母和哥哥筹办招收学徒和安排食宿的具体事宜。广告怎么写？因有仲业说了个初稿，小舅子吴恭太自告奋勇揽了过去（冯仲业为提高他的写作水平，愿意把拟广告草稿的事交给他），剩下的都是具体事，明太和么斯库能办，却必须经二老点头才能决定，由他们叔侄俩去执行。

3

冯仲业走到学馆刚坐下，看门人送来由布西街寄出的一封信，是蔡其乔寄来的。他在信中说，东北时局要出大事，趁要乱未乱之际，籍家愿意把喜事办了。

因这是侄女秀云的大事，他把馆内教学等事安排一下，就给把兄弟写回信同意早办，然后，又去找二弟夫妇让他们和婆家商定吉日。

冯鸣业正伏在案前算他上个月在克山卖镰刀把的账目，见哥哥一脸笑容走进来，就说："哥！今年若时局不稳，索性车马店不开张了，我们专收山柴加工农具的杆、柄怎样？"哥哥因时局难判，未置可否，摇摇头说的却是布西来信，籍家要办婚事。弟弟这才知道自己误会了，忙请哥哥进里屋去检验新给秀云买的陪嫁，两口瓷画新柜，这是省城正时兴的。哥哥虽然那天晚上看见了，但没特别注意，现在重新审视后说："果然气派，再陪些其他东西，这乱世也就说得过去了。"

秀云大婚在即，冯家经过一阵紧锣密鼓的张罗，组成以祖父敬庭老爷子为首的浩浩荡荡的送亲队伍。为什么这样隆重？因为本屯达斡尔邻居也加进来了。首先是尔登宝，他和鸣业结伴去克山卖刀把狠赚了几个，为感谢，送来了红缎子被面来，这是很贵重的礼物，为回报，只好请他参加送亲，他爽快答应并要自己赶车去。冯家同意后，周围邻居好几家也送来婚礼，并加入送亲队伍。这样就组成浩大的车队，尽是单、双马大轮车，却有十多辆拉着妆奁，箱箱柜柜，坐满男男女女，但最显赫的当然是鸣业在省城买的那两口炕柜。因此秀云虽在乱世出嫁，却一路风光，从西博荣屯娘家出来，走进布西街婆家去。

原本娜茉娅该以大娘和闺密的双重身份去陪送秀云侄女，无奈身体已日愈沉重，再者因秀云婚事的刺激，妹妹劳丽佳的婚事也戏剧性提到日程上来。这个丑丫头和她的家人都为她这张脸愁得不可开交，她又是怎样才和大婚联系在一起的呢？说来还真有些戏剧性。

4

吴家丑女劳丽佳那次投河未死，沃守连送她一卷桦皮膜，给她修补缺陷，并答应送幅美女图作参照物。

她经过多次实验，找到了用桦膜把鼻子填充好看的办法。但多次画脸谱都不成功。这使她忧心忡忡，焦急难耐，经常做各种各样的噩梦。开始把梦境都忘了，后来品味到这些梦似乎象征些什么，她想记录下来，因不识字，就借助自己的绘画。昼夜焦虑，几乎在两三个月内每天持续有梦有画。直到她后来感到厌倦，想再度轻生，就在这时沃守连总算有机会得手，把父亲的那张太阳汗夫人画像给她送来了。那是海山老头去省城办事，在齐齐哈尔城八大市高价买到的。

守连说，这是老爷子非常钟爱、非常欣喜的百看不厌的美人图。其实这是一幅非常简陋的画像，在一块不太大的桦皮上，钉了四根柳木条为框，上边彩绘一个头戴红色辣椒帽的金发女人的正面像。守连告诉她，这是有人从额尔古纳旗黑山头古城里挖出来的，有考古学家判定是元代哈萨尔王太阳汗夫人的生前画像。因为萨王太宠爱她，画像一直挂在他的黄金帐里，死后还把画像和自己同葬。

劳丽佳当宝物般捧在手中仔细观瞧：画像中的美人高鼻梁，高颧骨，这在达斡尔人的审美中并不好看，但她却美在雪白的面孔和碧蓝碧蓝的眼睛上，犹如一轮明月在夜空下照亮一汪流动的绿蓝相间的湖水。她更美在眉目上。但她左摹右画临摹到自己脸上时却并不生动。无奈，她把弟弟恭太叫进来，问他意见。恭太听她讲完后琢磨着说：“你照描不行，得把思路活起来。比如，你那双平直眼眉原本就挺好看，但板了一点。如果太弯细，又显轻佻，眼睛也是如此。你不如先画一幅自画像，画好后再往脸上描。”劳丽佳觉得他说得有理，于是找块桦皮，照镜子画美人图。她信弟弟的话，先描眉毛，在平直眉上加一点小细弯，果然出乎意料地精神起来，她有了信心。她不能画蓝色的眼睛，却想起美丽的鹿眼。鹿眼的美是美在双眼皮上。她给自画像也加道双眼皮，果然就顾盼有神了。她高兴得跳起来，接着又画了一张。

她把弟弟恭太叫进来，让他面壁半个时辰不许偷看她，然后迅速用手指和画笔在脸上勾勒了一会儿，忽然停住说："看你老姐！"吴恭太再回头，简直目瞪口呆了：一张粉白脸上，两条欲翘不翘的平直柳叶眉，一双带笑不笑的杏核眼，精巧的雪白悬胆鼻，红艳艳的两片樱桃唇。不知她此时把高挑斜眼和那只破损鼻头藏匿到哪里去了。

见他不言语。她问："见到原来的老姐了吗？""原先的老姐没这么漂亮！"恭太诺诺回答。"好！那就去西院把沃守连给我找来。"

一会儿沃守连悄没声地走进来，只见屋里坐着一个头部用纱巾包裹着的人。他坐下后，包头人发问："你喜欢过劳丽佳吗？"

"当然喜欢过，我还认真追求过她，只是她没答应……"守连回答得很干脆。

"现在为什么不喜欢了？你救过她的性命，看遍她全身，又不想要她了？"包头人连续发问。

守连尴尬起来，忙表白："她要不是被折磨得不成样子，我可能早就娶她了。"

"这么说你还爱着那个劳丽佳？"

"当然！"

"要还给你一个比过去的劳丽佳还美的人呢？"

"我立刻娶她！"

啪的一声，纱巾落地，只见一位娉婷劳丽佳，既聪明又调皮、既风流又媚气地站在他面前。见他被惊呆的样子，劳丽佳笑说："没什么说的了吧？回去把这画像带给海山伯伯看，说我要嫁过去！现在吴家就要招很多学员，我已无处安身了，一天都不想再在这个家待了。麻子儿媳去伺候麻子公公的时候到了。"

5

守连拿着劳丽佳的画像，边走边看地回到西院去，对躺在烟榻上喷云吐雾的麻脸父亲说："这是东院那位的自画像，你老要没意见，她想嫁过来！"

"真是个美人！天花后没落麻斑？"父亲赞了一句，又疑惑地问。

"本人原来比这还漂亮，又心灵手巧。天花后麻斑当然不少，都被化妆盖住了。"儿子回答说，"娶她是你原意，你老现在还不嫌她，我就娶她过门。"

"吴家有什么举动？劳丽佳都没地方住了？"父亲又问。

"吴家不想再顶高车家族这块牌子了，要招学徒公开技术！她想给他们腾点地方。"儿子瞪着眼上的红疤痕对着父亲的麻脸回答说。

"这都是那个冯哈拉出的坏点子！"麻脸老头喷出一口烟说，"喂肥的鸭子要飞走了。我不信吴家真舍得毁掉秘笈。先看看再说吧！不过对这个冯哈拉得给些颜色看了。现在就得认真对付。"

"你怎么对付冯哈拉以后再说，我是问东院那位你打算怎么办，已经一脸麻斑了。"儿子不耐烦地问。

"你丢不下就娶过来吧！麻脸有什么，看惯就顺眼了，她主动嫁，我们还会省大笔妆奁钱。不过喜事上要大方点，不怕花钱。"麻脸父亲回说，然后对给他烧烟的柳巧纤伸伸舌头。

麻脸沃海山老头，已年过花甲，整日吸食鸦片，以观看美人画和春宫图为乐，虽然他大儿子守连担任山林队代队长职务，但无人不知实权还掌握在他的手中，凡事他不吐口，守连的话说多少都是白说。他是本屯有名的老烟枪之一，因为他会抽烟。别人抽烟，万贯家产都从那个小圆孔钻进去，化股烟雾从嘴里一喷吐就没影没踪了。而他却老谋深算，越抽财富越多。据说近在布西街、拉哈站，远在齐齐哈尔省城，甚至大城市哈尔滨、北平，许多钱庄都有他的钱票，应该是本屯第一财主，但他家的明里家产并不显赫，房屋牛马羊并不多，是个不显山、不露水的老财主。

脸上的麻斑，是他青年时落下的。那时他正在齐齐哈尔学堂习攻满文，因天花肆虐不得不辍学。后来他因病得了满脸黑斑，深受歧视，什么都做不了，因其父善祥是善平佐领手下的披甲士，可怜其聪明和有点才干，让他做自己的试用笔帖式。后来善平因平息伐林纠纷而流血牺牲，他就正式做了善平继承人善德的笔帖式。

民国初期，虽然佐领职衔被取消，但莫昆达和山林达还是权倾一方的。为了护理山林，由他经手，给布西设治局的官们和小头目们没少送山产、行贿，西博荣屯才被默许保存原佐领善平这一支小小武装。但那时莫昆达善德已成为瘾君子，懈怠了世俗职务。为不影响自己喷云吐雾，他把屯达的权力分给弟弟普乐，把条林达的权力和山林队的权力分给了沃海山。沃海山为分管条林达和小小山林队，他还真费一番手脚才把这不大不小的菜籽般官职弄到手，让善德他自己仅留个象征性的莫昆达和山达职务。

沃海山真是个有心计的人，首先他向善德露一手办事能力：那时东博荣屯汉族和西博荣屯达斡尔族，因为树林经常闹矛盾。一年冬季，东博荣屯人趁西博荣开条林时，先把看林人灌醉，夜间强拉走几百车柳条子。借口说他们砍的是自己的南河套柳林，其实明眼人一眼就看出南河套出不了那么多车柳条子。而且西条林有些树种，南条林是没有的，特别是在看林人主动揭发案情的情况下。这事使善德觉得很头疼，但几百车树条又不能轻易丢下完事。经善平血咒立誓，不能轻易用械斗解决，如果经官处理，变成案子，两屯失和，记了仇以后还会纠纷不断。这时笔帖式沃海山主动承重担，他先请东屯屯达等首要人物去布西街馆子吃顿饭。在饭桌子上他拿出看林人的口供，但马上安抚他的客人说：“请放心，我们虽有证据，但屯达不想经官伤了两屯的和气，愿意私下解决，永远修好。在座的先生们如果按我的路子把案子解决了，本屯愿意送每人十车柞树做酬劳。”东博荣屯的头行人，都被他连哄带拉，既威胁又利诱，个个套牢了。一件大难题，就被他轻易摆平了。善德一高兴，就委沃海山以重任。

沃海山得到条林达和山林队队长职务以后，表面上他尊重善德和普乐，实际上他吸引财富的触角和吸盘已伸到他所能到达的任何地方。他和佐领世家善德不同，善德是坐享其成，而海山是在行动中无孔不入地推销山林产品。

他在布西、拉哈都有推销点。许多达斡尔人都不知二三年的细柳条还可卖钱，他却整车整车向柳罐笸箩作坊卖细柳条。为此他在拉哈站设了一个小旅店包房做联络处。一天，他正在店中小酌自乐，一个头戴紫色毡帽、身穿蔚蓝粗布长衫、腰扎黑布宽带、褐面方脸、脖后插支短烟袋的中年汉族人找上门来。那人抱拳问："阁下可是西博荣条林达兼山林队长沃海山？"麻脸停下酒盅答："正是！你认识我？"

那人自我介绍说："我姓牛叫满山。相面的说，江北麻面沃姓长官，名字也有个山字，因异姓却重名，他就是你此生的贵人。有缘千里来相会，相逢何必曾相识。我来请你到寒舍一聚。走吧！"

一般达斡尔人到汉族地方很少受如此热诚礼遇。海山被牛满山忽悠得有点头晕，就跟去了。他原以为他会用酒宴招待，却没有，只是一帮姑娘媳妇都喊他"贵人"，左一碗、右一碗灌他茶水。在他有些不耐烦时，牛满山进来了，他说："用酒菜招待贵人太俗了。我想让你享受一下神仙日子。来！给贵人摆上来。"

一个说话嗲声嗲气，描眉打鬓、妖里妖气的半老女人，端着一盘烟具走过来，海山这才明白原来是请他吸鸦片。他过去没少见世袭佐领善德吸这东西，自己却始终未敢一试。今天碰上，何妨尝试一下，也不枉今生在西博荣当回头行人。牛满山指着那个打扮时髦的半老女人说："她叫柳巧纤，过去伺候过王爷，民国王爷都掉价了，她才回东北。她会三大绝活：第一，她能把普通牛蹄筋做出海鲜味来，那好吃劲儿就不用提了。第二，她会烧手好大烟，今天就让你尝试尝试，那才叫享受呢！"他又附他耳根上悄悄说："她还会一种让老年男人满意的绝活，你若不拒绝她可以和你试试。"

于是海山就顺从地躺到那个女人对面，并接烟枪。吸头一两口他并未觉出怎样，当他吸入第三口时，一股暖流从头流向脚心，那种舒坦劲儿使他浑身酥软，直到牛满山拉他起来吃东西，才肯挪动一下身子。

为什么请他吃鸦片，他没问，牛满山也没说。直到六七天后，他有些放不下，牛满山又来请他，他才发问说："先不忙吸那东西。哥哥我的家业还可以用来吸几次，今天你得先说清楚为什么请我。"特别指柳巧纤说："还有她陪我，都快承受不住了。"

牛满山听了，长叹一声掉下几滴泪水说："贵人，哥哥果然是高人，被你看破我的玄机。小弟只好以实相告。我真的遇到难处了，望哥哥救我。"

沃海山说："咱们在一块混了几天，还不知你是干什么的。你做什么生意？遇上什么困难啦？我能帮上什么忙？"

牛满山郑重地跪下说："不瞒哥哥说，我有一伙人是做正式人头生意的。遇上仇家干不下去了，只有你能救我一救。"

海山听这话吃了一惊，不过对做"人头生意"这最重要一句没听明白，也没追问，只对被仇家追杀这句话在意，问："谁在追杀你们？我怎么救你们？"

牛满山回说："只是一伙山贼，想迫害我们。听说你们山林队正巧要收汉人，我想参加进去几个人。当然，当了你们山林队员，就得搬到你们那儿去住，也就躲开他们了。"

山林队招汉族人，是最近他和善德商量的。因为盗伐林子的多数是周围垦荒的汉族人，为了办事方便，打算在山林队里用一两个汉人。他纳闷儿的是，这事很机密，他们消息怎么会这样灵通，再说山贼也得罪不起，遂说："这事有是有，但还没最后定下来，再说你们相互仇杀，他们要追过去那可怎么办？"

牛满山跪地哀求说："哥哥，求你啦。只要你一点头，我们几家老小就活命了。虽然你们那儿和这里只是一江之隔，但你们那儿是民族地区，山贼轻易不敢过去招惹。再说，你的山林队好赖也算半官方武装，山贼轻易不敢动。你能忍心让我们几家老小死在山贼乱刀之下吗？"海山本想答应，但想想还得留后手，就说："我还得和莫昆达商量一下再定。没有他点头，我定也白定！”

这个商量再定，把牛海山吓了一跳，他怕事情给晾凉了，就问对柳巧纤的感觉如何。沃海山笑而不答，久久才说可以先领她回去。牛满山这才一颗心放回肚里去。

回去后好久没有消息。有一次，他们劫商船，不是官兵，却被“四季好”一伙人直追到西博荣河边。因此他们越发觉得西博荣这把保护伞难能可贵，不能放弃，得花大价码弄下来。于是给沃海山送了大批贵重礼品，如双套的杂拌果子、月饼、绸缎衣料、绸缎被料，金银首饰价值数万。除了柳巧纤，还有件东西使沃海山爱不释手。那只是个寻常束珠手串，但在手串顶头的串珠上，有个小透视镜，用眼向里望，竟有个光屁股女孩子对他微笑。这下子叫沃海山这个多年老鳏夫承受不住了，只得和善德撒谎说：“涉及汉族的山林案子多，山林队里要收三两个汉人，好办事。”并送上大批礼物。善德只看礼物贵重，却无心关注利害，遂点头答应。从此山林队里增加了几个汉族人。虽然屯里多了一伙闲人，但遇事那几个真敢出面，却使他深感欣慰。

直到“四季好”土匪绺子找上门来，海山才知道他惹了多大祸。原来他收留了一帮暗匪进入他们的山林队，并以此隐形。他们平时在家闲散游荡，一旦踩好盘子，就明火执仗打家劫舍，比明匪还凶恶十倍。最近由齐齐哈尔到阿尔拉屯的几次风船被劫，都是他们干的。他们暗匪无帮号，却冒充“四季好”帮号作案，因而被追杀，为了安全，又冒充好人混进山林队里。

沃海山去找牛满山，牛满山承认劫船的事，说：“是的！我们劫了几次风船。那些果品香甜吧？那些绸缎华丽吧？那些金银贵重吧？那只手串好看吧？但那都是打劫来的。不劫船哪里会来？”

他想把他们一伙赶离西博荣，但正赶上税卡雇用他们截排木，达族山林队员，尽管水上很熟，但却截不获逃税排木。因为那些排木工都是同族人，下不得狠手，再说他们在山上就把逃税办法设计好，并操练熟了，不用狠招是无法截获的。于是他反手用暗匪，那些人既没同情心，手又黑，什么坏点子都能想出来：拦河钢绳，拦河沉绳，击伤逃税排工，等等。还有一件事，他想借他们的手去除掉仇敌，也就是东海牙屯高车大户吴海山。吴海山高车家族名震诺敏河流域，但外界都知道“两个海山”是莫逆之交。其实西海山早已恨透了东海山。在西海山看来，东海山的财富把他压得喘不出气来。还有个直接原因，就是东屯南边河套里有大片小柳条林，可出一两千车细柳条，送柳罐铺能狠赚一笔钱。但吴家一车都不准采。

打劫高车吴家，也是牛满山蓄谋已久的事。当他拿出分两步灭绝吴家的步骤时，牛满山以为一定会遭沃海山驳回，但他没有驳回，只提三个要求：一、高车秘笈一定要保留下来；二、那些有技术、会干活的人都该活着；三、那两个漂亮得远近闻名的姑娘必须毫发无损。牛满山知道明里两家是同族人、是朋友，当朋友有难他竟这样冷漠，让他对达斡尔人的性格很酌量一阵子，但因是靠山，只好依他，都无条件照办了。

第十六章　学徒精进班

1

入秋以来，远处沈阳方面传来炮声，就传说狼来了。入冬，近在齐齐哈尔方面，又响起炮声，又传说狼来了、狼来了，持续地喊叫了很久，但谁也没见到狼。最近使人惊恐的消息是：狼已经来到布西。也不知是真是假。反正不穿黄衣裳，谁也认不出来，只是弄得人心惶惶。也可能这回是真的来了。

反正屯子里的人，不管怎样传说，总是照样无精打采地做自己的事情。博山学馆还是馆长稳住精神，照往常那样，按部就班地上着课。高车吴家学徒精进班招生，也照样进行着。那幅醒目的招生广告就贴在学馆门前。上写着：

> 敬启者，吴氏高车第十五代传人吴宝山昭示于族众：高车者，北方民族交通之要器也，它曾大大推进民族历史的进程。往昔在社会动乱之际，达斡尔族人驾着千车万乘，驾驭着单、双马车，避乱于黑龙江之北。但吴氏族人驾车到达鄂嫩河流域时，因该地多是山川水泽，原来的长轴直轮高车，曾出现过许多不适宜之处。在生死攸关的紧急形势下，吴氏的睿智先祖毅然攻克由辕轴传导到轴毂传导之艰辛，完成由

直轮到斜轮的巨大改革。高车不仅拯救了族人，更使它大大地适应了外兴安岭下、黑龙江上游河网水域，以及北高南洼的环境。高车遂有了山地虎、草上飞、水上漂等美称。故达斡尔族再次迁居大兴安岭东南麓居诺敏河畔时，高车美誉响彻大兴安岭南北。但目前市上高车，多良莠不齐，诸多以次充好，以假乱真，使具有高车改革权的吴家不胜其扰。但吴家已经屡遭天灾人祸，无力应对此责。为对民族、对社会负责计，拟办一高车学徒精进班，招收学徒若干名，在三个月内共同打造一台标准高车，由社会验证承认，并以此为今后衡量高车的标准。

这是吴家唯一由初级班跳进中级班、有过目成诵本领的学生吴恭太的手笔。他几经思考、起草、修改，并由导师戴锡范为之增删而成。张贴后每日百姓纷至沓来，成为学馆内、屯内口耳相传的话题，在屯内不胫而走。

麻脸老沃海山把儿子沃守连和吴家二女儿劳丽佳的婚期就定在最近，不知是有心还是无意，作为吴家大女婿的冯仲业把高车学徒精进班开班日期又重新安排在婚期前头。两个人，做学馆馆长的汉族大女婿和那个躺在烟榻上的麻脸亲家公，似乎在暗中较着什么劲儿。

但使人更加意想不到的是，到吴家报名者，第一名竟是持不同意见的吴家未来的女婿——沃守连，第二名是他手下山林队员汉族人牛得水，还有屯中闲散车匠沃生祥、打零工的沃闹袋、车店伙计瓦干保、北屯毕台屯的生金台、河南坤浅的武二保、东博荣屯的打车户刘俊杰等。

高车学徒精进班，开班仪式很简单：首先由吴恭太代表父亲把广告词在会上重申一遍。侄孙么斯库宣布了学徒名单。大儿子吴明太讲了标准高车的几个条件，然后由泪流满面的宝山老爷子亲自宣布：废除并烧掉用桦皮膜制作的“高车秘笈”。

开班仪式宣告结束时，么斯库宣布：感谢沃守连家送来的一头老牛，给学徒班食用。学徒们七手八脚将其宰杀后，大家勉勉强强地吃了顿哈拉皮带板筋的手扒肉。

2

翌日，学徒班的学徒们，包括全屯人的注意力就都转到沃守连和吴家二女劳丽佳的婚事上去了。

他们的婚事引起人们注意的原因很多：第一，人们原以为这姑娘因天花破相，必成剩女。现在她却居然和本屯富户家的长子，而且是有一定权力的山林队代队长成婚，这不能不使人惊讶。第二，据说她病卧三四个月做了那么多怪梦，又画了那么多怪画，被学馆馆长冯仲业称为“感知梦”“感知图”，使全屯最有学问的他、一个学者被难住了。冯仲业费九牛二虎之力，也没能全部破解她的谜一般的彩色图画。第三，她找到一条修复自己容貌的途径，使自己变得百倍妖冶，而又漂亮地出嫁了。据说让追求过她的沃守连央求多日，后来她的麻脸公公也放了话，她才吐口答应嫁了。所有这些，在本屯不能不说是一个奇迹，在人口不多的屯中不胫而走。

又据说在她本人坚持下，又因为是沃家长媳，加上沃家财力充足，不仅补上吃“恰恩特”时应有的彩礼，如金银首饰、绸缎衣被和猪牛羊，包括该送的补母乳的乳牛、娘家哥哥的乘马也都一齐送过来了。

今天是大婚正日子，这位麻脸新娘子和那位整天躺在烟榻上做算计的麻脸公公怎样相互动心眼，又怎样较劲儿，大家都想见识见识。

昨天夜晚劳丽佳彻夜难眠，再三考虑嫁过去的日子怎么过。她知道沃家的一切都掌握在那个麻脸公公手中，所以她要对他进行试探。今日的行动怎样才能既达到这个目的，又不过分悖理，恰到好处，她考虑了很久。所以她早起只吃几口东西，就开始化妆。打蛋清调颜料，用粉扑、画笔，刀子、铲子一齐来，只一小会儿工夫，褶皱和麻斑全都隐退，只见一张雪面和一条粉颈相互辉映着，呈现在人们面前的是一个雪白鼻准，两片鲜红樱唇，更有两条柳叶眉，一双杏核眼，使她每一俯仰或顾盼，都像星一般流动，令多少男孩子魂销魄失。接着她把黑缎般的云片扣在头顶上，把满头青丝绾成高髻。前戴大朵芍花后，插金簪银饰。似乎她做了个华丽转身，使麻姑变成了天仙般的美女。

但当她化妆停当，将要穿戴，打开婆家送来的衣服包裹时，却没找到她要穿的衣裳，气得她火冒三丈，啪地把衣包扔到刚刚走进来接亲的新郎沃守连的脚前，她厉声哭叫说："答应我穿宫装进门，穿宫装进门，现在宫装在哪里？为什么要骗我？"

沃守连拿过包袱检点一番，果然没有她要的那样的宫装。他额头上汗水立刻流下来。他转过身来，想要哄住劳丽佳，说："劳丽佳，来不及了！先将就穿一件吧？""不行！今天将就了，将来没一件事是真的！"新娘子声嘶力竭地叫嚷。

沃家新房其实就在隔院，两三步就可跨过去。但新郎和迎亲马队，还有同来的喜车，来时为了造声势，他们是从沃家正门走出来，在长街上绕个大圈子，才绕进新娘的家"朱格里"门口的。现在因事情紧急，他几步跑回家去了。见到父亲和柳姨还在消停地享受鸦片，他抱怨说："都怎么办的事？叫我受窝囊气。这婚我不结了。"

麻脸老头在烟榻上刚刚吸了一大口鸦片，慢腾腾喷出一口烟说："你这是和谁耍？你不结婚谁来替你？你这个蠢货！那个聪明人尖子叫你放走了，这个既傻又麻的小东西你也抓不牢。不就为一件旧衣裳吗？到家里箱柜去翻，到邻居家去借！"

守连被父亲骂一顿，依言去办，但翻遍家中箱箱柜柜也没有那种三截绾袖的宫装，去邻家找也没有。后来想到过去受皇封的诰命夫人只有善德祖上一家出过，只能去他家借。

于是派人去善德家借，果然在仓房旧衣堆中找到一件三层大挽袖，并用金、银线绣有凤凰图案的衣裳，给新人送了过去。

在给新娘子送嫁衣时，麻脸老头告诉儿子说："她不光是为嫁衣，这是试验你老子我的耐性。你告诉她，你老子有的是耐性。让她想开点，一件衣裳算什么？若让老人高兴了，老人手中无穷的财富都是她的，那才要紧。”

守连再去送嫁衣时，和新娘子悄悄耳语一会儿，劳丽佳果然再没嫌弃衣服既脏又旧，也不挑剔了，顺顺当当地穿好嫁衣上了轿车。

达斡尔人办红白喜事的席面一般比较讲究。比如，沃家今天不论是上屋和厢房，所有房间都摆满了桌子。每张桌子都坐四个人，好位子都给老年的长者留着，但老太婆们不愿跟老头掺和，都自己找伴另坐了。这样就形成老少分席，老人们单坐，青壮年男子和姑娘媳妇们也都乐得和同龄人坐一个桌子。鲇鱼找鲇鱼，鲫鱼找鲫鱼，在老年人桌子上或高谈阔论，或叽叽喳喳；在青壮年男女桌子上或议论风生，或吵吵闹闹，也十分热闹。

沃海山为表示自己不差钱，就松口让儿子守连去办，他为自己风光些，办得更讲究。比如，第一道席是喝茶，他把全屯几天的鲜牛奶全都集中起来。除去桌面上可以管够喝纯牛奶，还可以喝到奶茶。在点心上不可缺的就是用山丁子、稠李子、刺玫果掺糖自做的馃品和用白面炸的馃子，此外还有铺子里买的上下杂拌馃子、江米条、核桃酥，等等。

现在老年人桌子上大都在议论“日本人强占沈阳北大营”“马占山在江桥没堵住”“日本鬼子要钻进山里来”。年轻人大都不在乎这个，却议论眼前的：“沃守连追一阵劳丽佳就不想要了，怎么又突然娶她了？”“劳丽佳生天花破了相，怎么一夜之间变成大美人了？”

达斡尔人新婚，给长辈们装烟，认亲仪式是最主要项目。劳丽佳一两个钟点内出尽风头。她身穿有三层绾袖的旗装，头梳正宗旗人京片子头，上边插满鲜花，片子下缀着流苏。那流苏微动，她星眸在后边忽悠忽悠慢闪，再加鲜花和雪白面颊衬托，仙人一般，使好多男客难辨真假，惊艳不已，追逐观看新人，都看傻了。

这时候麻脸公公沃海山被搀扶着向主桌上的本屯尔登宝、外屯嘎珠儿等贵宾们，还有年高长者们深深鞠躬说：“感谢诸位贵宾、长者光临小儿婚礼。本应亲自陪尝薄宴，皆因贱体长年欠佳，只好请诸位见谅！”然后他在西窗前坐下。这时由伴娘搀扶劳丽佳从花阁门外走进来，先行三拜九叩大礼，然后用一杆长烟袋装满黄烟末，又用手绢擦净烟嘴递了上来。麻脸公公接过，只在唇上沾了沾，便从腰中衣袋里掏出一沓文书交到新媳妇手里，然后就在众人搀扶下走了出去。酒席上众客见此状况，不由都交头接耳问："老海山给儿媳的装烟礼到底是什么？"有知情人替他回答说："除了房照地契，大概就是钱票呗！"

这时有个汉族妇女感叹说："这老人出手也真阔绰，不出则已，一出手还真值几个！"此话一出口，许多人眼睛都盯过来，但大都不认识她，特别是妇女。人们又交头接耳问："此人是谁？"有人回答："那不就是冯家店女掌柜吗？其实她是满洲人。"

此人正是裴蕴清。她是作为娘家客人来的。因为劳丽佳是她新嫂子的妹妹，作为远房姐姐她想当然地前来了。别看不认识，冯家店女掌柜的为人豪爽在屯里可有个耳闻，屯里互通有无，借东取西特别大方。有些爱说话的妇女正想和她攀谈，这时从外边跑进来个小姑娘，是女掌柜的二女绮云。她慌慌张张附在母亲耳边说几句就走了。女儿走后，母亲对桌子上的女人们说："本想跟屯邻们亲近亲近，家里出点事，只好告辞。"

蕴清走出后，人们问："正想跟她攀谈，怎么走了？"回答是："好像她家老爷子走丢了！"

西博荣屯又一个惊人消息："冯家店老爷子丢了！"

原来，家里饭好了，姐姐绮云让弟弟驹驷去喊爷爷吃饭。驹驷抢白姐姐说："爷爷好几天都不在家，你让我去哪儿喊老人回家吃饭，什么记性？"姐姐一拍脑袋瓜子笑说："你看我这记性！"

女儿把这话对母亲说，母亲裴蕴清说："也是！老爷子好多天没在家吃饭了。可能还住在布西老冉家受款待哪！得去人问候，打听什么时候回家。"

派店伙计阎三带东西去布西冉家找老人家，说是几天前就走了。可能去了东大荒，或者江西。四下派人找都没找到。这下裴蕴清慌了，打发孩子把伯伯请来，她扑通跪地说："哥！对不起，我没把老爷子看住，给丢了。”

冯仲业开始没弄明白这句话的含意。当弟媳把话解释明白时，他如从万丈深渊跌落下去，好像狠狠挨了一击。半天他才缓口气来。老爷子丢了，那是他难以承受的打击。

但他是个大男人，在弟媳面前必须保持镇定，自我缓解情绪后才对侄儿说：“驹驷，扶你妈起来，不至于那么严重吧？容我仔细想想。再去各地方找找！”

受到大伯情绪的鼓舞，裴蕴清稍稳定些，起来给大伯倒杯水。两个人商量只能再派人，四处打听，询亲问友，张贴告示，把所能动用的力量都用上，但这位老人却像在人间蒸发一样，杳无音信。

冯老爷子失踪，不仅在劳丽佳婚宴上，也在全屯成为议论的话题。

3

吴家高车学徒精进班进来容易，学起来难不难，几天后才知道。因为宝山老人强调高车家规，恪守技艺传统，必须保证标准车质量。为达到这一目的，他对学徒进行了一次测试。每人试做一段辐辋俱全的部件，而且要求卯正榫准，做成后表面须光洁利落，整体合成部件要敲出嗡嗡的响声来。

这一要求，其实做成容易，达到标准却很难。达斡尔族人家家都使唤车，人人都会使，因此他们对于木工车活，几乎人人都与生俱来般熟悉。

但他们只能应付车件破损时的修理，真正按高车标准达到要求，就显露出其技能的不足和差距。

开始时，对在一段桦木辋上凿出三个洞并安进三根柞木辐条，都觉得太容易了。因为不限制画线或者是目测，每个人都从车材堆里找出所需材料，按各自思路乒乓凿起来。沃生祥原是修车的零工，做一段部件只需一小会儿工夫就出来了，然后掏出烟袋点上抽着，并悠闲地看其他人的热闹。刘俊杰是东博荣屯的汉族车匠，他为向众人露一手，每斧都在鼻准前伸出，并在头上抡一圈才砸到凿铁柄上，因为是新花样，引来许多人观看，他窃喜而且得意洋洋。

制作一段车辋、三根辐条的部件，精进班给了半天时间。其实每个人都只用几袋烟工夫就完成交差。

下午，班长沃守连陪师傅兼岳父吴宝山，观看明太在东厢院中验收每个学徒的制品。宝山老只是笑眯眯坐在人群里一袋一袋抽叶子烟。但引来观众却不少，在柳笆院落里站了里三层外三层，听说还有不少学生来看吴恭太操作表演，因为学馆门前的广告，引起学生们对高车的兴趣，所以许多人溜出看热闹。

真正的验收人是吴家的主要制作师吴明太。不要看他平时少言寡语、蔫蔫巴巴的，对高车部件检验却一丝不苟，十分认真。他首先拿起的是班长，也是他新婚妹夫沃守连的作品检验，他说："你是山林队代队长，不是木匠，能做出这样的活儿已属不易，但对高车部件要求而言是不合格的。这种部件合成的车，不会有多长寿命。"他边眼望新婚妹夫，边说着，两手稍一用力，就把辐条从辋眼上轻轻拿下来。守连脸颊登时绯红，他怕被人看见，立刻背过脸去。

"原因都出在这里！"明太举起辋上三个辐孔给大家看，"所谓大眼木匠，就是这样！卯孔比辐条所需大了两三分。"

为给学徒做表率，这时守连面红耳赤走出来，恭恭敬敬地说："我错了，以后一定会虚心学习。"

明太第二个拿起沃生祥的作品说："你是专门以修车为生的，修的车质量怎样？拿人家钱时良心是否过得去？"

他的部件果然比守连的结实许多，但明太还是说："作为专业修车人，这是很不够的。因为你的辐孔也开得过大，原因是器具没有磨快，木屑不是切削下来的，而是挤压出来的，与辐条结合得不熨帖，这也就影响了车子寿命。"

他说着把生祥部件上的辐条撼动几下，都拿了下来，指出不仅大了两分，而且切削碴口都是断裂的。沃生祥心悦诚服地拿回自己的部件。因为这是人们平时最容易忽略的事。

明太第三个拿起刘俊杰的部件说："你是邻屯专业供车户，大概十里八村的运载车具都得靠你。你的部件质量应该高过这里每个人。不过你的功夫过于注重表面，忽略内在切削。你的毛病也是开孔过大，刃具不快，木屑都是靠挤压出来的。辋与辐结合主要靠楔子，这种车使用寿命也是不会太久的。"

他的辋与辐似乎结合得很牢靠，但明太用斧头把他部件上的楔子从逆向处稍一敲打，辐条就从辋上脱离下来。刘俊杰红着脸收起自己的"杰作"。

这番测验看似轻而易举，实际在学徒中产生很大震动，都觉得自己原来在车活儿操作上是仔仔细细精作了，但被检验后是如此粗糙。这样大的区别，决定高车寿命是有悬殊差异的。

翌日的精进班项目更好看，因为是观看吴家车艺的表演，而且由学馆学生吴恭太操作，所以许多学生又都偷跑出来参观。

高车吴家人，男童六岁即开始学车活儿，会的第一件事是操作时必须"聚精会神"，只有聚精会神后才能一丝不苟；八九岁时必须学会精制每个部件，一辆车只有各个部件都合格，才能保证合成后车的合格。

过去对吴家车艺，在社会上有好多传说，但都归结到秘笈上去了。今天做技艺表演，除了精进班学徒外，屯里懂些车活儿的人都想来看看。连学馆的老师都给学生放假来看（说读书也需要这种精神）。这成了全屯性质的表演。过去被屯人蔑视的"朱格里"，少有人来的屯子东南角的柳笆院，现在却到处站满了人。

第一个表演的是么斯库。他在吴家辈分最小，却人高马大。尤其是他在车店里差点打死莫拐子，独抡大斧抗拒山林队，名气很大。他一上来向众人鞠躬，人们就嘻嘻笑起来。但表演却不像人们期望的那么好看。么斯库是从磨工具开始，老大个子坐在地上手拿三件刃具：斧刃、刨刃、凿刃，那么小的器物却聚精会神慢慢腾腾地研磨着，显得那么造作。他磨到两袋烟工夫，观众就有些不耐烦。沃守连出来解释说："为了卯孔不出断伤，榫面不出砍伤，必须磨好刃具。大家要有耐心等待。"观众这才停止喧哗。

但制作过程还是没什么好看的，是锛、凿、斧、锯都进行得很慢，很仔细，翻来覆去做同样的事情。直到部件完成，明太拿起来用木棍敲时，发出一种嗡嗡响声，告诉大家这是卯榫合成一体的结果。又敲别的部件做比较，果然大有区别，众人特别是学徒们才心服口服。

第二个表演的是吴恭太。由于他最近的高车招生广告写得好，很得同学和老师们好评，因此他的情人沃续花正鼓动他继续写一首《高车赋》，家里却给他和么斯库一块儿表演车活儿操作的任务：

在一段粗黑桦木上，像车毂那样，安上三根辐条。因为要用吴家目划方法操作，所以引起许多人注意。

开始，他没有像么斯库那样磨刃具，而是非常仔细地制作三根辐条。修的柞木辐条略呈椭圆形，上宽下窄，被刨得光洁如镜。然后就开始聚精会神在毂木上开辐孔。所谓目划，就是毂木上没有一般车工的那种墨线，他只是边凿边用眼睛测量，斧抡錾鸣，木屑飞溅，只一会儿工夫，三个互斜并向外略斜的辐孔整齐开好，再拿过做好的柞木辐条，用斧头轻轻一敲，松紧适度，进入应有位置。由于他操作轻巧，如同戏法一般，引起一片掌声。这时沃守连过来解释说："凿孔不留欠碴，安装时轻轻打击不留伤痕，是吴家操作的要领之一。"

这次操作表演使对吴家的许多误传得到某些澄清；许多与别家不同的操作法，得到赞许与认同。特别是吴恭太的目划凿毂法，被视为一种绝活儿，赞许钦羡者居多。

续花看到自己选择的小情人获得许多赞许，不由暗暗高兴，因此在别人称赞恭太时耳朵特别灵敏。在议论纷杂的声音里，突然听到雅达干常德和他嫂子正月正在议论恭太属于超人，她大感兴趣，悄悄走到他们后面，只听正月说：

"达斡尔族在清朝时出过许多将军，这小子，说不定是个将军材料。"

常德摇头说："将军可不是随便出的，那是风水决定的。你没见纳文江边的几座将军碑，都是每十里一座。它是十里溜直溜直的河岸风水决定的。诺敏河有吗？”

正月想想说：“有！四方山不就有一座吗？它下游还有许多直直的河岸。改朝换代的民国，达斡尔也该再出个将军了。”常德同意说：“上次他得天花没死，我就觉得他命不寻常。能不能当将军却是另一回事，但这小子相貌奇特，兴许能干出点大事就是了。”神职人的习惯是说什么都要两头堵。这话续花听不明白，但听了心里很舒服，验证她有眼光，看人准确无误。但对超自然的论断，又使她不明白，做将军为什么河岸必须直到十里。少点，九里地行不？多点，十一二里行不？她要把这话去问哥哥荣山，实际是让哥哥承认自己眼光高明。她又想去鼓励恭太写首长赋，在学馆出风头，好把鄂家小子的势头压过去。

4

裴蕴清那么精明，怎么把家中最重要的人物——老爷子丢了还不知道！有两个原因：一是老爷子身板硬朗，太好动，不是可以看住的。二是她也太忙了，车店里虽然客人已经不多了，但有些事她还须操心。最重要的是，精心照顾好那个在江桥打仗的伤员。他们手术后把他放进大菜窖里，每天都要提心吊胆地给伤员洗伤换药，每天给他炖一只山鸡吃。幸喜他身体壮，好得快，只六七天时间伤口就开始愈合了。

他自己介绍说是朝鲜人，汉语说得不太好，名叫金世永，在山后毕台屯种过水稻，以后到黑河参军的，给马占山当侍卫，跟他又到齐齐哈尔，在警卫连当个连长。撤退那天被命令领连队断后，连队死伤惨重，他自己也受了重伤。他说：“大部队走后，我因受重伤，已抱必死的决心，幸而遇到你们这家子好人才得以活命，真是再生父母。特别是冯嫂护理得好，现在腿又快好了，还打算再跟小日本较量较量。他们侵略我们的国家，此仇不报，永世难消此恨。”问他认不认识冯家老疙瘩冯连业，他说冯连业也是马主席卫队里的，可能跟着马占山向北撤去苏俄。他说马主席开仗前就知道打不赢，因为大势已去。但打不赢也要硬着头皮打，就是全军覆没战死沙场，也要打，不然小日本觉得中国太没人了。

金世永伤好得差不多时，主动要求送他到博荣后山的一个地方，那里有几户朝鲜人家种水稻，他们会留他养伤，往后有事还可到毕台屯小铺打听。于是在一个漆黑的晚上，鸣业赶车悄悄送他到要去的地方。但谁也没料到，这一举动，是他家和抗联军队非常危险的接触的开始，冯仲业屡次为抗联战士医疗红伤，欲罢不能。

第十七章　爱的抉择

1

鄂邦杰升级失败，怨气却撒向吴恭太头上，都是为和他竞争漂亮姑娘，不料还须考试，又让自己出丑一次。于是去找尔登宝定下吃“恰恩特”的日期，以此把他和续花彻底分开。岂知他的“妙计”又一次适得其反。当鄂美芳把这消息悄悄透露给闺友续花时，续花就心急火燎地在课间找哥哥沃荣山出面劝止父亲吃“恰恩特”的打算。

荣山习惯地眨眨眼说：“我怎么敢去劝父亲？只能想别的对策。”续花又说：“那该怎么个应对法？哥，你得帮我！”荣山想想说：“我当然要帮自己妹子，但我必须弄清楚鄂家小子是怎么使坏的。父亲要问时，我好回答。”

这个理由是十分充分的，续花也鼓起红唇说：“我刚上学时，他把大老鼠塞进我的书包，这件事人人皆知，你却装不知道啊！”荣山点头说：“我知道，那老师不是罚他跪孔子牌位了吗？”

“他有多顽劣，我一点心理准备都没有，胆囊都差不多被吓破了。我还是他妹子的密友哪！”续花心有余悸地争辩说。

荣山说：“这算个恶行吧，还有什么？”

续花想想说：“上一次我跟父亲说，他领金贵和同锁去东河套打猎，没打着，饿肚子时把东屯的牧群牛犊子给杀了吃了。”荣山吓了一跳，张大嘴巴说：“这还了得！祸惹大了，后来怎么摆平的？”

续花说：“和东屯汉族牛倌打起来了，他们想拉那三个闯祸男孩子到西屯来讲理，后来不知怎么听说是努图克达的少爷，就不了了之，阿恰却说这仅是恶作剧而已。”

“都是屯人惧怕势力，才把他给宠坏的！还有吗？”荣山眨眼评论后又问道。

“当然有，应该算恶行累累！”续花说，“我和美芳几个姑娘坐船去西河套采莽格儿菜，那里莽格儿叶子宽根白长，用刀头挖，很快就采满筐了。我们就下河洗澡、游泳、打狗刨儿，咕咚咚、咕咚咚地，但是上岸换衣裳时就饿得不行了。”荣山问：“那又怎么了？”

续花回说：“就在这时候同锁来了，他说邦杰让他来招呼我们过去吃点东西。”荣山奇怪地问：“他们怎么也在西河套？他们是否偷看女孩子洗澡了？”

续花说：“不知道！反正我们过去时，有烧鸡和烤鱼。大家因为饿得不行，放下菜筐子，坐到地上就吃起烧鸡烤鱼。那个香劲儿就不用提了。吃乐了，有的姑娘还唱起扎恩达，跳起鲁日格……坏了！牧群的牛倌兄弟两个找上来了，说是他们套的野鸡被我们给吃了。这一下姑娘们都焦急不安起来，因为肚子饿，不顾一切地把烧鸡烤鱼都吞进肚里，现在想吐也吐不出来。大家正在焦急时，邦杰当女孩子面逞威风，大吼一声：凭什么说是你们套子套的？举起啃完的鸡骨问：‘这上边可有字吗？金贵帮腔说：是呀！那上边没字，怎么证明是你俩小子套的？哥哥哑口无言了，但弟弟哭叫说：你们偷吃我们东西还不承认，不讲理，睁眼看看，这不是证据吗！他举起手中的马尾套。因为同锁他们只顾烧鸡，忘记销毁鸡脖上的马尾套啦，被逮个正着。还是邦杰高声喝叫：我是鄂邦杰！现任努图克达的儿子。怎么着吧，你们说。还得用柳条抽你们一顿屁股，才明白‘奉献’是怎么回事吗？’听他这样说，金贵、同锁操起柳树条子就要打人。姐妹们觉得理亏，再也看不下去，都过来阻拦……”

“那兄弟俩被打了吗？”荣山问。

"没打着，跑了。但大家都觉得这顿肉吃得很恶心，想吐，却吐不出来了。我是说，这太无赖了，是仗势欺人。哥，你忍心让亲妹妹嫁给他吗？他还不得欺负死我呀！"续花说着掉下一串泪来。

荣山拍胸脯说："哥哥拒绝你吃他家的恰恩特，你先明确和恭太的恋爱关系吧！"

续花立刻羞怯起来，嗫嚅地说："太羞人了，学馆又不允许。"荣山又忽闪几下眼睛说："不是明说，只是象征性的，免得鄂邦杰再来纠缠你。"

续花立刻活跃起来说："这样好，这样好。哥！你真能想道道儿。快说用什么办法？"

荣山没说话，沉思起来，他的长相更像个外国人，头发黄黄的，眼珠也黄黄的，面颊白净，中等个儿。小伙子很机灵，书也念得好，此时却被难住了，一时拿不出办法来，在校园中拐弯抹角地转悠着。妹妹催促几次，他沉吟着说："最好在学馆里做个什么举动，你明显地站在恭太一边。"续花立刻想到说："那就办个诗会，学馆已举办几次了，何妨再办一次。恭太也会写诗。但诗会上需要些食品怎么办？"

荣山立马说："咱们家来资助。"续花摇头说："父亲不会同意的。"荣山说："先不让老人家知道，我让老叔和实帮助偷着办。"

续花说："正好诗会的事馆长不管，几个学长串通好就行，我先去跟驹驷说。让恭太得拿出一首好诗来，就让他写高车吧，这是他最熟悉不过的题材了。"荣山听了点点头。于是兄妹俩分别去活动筹办诗会的事。

2

送走伤员后，冯鸣业想找哥哥谈谈父亲失踪的事，还没等喘口气，那边来找裴蕴清过去看嫂子娜茉娅，说她可能要生产了，手里拿笔还在写传记，写着写着就要临产了。蕴清刚过去，娜茉娅就临盆了，姥姥维尔金老太太亲自给接的生，呱呱坠地一个可爱的小女孩。

据蕴清讲，她知道嫂子会顺产的，因为她性格平和，又爱动。生产是一种平易事，但需好心境、好体格。冯仲业非常高兴，因为二弟的女孩子名字里都有个“云”，遂给这女孩起名吉云。冯家正因添人增口高兴时，不料却被另一场事故给冲击了。

从山上下来三十多个达斡尔骑兵，可能算是一连人，自称是“起义军”，头目自称武连长，进院就喊要住店。冯鸣业解释：“店不开了，没店伙计伺候老总们了。”

武连长说：“不用伺候，兵们可以自己伺候自己。”

冯鸣业说：“那也不行！你们是什么兵我们不知道，有人要问我们没法回答。等屯达来再说，他说让住，你们再住。”

兵头生气了，强行破户而入。有的兵进园子里撒尿，看见有几株罂粟秆，就过来和房东要大烟。冯鸣业惊讶地说：“我们怎么会有大烟？”

兵头说：“还敢犟嘴，你们园子里种了。拿出来算你们做贡献。”

冯家拿不出鸦片，兵头强要，两下顶起嘴来，兵头就让人把冯鸣业抓过来绑起吊在马圈木桩子上。

冯鸣业平时是个很温和的农民，但他却不怕事，大声问武连长：“你们是起义军？”

“是！又怎么样？”兵头回说。

冯鸣业质问：“你们义在哪里？军阀来了是打粳米，骂白面，削老太太吃鸡蛋。你们强占民房，索要大烟，和军阀有什么两样？”

这话把一个兵头问得哑口无言，却惹怒另一个什么头目，他瘦骨嶙峋，用马鞭抽打起鸣业来，意思是让他住嘴。但鸣业已怒不可遏，不敢当面骂兵，遂破口大骂起屯达普乐来。

“屯达普乐你什么东西？来兵你躲起来。你他妈用到我们的时候狗一样围前围后的，现在遇事你躲起来。不是我哥哥相信你们，为搭救你们这帮穷棒子把家业弄败了，我才不稀罕你们这个破地方……”

有人把流窜兵吊打冯家二掌柜的消息去告诉屯达普乐，普乐觉得不出面很不对劲，不该放任一伙流窜武装自己去找住处。他想出头去制止，但被吸足鸦片的哥哥善德叫住，说：“别管！现在该让冯家哥俩见识见识达斡尔人的锋芒了。”

冯仲业正给学生上课，侄女绮云来找，他慌忙停了课往回跑，但不知自己这两句达斡尔话管不管用。走到街上，遇到把兄弟嘎珠儿骑马走过来。嘎珠儿见到把兄，滚鞍下马请安，问：“哥哥身体可好，慌慌张张要往哪里去？”

冯仲业见着把兄弟大喜，忙说：“嘎珠儿兄弟，快帮哥哥一个忙！一帮流窜兵正吊打鸣业要大烟呢！”

冯仲业、嘎珠儿并肩走进冯家大院，鸣业还在高声大骂，兵头还在打。嘎珠儿忙过去拦下，说：“你们不能这样对待这家人！他们是咱们达斡尔最贴心的朋友。”

那个武连长和几个头目都问：“为什么不能动他？他有什么了不起？”

“他们是达斡尔真正的朋友！”嘎珠儿回说。他悄声在几个人耳边说几句。拿鞭打人的那个瘦子忙扔鞭子过来道歉解绑绳，但冯鸣业理也不理回屋去了。

房子虽大，队伍再没面子住下去了，很快开拔走了。冯鸣业平生领人干活，没受过这种窝囊气，赌气让孩子把房钥匙送到哥哥家，连夜打包要往布西搬迁。哥哥仲业过来劝，劝不住，又托他的好友尔登宝等人过来劝说，也没有用。这件事再加老爷子失踪，怎么说都动摇不了他离去的决心。

就在这时候，有人在西拉金屯坟地上捡到了冯老爷子经常背的那件雨布做的钱褡裢，里边装有他常穿的毡鞋，还有一件银灰色长衫、一包碎银子。一家人见到老人这些衣物，被吓坏了，赶忙派人四下寻找，仍然是一片渺茫。冯仲业判定是凶手故意布置疑阵，使家属猜不透。冯敬庭老爷子到底去哪里了呢？

不久前，冯老爷子从船达闫希顺嘴里了解到王小手、莫拐子等一些情况，他判断这几个人游手好闲，后面肯定有事。这和克山乡下那种叫“砸孤丁”“截堵岔路口”的暗匪隐蔽打劫方式差不多。他遂打定主意给民族地区除掉此害。为掌握确凿证据，他再去渡口闲聊时，拿钱邀莫拐子到焦家小铺请他吃麻花就烧酒喝，进一步和他闲聊，以了解这几人的底数。别看莫拐子平时嘻嘻哈哈的，但并不好惹，他净给老人讲些骗女人的黄段子，而不讲实际事。比如讲，对女人第一要敢夸，十个女人，八个愿听夸。第二是要敢花，你得装作有钱，敢掏腰包。不管手头怎么紧，得先出几个真钱装样。第三要敢爬，顺杆爬大柳，有了骆驼不说牛，得敢承认吴大帅是干佬……这件事很快被牛满山知道了，他问莫拐子怎么回事。莫拐子回说：那个冯老爷子想探咱们的底。牛满山说不得了，这个老东西，原想和他开开心，他这样做就自寻死路了，得除掉他，不能手软，不然就危险了。因为上次和么斯库打架还有这老爷子添的火，莫拐子恨透这老不死的了。一次，冯家老爷子穿戴整齐，背上雨布钱褡裢想去布西街走亲戚。莫拐子借口还老人那顿麻花酒的人情，就硬拉他去渡口。走到屯西榆树林那口大泄水罅跟前，老人觉得不劲儿，想往回走时，被莫拐子拉住不放。这时牛满山从树林出来骂道："天堂有路你不走，地狱无门自来寻。"老人见势不妙，哀求说："满山兄弟，我只想让你们改邪归正，不愿意就拉倒。放了我，再不管闲事就是。"牛满山回说："想不管也晚了。"两个暗匪就把老人推下了悬崖。（冯家子女知道这些实际情况已是很久以后的事了，作者在这里暂寄一笔。）

看到这些实物，儿女们猜测老爷子已经不在人世了，只好通报亲友往空发丧，并在东河套里立一座衣冠冢。父亲的失踪，冯鸣业心里酌量是哥哥得罪了什么人所致。他想到和大家离散，小家破产，心中一阵悲怆，很想骂哥哥几句，但忍住没说什么，却坚定地搬离西博荣屯。岂知这一去又陷入另一个陷阱中，家破人亡难以自拔。

仲业自己心里通明，因为他手里捏着那封恐吓信。但他没敢向弟弟讲，只是强行留下驹驷，一是他认为这孩子还当深造；二是学馆初级班还真离不开他。

3

女学生沃续花给小情人吴恭太递张字条，就向棠梨园深处走去。时近隆冬，学馆棠梨园已是一片萧瑟，除了远处松树还有点绿色，近处棠梨林到处都是灰褐色的枝丫横生的棠梨树。可能怕人们觉得太单调，偶尔留有几串红玛瑙般的小果实，在地面上被白雪一衬托，显得十分晶莹，夺人眼目。

续花向树林深处走，走一气回过头看时，后面跟着的不是恭太，而是密友鄂美芳。近来因为婚姻事，她不满意她家人，遂想甩开她，于是就向相反方向走去。但走一会儿美芳还跟在后面，她遂停下脚步，等女友跟上来时说："树林里好像小道有的是，为什么总像跟屁虫跟后面？"

见续花这样问话，美芳停下脚步说："有一个人小肚鸡肠，好吊小脸子。我想知道知道哪个地方把那位金发大哈朵给得罪了？"

"一个人刮风下雨不知道，"续花沉着脸说，"自己干了什么坏事还装不知道，真可笑。"

"不就劝你嫁给我哥哥吗？"美芳理直气壮地说，"一家女百家求，不就想让你给我当嫂子，咱们更亲近些吗？不愿意就拉倒，吊什么脸子？"

"不知羞臊！"续花撇撇嘴说，"什么好哥哥？左一次右一次向人推销，人家不要，还就是硬塞，还想托媒人吃恰恩特。"

"呸！不就往你书包塞个耗子吗！"美芳不示弱，回敬说，"还记仇了。男孩子淘气，哪个不恶作剧？又不是品行不端正！"

续花听美芳说她哥哥只是恶作剧，不由一阵冷笑，正色说："妹妹真能替哥哥解脱，他领人去牧群偷牛犊杀了吃，到猎场抢狍子，都快成一方之害的恶霸了，你们家还那么纵容他，还说是小孩子淘气。"

这几项恶行例子，使美芳哑口无言了。她怔忡半晌说："你不愿意拉倒。几年的老朋友，为这点事罢交了值吗？以后再不说就是。"

续花听了转怒为喜说："这还差不多，有个事真得你帮忙！"

美芳说："你这人真不可交，对朋友现用现交。有事求人才能见个笑脸。有啥事你快说吧！"

续花说："这两天被鬼子炮声震得大家书都有点念不下了。驹驷跟我说（实际是她跟驹驷说），搞个篝火晚会，吃点东西念念诗，振奋下精神。我说我家出一只羊，但羊肉最好和鱼肉一起烤吃。冬天这鱼去哪里找？努图克达小姐可能有办法！"

美芳嘲讽说："你的小心眼儿我还不知道？篝火晚会上大家嘴里吃着东西，耳朵听你那小情人恭太的《高车赋》，同学们掌声雷动。让你美死了！"

续花愠怒，说："求你点儿事，事没办先来一大套议论。不干拉倒，不用你！"

美芳被吓住了，连说："别，别不用我。我去找打冬鱼的末兰老人，让他给弄两条大鱼来。"

续花转过脸笑说："这还差不多。鱼就托给你了！"

往回走的路上，续花问美芳："你真愿意和我常在一块儿混吗？""那还能有假！"美芳回说。

"我倒有个两全办法。"续花说。

"有什么两全的鬼主意？快说！"美芳追问。

"你嫁给我哥，给我当嫂子怎样？我哥那小伙子你打着灯笼都难找到！"续花的一句话打中了美芳心思，她红着脸久久没回话，转身走了。

4

么斯库志愿为高车学徒班改善伙食，但又引起一场风波。

他拿了维尔金老太太的几把钓钩，扛着冰镩、捞网，去了西山底下冰冻的老龙汀。他凿开了厚厚的冰层，先把碎冰块捞掉，然后把一根根马尾鱼弦钩上上了钓饵，从井口般的冰窟窿垂进水中。因为冰天雪地无处挖取赤虫，他就去老龙汀边上，揭开冰雪的盖子，在龙汀浅水石缝里寻找小龙虾做钓饵。因为龙虾肉在水中能变为鲜红色，异常醒目，加上冬日鱼在水中饥饿，所以他钓得非常快，只一袋烟工夫，五个冰窟周围雪地上到处都是他扔的大鱼和小鱼。但么斯库的目的是钓几条大草根和大哲罗鱼。被小鱼一搅闹，大鱼反而不来咬钩了。他对闹哄哄的鱼儿争钩视而不见，只是一边静悄悄摘下小鱼扔掉，一边坐在马扎上吸着土雪茄，向冷空气中喷云吐雾。

西博荣屯的两个牛倌金贵和同锁赶牛群从河西沿走来，他们是绕道向河南沿去，路经此地。见此情况觉得很怪异，俩牛倌就站旁边观看。见他对那些不管是鲇鱼、鲫鱼、白鱼、狗鱼都弃之不顾，就乞求说："高车家少掌柜，你冰窟旁边那些小鱼若丢了不用，就给我们吧？"但么斯库没回应，直到他们问第三次，么斯库才不耐烦地挥挥手说："拿走，拿走，拿去好了！"两个人高兴得不得了，在五个冰窟边上弄走十多斤小鱼。

么斯库又沿着冰窟，重新整理一下各钓钩上的鱼饵，然后再坐在马扎上抽土雪茄等大鱼上钩。但这时，他却发现那两个牛倌金贵和同锁，并没因牛群逐渐走远而离去，他们正在龙汀边上自己捕捉鱼饵的地方，翻捡水中石块捕捉小龙虾。么斯库的家在东博荣屯住过，知道一般汉族人都愿用小龙虾磨虾豆腐吃，如果冬时能尝口虾豆腐，都感到鲜死了。但这会妨碍大鱼上钩，是垂钓者最讨厌的事。么斯库感到厌恶，大喝一声并挥手让他们走开。俩牛倌愣怔一会儿，继续贪婪地在冰水中捕捉龙虾，而且还伴着骂声：

"那小子家穷得啥都没有了，他还挺威风哪！"大个子金贵说。"家谱都丢了，连姓什么都保不住啦，还敢发横呢！"小个子同锁又添一句。

么斯库开始没太听明白他们骂什么，但知道不是好话。他踏着冰雪走过来，俯身把地上送给他们的小鱼拾起来往回走。那两个牛倌心疼得哭叫着，央求么斯库留下鱼，说他们再不敢骂人了。但这个虎背熊腰的家伙却怒不可遏地停住脚步，把他们装在一条破裤腿里的鱼虾全都扬在雪地上。

这下把俩牛倌惹疯了，索性破口大骂，什么难听话都骂出来：“横什么横？到底姓吴还是姓沃都定不下来！”“你小叔没媳妇儿，要搂着你姑奶一块儿睡觉。”“不就是应了屯里那句笑话吗，没媳妇儿不要紧，整姑姑就够了呗！”两个牛倌只顾嘴痛快。这些话着实把么斯库刺激着了。他悄悄地离开钓窟，几步就站在满雪地寻找小鱼的俩牛倌面前。他想先擒拿那大个子金贵，大个子毕竟有点蛮力，被他三挣两挣挣脱跑掉了。么斯库又一回手把小个子同锁抓获，将他寒鸭凫水，倒剪双臂捆着扔到冰窟窿旁边，边打量他边说：“你敢骂我这些，一会儿抓住那个大个子，一块儿把你们投进冰窟窿里，看你们还骂不骂人。”

就在这时候冰窟里有一根钓弦咬钩了，而且把钓竿从厚厚的雪地上拖过来，么斯库忙拿起钓竿向上一提，水下确实有个很沉重的猎物在挣扎着。他随手拿起捞网在窟口等待。

一会儿，一条三尺多长细鳞斑驳的草根鱼被他弄出冰窟。他很快忘记了恼怒，因为另一个窟口也开始咬钩，他又忙奔过去。

这时金贵往屯里跑，想去东南角找高车家解救同锁，但跑半路却进了校园旁边两间草屋大喊：“么斯库杀人了！么斯库杀人了！”娜茉娅生产刚满月，听说后吓一跳，问出了什么事。金贵添油加醋说一遍。她反而稳住情绪，叫驹驷去西山头下制止一下么斯库，别再惹事，最好把他叫回来。

金贵怕被么斯库塞进冰窟里，不敢跟驹驷回老龙汀，驹驷只好独自跑到那里，但没有见到什么剑拔弩张的场面，只有年轻的车匠独自坐在冰窟旁边，逍遥自在地在冰窟口喷云吐雾，在他面前是几条长大的细鳞鱼，不时痉挛地躁动着。他奇怪地问：“同锁呢？你真把他投冰窟窿里了？”么斯库用手指了指。原来那牛倌惹祸后被车匠抓住，已经吓得魂飞魄散，正像一堆破布般和几条大鱼一块儿在那里痉挛着。驹驷走过去边给同锁解了绑，边对么斯库说：“大哥哥！你大姑怕你惹祸，让我来看。你还真敢把他投冰窟里哇！”

么斯库说：“我给他们不少鱼，他们不知道感谢，还跟鄂家王八崽子一样，学骂我们姓吴的变成姓沃的，又骂我小叔和续花恋爱是整姑姑。那个大个子跑了。要叫我抓住他，就一块儿把他们塞水里去。”

驹驷摇摇头说：“大哥哥！我说的不一定对。我觉得这种事就好像干草甸子遇见烧野火，不挑还好些，越烧越黑，越挑越旺。你就听你姑姑的话，拉倒吧！”对这些忠告，车匠不置可否地一笑。对他放走同锁也装作没看见，却让驹驷带一条大鱼回去给姑姑和表妹吃。

第十八章　寻找高车之魂

1

对于冯仲业来说，二弟夫妇迁徙而去，使他深感势单，再加父亲无缘无故地失踪，使他既内疚又恐惧。应该寻找的地方都派人找过，但踪迹全无。这使他每天都感到惶惶不可终日，能给他以安慰的只有妻子娜茉娅和可爱的小女儿吉云了。

东北变天后，他和戴锡范老师还在苦苦坚持着学馆的课程，按部就班上着课。他还能做什么呢？现在他只有这点文化，赚一点为妻女糊口的钱，再帮帮这地方、这个民族培养几个人才呀！如果日本侵略者不来干涉，他愿意永远这样继续下去。所以他还是非常热情地讲课，批改作业。

但是他也非常清楚，这样的风平浪静是暂时的。因为学馆副董事长、他的拜把兄弟弗灵阿在敏感时间，长时期泡在沈阳，是有一定目的的。他一回来，所有西洋景就要被揭穿了。对他来说，学馆能否保住，什么命运在等着他，娜茉娅母女和驹驷的安全能否得到保障，是头等大事。

他的安全底线，就是为江桥战役那个金姓伤员疗红伤的事，必须对所有人彻底瞒过。他最怕这件事遮掩不够，万一不慎泄露，就会让全家人的性命难保，这使他战战兢兢地不可终日。他所希望的就是，当弗灵阿回来，学馆还能继续正常运行。

但最近学生中出现一点波动，学习没有情绪了，却热衷于集会、讲演、著文、写诗，骂张学良和日本鬼子。先从高、中级班开始，后来初级班也卷进来。这不，今天沃续花和鄂美芳又要张罗举办篝火诗会，这是在她们亲眼见到吴恭太在吴家学徒精进班上表演车艺后发起的。

学生还在上课，有的人就开始截木材，劈拌子，准备篝火燃料。尔登宝家送来一只肥羊，这已经让沃荣山坐不住了，和他小叔沃和实过来宰羊，做冻羊排。有些学生围过来看，操场上人越聚越多，吵吵嚷嚷的。驹驷走来制止，让大家回教室念书。人们在他劝说下刚刚散去，又有家长送山鸡来，有的学生又借机会围上来。

仲业派驹驷去几次制止无效，只能听之任之了。最惹人注目的是鄂家送来的两条大哲罗鱼。大冬天的这可是稀罕物。这是钓鱼老人末兰在西山脚下老龙汀，凿开冰面下冻钩钓到的。鄂美芳和她哥哥鄂邦杰都过来收拾鱼。邦杰一边刮鳞一边骂骂咧咧："都他妈会做什么狗屁诗，还需要老子来伺候。放几声屁就得吃东西，真真是件怪事了！"

美芳制止他不住，只好把他赶走说："文明事一点没耐性，走吧，真是个任性子做强盗的材料。"

这时续花走过来帮她说："你这会儿领教过他了吧？"

"他过去好像不这样！"美芳回道。

"因为今天你留心才看出来。"续花说，"过去你们是一奶同胞，对他的毛病司空见惯，就觉不出来。"

夜色终于慢腾腾伴着小雪花降临下来。人们在院中心点燃起篝火。篝火开始火苗很小，只微微跳跃着舔食着木材和细碎的雪片，伴着咝咝响声而在逐渐增大，从而渐渐旺盛起来，伸出红红的长舌向四下舔噬着。学生们三五一伙围着篝火坐下，并点燃起自己的小火堆，自由地去食物堆中选取冻羊排、冻鸡块、冻鱼片放在火堆上烤得咝咝响，不停地翻动着，等食物在火上冒出油来。并用小碗从篓中提出梨酒放在面前备饮。所谓梨酒，即学生们从家中带来的山梨腌渍水，集中到酒篓里，再注入十多斤白酒形成了醇度，喝一口酸甜适口，而且是醺醺的。这是不许饮酒的学生们自我陶醉的一大发明，也是许多人今晚所追求之物。

诗会开始前馆长冯仲业担心诗的内容惹乱子，把续花、驹驷、凤池叫进去讯问。徐凤池说："诗会安排由我开头，我写一首七绝叫《赞江桥战》。"

仲业拿过他的诗笺来看，只见："辽沈狼来起狼烟，北营未敢发只弹。长驱直取骄狼虎，江桥何地敢阻拦？"

他看完笑说："好！题材和诗都好。特别是'长驱直取骄狼虎'，江桥那句也问得够水平。"

但他掩卷想想又说："这诗在会上不能念，挑起同学们的情绪会制止不住的。日本人都快到布西了，除非诗会完了，大家都拿起枪去进大山里，准备抵抗。"

三个召集人和主持人都被说得哑口无言。驹驷说："接着是我的，题目叫《骂学良》，这应该没问题吧！只骂张学良。"

仲业看完说："好！这篇更是一针见血。但念了只怕我们这学馆就保不住了，或者会引起一场流血。我们学馆孩子们进步真快，一年多就能写出这么样的好诗。只是现在这个时期太敏感了。类似这种诗今晚都不发表行吗？你们再去想想办法向高车方面引导好吗？那是物质技术上的事，怎么夸张都不为过。主题就叫'寻找高车之魂'行吗？"

几个学生头怔住了，这个诗会该怎么启动？他们从馆长室走出来，驹驷说："老徐同学，你是高级班大学长，你说这头怎么个启动法？"

徐凤池大分头，玳瑁腿眼镜，一肚子学问的样子，总是文文静静的。他想想说："那就用联句开头吧！愿意抻多长都行，还是由我先来，最后让续花朗诵她那首《高车赋》，去掀起高潮吧。"

篝火诗会终于开始了，在一盏雪亮的汽灯照耀下，驹驷对诗人们说："诗会开了多次，每次都因为找到个令人激动的主题，写出一些好诗来，这使我们的诗文进步快了许多。前些日子同学们对高车吴家操作表演有过许多感慨和赞许，有几个同学都觉得它的精神很感人，和学习有可触类旁通之处。在续花、美芳等同学食物的赞助下，促成此次‘寻找高车之魂’的诗会。第一项联句开始。现在请我们高级班学长徐凤池同学起头。”

徐凤池头戴兔子皮火车头形皮帽，眼镜片在小雪扑面下、篝火中晶光闪闪，他说：“今天因为人多，我想最好每人先联好两句，有好句子可以留作后续。还是按起、承、转、合顺序作。听好！我的开头是：乌云白雪压博山，学子贤师集校园。”

诗头启动后，许久没人敢接，主持人驹驷再三催促，还是没人开腔。他只好说：“那我就滥竽充数了吧。听好：明灯高照篝火旺，引吭挺胸诵佳篇。谁来再承两句吧！”

还是没人敢接，沃荣山有些着急，他眨眨眼，对妹子说：“你是召集人，冷场不好！我给你想好了两句。”附在续花耳边小声说，“承到高车上：吟咏佳篇岂一般，吴家高车不平凡。”

续花忙高声说：“咏佳篇，岂一般，吴家高车不平凡。”

七言诗被她念成断句。大家正在品酒、尝鲜，听她念完哗地都笑出来，有的把嚼的食物都喷出来了。主持人驹驷说：“大家别笑！别说，她这一断，文章倒精神了许多。下边谁来接？”

美芳就在续花身边说：“我来接吧！昔日物流特维艰，仰赖兽背人肩担。”

高级班吴超来了激情，说：“我来展开：高山阻，江河拦，眼望沃野茫茫远。”

荣山抢着说：“刚才算是续花的，我自己接的是：一轮斫就变车载，里程压缩时光短。”

中级班武德秀说：“广用牛马牵引力，民族历史走向前。”

驹驷说：“该转到高车吴家了，别再往长抻了。”

还是高级班苏忠义想出转的句子。他说：“鄂嫩河畔水泽地，高车三改吴家贤。”

诗联到车改又卡壳了，主持人驹驷等一会儿说：“小舅！三改都改什么谁也说不好，你接两句吧！”

吴恭太志得意满地站起来说:“轴转变成毂轮转，毂口钳上铁承圈。”

驹驷评说:“太直白不像诗。据说你们家规很厉害，要求车活儿必须精湛到一定程度。你再续几句，别人没法接。”

恭太笑笑说:“技术语不得不白。那就:男童顽年学操作，学作必精岂等闲。聚精会神施錾斧，目不旁视一心专。卯正榫准合成后，毂轮敲之如磬圆，形箭射，声磬圆。牛马驭之走天边。走天边，走天边，兴安南北声誉满……”

“打住，打住！”驹驷笑着叫道，“叫你展，谁让你合了？连我这主持人的话都叫你说了。”

吴恭太被他说得不好意思地回到自己座位上。驹驷说:“句子联到这样也只好打住，就定名为《高车联句》怎样？请哪位老师帮助改一改，也许是不错的篇章。算作今儿个晚会的一篇成果吧。”

他又说:“下边是吴恭太同学写的《高车赋》，但是由沃续花同学来朗诵。续花多次提到它的艺术性和思想性，却有人说:‘高车司空见惯，屯里家家都有，有什么魂可寻找的？有什么句子可赋的？’吴家高车操作表演后，恭太同学又对它进行了修改，把它提到一定艺术高度，委托续花再同大家见面。现在请续花同学为我们朗诵。”

朗诵需要照明，有人把汽灯放低了些，在雪亮的灯光下，鄂美芳过来把一卷大大的白桦皮笺向会场展开。那是沃荣山为支持妹妹对吴恭太的爱情，铲平一张大桦皮，然后用毛笔蘸墨写上去的。美芳和诗笺一同出现在灯光下，她头戴青缎火狐皮四喜帽，露出一头漆黑的齐领短发，雪白的面额上，有两颗俏皮的麻点，身上是小毛贝尔其狍皮长袄，手扶诗笺，显得那样漂亮大方动人。

接着是朗诵者续花走过来，她更让人眼前为之一亮。因为那领粉白三接毛猞猁皮围巾下是一瀑金色长发，一捧雪面上两团粉腮。她穿着和美芳同样的狍皮长袄，两个女孩站一块儿是那样联袂同辉，相得益彰。她那黄眸一动，美如晨星的双眼立刻令人激动；秀口一张，圆润、甜嫩的女中音立刻把听众吸引过去:

“夫高车者，兴安之佳木也。巧匠伐之，施以斧錾。辐似利箭，辋如强弓。一轮斫就，牛拉马拽，减却了人背负重。民族历史，从而推进征程。”

她因娇喘稍微停顿，接着又朗诵道：“高车族兮，睿智有伏魔之力，将重运载，变作轻灵。将轴转变为毂转兮，将直轮，改斜倾。两木研磨易损兮，铸铁权作轴承。”

她甩甩金发又停顿换气，接续诵下去：“车匠多粗制兮，高车多被滥充。谁解驭手之困兮？吴氏睿智高宗。选材务优兮，操作必精。六岁男童习操作兮，目不转睛，视不旁瞠。卯齐榫准兮，精致合成。提之浑圆兮，敲之如磬。走山林称抓地虎，过原野兮誉草上飞，越河泽兮曰一毛轻……”

《高车赋》朗诵完，许多同学首先不是评诗，而为续花的貌美和声音好听所打动。有人早就在小火堆旁窃窃私语：“人说她是巴达罕第二美人，今天她这一诵，那洋女人般的风度，这蜜糖般的声音，真让人魂飞魄散了。”

驹驷过来说：“同学们！别乱嚼舌头，要议论就先评诗吧！”

但真懂诗的不多，让对赋文本身真正品头论足，却议论不起来，后来驹驷请戴锡范老师做结论。他勉为其难地说：“楚辞唐诗中难以找到这样的作品做参考。高车技艺也是达斡尔族独有的，所以前人专写高车者不多。这篇赋硬是从经济性、技术性很强的生活中提炼出来，实属不容易。作者改过数次，馆长也曾帮改。作者识物能力、文字水平绝非一般，而且因为超常接受文化的能力和本身在高车作业中磨炼多年，才能够写出来，不说是独出心裁，也是绝无仅有的一篇。换个人是写不出的。艺术性不可低估，但问题还挺多，须进一步加工。馆长说主题是‘寻找高车之魂’，是否找到尚待评论。”

戴先生这样讲，高级班同学都跟着推崇戴老师的评介，认为评论既中肯又透辟。

这次诗会影响很大，沃续花本人绝没想到的是，她本想通过她的朗诵提高情人的《高车赋》声誉，没料到她自己的“巴达罕第二美人”声誉却空前大噪。

吴恭太对续花这次朗诵大喜过望，回赠她一首《青玉案·赞美人诵诗——赠红颜知己续花姐》，作为回报。续花拿回家后在灯下细看：“博山最是女学子，莺燕喉，吐珠玉。黄发临风瀑金雨。桃腮映白雪，使人醉如痴。雅野品几许？双眸飞动，晨星启。闪闪灵光无限意。朗朗诵读高车句，抑扬顿挫字清晰。情柔楚楚，使人至此，无邪也难自已。”

就是这首词，把两个人的心紧紧拴在一起。

2

馆长冯仲业所以听之任之，是因为去沈阳寻找日本人支持的副董事长弗灵阿就要回来了，学馆会怎样变动是难以预料的，不知是什么命运在等待着他。另外让他牵心的就是老丈人家的高车班，已出现些不正常的感觉。因为标准车已经打造出来，学徒已经基本掌握高车要领，但打出来的成品车很多，质量却很差。掌握打车进程的是二女婿守连，他一再督促着打车速度。

仲业批改完学生作业，想到妻子说的高车班的事，又去翻劳丽佳的感知画。他本不信劳丽佳精神失常时画的那些东西。说不上是碰巧，还是真有预兆，有的画确实应验了。所以有时无事，他总想琢磨琢磨那几幅画中难以尽知的东西。

现在他又琢磨那张狼群抱啃烟筒石画。开始，似乎有些明白：因为狼来了已经应验。这群狼一定要钻进山里来，把大山啃下搬回国去。另一幅画是两狼把高车抬进山洞，看似很可笑，但想了想却笑不出来了。虽然难猜出究竟，却觉得这是个很危险的征兆，高车队路经这里肯定会被狼群劫夺。观看第三幅画，更使他大吃一惊：驾车辕马失控，车从山路滚下。一只狼咬住驾车者的喉咙，血水长流……

冯仲业叫醒睡熟的妻子，娜茉娅还在做甜梦，搂着小女儿都笑出声来。她揉着惺忪的眼睛问丈夫出了什么事。冯仲业说，还相信感知图画吗？她回说：“好像过去的灾难都被说中了。”仲业迟疑不决地说：“画上有将要发生的事，会应验吗？”

他把看过的几幅画都指给娜茉娅看，又把自己想到的也告诉了她。娜茉娅听了皱了皱眉头说：“大家正在打车兴头上，去甘珠尔庙劲头正高涨，可怎么停下来？”

“当初办学徒班，目的不是去甘珠尔，是为公开秘笈，拿掉吴家头上那把刀，这个目的达到了。”仲业仔细讲给妻子说，“打一辆标准高车是为今后打车有参照，怎么后来变成车队去甘珠尔庙？好生奇怪。”

娜茉娅想想说：“都是二妹夫沃守连的主张，学徒班后来也是他管理，他家的麻脸老爷子也最想去甘珠尔庙。去甘珠尔庙就那么危险吗？”

“因为狼来了，我们应当宁可信其有，做防备，不可失去防备而措手不及。”仲业进一步分析说，“不能由着沃海山的主意和守连的性子干下去。你去和二老把感知图画再讲讲，高车家族的风险还没过去。快把学徒班结业，做出的车件都存起来，等风险过去再说。这件事必须当机立断！”娜茉娅点头答应。

在沃守连鼓动下，学徒班打算几个月后去海拉尔。大家正兴高采烈地准备组织车队，借机去参加甘珠尔庙会。吴家突然发出结束学徒班、停止造车的决定，大家都对大女婿不满。问吴家大学生吴恭太，他说：“不知道！反正我姐夫让停下来是有原因的。”

3

博山学馆馆长冯仲业正在为老丈人家的高车去不去甘珠尔庙烦心时，他做梦都没想到，一场兵不血刃的夺馆阴谋正在向他逼近。

他只知道把兄弟弗灵阿好长时间不在馆内，一定想在侵华日军在沈阳密谋成立伪满洲国的活动中捞取一官半职什么的，但他并不真正了解弗灵阿的出身和他投机成性的本质。弗灵阿曾追随宗社党人骗取经费，因被追查，才逃去西博荣表兄家隐身，帮助办学。现在社会大变动，无人再追究过去，弗灵阿认为大显身手的时机又到了。

弗灵阿赶到沈阳，却无从下手。因为他既无资历，又无名气，虽然雄心如斗，只是个念过不多书、没人理睬的小混混。他只有在西博荣成立学馆时才初试身手，弄出丁点成绩，却想以此为资本在社会大变革时乘机捞取个位子。

俗语说皇天不负苦心人，他虽然打不进核心去，却也没有白忙活。有一天他在沈阳街头料理屋嫖妓，结交了个无恶不作的日本浪人寺田之助。寺田教他说：机会不一定都在上边。你们那里也可大显身手，不如目光下投。他的同姓哥哥，有可能被派往北方兴安东地区。于是他跟寺田回到兴安东省寻找门路。他们在即将成立的伪教育部找到一小笔“教育基金”，就在博山学馆身上打主意。他向寺田猛吹了冯仲业反军阀事迹，并讲述他在开馆演说中把西博荣比作桃花源，把《桃花源记》这篇文章说得天花乱坠，错使寺田觉得冯仲业这人物不可忽视，夺下他和他的博山学馆就等于夺下巴达罕舆论阵地。但弗灵阿又说：“我这把兄是个倨傲犯上之士，你要让他替‘大东亚共荣圈’说几句好话，必首先降伏他。”于是他们设谋借旗监狱，先诱捕冯仲业，再夺学馆，然后将其降伏成为“共荣圈”服务的棋子。

冯仲业正在学馆为学生们批改作业，一辆大板汽车开进院来，下来一个文职打扮的达斡尔人，说：“旗里新来寺田参事官，他有点事请你过去商量。”冯仲业非常惊讶，旗里找一个穷教私塾的有什么可商量的？是不是给江桥伤兵治红伤的事被揭穿了？这事对他来说太突然了，他对来人说：“今天我能回来吗？如回不来，我得和家人说一声。”来人陪他坐汽车回家和驹驷、娜茉娅及小女儿告别。

分手时他嘱托侄儿冯驹驷说：“你要好好照顾大娘和妹妹。如觉孤单，把姥姥接来做个伴吧！”又嘱咐妻子，娜茉娅眼泪汪汪一一答应着。仲业强忍眼泪嘱咐妻子：“我要回不来，就把我忘了吧！替我把吉云带大，可怜她……”娜茉娅快哭出声来，他也说不下去了。

生死难料，这是冯仲业对自己的判断。因为他住进了衙门大院里的牢房，而不是客店。

进了牢房好多天才有人接见。一个文职穿戴的达斡尔人，陪着个身穿和服的四十多岁的日本人寺田之助和他谈话，开始还很客气，笑说："冯桑，名气大大的，反对旧军阀，皇军的朋友！"

仲业谦逊地说："哪里，哪里！我只是个穷教书的，不敢反什么人。"

寺田见仲业未置可否，又说："我们目标的一致的有，日本皇军和'满洲帝国'要在巴达罕地区实行'大东亚共荣圈'。你讲演的桃花源里，期待的东北实行仁政，军阀张学良不会给的，但大满洲皇道乐土就是仁政。你的向巴达罕人再讲一次，'东亚共荣圈'就是你的桃花源，我们的朋友成交，成交后，你可以做旗里的科长，或者是将来做博山学校的校长。"

冯仲业听明白后，既放心又担心起来：放心的是他们找他不是为治江桥伤兵的事，担心的是这篇讲演可不好做，又不好推辞。他想半天才敢张口说："太君把我那篇讲话看得太重要了。开学会上临时凑那么几句。因为东北军阀一直对老百姓不好，特别不懂少数民族，就骂了他们几句。对东北易帜我没说它好坏，只有个期待，因为他们什么都没做。皇军要实行'东亚共荣'，也只是刚提出来。等实行二三年，我看好时可以多讲几次。"

"为什么要等实行后才讲？"寺田之助面带不悦问。

"因为我这人有个毛病，没看见的事不敢说！"冯仲业回答。

"好吧！初次见面不好强求。给你几天时间好好考虑！"寺田一脸愠怒地走了。

抓走冯仲业，弗灵阿开始了对娜茉娅的纠缠，这是他实现一箭三雕计划的开始。对娜茉娅来说，丈夫没来由地被抓，不用说营救，连个准信也探听不到。她想得到确切消息后再作打算，只能遣侄儿驹驷去找弗灵阿。在当年西博荣结拜五义中，她最不喜欢的就是这位老疙瘩。作风轻薄，对她嬉皮笑脸，眼睛死死盯人，总想对她做体己表白。

馆长被抓，老师戴锡范回布西，学生都回家，现在办公室只有弗灵阿一人。他占学馆办公室为筹备博荣学校临时活动室，听驹驷说义嫂请他去家一趟，这正中他下怀。

更使他惊讶的是，义兄家房门一开，迎出来的竟是一位举世无双的玉人。他曾把少女娜莱娅奉为“巴达罕第一美女”而神魂颠倒追求着，现在站在他面前的是人间难寻的丰腴白皙的玉雕般丽人。他在辽沈寻求机会，已有数月没见这位义嫂了。娜莱娅正在第一胎哺乳期，青春生命力在她每个细胞中都活跃着。娜莱娅本来就眉眼俊秀皮肤细嫩，现在由于刚当了妈妈，在一种少妇所具有的光泽衬托下，更加光彩照人。弗灵阿神魂颠倒了，骨酥腿软，越发悔恨“恨不相逢未嫁时”。现在机会在握，怎么也要把她弄到手。

娜莱娅和他说的三四句话都未听到，她只好提高嗓子说：“他五叔什么时候回来的，到屋里坐。”

娜莱娅的《十四祖吴海山传记》刚在丈夫帮助下修改得有点模样了，就生下了吉云，满月后刚要拿起笔从头再改起，仲业就出事了。所以她要尽全力、花大代价把他救出来。尽管弗灵阿讨嫌，她也得虚与委蛇。只听那鞋拔脸说道：

“回来有许多天了，因忙些没来见嫂子，缺礼啦！”弗灵阿皮笑肉不笑地又捎带句，“嫂子越发丰满了，真的像天仙一般！”

娜莱娅把脸一沉说：“贫嘴！”两个人前后进屋坐炕沿上。弗灵阿问：“嫂子找我有事？”

“老疙瘩，你真不知还是装着玩？”娜莱娅毫不客气地说，“亏你们还是同生共死的结义兄弟！你哥哥被日本人抓去，没一个着急的，还得我去请。他到底犯什么错误了？”

“听说好像是反满抗日。”弗灵阿故意用大帽子吓她。

“扯淡！他一个教书人，反什么满？抗什么日？”娜莱娅立即反驳，“别人不知道，你还不知道吗？你也跟着瞎说。你们几个兄弟好像你最能办事，看在一个头磕地上的分上，我想请你把他从日本人手里弄出来，至少打听明白：他犯着什么啦！”

弗灵阿只好严肃起来说：“是！我一定尽力去办。”

“如果需用钱、找人打点什么的，你说话，我尽力想办法。”娜莱娅大方地把冯家大院的房契拿出来，“他家还有这座房、这个院，只要他能太太平平出来，可以交换。”

弗灵阿眼睛一下亮起来，接过房契说：“我们正在筹办公立学校，用地是有偿的。如果你和义兄把屯中间的大片地方让出来，不仅帮助公学成立，也帮自己有好名声，我跟日本人讲他的善举，他的事就好办多了。”

“那就有劳老兄弟了！”娜莱娅语气柔和多了。

弗灵阿拿房契走到门口，又转身回来低着头说：“嫂子真不知小弟为什么苦苦在西博荣找事做吗？”

“你要我知道那些做什么？”娜莱娅睁大眼睛不解地问。

“弗灵阿有生以来，不懈追求两件事，一个是事业有成，再一个是享受美人青睐。”他故作低眉下眼地说，“我的不幸是：总是熊掌与鱼不能兼得。当我要去沈阳的蒙旗师范时，有人告诉我巴达罕出了个天生美女，急忙赶来看，果然是如星似月、倾国倾城的丽人，但为时已晚。虽然偷看几眼后，决心开始信誓旦旦地追求，但你家却意外遭天花袭击。我的省官义兄以其财力和豪气，做了别人难以替代的救美英雄，并救其全家；他义弟因囊中羞涩，只能伏隅自泣。为仰慕心中月亮，不自觉地和悔恨同步，乐于与情敌为伍，遂出现博山五义。直到他办大婚，我挤在闹洞房的庸俗小子堆里，跟随凑趣儿，只是为了多看我心中的天仙一眼。后来暗中助我义兄办学，居然将学馆办成，使我尝到牛刀小试的甜头。”

娜莱娅原来就对弗灵阿的轻薄无好感，现在听到他表白后，不但未产生被人倾慕的窃喜，反而看穿那张惨白的大脸后边一颗阴险之心。她稳了稳愤懑的心，说：“老疙瘩，你太抬举嫂子啦！你说的那些倾国丽人、心中月亮我全不懂，我只不过是一个最普通的村姑，现在做了人妻人母，对自己丈夫有应尽的义务。你如能帮你义兄脱险，你哥嫂总不会亏了营救他的义弟吧！”

第十九章　天神不怪

1

1932年秋季，西博荣屯真的起了点变化。那就是全屯瞩目的中间地带的演变，先是特别税卡的大院，后是冯家的车马店，但比起新办的国民初优小学校来，都算是不起眼的了。现在是用松木桩铁蒺藜围成了偌大的一座校园，南沿临街大道，北临北山树林底，新盖起三趟长长的校舍，虽然仍是草顶，但却一律是青砖砌墙，大玻璃窗。因为它是屹立在黄土高崖和柳笆长城之上，更显得横空出世，被阳光一照，全屯都跟着一片灿烂辉煌。

这是沃普乐的表弟弗灵阿的杰作，本来他在旗公署已取得足够的教育基金，但却被中间人日本浪人寺田之助编个名堂分去三分之一。这使他拖延不敢开工，直到他在娜茉娅手中拿到冯家大院的房契，几个月内校舍就完工了，紧接着博荣国民优级学校也挂牌开学。

比起博山学馆，新学校的规模那当然是空前的。小学四个班，高小两个班，每个班都三十多个学生，已有二百余人，各级班任课教师加上专业教师（日语、蒙语）几十人，使山村顿时沸腾起来。开始，弗灵阿感到骄傲的是他以高薪聘到日本教官寺田之助。布西街老学校没有争得他去，而是来到西博荣学校。

当初的博山学馆的学生大部分进了初、高级班里，而吴恭太则跳跃式地进了高二班，但他却一直学习不顺利，主要因为他和沃续花的爱情越来越热络，所以在学校中闹得越发沸沸扬扬。他的情敌鄂邦杰现在更神气活现起来。因他的父亲改成日本名吉龙太德扎布，已调任本地努图克达，许多学生都拍着努图克达的公子哥的马屁。更何况木秀于林，风必摧之，吴恭太过分聪明和他学业的突出，已使部分同学妒忌得不行。特别是号称巴达罕第二美人、被校长弗灵阿尊为校花的女生沃续花，对这个高才生吴恭太情有独钟，这也让许多人不舒服。有人编造段子，说他们是姑侄恋。段子说：吴恭太原本姓沃，比续花正好差一辈，因为当初有个汉族老先生替高车家译汉姓，误将沃勒译为吴然或乌力斯，不信你就去查他家谱。因为许多人都知道，高车吴家在劫难时已片瓦无存，家谱肯定已失于火海，无处去寻找，这却坐实了这个沃吴同姓的段子。因为达族规矩，同姓是不准通婚的，两辈人更严禁乱伦。社会上流传一句讽语：“找不着媳妇怕什么，娶姑姑呗！”虽然貌似一句玩笑话，但编进了这种段子里，其心可诛矣！

不管吴恭太怎么古灵精怪，他毕竟还是个未成熟的小愣头青。当他在学校压力过大，觉得独木难支时，就去找娜茉娅姐姐求援。姐姐说：“若是你姐夫在就好了，他肯定会知道该怎么办，我能有什么好主意？整天编写咱家的传记，你姐夫一入狱，我连这也干不成了。”

“好姐姐，无论如何你得想办法救救你弟弟。”恭太纠缠不放地说。

“实在压力大就停下来呗！”姐姐说。

“这也不是赶车，扬鞭就走，喊声‘吁’就停下来的事。”弟弟争辩着说。

“你们已经到非你不嫁、非她不娶的程度了吗？”姐姐被逼无奈，这样追问了一句。

“我们已经几次对天盟誓说：愿像大雁那样双双飞向天南地北；愿像林中马鹿那样不离不弃永远相互追随。”弟弟回答说。

“你们不是正在念书吗？”姐姐又问一句。

“也顾不了那许多了，只好先放下这个了。”弟弟恳切地回答。

姐姐经过思考说：“嬷嬷过去说过一条非常难走的狭窄路子，就是天神不怪罪之路——那就是说要逃脱现在的环境，去远奔。我所理解：其实这是一种人类传宗接代的事，是上天赋予人的使命。而在个人行使使命时有权进行选择，保证人种的精良。所以说，人种精良是天神也不得怪罪的事。”

吴恭太听完这个分析，觉得心悦诚服，马上跳起来说：“就是这条路，胜利失败都想试试！但是姐姐还需借我几百元钱以备路上花费。”

“几百元？”娜茉娅沉吟一会儿又说，“自你姐夫被捕，家中已数月一个子儿没进，别说几百元，几十元现在也拿不出。这样吧！你先向驹驷和同学们借二百元，然后我来想办法还上。”想想又说，“现在阿恰和守连妹夫正在筹备去甘珠尔庙会卖车。你们若约定好，在一个地方等着，车队到时就可以会合一块儿去海拉尔。那么此行就会万无一失了。但是有件事你走前必须办，就是我给大伯写的传记你看一下，因为你是吴家人，把意见留下来。”

“好的！”恭太说，“听说牧区勒勒车就是我们的大轮车，我的手艺会让续花过上好生活的。”吴恭太到底还是孩子，看什么事都过于简单。有了这个逃婚途径，他未深思熟虑就跑去找女友沃续花，张罗去海拉尔避避世风的压力。念了几年书的女孩子续花，性格比过去起了大变化，她敢毅然在学馆站出来力挺意中人的《高车赋》，就说明她有几分男儿的豪爽气，听吴恭太重复了“天神不怪罪”的故事和逃婚去海拉尔的打算后就说：“我既然许身与你，愿随你去天涯海角。”吴恭太又问：“如果你父母不同意怎么办？”她回说：“他们既然愿攀努图克达这高枝，就攀去好了，咱们偷着走呗！”

于是吴恭太又回家哀告父母给他们放行。父亲宝山老爷子未置可否，母亲维尔金哭了，絮絮叨叨地骂说：“这些作孽的人都该死！我儿和女孩子恋爱碍你们什么事？”直到听说只是先走，是在路上等卖车的车队一起去海拉尔，这才应允，并哭着为小儿子准备行装。

2

自从吴恭太和沃续花从冯驹驷手中接过二百元绵羊票子（伪钞），走上逃婚之路，娜茉娅就和侄儿驹驷商讨怎样弄进几个钱偿还借款。首先她拿出亲自为丈夫冯仲业酿造的名叫“龙涎”的梨酒。他曾把它视为珍品，每当晚饭时喝上一小杯而赞不绝口，说是既解乏又舒筋活血，多谢夫人的杰作。现在还剩有十余斤，她现在手中缺钱，只能忍痛含泪以高价售出——十元一斤。让她没有想到的是，这酒却被哄抢一空，并被传为巴达罕美味，这使她哭笑不得，但也使她产生个奇妙想法——快速酿酒法。她让婆家和娘家两个侄儿小子——驹驷和培新保去屯里各户收购喝剩的梨水，然后加曲加热发酵，或勾兑白酒增加醇度。这种梨酒较充分发酵的梨酒醇度差些，娜茉娅想了一种补救办法：出售酒时，一斤酒同时带一斤熟食，如熏兔肉、烤山鸡等。这样她又让两个侄儿去各狩猎人家赊跳兔和山鸡。适值深秋，山鸡野兔正肥，许多人家都有放鹰抓来的野兔、用马尾套来的山鸡，而且都愿意赊给娜茉娅，让她加工成熟食再买回来吃。还特别有人愿意在她家购买酒食后，坐在她院中那株坠满一串串黑亮黑亮稠李的大树下，慢慢品酒、吃熟食，看着她头蒙白毛巾、身扎蓝围裙忙来忙去的俏丽身影。这样，她每日竟有二三十元进项，可以支撑着小家的每日用度，并积蓄些钱款归还借款。对这件事，若干年后当了作家的冯驹驷写了这样一首诗：“酸梨酿，咸野肉，李树底下喝不够。趋之若鹜因底事？忧愁万种一凝眸。”

但一个月下来她人瘦了一圈，面色也晒黑了些，心里却略觉安慰，男人被捕后自己总算把这个小家给撑起来了。感到难过的是冯驹驷，他最知道伯父是怎样珍惜这位俊俏大娘的。在娶她进门当初，除了针线活儿，他一点重活儿、脏活儿不让她做，分家后也只限于偶尔做顿饭。现在整个家庭重担都让她挑起来，伯父知道该有多么心疼。他恨自己还是个小学生，对此无能为力，还偷偷流过眼泪。为了安慰辛劳的大娘，吃饭的时候他把古代司马相如和卓文君的故事讲给她听，大娘想了想说：“那都是世道逼出来的。咱们这也是世道逼出来的。假如你伯父不被抓走，还用我抛头露面吗？”晚间，她搂着孩子喂奶，却想起几句话，忙起来写到纸上，又急着叫驹驷起来看。他睡得正香，懒得起来，但还是揉着惺忪睡眼拿起来看，只见纸上写：“相如才高没有钱，风流也需柴米盐。文君为爱当垆卖，敢做敢当万人传。”四句诗虽然直白，但把文君的心意表露无遗，也表达出她自己的心意。他为伯伯没看错人而高兴。

3

吴恭太和沃续花是在后半夜起程的，两人只带些临时应用物品。他们从后山荒路往北走，两个多钟点到毕台屯鱼房子，在朦胧月色里偷到一艘丝挂子小船。因双桨被主人摘下去，只剩一根蹬杆子。吴恭太在续花帮助下，只靠这根杆子，横渡急流滚滚的诺敏河。过河后，顺着河边，逆流向上走，凌晨他们到达格尼河进诺敏河的入口处，有个垦荒屯落，叫五家子。在渡口，遇到姓薛的汉族爷儿俩，他们正向河里扔秸秆，他们谎说是沤麻，但恭太认得，那是在丢弃罂粟秸。日本人正在从国内大批向兴安岭移民，种植这种特殊植物——罂粟，并割出鸦片汁做福寿膏专卖，因此禁止民间私种，而且查获后严惩不贷。前不久嬷嬷还叫他拔掉园中的罂粟秸，扔进“朱格里”的东湖里。

薛家父子很热情，听说他们只讨口饭吃，马上领他们到家，给他们糙子水饭加黏干粮吃。但女主人却对续花很注意。虽然她女扮男装，但她那头金发，带着红晕的雪白脸颊，时不时闪动着星星般媚光的眼睛，总是掩饰不住女孩子气质。朴实的女主人一脸狐疑，却没说什么，只是嘱咐注意路途安全。恭太他们谎称是去北边一个叫杜拉的鄂温克人屯子，去探望姑姑。临走，温柔的女主人还给他们包了一包黏豆包路上吃。

但他们没走出院门多远又回来了，因为他们看到这屯的街道上出现一桩奇异事：开始他们只当是碰见一伙有男有女因送殡哭丧的人群，其中有一个四五十岁披头散发的女人边走边趔趔趄趄地哭叫着：“心疼死我了！”“小梅呀！你心疼死我了。”听见她的哭号，许多人都停下脚步来，有的还过来劝止。其中一个年轻的长脸大个子也过来劝，不仅没劝住，还被狠狠抽了几个嘴巴，而且女人边抽边嚷：“你还我小梅，你还我小梅！你这个天杀的东西，我好好的小梅进你家一宿就没了。你来劝，我还能活下去吗？”那个年轻大个子不仅不躲闪，还跪在她面前挺直腰杆，伸过脸让她打，并说：“只要你老能解气，就狠狠地打、打、打。”看他这样做，这回那女人不但不打，反而抱住这青年的脑袋大哭：“老天爷呀！我做了什么孽？女儿没了，把这么好的女婿也要丢了。小梅对你朝思暮想，好不容易盼回你来，没过两天日子她就走了哇！”年轻人听她这样讲，叩头像捣蒜一般回说：“妈妈，你不仅是我丈母娘，你永远是我亲妈！”那女人撕心裂肺地叫声“我的儿啊！”就把年轻人久久搂进怀里大哭，一老一少哭了许久也不肯撒开。这时，恭太发现续花看得脸面紧绷而且雪白，没有了血色。他觉得她心灵快要支撑不住了，忙跟女主人说一声，就把她拉回薛家屋里去。

续花在屋内坐了一会儿，脸色慢慢变过来，她先自语：“真可怜！他们怎么爱得竟有这么深？”又接着问女主人：“这俩是谁？他们爱得怎么这么深？求叔叔婶婶把他们的情况告诉我好吗？”女主人心软了，征求男主人意见：“看这俩孩子，一定是正经人家的老实孩子。就告诉他们吧！兴许对他们将来也有好处。”

这时男主人点点头，拿过烟口袋，用烟锅狠狠挖一锅烟点着，长叹一声说：“多好的一对儿啊，竟叫鬼子给搅散了。那男的，就是那个大个子叫李兴哥，女的叫刘秋梅，长得也很不错的，前天她却吞鸦片自杀了。他们两个人家都在本屯，而且从小是同学。孩子们也是日久生情啊，两个人相亲相爱也是必然的，但屯里两家父母很长时间谁也不知道。”

他喷口烟说：“露馅还是因兴哥去参军，兴哥要去参加苏炳文的护路军，刘秋梅在兴哥临走前要跟他确定关系，这才暴露出两个人相爱已有两年多了。因为两家大人也都同意这门亲事，又走形式地现找媒人过了彩礼，亲事算定下了。但小梅在家等兴哥等了三年，直到最近在齐齐哈尔江桥和日本打了一仗，他受伤偷偷跑回来疗伤。他对乡亲们说：‘张作霖、张学良父子俩真没心肝，在东北门口长年蹲一帮恶狼他们不打，养痈遗患。不但不打，还借人家势力，用人家的炮弹进关和直系军阀开战。好像挺英雄，老的叫老帅，少的叫少帅。可是老的叫人家的炸弹一崩就没命了；那个少的也瞎咋呼，被人一吓唬就带兵跑进关内去了。其实小日本也没什么好怕的，最近江桥一战，跟他们硬碰硬就露馅了。他们自吹武士道怎么怎么了不起。我们跳出战壕，用中国功夫跟他们拼刺刀，几刺刀就挑他们三四个。要是有援兵接着打，围歼他万八军队也容易。可惜没有援兵，我们孤木难支只好退下来。’他的这些话可把乡亲们眼睛听直了，给中国人长了不少志气呀。”

他又在烟口袋里挖一袋烟末抽着说：“但是他养好伤还要走。这回小梅急了，到家来找，问他：你老走，我怎么办？他回问：你说怎么办？小梅回说两个字：结婚。老人们觉得在乱世也是先结婚再说，于是张李两家张灯结彩，大办了一场喜事。但紧接着又办一场丧事，原因是新婚之夜小两口吵起来。因为小梅要女扮男装跟兴哥走，愿意和他同生共死，哪怕天涯海角。兴哥说：我自己一走，是生是死都是男人的事。明知是火坑，眼看让妻子跳进去，这件事我做不出来。小梅想，兴哥杀过日本兵，鬼子过来肯定找家属算账，想来想去，反正没个好啦，不如趁他没离开，在他眼前尽了全节吧，让他无牵无挂地打日本鬼子去吧。于是，这傻丫头趁男人睡熟时，吞了半碗新割的鸦片浆子。等兴哥醒来发现时，小梅已经救不活了，灌了那么多酸菜水，又请大夫灌药，都没用了。”男主人说罢长叹几声，女主人眼泪涌泉般流淌，续花也跟着大哭起来。恭太怕她心情不好病了，又在薛家多住一晚。

4

据沃家麻脸海山老头算计：趁着吴家大女婿冯仲业被捕，让他家二女婿即自己的大儿子沃守连推翻了大连襟的计划，重新组织车队准备去甘珠尔庙。这个老谋深算的山林达，在烟榻上让柳姨烧好了烟泡，抽足鸦片，喝够了红茶水，打开用满文写的家庭流水账，发现本年计划泡汤了许多。特别是吴家高车没去甘珠尔庙会，该抽取的牛羊红利一点儿没进账。吃饭时他详细问劳丽佳，不去甘珠尔庙会是怎么回事，儿媳如实回答。他说："你们家过分依赖那个汉人了，他又不是神仙。"于是沃守连就带给丈人一条信息：日本在山里成立了几个"开拓团"，并有消息说，他们的汽车因北方无公路可走，不是停就是陷，难有作为。现在已经知道山地运输工具最好莫过于达斡尔族的大轱辘车。因此他们要通过旗里"开拓科"向民间征用大轮车，而且一个钱不花，还得让车家保修保用。

这个消息吓坏了吴家，如果征用一个钱不给，还得给人家保修，可太亏了。那样他们这两年许多成本加上人工，全都要付诸流水。于是二女婿主张重新装配车辆去甘珠尔庙会的建议迅速变成行动。为了赶时间，已经遣散的学徒们被找回几个帮助装车。因为都是早预备好的备件，很快拼装出十几台高车，上载车件，就组成了去甘珠尔庙会的高车队。

在吴恭太和沃续花潜逃的第三天早晨，车队也匆匆开始上路。因为一个屯子有去甘珠尔庙会的车队是件大事，特别还有山林达海山老头的面子，屯里头头脑脑都来送行，如屯达普乐、莫昆达善德，连努图克公署都派股长们前来送行。看热闹的观众更是人山人海。但最重要的项目是常德雅达干唱祝词。他虽眼盲，但唱祝词很动听：

山，为有福人开通，纳耶，
水，为吉祥人让路，纳耶，

高车是北方便捷工具，纳耶，

吴氏高车，纳耶，
不避毕拉尔河地风霜梳洗，
哪管维纳河的风雨沐浴！纳耶，纳耶……！

么斯库在前边吹响三声鹿角号，车队口谕吴宝山、车队吐瓦达沃守连和送行人告别。么斯库赶的两辆重载尖牛车开始启动，两车上载有十辆车的车轮和车辕，高高摇摇看似两座小山在移动。二车是沃守连和劳丽佳夫妇，装有同样重量、同样形状的两辆马车在移动。原计划本没有劳丽佳参加，因为公爹海山老头已经习惯于她的伺候，这次亲生父亲是口谕必去，嬷嬷也因老儿子逃婚要同车队一块儿去海拉尔而坚持必去。他们都已经上了年纪，叫她不放心，所以同丈夫守连吵吵闹闹地跟来了。第三车是汉族人牛得水的两辆尖牛车，他是高车班学徒，也是守连手下的山林队员。但吐瓦达却强调他带有武器，负责保卫任务。第四、五车是两个学徒欣德、宜寿，都是达斡尔人，赶着高高摇摇的三辆车。口谕吴宝山称“宝口谕”，他和老妻维尔金老太太因为年事已高，为便于食宿，坐了一辆单马夹苇棚车，但他们后边还系了一辆装满锅碗瓢盆等生活用品的车。十几辆重载高轮车牛拖马曳，走在路上迤逦成长长的车龙，甚是壮观，引起许多路人停下脚步观看。

因为十几个人要在路上生活，正好用一口大锅煮饭，达斡尔人称锅为“吐瓦”，所以一个队人也称一个吐瓦，吐瓦管事人就叫“吐瓦达”。现在除了宝口谕，沃守连是全车队最有权威的人，也是最忙的人。所以他把赶车的任务交给劳丽佳，自己从前车跑到后车，后车又回到前车，不停地照料着。

车队顺着后山林荫路往北走，穿过毕台屯，直奔哈力沁屯，再往北走。他们的行车路线是：路经乌尔科莫丁屯和阿尔拉屯，从孟姓霍尔奇屯后，爬过莫力达坝山，下山要和吴恭太、沃续花会合。再去鄂伦春人住的小二沟屯，从那儿走吐库列大山、马鞍山，穿越毕拉尔原始森林，过兴安岭顶到乌奴尔屯，就算进入呼伦贝尔草原了，由那儿直奔巴尔虎左旗的甘珠尔庙会。

其实他们第一天路程没走多远，走到哈力沁屯前山，当夕阳把满山秋柞烧得火焰一般的时候，沃守连就下令停止前进，用十几辆车围成半月形车阵。前辕一律像高射炮向前张起，除了宝口谕老两口有夹苇车外，都找干柴铺地再铺狍皮，借车辕车轮挂上雨布或狍皮被，就成了既挡风又遮雨的小房间。于是他们挖灶安锅，生火做饭。第一顿饭是大家都喜欢吃的野鸡肉山莽格儿汤，再加荞面片。

但他们却经历了一场虚惊。当大家正在狼吞虎咽喝面片汤、啃鸡骨块时，路上走过来一队穿黄制服的荷枪马队。马队没理会车队径直过去，但马队后边下来几个人，看样子是当官的，走到车队跟前，果然是带着长刀或挎着小枪的兵头们。兵头们走过来，这儿瞅瞅那儿看看，没言语。跟在旁边的一个戴眼镜的人问他们："有执照吗？"守连忙把山林科发的执照和每人的良民证恭恭敬敬拿给他看。又问："带有私货吗？"守连回答："都是高车预制件。"这把维尔金老太太和牛得水吓着了，因为，他们如果动手翻，肯定出问题——车上还真带了点儿白面，是给宝山老爷子治病预备的；牛得水车上有两支别来弹单发枪，一为护车队，二为随时打点儿野味。如果翻车，肯定出事。那个官人挺和气，告别时说："路上要注意，现在东山里'红胡子'（对抗联的诬称）的马队过来了，遇见要躲藏，不要被利用。"还说他们就是"讨伐队"，要去追剿抗联。

和部队碰面，大家都捏了一把汗，但很快过去了。

第二十章　如梦似幻的时空

1

近期，抗日联军由东山里转战进入大兴安岭，战略上想依托北方密林开辟一块根据地，从而北依苏联，西联晋察冀红色根据地，和日本侵略军做长期周旋。

在这些日子里，今天端掉一个伪兵据点，明天拿下一个日本大柜，使鬼子、汉奸们一日三惊，因此日伪对讨伐队的调拨，也频繁起来。旗里新流传一种传说，把娜茉娅吓着了。有人说为吓阻老百姓和抗联的联系，一边拼屯，搞三光政策；一边把一批反满抗日的人处决。她听到这个消息焦急起来，她不能让小女儿吉云没有了父亲，就是豁出性命也要把他从铁窗里捞出来。

她凭直觉：自从仲业被捕，在她和弗灵阿的接触中，他的话里话外，几件事情上都十分蹊跷，像在其中隐藏着一个什么圈套。但都与一件事联系着——他渴望得到她。如果在这件事上，让她失去了仲业，吴家传记将会停笔，自己的心灵也将会永世无法安生的。她想找个人商量，可父母和劳丽佳都在去甘珠尔庙会的路上，哥哥吴明太虽然留守在家，但他对这种事从来说不出一二三来。

她身边只有驹驷这个侄小子，他虽然很聪明，但毕竟还是孩子，而且是这种大人间钩心斗角的还带些颜色的事，让晚辈人知道反而不好。她苦思冥想了几昼夜，最后决定一试。于是，她再次让驹驷把弗校长请到家来。

娜茉娅迎他于门外。走进柳笆院在短凳上落座后，弗灵阿仰起惨白的长脸，皮笑肉不笑地问：“嫂子找我，想必是最后下定决心了？”

娜茉娅低下头，欲语还休好长一会儿才说出：“只要你把人给我领回来，嫂子会用行动补偿你……”

弗灵阿眼睛顿时亮起来问：“当真？”

娜茉娅仍愀然回问：“还用立文书吗，五弟？”

希望在即，弗灵阿立马大方起来说：“你看谁和谁，我和嫂子还用得着这个嘛！”

两个人又沉默了一会儿，见娜茉娅再没有下文，他只好搭讪着走了。

2

吴恭太和沃续花离开了汉族垦荒屯五家子，女孩子又活泼起来，恭太一颗心这才放回肚子里去。他们路经东宝山屯渡口，在那里碰到了一家摆船的达斡尔人，姓鄂。再往北走到元宝山屯、兴安堡屯，全都是汉族垦荒户。他们第三天下午才走进一个鄂温克屯落——杜拉屯。三十几户人家都是黄灿灿的草顶泥屋，用柳笆圈成的院落。若不是话语上有些区别，简直会以为又回到达斡尔族的屯子了。他们在一家只有老两口的人家住下，老头、老太婆都非常喜欢这两个小青年——一个是相貌出奇，一个是美如女人。听说他们想与去甘珠尔庙会的卖车队会合，老人家一再热情挽留，要他们不急，先住在这儿，由他们派人骑马过河去迎接车队，毕拉尔河路不好走，怕会遇见日本人，从河这边走会更安全些，有条抄近去海拉尔的山路。后来见他们不太听劝，执意要走，只好给他俩烙许多玉米面包苏子馅大饼，还带上些酸白菜路上吃。老头依依不舍地，自己摆小船渡他们过河，并指给他们去小二沟的路。这里到二沟还有很远一段行程，有六七十里。

老人离去后，为了寻找道路，他们走过好几里高大的密密麻麻的河套林，爬上一座小矮山。遥遥望去，正是万山灿烂、披红挂彩的时候：或彤红，或金黄，或湛绿，耀人眼球，而赏心悦目。向南看，有一座方方的向河耸立的山头，凌驾于众山之上，可能那就是著名的莫力达瓦山了。一条荒芜的山路由那里一直蜿蜒逦迤到他们脚踏的小山脚下，然后向北延伸而去，想必这就是那条去二沟的大路。

盛秋风光使小情侣心境豁然开朗，暂时忘了逃亡的忧伤，也忘了五家子屯发生的那出悲剧在心理上所留下的不愉快的阴影。特别是具有诗人气质的吴恭太，不仅忘了忧愁，而且有点亢奋。他这种情绪上的慷慨激昂也感染了续花。两人此时都想换换口味，几天来吃些豆包、大饼子都感到有些腻味了。当他们再觉得肚子空空时，都想找点野味尝鲜。于是他们又从山顶上走下来，返回了河套林。碰巧的是，他们在山下窝风向阳处，还遇到了一片草绿花鲜的地方。续花眼睛为之一亮，她忙俯身向草丛中觅去，不仅采到了鲜亮的蘑菇，还采到了盛开的雪白似面的芍药花、鲜红如唇的野百合，还有流苏般的串兰、粉色翻飞的蝴蝶花。她想把它们编成一个花冠戴在头上，当她刚坐到地面上把鲜花初步摆成花冠状时，忽然听到了吴恭太在不远处的喊叫："续花姐，续花姐！"她急忙放下手中的草枝花朵，奔了过去。

原来恭太坐在一条水沟上的横坝当中，并将沟水阻断。续花疑惑地问道："恭弟，你怎么跌进水沟里去了？"恭太没有回答，用手向身前指了指，几条白鱼银光闪闪地刷刷飞过他的头顶，落在他身后的水里。

笑坏了续花姑娘，顺手指方向看去，只见一泓净水，透过云光水影看，水中尽是大小不等、长短不一、种类不同的鱼儿在水底翱翔着。她兴奋地喊叫："恭弟，恭弟，你真棒，一下弄到这么多好吃的，我们能活命了！"

她连身上长衫都顾不得脱，俯身扑进水里，把鱼儿们吓坏了，鲫鱼忙沉到水底；鲇鱼急忙钻进淤泥里，鲤鱼和白鱼一时情急又从恭太头上飞跃过去。刹那，那个露出本性的野丫头，两手就抠住一条鲤鱼的鳃，啪的一声扔到河岸上，一会儿又扔上来一条鲟鱼。等续花把水搅浑以后，鱼儿再也找不到归路，恭太站起身来，过来帮助续花抓鱼。男孩子到底比女孩子更有经验，手更猛，他手到擒来地在深水泥底摸出了一二斤沉的老鲇鱼。两个情侣欢蹦乱跳地在水中，尽情快捷地捕着鱼儿，乒乒乓乓地连续扔到岸上。

当小水沟旁边，河岸黄绿相间的草地上，到处纵横交错地躺着他们的战利品的时候，他们才看出这是一条旧鱼瓮子。人们在细窄的支流上修筑了一条小坝，在小坝缺口处下柳条笼子截鱼，故叫瓮子。人们离开时，早把柳笼扔掉了。因为小沟浮游物较多，鱼儿们习惯地从水口进来觅食，不期与这双情侣遭遇，让他们弄了个意外大丰收。

女孩子先说:“够了够了！几顿都吃不完，剩下的就先留在水里吧！”

两个人商量弄顿烤鲜鱼和鲇鱼炖柳蒿芽汤喝喝。恭太就去河边寻找干树枝，续花则去采柳蒿芽。

河边到处都是柳蒿，续花很快找到一捧鲜嫩的蒿芽，她还惦记那把新鲜花朵，就忙去找来编织花冠。她拿起花儿想了想，先用嫩柳枝做了一个头圈，再把采来的鲜花巧妙安排，仔仔细细地一一插了上去，然后她戴在头上，幻想自己已经是个标致的新娘了。这简直让续花乐不可支，想给恭太一个惊喜。

正在这时候，恭太叫她。原来恭太在鱼瓮子旁边，找到了一口破吊锅，真是喜从天降。他把锅洗刷干净，觉得还可以煮东西。他们的柳蒿鲜鱼汤有希望了！

恭太抬起头，见头戴花冠的天仙续花姗姗地走来，怔住了。他慢腾腾扔掉手中的活计，站起身来，向她走去。她太艳丽了，绚丽的花冠与金发瀑布相互辉映，美如一幅西洋油画，雪面粉腮上浮现出的欢愉情绪使她愈加可爱动人，既美丽又漂亮，吸引恭太向她走近。突然他伸手搂她在怀，伸出嘴巴去寻找她娇艳的红唇。这是他们相爱以来，第一次这样亲密地接触。恭太自觉一阵阵销魂噬魄。过了一个时辰，稍稍清醒的他嗫嚅地说:“续花，续花姐！我再不喊你姐了，我要你做我的新娘！”

续花想一想，笑说：“当然可以，我跟你出来，这是早晚的事。不过现在你我都浑身脏兮兮的，你姐姐娜茉娅不是说，创造新的生命是一种高尚、圣洁的事情吗。这样肮脏也太有点亵渎神灵了吧？再说，肚子也快饿瘪了，是不是吃了东西再做，反正就是咱们俩的事。”

吴恭太不甚情愿地狠狠吻一口情人，离开她又去挖地灶，续花则去摘野菜，收拾活鱼。

一顿适口鲜嫩的午餐后，他们又向矮山走回去，想在小山上背风向阳的地方搭个临时小窝。突然，前边一片火红的丛林把两人的脚步吸引住了。那是一片只有几年树龄的幼柞，它们的幼干一律是挺拔的银灰色，巴掌般的叶子艳红得竟像绸缎一般，在瑟瑟秋风中飘啊飘地摇动着。恭太认得，对续花说：“这是博荣山也可找到的嫩柞，是做高车辐条的最好材料。但博荣山的没有这么多，这么好。”他们又向前走不几步，就走进一处褐黄叶子、浑身爆裂的褐红树皮的褐桦林，树都是齐刷刷的胳膊一样粗细，争着向天空喷发出嫩树的褐干。吴恭太就像艳羡一桌子美味一般，流着口水说：“这都是些好辋材，弄到家去，一百辆车都用不完。”续花惊讶地说：“原来你是个木头迷，什么都有用！”他说：“不！这半天我没看见一件毂材。”他这里找找，那边看看，都没见到。他忽然一拍大脑门猛悟说：“我乐昏了！毂材需要粗木头，粗木是老树，在山上只有那些七丫八杈的树里或许能找到。”他带领续花往山上走，果然不出所料，当俩情人爬到背坡山坳里时，到处都是东歪西斜的百年老树。他亢奋极了，跑这边指一棵树说可伐出一辆车的一对毂，又去那边说这棵树可截成两辆车的两对毂。他忽然连步也迈不开了，因为四周到处都是。他对情人说：“续花姐！不！我的新娘子，我们不去海拉尔行不行，或者就留在这里打车？”续花不置可否，说：“让我想想看。”恭太恋恋不舍地跟她离开。

他们遇到一片樟松，因它们没受秋风影响，还欣欣向荣。特别是在一株老树下，他们驻足呆看一对小花鼠边摘松塔边嬉闹着。上边的小鼠把松塔咬掉系把，并对下边的小鼠吱吱叫，下边的小鼠却跳上去扯住它的长尾巴打秋千。这种活跃气氛感染了续花，使她不胜冲动，她回过头来在恭太脸上猛然亲了一下，说："这两个小东西，太叫人喜欢了！"恭太也搂住她频吻。他们出逃虽然感到不胜的危险，使他们时不时有恐惧感冲上心头，但一旦亲密接触，欣喜感却又超越了一切。

他们又向上爬，不远处一片金冠雪干的白桦林中，一头公鹿正在用舌头为母鹿美容。它从耳下舐起，仔细舐着眼窝。这使两个情侣看得津津有味。续花还想和恭太缠绵，但恭太从一株老柞树身上摘取一块木灵芝的响声，惊走了林中那对犄角情侣。续花异常不悦地责怪男伴说："干什么把它们吓跑？"恭太举起手中的舌形木块说："这里木灵芝很多，是做炮来的最好原料。我想我们得预备些防身武器了。"

"防身武器？我们不是远离鄂家了吗？"续花不解地问。"是的！我有个想法和你商量。"恭太郑重地说，"人类社会的初创，大概都像我们俩这样被迫孤单过。哈拉、莫昆大概都从这样原始开始。我想，我们不走了。到海拉尔和留在这里不都是一样生活吗？这里大片天地还不够我们活吗！你看这松树多好，别的树木红了黄了的时候它还湛绿，四季常青；那边白桦林后边就是我们看过的大片褐桦林，车材有的是，我们可以在这里打高车出卖，或换粮食、日用品回来。我们就在这里创造个新垦海牙部落，你说怎么样？"

续花略一思忖回答说："反正我随你出来，远去天涯、近留山角都由你做主。"恭太听女伴这样讲，于是举起一只手臂高声说："我向高高的莫力达瓦山起誓，吴姓的新垦高车海牙部落成立了，在千余米的兴安岭顶成立了！他们不仅要生儿育女，变成大大的部落，还要重新创造高车的辉煌。那我们现在就开始第一项建筑——第一座临时桦屋。"

恭太和续花说干就干，恭太先找到些枯干的木条撮起马架，又剥来几片桦树皮披在支架上边用来遮风挡雨，还用续花的衣襟兜来许多松茸，铺在地上比毯子还松软。他们嘻嘻哈哈称之为桦帐，要在百年莽林中始创一个达斡尔族新的部落。

续花又重新戴上花冠，恭太也穿上一袭长衫，两个人先跪拜天地，感激天地赐予了新的生活环境；遥拜父母，恩赐两个人生命，并养育他们成人；两人对拜，相互给予了人间至宝——深怜深惜，并要共同携手直到白头。然后他们携手走进那座刚刚搭好的撮罗子——桦帐，试着新创生命与部落时，恭太注意力又转移了。他拿起那块木灵芝仔细瞧看，续花喊两声都未回应。就在这时，一群羽翼色彩斑斓的雉鸡飞落在他们面前，她忙指给恭太看，说："恭弟！你看它们都很缠绵。"那只羽毛鲜艳的公雉鸡竟和那只满身花斑点的雌雉鸡交颈在一起，恭太这才丢掉木块抱起妻子。

别看恭太书念得比续花多，技艺比妻子强，人世道理也比她多懂不少，但在生育知识上却是一片茫然。两个人躺在临时的床上，他不知所措，一切都靠续花道听途说的那点知识完成的。就是这样，如果不发生意外，一个新垦海牙屯，就要诞生在这片苍莽的密林里了。

3

吴恭太起身后，在山上柞林中找到一根弯曲的幼柞干，把它用石头捶下，又用小刀削成打曲棍球的"贝阔"，又捡了许多松脂块，在他们到山下吃饭时，用铁锅化成液体油，再把木块投进里边浸泡，变成所需用的炮来。续花见此问道："你这样精心炮制，准备和什么人赛一场贝阔球呢？"

"鄂邦杰！"恭太回说。

续花惊骇地问："邦杰会追踪到这里？"

吴恭太回说："那人性情我了解。以他家的势力，只要他知道我们在这儿，一准儿会追踪过来，而且是以武力抢劫。我不愿和同村人刀兵相见，谁死都不好，和他和平竞争好啦！"

续花惊讶地问："什么？和平竞争？"恭太回说："是的，就是比赛打炮来。由你亲自来做裁判怎么样？他必定败在我的手下，假若他万一侥幸赢了我，你只好跟他回到西博荣去。所以我要趁早准备好，必须万无一失。"

听他这样讲，续花哭了，她说：“你们男人真心狠，跟你走出这么远，而且拜了天地，把身子都交给了你，还想着要输掉我，我不干。我们还是远走高飞吧！新海牙屯也不建了。”

但是他们到底是孩子，冷静下来仔细分析后，又改变主意：留下来风险还是太大，等父母们去甘珠尔庙会的车队一到，还是跟着远走高飞为上。

实际上恭太的判断，还是很准确的。那天夜里他们正在山上的撮罗子里熟睡，夜半时，被骤变惊起。黑暗中他们居高临下地看到，从莫力达瓦山下飞来一串移动的火光，很快向他们栖身的小山扑过来。原来是一伙骑马人夹杂着车辆，举着许多火把、手电边呼叫“天神不怪罪”口号，边用箭镞、土炮四下射击恫吓，蜂拥地扑了过来。

因为等候家人去甘珠尔庙会的车队，为瞭望方便起见，他们在树上搭了个瞭望台，这太容易被发现了。于是两人就悄悄溜下山，在河套密林里，找到那座密不透风的大野葡萄架钻了进去。

组织抢亲者，果然是吴恭太的情敌鄂邦杰，他借父亲已是新任博荣努图克达，为巴结权势，尔登宝已允了亲。正在张罗吃“恰恩特”时候，家里忽然发现续花不见了。鄂邦杰最怕续花和吴恭太在一起，再找恭太，也失踪了，便断定他们是逃婚走了。鄂邦杰正在气急败坏时，有趋炎附势者给他出主意：“恭太和续花逃婚的倚仗，不就是‘天神不怪罪’这个俗理吗？其实天神不怪包括抢婚在内，你若想在这场婚姻争夺中取胜，就组织一伙人去抢婚，把姑娘再抢回来呗！”

于是鄂邦杰去找尔登宝，对他说：“蒙叔不弃，允了我和续花的婚姻，但她现在可能被吴恭太那小子拐跑了，我是猫叼尿脬空欢喜一场。这怎么办？请你老出主意！”

尔登宝家找不到续花，正在气头上，答道：“我也正恨得不行，这孩子不听老人话。你若能给我抓回来，我定加严办！”

有努图克达的势力，组织个抢婚小队太容易了，一凑二十几个人，找到车马，带上弓箭、土炮和火把就出发了。鄂邦杰自有鄂邦杰的长处。他估摸两个逃婚的人必定在小二沟附近，准备去和卖车队会合一同去海拉尔。他先派两个人骑马去打探逃婚人和去甘珠尔庙会车队的行踪。所以那俩逃婚者从诺敏河西过到河东来的行动，全都被探子看在眼里，探子骑马悄悄跟在后边，这对逃婚人一点都未发觉，他们的行动却被人了如指掌，所以抢婚队伍能如影随形跟上两个人。

但鄂邦杰万万没有想到的是，螳螂捕蝉，黄雀在后。这事被学校的日本教官寺田之助知道了，他对校花续花的美貌早就垂涎三尺，只恨没有机会。他发现三个学生的三角婚姻横生枝节，认为下手的时间到了。

日本这个民族，当年就是个害人成性的祸水，他们侵略中国是蓄谋已久的事。多年来，众多日人拥进这古老的国家，善变脸谱的政客；穷凶极恶的大兵；各种各样水银一般无孔不入的间谍；最低级无耻却充作头阵的浪人。寺田之助就是这样一个混饭吃的日本无业游民。他像苍蝇、蚊子那样在中国追逐金钱、权力，更是个色狼。当他的汉奸翻译将“天神不怪罪”这个俗理翻译给他后，这个浪人感到喜从天降。他最喜欢俄罗斯的金发碧眼的马达姆，但他在中国混事，却没有那个机会，只能使他垂涎而不可及。这会儿他来到西博荣学校，陡然见到个金发美人、人称校花的女生沃续花，这使他做了多夜的龌龊梦。现在这个学生因婚变出逃，对方组织抢婚，使他有了可乘之机，怎么能放过？于是他也组织了劫婚队，十多人穿夜行衣悄悄跟在鄂邦杰这伙人后面，伺机而动，随时伸手。

吴恭太和沃续花藏匿在河套林的野葡萄架下，开始感到异常安全。这是一架多年的老葡萄藤，像鱿鱼那样在树梢上盘踞向下，向四周伸展其须爪似的藤蔓，紧紧搂住树干树梢，凌空攀结成藤网，又用翠叶织造出既宽又长的绿篷，既可遮风，又可避雨。

但那些举着火把、打着手电的人群，在矮山上搜索一阵，发现了那个简易瞭望台和临时撮罗子，在那周围喊叫一会儿，就向山下扑来，越走越近，扑向葡萄藤。火光、手电光已经照进葡萄架内。开始人们只是呐喊呼叫，后来零星向葡萄架内射击。有人喊：“猫不住了！出来吧！用箭镞和火炮射击，你们是躲不开的！”

吴恭太手拿那根带疙瘩的柞木贝阔，准备随时一拼。续花却瑟瑟发抖，在手电光束照耀下她已眼泪汪汪，哆嗦着说：“恭太，我是多么爱你！只怕今天我们缘分尽了。我冲出去吧！他们是来要我的。你千万不要动，他们会打死你，或者把你弄残废了。”

开始，吴恭太没想到她这样性急，真要出去，他抓住她说：“先不要动，他们很难找到我们。”形势越来越紧迫，他只好说：“就按我们原来的计划办。但你必须稳定，不能有丝毫畏惧的表情露出来。”

当抢婚队伍快要接近葡萄架，做出包围的架势时，恭太把手松开说：“全靠你了！”

在河套林的夜空，人荒马乱中传出一缕歌声，一缕动听的女中音：“桃之夭夭兮，其叶蓁蓁。之子于归兮，宜其家人。男女同心兮，方是婚姻。无端遭干涉兮，天涯逃奔。”歌声先是化用欢快的《诗经》句子，后来加入如泣如诉的怨怼。

在抢婚队伍的火光下，金光中突现一个金发丽人，天仙般引吭作歌，出现于高高的葡萄架前。这使抢婚者们一片愕然。她止住响亮的歌声后大声说：“你们听好！我和恭太相爱是天经地义的事，因有人横插进来，出于无奈才出走到此！你们跟来想抢劫是强盗行为。我是人，不是物，怎么可以抢劫？真是无耻之尤。”她稍一停顿继续说，“恭太说你们来了，他不怕鱼死网破。但他不愿和同学、同村人刀兵相见，愿意和平解决。和平解决的办法就是竞赛炮来，这是所有达斡尔人都应该擅长的。把三个炮来安置在这树桩上，打过那边高高的树梢，再掉入那边的小湖里，就算胜利。我会跟胜利者回西博荣去。如果强行抢劫，我宁愿碰死在前边那棵树下，看见了吗？就是那棵树！”她把一句重话放到这儿，树林里一下静下来，空气像凝固了一般，毫无声息。

时间过了很久，鄂邦杰在马上装作大方说：“在婚姻问题上，达斡尔人是父命不可违的。但是我同意你们的请求。我自信在打炮来的技术上，不比那个被捧为高车将军的人差。我会把你赢到手的。就让那小子开始吧！”

续花又插进来说：“既然你们争夺的是我，就由我来做裁判。吴恭太先来，你先打好三个火球。”

火光下，吴恭太缓步走出葡萄架，他头戴学生帽，身穿麻布长衫，高额浓眉，手持贝阔立于指定的半截树桩前。他将三个吐着火星的炮来块，摆在树桩上。等续花命令发出，他把贝阔举到背后，一个优美的背式抽打，一道火线飞向半空。似乎在高树梢略作停顿，然后又稍拔向上，就飞过树林落于林下小湖之中。他连发三个球，若不是处于当前尴尬的局面，观众肯定掌声雷动。

续花说：“吴恭太同学很好地完成了任务，现在轮到鄂邦杰同学了！”

鄂邦杰懒洋洋地下马，不甚情愿地走过来，他拿起为他准备好的贝阔，又摆上四个炮来块，在续花的口令声中，打飞出去第一个火球，但不成功，没有越过树梢就掉下来。他大喊：“不算，不算！这都是你们准备的东西。”

续花宽宏大度地说：“可以不算，你还有三个球好打。”

但在鄂邦杰第二次举起贝阔时，叭叭叭，弹光如雨，劈头盖顶飞过来。一阵枪声过后，电光闪闪把丛林照得通亮。一辆大板汽车上生硬的达语喊起“天神不怪罪”口号，全场陷入一阵错愕。三个持枪的黑衣人飞速跑到葡萄架前，猝不及防地将沃续花像擒小山鸡那样举起来，又飞速回到车上去。一声车鸣，打劫者早已无影无踪。抢婚的鄂邦杰等一帮人看傻了，别看鄂邦杰平时逞强好胜，却被这突如其来的一伙强盗行为骇得不知所措。吴恭太也堕入五里雾中不知到底发生了什么，在那儿呆若木鸡。抢人的一伙儿因要抢的对象突然不见，觉得无趣，慢慢三五个一伙走开了。最后鄂邦杰也无趣地走了。但恭太恢复知觉后，认为不能失去续花，虽不知她去了哪里，一定要把她找回来，于是手拿那根贝阔，慢慢向回走，逢人就打听见没见一个金发女人。

第二十一章　狼终于来矣！

1

高车吴家去甘珠尔庙会的车队，现在哪里？维尔金老太太越惦记和老儿子吴恭太及其女友会合，车队越误点。他们在霍尔奇屯遇到了卡站，说是东山里的马胡子（对抗联的诬称）过来了，讨伐队正在追剿，因此对来往行人和车辆必须严格盘查。但验证的时间只限上午。车队过霍尔奇屯，因稍晚了一小会儿，就不准越境。维尔金老太太因此急得眼前火星子乱冒，但也只能强忍着。

第二天上午车过莫力达瓦山，正缓缓地向上爬，向另一道山坡攀登时候，前边的车忽然停下来。后边的人不知前边究竟发生了什么事，远远地看，似乎有几个穿黄衣服的人把么斯库的头车给截住了。

其实么斯库正在跟一个穿便服的人交涉。一个穿红杠子狍皮衣服的鄂伦春人做翻译，他指着一个头戴日本战斗帽的瘸子说："山本太郎太君说：吴家高车质量是一其邦么拉西（日语：最好的）。开拓团的大大的征用，会给你们补偿小小的。"

么斯库从来都是个不信邪的主。他回说："那不行！我们去甘珠尔庙会卖钱大大的。你们开拓团小小补偿我们，赔本的事我们不干。再者，你说你是什么太君，有证明吗？拿出证件来让我看！"

到后来就是纠缠在证件上。么斯库坚持向他们要证件，对方依仗势力不肯拿出来，还定要他领着他们去查看车辆。么斯库仰仗自己孔武高大，于是就和他们推推搡搡扭作一团，真是初生牛犊不怕虎。

沃守连见状，回头叫牛得水，让他去看是怎么回事，并帮帮么斯库。牛得水背上单响别来弹枪，一边挥手制止，一边向上走。他是山林队员，偷山者都怕见带武器的，他见那些人还不听话，就把单响枪端起来，准备先给么斯库一枪，先消灭他，免得他在屯子里隔三岔五就找碴儿，是个祸患，没准哪天把他们一伙儿捅露馅了。他哪知日本人的厉害！还没等他枪响，那个瘸子山本太郎就掏出王八撸子，啪，声音不大的一枪，就把牛得水放倒在地上。守连见牛得水流血倒地，他慌忙打枪示警。坏了！这下引起一阵枪响，子弹雨点般飞过来。守连这才明白：这一枪可不是在博荣屯吓唬老百姓，而是引来了大祸临头。他再也顾不得么斯库的死活，忙把双车解开，招呼劳丽佳上车，打马就向山下跑。路上他看见那几个学徒也都在丢弃车辆，拼命奔逃。但跑到最后车的地方，只见宝山老两口的人、车、马都远远地仰面朝天躺在山坡下一棵粗大的古柞之下。这个情景让劳丽佳看入眼帘，顿时觉得异常熟悉，但一时又想不起在什么地方见过，脑袋里灵光一闪：这正是常在噩梦里一家人被狼撵的样子啊！吓得她大声哭号起来：“阿恰！嬷嬷！”

原来，听见枪响，维尔金老太太觉得情况不妙，就丢开车，打马向山下跑。谁知那马被枪声惊着了，一抹回身，它就没命地往下坡飞奔起来，而且越跑越快。维尔金紧拉缰绳勒不住，宝山老爷子过来帮忙，正在这时遇到一棵老柞树把他撞个正着。

沃守连和劳丽佳下车呼爹喊娘，没有动静，他们只好一个个去搀扶。先把维尔金扶起，给她捶捶背后，才开始吭了声。等到再去扶宝山老，老人已像条麻袋般绵软而无一点生气，百唤不应。仔细察看，原来老人头部被粗树枝撞了，鼻孔正在流血。劳丽佳哇的一声哭出来。守连提醒她快帮忙把车件卸掉，载上二老好逃走。劳丽佳这才边哭边往车下卸车件。幸亏这时开拓团的头目山本瘸郎，见车队已经放弃高车径自逃去，也就不再追赶了。绑缚了么斯库，找回零散的车，套上他们原来使用的役畜，迤逦地向北方而去。

这样守连夫妇才有时间，垂头丧气地拉着二老，哭哭啼啼顺着来路回归。幸亏半路上女儿给嬷嬷喂了点水，维尔金这才哼了一声活过来，但那个改造高车的盖世高手吴宝山老头——为木轮安上铁轴承的巧匠，却再也没醒过来。于是人们集中过来号啕大哭，伴拥着他的灵车缓缓向归路走去。

2

这些都是发生在莫力达瓦山南，在去小二沟的路上，高车吴家接二连三发生的不幸之一。但在二三百里外的西博荣屯，因交通不便，人们对此毫无所知。

但却发生了一件值得庆幸的事，那就是冯仲业被放出来，回到家中。

倒不是因弗灵阿完全买了娜茉娅的账，他是个心计邪恶的人，他虽然答应娜茉娅，却只是想找便宜，但并没有急着去办。大约在第二天晚上，他吃完晚餐在校园里遛圈子锻炼身体，忽然从北边树林里钻出个穿着黄制服的大个子，不容分说就把他扯进树林里。起先他真的以为是鬼子兵对他误会了，遂用笨拙的日语试说:“哇列哇列哇！”这时又走出个瘦骨伶仃的黄衣人，一把捏住他脖子说:“你哇列什么？你的那些鬼点子，还能瞒住谁？快把冯桑给放出来，他对我们有大用场！”听他这么说，弗灵阿心里激灵一下想:“想不到把兄在皇军这边还有这么深的关系，幸亏我还没怎么太得罪他。”就故意套近乎说:“是！太君我这就去办。只是我得告诉寺田君一声。”瘦子说:“寺田算个屁！他再碍手碍脚，让他滚开。”那两人放他回学校，他当晚就进了布西街，说是学校人手不够，放冯仲业回去教学。他的反满抗日罪案查无实据，等待查实后再定案。他原本只凭寺田浪人借用参事官的名义羁押，办个手续就放人。

这天傍晌时候，娜茉娅正在院子里边伺候酒客，边在灶上忙活做午餐，驹驷就要放学了。但在柳笆门口那个油头挖扣脸的弗灵阿皮笑肉不笑地走进来，他后边还跟个人。因为酒客多，娜茉娅忙着也没注意。弗灵阿见她没认出自己的丈夫，就笑着说："嫂子，你看这是谁呀！不认识了？"

娜茉娅丢下灶具回头看，第一眼竟没看出来，因为那人长发遮面，胡须满脸，再仔细看，惊叫："是先生，我的好人！"不顾弗灵阿在场，搂住丈夫脖子大哭起来。弗灵阿反而不好意思地说："你们先亲近亲近吧！"知趣地走了。酒客们见是冯仲业本人回家来了，有的凑过去寒暄，有的赶忙溜走。

冯仲业夫妻相拥着走进内室，小女儿吉云正在炕上玩哈捏卡。妈妈说："乖女儿！你看谁回来了？"小吉云张开小手，仲业一把抱住女儿，那不肯轻弹的男人眼泪，不由自主地滴滴答答落到腮边。妻子在一旁也跟着掉眼泪，忙替丈夫找替换衣裳去了。

侄儿驹驷回来，自然又是一场欢喜。但那孩子在饭桌子上边吃边说："三伯，你不觉得弗校长在你的事情上有问题吗？"仲业谨慎地瞪侄儿一眼说："小孩子懂什么？不要胡说。"

驹驷不服地犟嘴道："学校里对他和那个寺田教官有很多议论！"

仲业说："你嫌我的麻烦还不够多吗？你最好什么议论都不要参与。"

驹驷走后，娜茉娅说："孩子说的我觉得有道理，在你的事上，你这个把兄弟不会少用鬼点子。"

仲业点头说："是！若要人不知，除非己莫为，若是他设的局，早晚都会露馅的。"

"现在他就已经露出狼牙来了！你回来，我是花了很大代价买的。"娜茉娅接话说，"不过只要你肯相信我，我会很好地处理这件事的。你看家里这么乱，《高车传》也停下来了，家成了酒馆。这都是出于无奈呀！"

"那是自然，夫人做什么，我都百分之百信任！"仲业回说。

仲业这么回应，娜茉娅增加了信心。在学生晚自习时，她让驹驷送她到弗灵阿的宿舍。他正自己玩弄小镜子，不过人称"鞋拔子"脸，怎么照都不英俊，也没有什么潇洒的范儿。见娜茉娅走进来，他皮笑肉不笑地忙站起让座，说:“我知嫂子是有信用的人，咱们先喝两口怎么样？”

娜茉娅答:“随兄弟方便！”看来他是有所准备的，现成日本罐头开两个，一瓶葡萄酒倒两杯，准备二人对酌。娜茉娅只喝一小口，就停杯说:“兄弟！有几句话嫂子要先说明白，省得陷你于不义。你哥哥来西博荣的事，你全知道吗？不一定。达斡尔人大多数喜欢他，是因为他对我们守义、施恩、多情，是三者俱备的人。第一，他是提着脑袋到西博荣税卡上任的，他是来调查在排木税上几次大血案的，那个税卡可是督军吴大舌头特设的。他冒着生命危险，真实地反映了情况，税卡才得以撤销。虽然那个大军阀后来被日本人炸死了，但这个险不是什么人都敢冒的。第二，博荣山山林税争执多年，没人敢说不合理。他见出省城三百里地，万山无树，唯有西博荣山林木蔚然，却要纳山林税。他说这个应当奖励，不应纳税，几次找上级递条陈，到底把山林税给免除了，这是对西博荣人的又一个大恩惠。第三……”她喝口酒润润喉咙继续说，“第三，他对我们高车吴家恩重如山，却只为一个情字，因为在西山头，他吹箫，我用木库连为他衬音，其实只是打节奏。他说我有音乐天赋，愿意教我，他教了。但吴家又不幸遭遇天花病劫，更被雅达干所误，一家四小危在旦夕，是他亲自去拉哈请来医生，不惜高价买疫苗，救我们一家小四口人活命。为此，他和大家分崩离析，小家也因此破产。他的小家为什么都要搬到西博荣屯？垦荒户到博荣能干什么？归还四头牛的债务把他的小家也压垮了，不得不搬来求生。你们奉承我是什么巴达罕美人，其实我自己知道，我只是个愚蠢的山姑，只会弹奏木库连，还是跟嬷嬷学的模拟法，只能弹奏山音水响鸟叫。是他教会我乐理和音符，是他教我文化知识，我才能继大娘安代儿书写高车传记，才知道外界是什么样子。我对他只能以身相许，他对我只有这么一个小小要求：从一而终。无非是儒家三纲五常所要求的罢了。我能不遵从这一点而移情他恋吗？在他生命危急时，我不得不满足你的那些苛刻条件！我只能如此。”她又喝口红酒，从腰中拔出一把细小雪亮的牛耳刀问:“我躺在什么地方合适？”又说，“谢谢你对我长久的思念，我把肌体交给你，兑现诺言。死后你尊重、你污辱都是你的事了。”她举起匕首朝向自己心脏部位。这时弗灵阿突然想起树林里那两个黄衣人，不由大骇，一边扑通跪地，一边呼叫：“嫂子不要，我知错了！”

弗灵阿这种利欲熏心的人在角逐名利时，从来不问性质，也不择手段。他虽然熟悉冯仲业，甚至和他义结金兰，却从来没有用人格衡量这个义兄。今天被他妻子一一罗列剖析，顿时觉得心头震撼。这个被自己所尊崇的第一美人居然拿出自己的生命来履行对他的承诺，实出他意料之外。但那两个黄衣人的凛然震慑，剧烈冲击，是和性命相关的。这总会迫使人明白一点道理。

娜茉娅停住自戕动作，她美丽的面孔上犹带着杀气说：“弗灵阿！你很有本事，能办事是好的。但常走邪道，咄咄逼人，那会遭报应的。你要成功，必须经常校正自己的脚尖。”说着收起匕首，“我若不死，也该回去了。谢你的酒菜。”

就在娜茉娅拉门举步时，弗灵阿又叫声：“嫂子！”她回头看时，他说：“求你啦！在我义兄面前多替兄弟遮掩一二。对了，征用你家院子的钱我会很快补上。我给哥哥在学校还留有位置，希望他尽快来上班。”

娜茉娅回到家，冯仲业还没睡，正在逗女儿小吉云玩耍。她怕影响他和把兄弟的关系，再生变数，适才发生的事一句也没有告诉丈夫，只说：“都解决了！院子的钱他答应给。你还可以教学，让你尽快去上班。”仲业说：“这老五得势后还算没完全绝情，只是我现在不好张口说话了，没法再去教学。说不定哪句说错了，罪名又是反满抗日。能干点什么呢？”

他沉思许久说：“当个校役吧！扫扫学校院子，摇摇课时铜铃什么的，挺好。”

从此，博荣国民优级学校门厅里，总是坐个身穿蓝布役服的昔日博山学馆馆长。他非常准确地掌握着课时，上下课边摇铜铃边绕长长的教室转悠，再不就用自己扎的榆梢扫帚，仔细地扫着校舍前前后后和操场。

他自从出狱回家后，几次拿起洞箫想和妻子合奏一曲，都因无情绪而放下。娜茉娅见状，也曾几次操琴又放下，琢磨丈夫在想什么。冯仲业现在想什么？他和东北一般的知识分子一样曾对张学良少帅抱有过很多的幻想，认为他可以掌控东北，东北政局将大大改观，并能拒日寇于境外。所以，在学馆开学时他讲了激情洋溢的那番话，被日人曲解，蹲了数个月的监牢。现在张学良真的只弹未发，就甩手丢下三千万芸芸众生，自己到关内享乐去了。俗语说："望之愈高，恨之愈深。"等孩子老婆睡熟时，仲业悄悄爬起来自度一曲，名叫《榆关三叠·荒唐的东北军》。其词如下："深知东狼贪，吮爪磨牙淌口涎。奉军特荒唐！不顾东边患，挥师进榆关。进榆关，直奉战。打败中国人，使用洋炮弹。老帅再加官，大露枭雄脸。专列出榆关，保安帅，威八面。荒唐一如当年！忘却债未还。狼狠讨债尤讨血，荒凉小站，一爆惊天。车裂人翻。东北元首魂梦断，还剩几何尊颜？少帅潜回还，子承父业理河山。荒唐也遗传！　　枪毙杨宇霆，易帜一夜间，万众皆仰望，却是空喜欢。狼凶毕露北大营，少帅轻骑出榆关。严命不抵抗，只弹不准还。俎上肉，三千万；心何忍？炼狱几多年。少帅换取的是：美龄破颜笑，蒋氏的副总，空头衔。"

他写完这首歌，心颇得意，想取过箫来一试，但见妻女都在熟睡，又悄悄放下，却抱膝想："他丢下东北芸芸众生于水火而不顾，岂止贻误东北人，东北地大物博，三千万众人才济济，如叫小鬼子得手，将是全国的一场大的灾难。这笔账将如何了结？"不由心头一阵忧思掠过，久久难平。

3

但他们谁也没预料到，另一场悲剧已在等着他们。先是高车巧匠吴宝山逝去的讯息迅速传来，他们全家人和学徒们加上屯里部分亲友都去后山林荫路边等候。吴明太和娜茉娅都哭得泪人似的。灵车走近，顿时号啕一片。儿女们跪着迎接，在亲友们簇拥下缓缓向“朱格里”走去。

宝山老人的尸身停放在其终身为之辛苦的高车上，车上铺着他生前的被褥，还有他常年使用的烟袋和烟荷包、随手用的工具。车前放一供桌，桌子上摆着整鸡、整鸭、猪头等牺牲和面食供品，香炉里香烟缭绕。地上摆一个烧纸用的瓦盆，人们将金银箔与黄纸投进盆中燃烧，不断地引起火飞烟腾。老妻维尔金现在已能自由活动，她身披孝服守在车旁，率领儿女、儿媳、女婿和学徒们，身穿重孝一日三哭，跪谢前来祭奠他的亲友们。

按族规需要停放三日三夜，对逝去的高车巧匠念其好处，屯里大部分人都来灵前一哭。但对他的最高荣誉，莫过于家人给他在墓前用花岗岩石竖起的一座七尺高石碑。碑上用隶书镌刻着：吴氏高车第十五代传人吴宝山之墓。下边落款是：妻苏·维尔金率子吴明太，女娜茉娅、劳丽佳，孙培新保，婿冯仲业，媳仓瑞。石碑背面镌刻着其大女婿冯仲业为其写的一篇祭文。祭文使许多人有兴趣记住一代能工巧匠，他献给东胡人和北方人的非常功绩。其原文是：“吴氏讳宝山者，高车吴氏十五代传人也。山，自幼因受良材精艺传承，使其终身为完善高车而辛劳不怠。昔年高车虽因祖上睿智日趋完备，但常因木木磨损而毁之，使驭者不胜其苦而无奈。山时虽年少却日愁夜思，殷勤试验而不懈。上苍不负人辛苦，铁承及其三爪终试成功，并钳牢于木毂。又在木轴头钳入三键，遂解耐磨之困矣！我辈今日之车，享受所谓爬山虎、沼泽船、草上飞之便利，皆赖老人毕生辛劳之赐也。木铁交用始，高车者已进入第三个里程，近乎现代车矣……”

宝山老爷子的不幸，使其长女娜茉娅不胜懊悔、悲愤、肝胆欲裂，悔当初没有听父教把家长责任担起来，使老人极度失望；没有力阻车队甘珠尔庙会之行。因此在陪祭时，极力一点点想好给父亲立传的短文，回到自家小屋时说给丈夫冯仲业听，他做了笔录后惊讶地说：“至诚则灵在夫人这儿，原来是这样诠释——大伯的传记到现在多长时间还没写出来，对岳父的传记，这么快就草拟出来。这个十五代祖提得好，当今除了这位老人还有谁堪称此荣誉？不知家人意见怎样？”她回说：“我去跟他们说，我哥哥是不做的，能做的恭太、么斯库都在外面，他们又怎敢和父亲比。”丈夫说：“夫人说的是！为了日后没人反悔，我建议刻石立碑才不辜负老人。”由于这对夫妇的建议，宝山老爷子坟前就多了这么一座石碑。

给父亲落葬归来，娜茉娅就发现妹妹劳丽佳精神有些异样，问她，她眼神怔怔地说：“阿恰是我害死的！”

隔不多时间，她又跑来问仲业：“姐夫，你阻拦去甘珠尔庙会，是不是因为看见我那几幅画啦？”

仲业想了想回说：“一般我不会相信的，因为过去的事有的被证实了，所以我相信那两幅画有点预兆。一幅是一群狼截住高车，另一幅是狼咬住人的脖颈，流出血来，至少是主不吉利。所以我极力阻止去甘珠尔庙会。哪里想到，我被抓进监牢，我一离开，他们就完全不顾我的意见，自行其是……”

劳丽佳大声说：“梦境再现了，我要替阿恰报仇！”

仲业夫妇都不知发生了什么事，原来劳丽佳偷听到了牛得水的父亲牛满山和公公沃海山的对话。

这天早饭后，劳丽佳伺候公公吃完早饭，洗涮碗盘时，房门一开，一个头戴紫帽、腰缠黑布带、脖后插杆小旱烟袋的汉族老汉闪身走进来。再一看，原来是常来的牛得水的父亲，他见到劳丽佳，连招呼也不打，气呼呼地直奔内室，不一会儿，和公公就吵起来。原来是为了牛得水被日本人打死，尸体没给运回来的事。老汉强调：“你儿子带媳妇全枝全叶都回来了，我儿子连尸首都不见了，能说得过去吗？你必须双倍抚恤。”麻脸公公海山则强调：“你们干的就是刀头舐血的生涯，尸首不归是常事，给一份抚恤就很不错了。说开拓团要征用高车的谎话，还不都是你编的吗？你若不服就去报官，看法律上怎么说。”

牛老汉被他气走了，劳丽佳也骇得站在那里动弹不得。她头一次知道公公除山林达以外，还有个刀头舐血的职业。特别是开拓团征用高车之说是他们编的谎话，就是这番谎话才致父亲死亡。

她顿时感到头晕目眩，眼前呈现出在梦中常见而且被她画到纸上的那两个人的眼睛。当她稍清醒后，再也忍无可忍，掀开门帘闯了进去。这时那个骨瘦如柴的麻脸老人还是头冲炕里，躺在烟灯旁长长吸着鸦片，喷云吐雾，他的对面是那个会烧烟的，土不土、洋不洋的半老女人发着奸笑。劳丽佳见状更加怒火中烧，因为那烟具是她根据这女人来时的吩咐，让父亲宝山费很多时间给亲家做的。巧手老人为讨好哥哥的老友，也是他认为的"救命恩人"的欢心，精心截断炮弹铜壳做烟灯底座，再截中段錾出透珑花纹做通风孔，以玻璃瓶上截为罩，再采阴沉蒿为杆，杏木疙瘩为斗，配以铜盘，做成一副非常出色的烟具，带着她亲自给沃海山送过来的。

当时把这麻脸老头高兴坏了。他向宝山许愿："你就当我是你亲哥哥，在我东厢房住，没人敢碰你一根汗毛……"

话犹在耳，父亲却死得那么惨。劳丽佳想到这儿立刻怒气冲天，质问公公："原来'开拓团'征用高车消息，是你们编造的瞎话？"

沃海山见儿媳脸色大变，略有些畏惧，但还是缓缓吐口烟后所答非所问地说："都是那个利欲熏心的牛满山……这不把儿子也搭上了。"

劳丽佳的气越发不可遏制，她登上了木炕沿，伸手推开那个半老女人，抢过烟具，便朝地下掼去。铜具滚地，灯油四溅，玻璃罩登时粉碎，劳丽佳声嘶力竭地喊："你整天躺这儿抽！抽！琢磨鬼点子，说鬼话，办鬼事，害死多少人？我姐夫已经决定不去甘珠尔庙会，怎么他一被抓进监狱去，你就立刻改变计划非要去？开拓团要征收高车的鬼话是怎么编出来的？你今天必须把这些交代清楚！不然你哪儿都不能去！"

这些话麻面老头却一句都不能说给麻面儿媳听。他所经手的事最怕抽丝剥茧，就像一只破洋袜子，如被人找到个线头，就会一抽到底。因此他想绕开儿媳走出去，于是搪塞说："一两句话怎么能说清？我先出去一下！有时间详细讲给你听，会让你明白的。"劳丽佳急于知道内情，海山却一丝也不想让儿媳知晓。劳丽佳盛怒下失去耐性说："走！走吧！我再也不想见到你！"又指着柳巧纤说："你也滚开好了！愿意去哪儿就去哪儿！"

达斡尔人儿媳对公公从来都是逆来顺受的。这样蛮横，是海山老头从来没遇到过的，也没想到过这样的场景。儿媳松口后，他惊骇地站在屋里想了想，穿上他那件红杠子狍皮大褂，戴顶马流子皮帽，接过老女人递给他的那个从不离手的犴腿皮的大手袋，走了出去。这些年鸦片早已经使他形销骨立，差不多只剩下衣服里边包藏的发黑的祸心，走起路来晃晃悠悠，下意识地向他那个往昔的分金窟——山林队部走去。麻脸老头出走后，那个半老女人哭了，但只哭了一小会儿，略微收拾一下自己的物品，也溜走了。

其实她知道沃家麻脸媳妇儿厉害。她给麻脸老头烧烟，也是早来早走，实际是和这伙暗匪的头目牛满山姘居。她原是省城一豪门富绅的侍女，后来那人看中一个漂亮的年轻女人做第七房，不容她在家卖弄风骚，就把她赶了出来。恰逢牛满山新鳏，她就和他姘居了。但那老土匪只爱金钱，不怎么喜好姿色，知道他靠山沃海山嗜色如命，就命她以烧烟的名义去陪伴他，实际是用她做牵绳绊他脚，除了相互传递消息，还经常对他进行监督。

柳巧纤做好晚饭，又等一阵子，牛满山才匆忙回来。见她在屋内坐着，说：好！我正想想办法接你回来，你自个儿回来就省事了！她把饭菜端上桌子，两人举筷正要吃时，女人问：你们俩和好了？他派人接我来吗？男人吃口菜吧嗒吧嗒嘴说：好什么呀？没有必要了，满洲国快黄啦！咱们得离开这里了。你再也不用看公媳两个老麻脸啦！他顺手拿过沃海山不离身的犴腿皮兜，从中拿出上千绵羊票子说：这都是你的了。女人惊恐地问：麻老头从来不离身，怎么到你手里了？牛满山说：别问！这不关你的事。碗筷不用刷了，收拾收拾咱们就走。

他又去翻腾那只皮兜，翻出一堆票证，他把用汉文写的都用手巾包起来，那些用满语填的都塞回原兜，扔给女人说：“你先给我保管着。我东跑西颠不一定到哪儿，用得着的我去你那儿取。”

是晚，这对狗男女赶辆单马车过江不知去处。

第二十二章　析不开的隐情秘结

1

日本鬼子占据东北后，就一步一步地进行着对人的精神控制，企图用奴化教育把中国人都变成顺从的亡国之奴。但他们却错打算盘，一开始就遭到各种各样的顽强抵抗。

他们在博荣国民优级学校，对几百名达斡尔族和汉族小学生就曾试验过，但不顺利。如每天清早的朝会对学童进行洗脑，先要做帝宫遥拜，唱“满洲国国歌”：“天地内有了新满洲。”学生则偷唱：“几天内有个大馒头。”后来又换，改唱天照大神的《君之代》：“其米嘎要哇。”学生则偷唱：“吃米玩青蛙，一脸大疙瘩。”

学生的运动课，完全用日语喊叫“哎唏哮”“哟依杀”的口号做早操，学生则偷喊：“如若笑，约一沓。”

在课时上，所谓满语正常功课，逐步减少，日语步步增加，使其成为一种人为的优势，但全校有六个班，十多个老师还都按规定课程按部就班上课。但最突出爱明争暗斗的是教日语的老师王铭九。他的课时增多，使他飞扬跋扈，很多老师只好忍气吞声，唯独蒙语老师台仁钦不服，两个人没完没了地暗潮涌动。王铭九自恃是吉林师范学校高才生，小分头梳得油光水滑，协和裤线压得倍儿直，皮鞋擦得锃光瓦亮。有两个女老师争抢着要和他搞对象。但他在学生里却很臭。学生中暗暗流传一句话:“日本语不用学，再待两年用不着。”教半年多，能说几句日本话的人不多。他的结论是:这里的孩子净是天生的笨鸟。学生中偷偷传说他:“大皮鞋，小分头，教书不行，会泡妞！”更使他生气的是全校的风头常叫台仁钦抢了去。台老师整天教蒙文字母，啊哦咿我喔我喔，够枯燥的了。但他能给同学们起蒙古名，因而大受欢迎。如这个叫什么巴图，那个叫那顺，还有什么其木格，等等。因为达族和蒙古语同属阿尔泰语系，起的名字叫起来习惯。王铭九不知道这一点，他想把风头抢回来，就给同学起日本名，什么“太郎”“次郎”“佐佐木”“贞子”，等等。学生刚一接受就被其他同学讥笑得不行，比如“太郎”变成“特狼”，“佐佐木”变成“左撇子”。

但最惹眼的还是那日本教官寺田之助上的军事课，都叫学生们胆战心惊，主要是教官竟打学生嘴巴子，而且打这边脸的时候还得把那边脸送上去，稍晚一会儿就会被皮靴子踢。让两队学生都扛木头枪，学习对刺，抻脖喊:“哎唏哮！”“哟依杀！”直到都累趴下。再不就教打铜鼓吹洋号。大玛斯，二玛斯，垫鼓玛斯，“嗒嗒嘀……”“嘀嘀嗒……”惊扰得全屯百姓不得安宁。

但这种课最近多日不上了，寺田连个人影也见不着。人们传说，这和吴、鄂两家那次抢婚有关。

这话传到尔登宝耳朵里，把他气坏了。他原想找吴恭太算账，但一直没找到这小伙子，问儿子荣山，荣山回答说:“妹妹和高车家小子俩人原来走得并不怎么近，都是那次吃恰恩特逼的。”后来又听到消息说日本人教官寺田也参加进去了。

尔登宝觉得这下沃姓颜面扫地了。他去找鄂邦杰说:“小子，当初你要把续花从吴家小子手中抢回来，我答应了你。可是你们不中用，又被别人抢了去。我孩子是什么？是玩物吗？被人抢来抢去。你鄂家自己说，努图克达势力大，现在在日本子面前，你那势力哪儿去了？难道只对吴家管用吗？却叫我丢尽脸！我豁上全家人的性命也要拼一回，你小子有这个胆和这个勇气吗？”

鄂邦杰回说:“尔登宝叔，只要能把续花找回来，为了脸面我可以不要这条命！”

尔登宝望着他脸上的表情说：“你小子还算有良心！就这么干了！”

他从布西街买回两桶美孚汽油，集合二弟霍廷、三弟小毛，大儿子荣山、小儿子荣生等召开家庭会议说：“现在续花的事，和学校那个日本教官寺田扯上了，这叫屯西头那伙人（指善德、普乐）看我家的笑话。我们要是没什么行动，将来还能有脸在西博荣屯生存吗？这样吧，把妇女、孩子都暂时都送进山里去，男人们只有豁出去了。如果有人报告寺田在哪里的准信，给他十垧好地。日本人会武士道难以近身，咱们就先用弩箭射死他，再用火油把他点天灯。”

那时家长对家人是绝对专制的，不管兄弟儿子们愿不愿意，就这样定了，一时悲情笼罩了屯东头老沃家。但是在重赏之下，消息也来了：有人偷递消息说，在布西街城壕外西南角，有一座孤院子被一伙不明来历的人占据多日。传说是日本人因为偷抢了多个女学生，要成立一所专门慰安日本军人的料理屋。

这一天夜里，尔登宝家几个男人拿着弩弓、带着火油会齐鄂邦杰抢亲的那伙人，天黑时出发，半夜时包围了那片农田当中的那座孤院子，拉开阵势要置寺田于死地，但等到天快亮也没见有人出入。尔登宝觉得不对劲儿，命人慢慢摸到房跟前踹开房门，并没见到寺田之助等人，只有续花和几个汉族女孩子还有两个老婆子被捆绑在椅子上。续花见到亲人，哭得泪人一般，但问什么都不讲。还是有个婆子说：“女孩子都从各地抢来的，那些日本鬼子，都是夜里来糟蹋她们。”又说，“昨天夜里来了一伙持枪人，自称是抗日联军锄奸队的，因为寺田等鬼子已经恶贯满盈，该被抓去进行惩治。他们扔下一些传单，你们看看就知道了！”

传单上的确有在本旗作恶的十几个日本人和汉奸的名字，其中果然有寺田之助，还罗列其罪状十几条。

接沃续花还家，鄂家按原定婚姻程序，吃“恰恩特”，过彩礼，大操大办一番。依一个努图克达家应有的气派，把续花娶过门去。但逆水行舟，强牵着走纤绳先折。续花被色狼寺田之助等给糟蹋后，感染上一种叫梅毒的烈性病，不仅她自己个把月后浑身生出红一块、紫一块的脓疮，而且传染给鄂邦杰及其家人。这使鄂邦杰悔之莫及，这就是凡事不可强求的报应吧！

2

单说高车吴家丧事办完后，维尔金老太太整日以泪洗面，老伴新殇，小儿子逃婚不知去了哪里，女方已经被找回，他却杳无音信。娜茉娅和冯仲业几次来接她去他们家住，维尔金老太太都拒绝了，她说希望第一时间见到自己的小儿子，他回家还是得先来找嬷嬷的。

这天她和大儿媳仓瑞，正在把采下的用香蒿捂过的绿烟叶一片片用针穿到线绳子上，再一串一串地挂在园子里的柳笆上晾晒，晾干后变成金黄色，再折叠在一起用木板压成片，称为庹。这就是当时在三少民族中非常出名的达斡尔庹烟。

婆媳俩正在非常投入地弄烟，二女婿守连忽然跑来说："请岳母和嫂子快过去看看，劳丽佳是动了胎气，还是要生产？"维尔金听了一边抱怨二女婿不懂照顾媳妇，一边弄烟叶子不想去，也不准大儿媳过去。沃守连见状，急得扑通给岳母跪下说："嬷嬷，还是救救劳丽佳吧！她怕是难产了。"丈母娘和女婿为什么关系如此紧张？俗语说割倒麻秸露出狼，由于去甘珠尔庙会不成，半路遭遇日本开拓团山本太郎抢高车，丢了孙子么斯库，死了老伴宝山和学徒牛得水，沃、牛两家两个老头子因此吵翻了脸。

起初嬷嬷和嫂子只当劳丽佳犯了什么小病，当守连解释明白是临产，就丢下手中活计慌忙走过大院去。

一推开房门，就见劳丽佳在炕上捂着肚子打滚。大媳妇仓瑞说："真怪，去甘珠尔庙会前，她还没显身子，怎么现在就要临产啦！"她们哪里知道，劳丽佳上午和公公大吵一架，气得不行，又有登炕摔烟盘子等大动作，接着把给老头烧烟泡、描眉打鬓那个柳姨也赶了出去，然后就和丈夫对垒。守连因为父亲整天吸鸦片，身体弱不禁风，怕老头子出事，忙追到山林队部，却没看见，又跑回家看，老人没回来，老婆却满炕上打滚，而且边折腾边骂人，还要再让他滚出去。开始他以为她还在耍蛮，转身要走，后来觉得不对。她已怀孕半年多，因为不显身形，谁也没把她当孕妇。这回若不是因卖高车路上遇着凶险动了胎气，还是没人知道。于是，守连就赶紧找岳母和大姨姐报信并厚着脸皮哀求帮助。

守连说："她这人就是不显身孕，走前我就知道她有身子，已经半年多了。不让去，她哪里肯听，说死在路上也得跟父母在一块儿。"

折腾到晚饭时劳丽佳才平稳下来，随即也生产了，竟是一对龙凤胎，一男一女两个孩子，虽然比正常孩子小一些，但都挺健康。这把守连乐坏了，忙张罗给妻子做好吃的月子饭。劳丽佳还是骂骂咧咧要他滚出去，又骂他对她是骗婚。还是维尔金发话制止说："劳丽佳！别傻了，还有谁能比女婿伺候妻子生产更好的啊？就是他有问题，也等以后再说吧。"母亲说话总是有分量的，产妇这才停止哭骂，以后因为有一双儿女在中间，总是想吵也吵不起来，吵吵歇歇也弄不清楚问题，从此两人变为怨偶。

沃守连正在帮大姨姐做饭，一个屯邻跑来说："沃海山老头掉进土崖子水罅里了，不知死活，人们正在爬下去看，让我来报信。"

守连丢下手中活计向屯西跑去。那是向摆渡口去的路边，在到渡口前，路南有一片古榆把侵蚀山崖的河水阻挡回去，使黄土崖凌空出世，好比屯东向南伸出一块既高又长的孤岛。因上边古树参差，就像龙头探进河里喝水，人说博荣西山是龙头，指的就是这里。沃海山老头的山林队队部就在那片榆林之下，三间草房，并带有左右配厢。因为有高大榆林笼罩着，院落阴森森的，屯里人都轻易不敢向这火炮洋枪武装起来的地方举步。屯西部雨水都向岛下汇聚，水多了就顺一株老榆的长根蚀开一个小孔渗入河里去，日久天长就变成个大张口的罅，罅又深又长。

守连来至罅边，人们已经将沃海山老头的尸体平放在茸茸细草上。守连和几个山林队员顿时哭号起来。有人说，下边泥土里还掩埋着一具尸体，人们正在挖掘。果然又抬上来一具，因时间太久尸体已经开始半腐烂半风干了，而且沾满灰尘，一时看不清面目。从衣着穿戴上看像是冯家老太爷。于是又派人跑去给学校报信。

等了一些时候，身穿蓝色校役服、当校役的冯仲业来了，他听到消息开始还不肯信，慌忙跟着走来，果然是失踪两年多的老爷子，于是跪下去大哭起来。

这下子西博荣屯热闹起来，屯东南老丧开吊，屯当中也搭起灵棚发送老人。冯家又派人通知隔着诺敏河、远在太平努图克垦荒的二弟冯鸣业回来发丧。

两家下葬前后，人们都在议论:“这两个老人是怎么掉进水罅的?他们都没有自杀的理由，肯定是他杀。这个杀人者又是谁? ”

冯氏兄弟曾因老父失踪而反目，鸣业也为此搬离此处。这回冯鸣业回来祭父，哥哥却忙把在学馆时收到的恐吓信找出来，和弟弟研究是什么人会害死父亲，有什么仇隙。鸣业这次回来比较平静，他说:“老爷子不该被害，因为他一辈子虽然管事不少，但都是与已无关的事。从大家赔到小家，净办些赔本的事。”当他们研究完恐吓信的内容和笔迹，认定这是一个汉族人干的。他们共同想到的是牛满山和那几户闲散汉族人家，后来又听说了沃海山出走也是因为和这个人吵架。

他们去找屯达普乐告发牛满山为嫌疑犯，屯达普乐领着努图克警员来到现场时，头一桩事是劝义兄冯仲业节哀顺变。他说:“咱们一个头磕到地时说有难同当，现在老爷子真在这里被害，达汉两族人确实做到同仇敌忾了，我一定努力去办，弄清原委。”冯家弟兄俩对他说的话很认同，都说:“全仗兄弟了! ”但他领着警员去抓捕时，牛家早已经人去院空，也没留下什么蛛丝马迹叫他破案。

现在痛不欲生的人是学生冯驹驷，父亲这次回来带来最坏的消息，去太平垦荒不到一年时间，没了母亲裴蕴清和二姐绮云，还有个新生的小弟。他们盲目闯进地方病重灾区，因为严重缺失一种叫硒的元素，酿成心房扩大，在冬季大雪天他们严关窗门，烟熏火燎后一下子疾病暴发，没得救。家人发病时，父亲鸣业出外办事，半个月才回来。回来时只有两个小男孩还活着。

当家人们谈起多智、能干、爽快、豪气的冯家二嫂裴蕴清时无不泪流满面。冯驹骊伤心捶胸恨不能追随母亲死去。当时他要立刻停学，随父亲去垦荒区照顾两个小弟弟。大伯仲业劝他还是从长计议，父亲鸣业更立即阻止说："我已经是骑虎难下，更不能把你这个鲜蛋再放进同一个篮子里。"

两次葬父，使冯仲业不仅有撕肝裂肺之痛，而且颇感愧疚。不是自己在此成家，不至于老父在这里惨遭毒手。和弟弟鸣业告别，他心情沉重到一个悔字上，更追悔因父亲失踪两兄弟吵架时，没有当机立断地阻拦他们夫妇去垦荒区，这个哥哥还有什么用？

弟弟临走时说："哥，有几句话我想跟你说说，不然快憋死了。你说人生最难求是什么？"没等哥哥接茬儿，他自己就回答，"知心人哪！跟蕴清的婚姻我真体会到'知心'两个字。我在地里干活，她在树上观察我三天，后来裴家二老头一开口，她就嫁过来了。在冯家大院，'老四家屋里的'可不好当啊！她竟干得不错，我心里那个敞亮啊！分小家就过穷日子了，缺米少柴，里里外外都是她张罗。你和老爷子拉下那么多亏空，让小家破产了，卖房卖地她二话没说就跟我搬来西博荣。开大车店，我除了管账、打更，哪有精力干别的，都是她支配伙计们干这干那的。我后悔不听你和嫂子的劝，一下跳进火坑里拔不出腿，失去她，失去二丫头，这教训太深了。我后半辈子都不知怎么活了。"鸣业是个不轻易落泪的人，说到这儿他哭了，抽泣几声后说，"哥！我没忍心把她埋进土里，我把她棺材停放在地头上，下地的时候跟她唠唠嗑。"他抬起头问冯仲业，"哥！你知道我净跟她唠啥？"仲业惊奇地问："唠啥？"鸣业含泪回说："你在树上看我看三天，我要来回走看你看三年，哪一天你想我啦，或者我太累了，你就把门打开，我就躺进去……"他再也说不下去了，哇地大放悲声。哥哥也忍不住与弟弟抱头大哭起来。

3

弟弟现已骑虎难下，又回去经营那几垧地去了。哥哥白天坐在学校门厅里，想到这些也黯然神伤。他又想到那两口子逼他给保卫江桥的战士治红伤的事。裴蕴清怎么给他讲红伤药的情景还历历在目，那几句慷慨激昂的话犹在耳畔：“……当兵不怕死，最怕受伤，受伤后果难料。抗日，凡是中国人都想，就怕打仗受伤。作为中国人，咱们只能替他们担待点——解决这点后顾之忧。连这点都不做，就该扪心自问，还能说得过去吗？”

晚间他回到家找出那个装药的荷包看，乳香和末药已经都不多了。但找到了那只獐子的肚脐，已经风干了，散发出点香味，更多是臭味。他翻药书看中药制法后，找个瓦片把它用火焙干，又用块布包上拿槌子捣碎，用罗筛成粉末。娜莱娅觉得丈夫的行动有点怪，却没过问。

只隔一两天的夜里，有人敲窗户问：“这是冯仲业家吗？出来一下！”

仲业不耐烦地忙找衣服穿上走出来问：“什么事半夜三更敲人窗户？”

“你反满抗日的案子还没完！”星光下果然是两个穿黄制服的人。

他还想争辩，说：“老总！这个玩笑可开不得。”

“什么开得开不得，忘了怎么从狱中出来的了？先不说这个，跟着走好啦！”来人喝道。

还有两个穿便服的，四个人五匹马，把他架上马背。屋内娜莱娅、冯驹驷追出来拦阻，仲业却很和平地说一阵话，又回屋拿了什么东西，几个人就拥着他向后山跑去。经过长长的林荫路，夜色中，好像是进了毕台屯的鱼房子。

屋里灯明火亮，几个伤员在号叫。仲业一下就明白了，他们不是日本鬼子。他喘着粗气说：“你们为什么不明说？把我弄来，没药不是也白搭！”

有人回说：“早就给你准备好了！不明说，设置点障眼法还不为你家人好，不受牵连吗？”

啪！药口袋扔给他，还有钳子、刀子。听说他们为不连累家属都考虑过，仲业不自觉地流下眼泪。但他很快拭干眼泪，吩咐生炭火消毒，给伤员吞鸦片粒子，伤口处涂鸦片水。

共有三个伤员，伤小腿、伤胳臂、伤胯骨的，只有一人胯上带弹头。仲业小心翼翼地从股骨头上艰难地把弹头取下。

这人好像是个小官，跟他套近乎，边看他做手术边絮叨，说是在河西与小泉子地方和日本讨伐队遭遇了，互有伤亡。在当地找了个会治红伤的人，叫张抓子。这人说：“若保性命，就得把胳膊、腿截去。那样战士就残疾了，后半生怎么办？我们找到此地的锄奸队的人，知道你能摘弹头，就找只船从格尼河口进到诺敏河，顺流而下，在五家子河口打听到准信。你果然比那个张抓子技术好多了。你是我们难得的财富，我们已经保护你了，还会把你和你家人保护好的。”冯仲山暗想：“坏了！快要跟我订合同啦，想不干都没门儿。”

冯仲业把几个人伤口仔细处理好，上完药，把药袋打开给他们看：“老总们，我也是业余的，是被逼上梁山的。药也剩下不多了。这种药是非洲进口的。咱国家不产，被占领后更没地儿买。”

他这几句推辞话，在人群里引起惊慌，战士们都瞪大眼睛望着他。他感受到这些失望的眼神，忙改口说：“太好的药没地儿找，差一点的像麝香，就是我最后留给你们那种，出自獐子肚脐，配上血竭等中药也能对付用。你们若到猎区留心找找，可能找到，还有熊胆也能对付用。没有药，再高明的大夫也没办法。”

第二天清早，驹驷到学校办公室代替伯父请假，说他有些感冒，自己情愿代清扫或摇铃，被准许了，因此没引起任何怀疑。第二天夜里仲业安全回到家。令人意外的是，他和吴恭太脚前脚后到家，谁都没料到。

他回到家，怕娜茉娅担心，编了个讨伐队找他的借口说两句，刚想休息，外面又有人敲窗。他不耐烦地让驹驷出去看，一会儿领进个披头散发、满脸胡须的人。连娜茉娅都惊愕了好一阵子，还是驹驷这孩子眼尖，说：“是我小舅回来了！”

一句话捅破僵持，受尽奔波之苦的吴恭太上前一步拥抱姐姐，呜呜哭出声来。娜茉娅既责备又痛惜地问：“怎么弄成这样子？嬷嬷想你都快要想疯了。幸好先让我们看见，若让老人家看见会心疼死的。”

给冯仲业准备的吃的，他一口未动，都被恭太狼吞虎咽吃了。他边吃边讲自己几个月来怎么委曲求全活着：“眼看着续花被抢亲人群夺去，那些小子们趾高气扬地骂高车将军。但他们在那几个黑衣人震慑下屈服了。我孤掌难鸣，差点羞愧死了。听说他们这回真的结婚了。姐！你得想法再让我见她一面把话说清楚。”

“不要再见她啦，他们是结婚了，可是她也病了，听说病得很重，一种不好的病。”娜茉娅告诉弟弟，“你吃完饭得先去看嬷嬷，阿恰去世她心里难过死了。只有你回来能让老人安慰些。”

吴恭太把筷子一摔嚷道：“我得替阿恰报仇！”

冯仲业在旁边看到很生气，厉声说：“惨痛教训过后一点都没进步，要去见续花理论？要替父亲报仇？你到底想干什么？都是没脑子的孩子话，你现在什么也干不了！你现在都不能在屯里露面，露面就是风波，还嫌屯子里不够乱吗？我早给你想好了，拿我一封信去白城子，那里我有个朋友开药店，让他给你安排点事做，或保举上国高念两天书。那里离王爷庙很近，看我面子，有事朋友们都能照顾你一些。”

“即便不见续花，怎么也得和嬷嬷见一面。”娜茉娅知道丈夫的判断是对的，但她考虑更周全些，忙提醒说，“不征得老人同意，我们不能擅自做主的。”

吴恭太对这个姐夫兼师长一向唯命是从，想想姐夫的话都是对的。他孤掌难鸣，姐夫不帮忙什么都干不成，即便再想见续花，也只能先避开一阵子再说。于是他吃完饭，就修整下头脸，换件衣服，去见母亲。岂知世事难料，他这一走就永远离开了西博荣屯。虽然回来数次，并在太平山智擒土匪头目扬了个小名，但只是临时公差或探家而已。

4

天下做父母的，没有不疼爱自己子女的。尔登宝恨女儿续花不听话，放着努图克达家公子哥儿不嫁，和高车家小子逃婚，这才一怒之下对她要打要罚的。当她被鬼子抢去失踪后，不仅自己着急，也急坏了全家人，后来又豁出去全家男人的性命要和鬼子寺田之助一决生死。再往后闺女回来了，并很顺当地嫁到鄂家去了，他的一颗心总算放下来。但祸不单行，女儿的病再次发作，使他的如花似玉的女儿，一下子憔悴不堪，救命甚于救火，又急得他不知如何是好。他不顾这是一种很厉害的传染病，就把续花接回娘家治疗，足见父亲疼爱女儿之切。那时医药甚缺，他又急于治好女儿，有人建议他请雅达干来驱邪。俗语说病急乱投医，他也就很快答应下来。

搬请雅达干常德来治病，一般都是由巴克西正月当先导者，先看香，然后由他来作法。正月也是先看病人再点香。她一见续花满脸紫斑，就心中有数了。所以香一冒烟，她就惊恐地说："不得了！这是十八层地狱最恶的恶鬼，跑出来作祟。对它不能客气，不过也得先礼而后兵，还是让雅达干来劝一劝吧！"

按着正月吩咐，先在尔登宝家东边树林里起了一个法坛，并起灶安锅杀了一口猪，做了十个象征恶毒的草蛇做替身。正月用猪血染在了古日木上，还用猪血在丈长白布上画了一道大符。这时常德雅达干才登台，他头顶铜鹰神帽，身着九十九颗贝壳镶嵌的神衣，前后挂有大小不等三十多块照妖镜，下扎三十九条绣花流苏神裙，手持神鞭神鼓，威风凛凛站在法坛上。这时正月巴克西也敲响神鼓唱道：

耶格耶，耶格耶！
三界弟子禀知九天爷。
十八层地狱恶鬼来作祟，

巴达罕美女中妖邪。
耶格耶，耶格耶！

常德雅达干也击鼓应道：

耶格耶，开天门，
耶格耶，请派尊神附我身，
附我身，附我身！
英雄霍卓尔神，要降临。
头顶金盔身披金甲，
手持宝剑威风凛凛，
登黑风驾黑云。
耶格耶，耶格耶！

这时正月把画好的长符递到常德手中，他手持长符，在正月鼓声伴奏下迎风摆动，慢慢腾腾走下法坛，奔向内室，然后两人在病人炕前，边舞边击鼓唱：

耶格耶，耶格耶！
手持天符威风凛凛，
在我照妖镜下，恶鬼恶魔无处藏身。
收起你的千罪万劣迹，滚回你的地狱之门。
耶格耶，耶格耶！假若不听我神劝告，
一剑将你劈为两半分，几剑剁成碎粉，永世不得招魂……

萨满所谓治病，主要是给病人以心灵慰藉。一般人听到这些劝辞，都信以为真，以为可劝阻或恫吓走那些邪魔，给患者心理起到安抚作用，故疾病得到缓解。无奈续花读过几年书后，心中是另有城府的，她不信这些胡话会起什么作用，而是感到厌烦得不行。于是她挥挥手说：“够了！你们出去吧！”但两个扮神的不懂病人心理，还在死乞白赖地唱“耶格耶，耶格耶”。续花烦恼得难以忍受，举起自己的方枕头猛地向常德头上砸去，那个盲目雅达干毫无防备，这一枕竟使他跌倒在地。他满脸羞愧地赶忙爬起说：“好厉害的恶鬼，好厉害的恶鬼！看来用文的不行，只能大血祭动武了。”

常德他们走后，因身子病痛的折磨，续花欲哭无泪，她回忆起和吴恭太在山上临时小屋的松茸上观看雉鸡交颈。那小子激动地拥抱了自己，他居然不知男女之事，还是自己凭那点不甚了了的生理知识，引导出他强有力的爱抚……森林枪声，断送了她此生的幸福。只有回忆和恭太在一起时，还算此生的某种慰藉。她也常常想起五家子屯小梅的悲剧，总认为恭太的智慧应是给国家做些事的人，自己却把他用爱拴到身边，只能是暂时的，总有一天他会飞走的。鄂邦杰和寺田鬼子劫婚使她过早地离开她心爱的人，这使她越发感觉那几日海牙山庄生活的虚幻，那种境界是崇高而宝贵的，她不胜珍惜。思想真矛盾，她越是这样想，越觉得应效仿小梅的行为，不该再牵连恭太了，得想办法了断自己和他那点联系，放飞他，任他去天涯海角。

雅达干坚持要大血祭，说鬼怪过于顽劣，不听劝，只能是杀大牺牲，和它比拼。为了解除女儿的痛苦，尔登宝一口答应了。家人先择一头乌黑色犍牛牵上祭坛，宰后，正月又用它的血画了一道更加严厉的符，这时常德装扮得既威严又奇特。正月用棍子把他引上祭坛，屯民见状，一下围过来，观看雅达干很少穿的奇装异服。他还是头戴铜鹰神帽，腰扎流苏神裙，但却袒胸露腹，光条条的上身，手持两口大铡刀，不住闲地挥舞着。两个人嘴里一替一声地在鼓声伴奏下唱起耶格耶降神歌。明眼人一看就知道，这已和原始达族萨满教旨大相径庭。其实这是原始氏族萨满向职业萨满靠拢的结果。他这一套是正月从科尔沁蒙古族花衣博那里学来的。而这是科尔沁萨满为与喇嘛争势，从汉族专业巫者——大神那里学来的。他们的全套本领是吃红枣，绺红绦，穿铁鞋，戴铁帽，登刀山，耍铡刀。据说，其实所谓法器就是烙铁、铁索、大小铧子头和铡草用的铡刀。把它们用火烧红后蘸醋酸（醋酸隔热）用舌尖舐，用手指绺，戴在额头上，穿在脚下，耍在手中。庄稼院没有武库兵器，而这些庄户家的农具随手可得。正月的毕生功夫，是在花衣博那里学的这么一套本领。但常德雅达干是个盲人，好多玩意儿他耍不了，如舐烙铁、绺铁索。特别是铡刀，是刃具而有危险。根据他的体力条件，正月费了九牛二虎之力才使他学会光膀耍铡刀。诀窍是：胳臂弯曲，铡刀刃锋向手臂。当另一口铡刀厚背砸向另一刀背时，手指迅速转动刀锋向内侧，刀背也是砸在侧面，发出清脆的响声，避免了流血。但需极其熟练的手法耍弄，否则就会皮开肉绽。常德并不十分聪明，正月曾下功夫昼夜对他进行训练，他才勉强达到不流血的程度。

续花因病痛，又昼夜回忆、思考后已乏困得不行。这天傍晚她半睡未睡时，外面又响起萨满的鼓声，接着又听到“耶格耶、耶格耶”的作法的唱声。她慌忙拥被而起，这时正月击鼓做前导，常德两臂抡圆，双刀交错，一阵咔嚓咔嚓铁器撞击的脆响传来，接着刀光闪闪扑向前来。她以为雅达干来报昨天一枕之仇，忙喊：“嬷嬷救命！嬷嬷救命！”却没人理会她。她只好又打出一枕，在众人慌乱之际，不顾病痛夺路逃进树林里。

常德们失去了作法对象，也只好收住了击鼓、抡刀动作，怔在了那里，不知如何是好。当盲人雅达干知道发生了什么时，他高呼：“恶鬼逃走了，恶鬼逃走了！”接着正月也跟着喊，看热闹的众人也跟着喊叫，这么一来失败局面立即转为胜利。众人拥着法师回转法坛。送走天神，开始喝胙粥，主家来敬酒谢雅达干，一场神事总算胜利结束了。但尔登宝还是得悄悄派人去寻找女儿，找到女儿时，她却正躲藏在树林深处，强忍着病痛，伏隅而泣。

第二十三章　大转折

1

进入40年代初期，在世界反法西斯战争中，中国战场上的日本侵略者已经式微，特别是在东北伪满洲国处处显得捉襟见肘。先是开辟中国关内战场，调走了他们的大部分所谓“精兵强将”；再南进，开辟南太平洋战场，把其青壮男子几乎全部抽去了。对“满蒙”的统制，几乎全靠伪政权的维持，只是部分日本鬼子在后边指挥，主要依靠汉奸、满奸、蒙奸三种人的队伍在卖命，是这些可恨的“奸人”在为虎作伥，支撑着摇摇欲坠的伪政权在苟延残喘。

东北抗联第三次进入大兴安岭，正是这个时候，虽然刚开始遭遇日、伪讨伐队的穷追猛打，牺牲很大，但在各族群众的掩护下，却所向披靡。这也使得北塞老百姓感到，满天乌云终于撕裂开一道缝隙，虽然只是少许阳光射进来，但也使人们觉得有了希望。冯仲业只记得和抗联队伍临别的一句话，使他既兴奋又深思了很长时间，琢磨来琢磨去，怎么琢磨都觉得有意思。

那是他给抗联最后一次治疗红伤。肯定不是在后山毕台屯，因为他坐在三匹马大雪橇上，雪燕一般地滑行在冰封雪盖的诺敏河面上，有一阵被卷入云山雾罩的大烟暴里，连东南西北都难以辨别。可能岔进的是格尼河的河面上，又滑了一整天，傍晚进了一处孤家子，为一个将领人物医治头盖骨的弹伤。那是一次极其危险的手术，一小点榴弹片嵌在这人脑壳上，人正处于昏迷状态。如果处置不当，后果是难以预料的。他为他进行针刺麻醉，小心翼翼地费了九牛二虎之力才取下那块小小的榴弹片。他把最后一点乳香都用在这人的伤口上，又扔下几次换的药。在归途的大爬犁上，他觉得又饿又困，就睡了一小会儿。不知又走出多远，听见那个姓赵的军官叫他，和善地说："坐一天爬犁了，又做个大手术，你可能累坏了，也可能饿坏了。对你这宝贵财富我们得爱护点，下来吃点东西吧！再歇歇脚。"

他这才注意到，雪橇停在一家大院墙内，院内一溜五间正房和两厢配房，马厩、牛栏满满当当。几匹役马已卸下，拴在槽头上喂料。两个穿黄呢大衣的战士扶他下了雪橇，为他脱下黄大衣坐在火炕上。一个老年妇女为他送过炭火盆来，说："当兵真不容易，这样的天气还得出远门。"只坐了一小会儿，饭上桌了，是野鸡肉汤刀削荞面片。赵军官边吃边悄声说："喝点吧！喝点热乎。我叫赵兴文，是王武支队长的副官。你干了件大事，救了个民族英雄。不瞒你说，他最近也是坐长途爬犁，带一小队人消灭了鬼子一列炮车。

"最近鬼子和苏联在一个叫诺门坎的地方打了一大仗，把鬼子打败了。你知道他们怎么败的吗？因为没有炮。几百门各种各样的炮，都叫我们给烧毁了。

"苏联朱可夫元帅领兵从北边打过来，鬼子兵和他们的家伙什，原来都在大兴安岭山里摆着。苏军坦克、大炮一齐上，他们家伙什却还在大山里，离边境又远，够不着，只好现往一块儿凑。老百姓给我们送个信，王支队就带领小分队坐马爬犁上去了。"

他非常诡秘地说："鬼子的炮列停放在一百二十五公里外的一个小站上。小站前一天来一伙打鱼的，在河上游的远处憋冻亮子。山里各要塞都送炮来，速射炮、榴弹炮、加农炮装满了几十节车。等奉命开车时开不动了，因为上边亮子决口，河水漫上了铁路，车轮和铁轨都粘一块儿了。鬼子只好叫劳工来刨冰，劳工们从四面八方扛着锹镐来了很多，刨着刨着天黑下来。他们趁黑、趁乱往车上泼汽油。被鬼子发现了，一怒就开枪，装炮列车就熊熊燃烧起来。王支队为从鬼子手里救出群众，交火时挨了速射炮弹。被我们抢救出来，就用快爬犁往东赶，那边接你往西来。果然救他一命，一个英雄啊！”

“你们不是都撤往黑龙江北去休整了吗，怎么又和鬼子接上火了？”冯仲业边喝肉汤边悄声问。

“为了活动方便，我们现在的称呼是苏联国际第八旅。说回来还不方便，我们是坐飞机空降回来的。”

吃完饭，他又恋恋不舍地坐在仲业旁边悄声说：“谢谢你三番五次为我们做的这一切，希望后会有期。我们可能还要离开一段时间，要去对面整训，再回来就是迎接新的大任务了。”

冯仲业就是记住了这句“大任务”。是什么大任务，他不好意思问，就没问。

2

后会是什么时间？他心里升起一线希冀，他把这点喜悦传染给他夫人娜茉娅，甚至他的岳母维尔金老太太也有些察觉。

好心情表现在两夫妻讨论传记的次数多起来，合奏的次数多起来。冯仲业似乎忘记了在学校守时摇铃和不停地在校园扫除的疲劳，时常在晚饭后，等到妻子女儿刷完碗筷，收拾停当，他就把竹箫拿起来呜呜咽咽地试音。这时娜茉娅也就急忙拿起木库连合奏一曲。有时高兴，就一曲曲接下去，忘记了做家务。她的演奏由于仲业不断的调教，已能跳开某些音符，节奏式地伴奏许多歌曲。他们的第一波听众是他们的大女儿吉云和小女儿祥云，有时还有维尔金老太太。吉云音乐天赋也挺好，有时听父母演奏就会听得入神。这时候，那小女儿祥云就会用两只白嫩小手一下一下不连贯地鼓掌。如果姥姥在的话，她会随着音乐翩翩跳起鲁日格舞来。他和她还有第二波听众，就是篱笆障子外站着的许多学校的学生，有时还有老师。他的好心情也传给了学校的师生，都议论这个沉默的摇铃人，好像不再那么忧郁了。

这种好心情还有个最大成果，就是让娜茉娅为他生了个儿子。这时的冯仲业已五十出头，娜茉娅四十有余，也算是老年得子，这使他欣喜若狂。第一件事是给儿子起名叫骋骊，即能够和他大侄驹驷并驾齐驱的意思。第二件事就是做满月，吃满月酒。但一提出这想法，就被孩子的姥姥维尔金大包大揽接过去，她主张办民族形式的满月，不用汉族那种八对八、六对六宴席形式。经女儿女婿同意，她就派二女婿守连带学徒上山打猎，派大儿子明太带人去水上捕鱼，组织大儿媳仓瑞领一帮女孩子进草甸采野菜。

最近维尔金有些淡忘了失伴之痛，心情也好起来，除了因为抱外孙子，还因为老儿子吴恭太有了准信。大女婿原本推荐他去白城子一家药店工作，但他自己报考了洮南铁路速成班，就是上火车头当小烧。因为她在四十里外拉哈火车站，看见过那种既高又长的铁龙般的车，被一台铁牛拖着天南地北地奔跑。现在，老儿子就坐在这种车上，并且能把它弄跑，真够威风了。不是屯里人都偷偷叫他高车将军吗，坐在车头上肯定像将军般威武。

骋骊的满月酒宴是在一个星期六的下午举行的。在冯家两间草房的柳笆小院里，一株高大的稠李子树正在开花，一股馥郁香气笼罩全院，挥之不去。就在这棵树下席地铺了几张桦皮，摆了几桌酒席。一桌是仲业的好友普乐等人，弗灵阿偕新婚妻子金素兰，还有把兄弟蔡其乔和嘎珠儿特地远道赶来，还有几位学校的要好的老师。另一桌是屯邻尔登宝、闫希顺，和过去的学生徐凤池、吴超、苏忠义等。还有一桌都是女眷，娜茉娅的闺中密友。所谓民族形式就是三道菜。开始先上点心，喝奶茶。桌面上摆的主要是蜜饯山丁饼、稠李块、山楂羹还有油炸馃子。就着奶茶吃甜酸果品，人们的议论话题自然就是仲业夫妇老年喜得贵子。特别是他过去的学生们，一个个念了准备好的祝词。但还没等议论开就被撤下，开始上第二道菜。二道菜主要是鱼类加野菜。如鲇鱼炖柳蒿芽、鲫鱼川百合汤、狗鱼葱烩丸子、红烧鲤子段，等等。梨水酿“龙涎”外加白酒敞开喝。第三道菜据说主要整个狍子手把肉。但人们对二道菜刚刚举箸，校长弗灵阿就提议说："我的德高望重的兄嫂老年获子，确实是件喜事，还准备了满月酒和大家同享。那我们就开怀一乐。现在桌面已经有酒了，但若有音乐配合就能形成欢饮，那才是十足的春色满园了。就请主人出来为我们合奏一曲怎么样？"

冯仲业和娜茉娅手拿乐器走出来，向客人鞠一躬。仲业先试试音，就开始演奏他和她最喜欢的曲子《双飞燕》。"燕双飞，画栏人静晚风微。记得去年门巷，风景依稀，绿芜庭院，细雨湿苍苔。雕梁尘冷春如梦，且衔得芹泥，重筑新巢傍翠帏……"这是一首古词，因意境好，词美，被编入现代歌曲。冯仲业把它编制成乐曲，几乎每奏必演，但词必须念后翻译。

经弗灵阿翻译后，客人鼓掌欢呼，夫妇鞠躬答谢。但弗灵阿不肯放过，说是夫妻高兴还作了新曲。那夫妇俩只好重新站出来合奏一曲《老柳新枝三叠》。奏头遍后，大家只觉好听，不知啥意思。冯仲业在奏二遍前念道："老柳新枝黄金贵，嫩梨白雪果实香。蓝天浮云泛泛去，河水奔海细浪长……"娜茉娅用达语翻译，使学生老师欢呼不已。在奏第三遍曲时，金素兰问丈夫："这位校役竟有这等文学和音乐水平，老师里几乎没有几个能比得上他，为什么不让他教学？原来你也这样埋没人才啊！"

弗灵阿正在全神贯注看演奏中的娜茉娅，她在连生三个孩子之后，确实显出些老相。虽然面部依旧白皙有光，但已微见眼袋和鱼尾纹。他难过地想："嗐，谁也逃不掉这个老！现在只能说她风韵犹存了！"就在这时，被新婚妻子掐了一把，他激灵一下问："你要干什么？"金素兰说："我问为什么不让你义兄教学。"他回说："原来这个呀，人各有志，你懂吗！"

这首曲子虽然只有四句，因为要翻三次，而且在低沉的如泣如诉的箫声中突出了木库连的金属声，象征新枝的活泼愉快，博得了听众的连连掌声，连番两次还不放手。冯仲业想了想说："我们还有一首新作，很不成熟，是根据娜茉娅木库连的模拟特点搞出来的，不知大家想不想听，并且请提供些宝贵意见。”

听说是根据木库连特点搞出的曲子，大家兴致越发高涨，立刻掌声欢迎。冯仲业说：“曲名《西山听鸟》，歌词是：两只柳莺枝头鸣，白鸥争食吵不停。远来天鹅秋风咏，燕子雨后旧巢情。窝来高空独啼啭，杜鹃空谷一声声。”

在掌声中，箫声开始描绘春天，娜茉娅以钢键轻轻模拟两只柳莺枝头问答。叽叽叽！嘀嘀嘀！叽叽！嘀嘀！叽！嘀！节奏越来越快。突然转为吱吱喳喳群鸥在水上争鱼。老鸥在水中叼出鱼来，小鸥争来抢食。老鸥叼鱼登岸，小鸥追踪而至，吱喳相互啄打。

木库连模拟瑟瑟秋风，苇浪起伏。箫管拟天鹅咯嘎咯嘎鸣叫着，从远方飞来，又咯嘎咯嘎盘旋于苇海之上，扑扑扑相继落于水中，深处畅泳，浅流嬉戏，相互发出天籁般交鸣。

木库连呢呢喃喃模拟燕子钻天，贴水争飞。箫管模拟瓢泼大雨，又成淅淅沥沥的雨滴，两只燕子的旧巢被雨水打破，望着叽叽幼雏，商量是修补还是重筑新窝。

曲子结尾部分先是一只云雀在高空叽溜叽溜鸣啭，杜鹃在空谷布谷布谷回应，叽溜布谷一替一声中归于寂静。

当听众感觉出曲子结束，都站起报以热烈掌声。夫妻谢客时，娜茉娅因感到自己的成功而流下眼泪。因为她在丈夫帮助下，终于用音乐旋律表现出群鸟啼鸣的意境，而创作出一支演奏曲来，完成她多年发展模拟弹奏技法的愿望。

在整个演奏过程中，娜茉娅的表现都是非常出色的，娇媚、雍容，引起所有男女客人的艳羡和钦佩。但最为关注她举止的是两个人：一是弗灵阿，因为这位校长追求的不是美媚，而是肉欲，所以他哀叹她已是徐娘半老。二是她丈夫仲业，他追求的是她的美，精神上的美。因为《西山听鸟》的成功，她粲然一笑。因此梨颊泛波，牵动了最后的漩涡，无意中被仲业的目光猎到，他认为这是妻子对他最大的褒奖。原来，梨涡在她脸上出现需三种情况：最喜悦的时候，最惊讶的时候，最悲愤的时候。因为做丈夫的对妻子能做仔细观察，所以他得到了这份奖赏。弗灵阿为什么总看不出她真正的美丽在哪里？因为他是肉欲追逐者，她见他就产生恐惧感，紧张得不行，躲犹恐不及，还哪来笑意，更无从看梨涡了。

满月酒宴应说是尽兴而散，但弗灵阿却打发走新婚妻子，自己留下要和义兄长谈。这是许久没有的事了。自从义弟做了校长，义兄当校役，两人身份已截然不同而互相回避着。今天他扔掉身份主动邀谈，使冯仲业想起“金风未动蝉先觉”的古语。果不其然，弗灵阿向义兄表示，他要带新婚妻子回讷河县探亲，想把学校交付义兄代管一阵。冯仲业笑了，他说：“老弟，你可能忘记哥哥校役的身份了！那么多老师不用，用校役代管，不教人笑掉你大牙吗？”

“你若同意，可以明天提你为副校长。”弗灵阿说。

冯仲业摇摇头说：“那也太突然，你不能玩弄老师们于股掌之间。弟弟你想避祸，就跟哥哥直说，我会想法缓和，我们毕竟是一个头磕到地上啦。”

弗灵阿想了多时才说：“哥，我不该鬼迷心窍和寺田之助拉关系。他干的坏事，人们都会算到我的头上。不用说别的，就他祸害沃续花的事，尔登宝要来算账，我就吃不消。”

冯仲业想想说：“避一避也好，那你就在老师中找人代理。学校将来能否持续下去要看情况，就是你亲自主持也很难说。到时候我如果还在此地，会想办法把它保存下去，物质积累也是件不容易的事。”

送走弗灵阿，又来个不多见的人，他是沃肖郎。在撤销税卡时，仲业把肖郎和蔡其乔、沃淑芹一块儿送布西税务局办差。沃二姑娘都回家两年多了，他又多干一年，但没回来，听说去了齐齐哈尔，在一个姓何的民间艺人那里学说唱，听说最近才搬回来。这不，今天才见到他。他已过中年了。

肖郎嘴唇上留有一撮小胡子，穿件古铜色夹袍，手提一把小四胡，连说话嗓音都有点发横，见面就说：“我来跟卡长请教小四胡的！”仲业被逗笑：“小伙子搬回来了！这里还哪有卡长？我现在是西博荣学校的校役，带乐器前来只能叫以乐会友。”肖郎自己也笑说：“在屯内会友只有找你了！”仲业顺手拿过箫来问：“《苏武牧羊》怎样？”肖郎点头，两个人就合奏一曲。小四胡那么亮，箫声又那么低沉，配合得非常好听。

仲业又说：“听说你学会达斡尔说书，给我说一段怎样？”肖郎说：“好！我就是来向卡长汇报的。”说着将四胡声音放低，说道：“听个名叫：搂草打兔子。”仲业忍不住笑说：“这个我懂，因为东大荒就有这个事。”肖郎声随胡琴唱道：

老婆子呀，老婆子，努嘎哟咳！德米，德木。
你快快起来吧！努嘎哟咳！德米，德木。
你赶快下地把锅刷，努嘎哟咳！德米，德木。
做上一顿拉勒饭。努嘎哟咳！德米，德木。
套上我的大黑牛，努嘎哟咳！德米，德木。
赶上牛车去拉柴火。努嘎哟咳！德米，德木。
牛车来到蒿子地，努嘎哟咳！德米，德木。
跳出一只大灰兔。努嘎约咳！德米，德木。
抄起耙子打过去，努嘎哟咳！德米，德木。
只差两指没打着。努嘎哟咳！德米，德木。
搂草耙子断两截，努嘎哟咳！德米，德木。
一根兔子毛也没打着。努嘎哟咳！德米，德木。

仲业听到这儿，忍不住哈哈大笑，说这唱得也太幽默了。在厨房里的娜莱娅和吉云也在听着，母女俩也都笑弯腰。大家笑够了，仲业又说：“听说达斡尔乌春有个叫《小郎与岱夫》的说部挺有名，你能说一段吗？”肖郎回说：“当初打动我的就是这本书，我去梅里斯屯几个月，就为了学它去的。我说一段吧。”他拉响胡琴唱道：

生活在兔子不拉屎，贫困的罕伯岱村，
我们是祖祖辈辈，受苦的达斡尔人。

驴打滚的高利贷，盘剥得逼我们造反，

联合起来骑上马，去杀富济贫……

听到这儿，仲业和娜茉娅母女俩都说好，仲业鼓励说：“说给屯里大家听听吧。”肖郎踌躇满志地提着四胡走了。

3

维尔金老太太近一个时期，心境虽然平和了，但有一件事还是放不下：侄孙子么斯库到底是死是活？人在哪里？因为高车吴家大掌柜吴海山家里，只留有这么个男孩子，他若有闪失，这股血脉就算断了。她每当想起这事就心酸，她含着眼泪把这话对大女儿娜茉娅讲，她也只能悲悯地陪母亲掉着眼泪。那么，么斯库在哪儿？究竟是死是活？

那个大块头的年轻人，他还活着，但他是极其艰难地活着，因为他有顽强的生命力，所以才得以顽强地活下来。

在莫力达坝山北，诺敏河和毕拉尔河交汇处有一个鲜为人知的地方，名为小四沟。因为在洪荒时期，两河碰拢并在那里打了一个大转弯，不仅留下一片河套水网，还留下一大片荒原。在这片荒原北边有座壁立高耸的山崖名为窟窿山。因地下水曾在这里喷发而出，成为某河之源。现在这儿只剩一窟出水，其余都成为蜂窝般的洞穴，故称窟窿山。

居心叵测的日本鬼子，早在“九一八”事变前，就已派测量间谍窥伺这北方重地——大兴安岭，觉得这里是最好的北控苏联、南抚满蒙的要地。所以日本大本营向伪满洲国移民一开始，这里就被定为移民重点。他们开始企图在此地试种一种冷水水稻，遂用劳工修筑了个长长的围墙。不仅围进一口湖水，做灌溉之源，还围了几百亩水田，并建有几十户日本式房屋的村落。这就是外号“瘸狼”的山本太郎掌控下的最兴旺时候的小四沟日本开拓团。

但作为和高车一块儿被俘虏的么斯库，却没有福气进围子里，他和高车一块儿被送进窟窿山。山本命令只留十余辆大轮车供开拓团使用，其余的全都送进洞窟中备用。一块儿被俘虏来的匠人也和高车一样被锁进开拓团库房里。因为用洞窟做库房，外边加了道临时木制栅栏，把么斯库推进去后还加了锁。幸运的是，有人觉得这个大活人可能会饥饿，临走留给他一个薄木片制成的饭盒。

他夜间被推进洞窟仓库，因太累、太乏困，吃了那盒饭，找个草堆就睡过去了。翌日天一亮他就起来，觉得口干得不行，想喝口水解解渴。但不管怎么喊叫，连个人影也没喊来。他泄了气，又坐回那堆草上，这才举目四处看看环境，知道身处天然石洞改造的库房，离人家一定很远。虽口渴得不行，他耳朵却很聪灵，似乎听见有滴水击石的声音。他循声找去，果然有一处洞顶向地面一滴滴滴着水珠，而地面上汪着一摊水。他大喜过望，忙俯下身想伸手掬水喝。但他捧上水却没敢喝，因为水中浮游着各种各样的小虫，若他一口吞进肚子里去，将会出现什么状况？那后果很难预料。他不甚情愿地把水洒到地面上。

又拖了一会儿，口渴难挨，他想到有人说过人可以喝自己的尿解渴。他无奈就学着喝了，果然好一些。但只好一会儿，又渴得不行，但这会儿却无尿可喝了。

他一筹莫展躺回草堆去。跟着来的不仅是渴，还有饥肠辘辘，他强忍胃肠交替翻动，又躺了一会儿。饿得实在难耐，他跳起来四下寻找看有什么可吃的东西没有。可惜，库房里尽是破柜烂箱子，还有各种各样的旧纸盒子木头板子。这时他在草堆旁边看见昨晚吃饭剩下的那个木片饭盒。他随手拿过来闻闻，香气扑鼻，他又把那上边剩余的饭粒舔光，再就无可奈何地躺在草堆上。

他昏昏沉沉躺到第二个天明，肠肚翻腾，再不容他无所作为了。他想在洞中找点活物的肉吃。于是他想到那些唧唧叫着，在洞中乱飞，又一串串倒挂洞顶的蝙蝠。

他费了九牛二虎之力抓一只到手，但它那种气味，不用说下咽，闻闻都恶心得不行。他放开那个小东西，又去捉老鼠。但这种小东西滴溜乱窜，比蝙蝠还难捉十倍，只能先打死。他果然打死一只，但照样难以下咽，只能扔掉……

第三天，么斯库因饥饿晕厥过去，对当时因饥饿怎么挣扎什么的都记不得了。

这些都是开拓团青年寮的寮母铃木贞子从他周围环境分析他当时的动作得出的结论。

山本太郎等鬼子踌躇满志地劫夺了达斡尔高车队的百十辆高车和年轻主人么斯库后，根本忘记了除物资外还有个大活人。他们把他和高车一块儿塞进山窟窿中去，就不管了。

当他们想到用车，把装配新车的任务交给独身寮那几个青年鬼子时，他们不知装配新车从何处下手，这才想起和高车一块儿还劫来个活人，是可以一用的。有个叫佐佐木的男青年和一个叫百合子的女青年，去向寮母铃木报告：要用那个被俘来的满洲人帮助装修高车。她才派他俩去山洞把那人带过来。

但两个小时后，他们二人回来报告说，那个人已经死了。铃木不肯相信，那天她还见一个高大魁梧的满人，怎么会一下子死掉了？她领人亲自去查验，亲眼看见那只被打死却没吃的老鼠，还有那条剥了皮而且啃去许多肉的毒蛇被丢在一边。但人却没了呼吸，只是在胸口尚有一丝温度。她说：“装配高车很需要他，救活他吧！”她让百合子给他人工呼吸，又喂些温水。他终于有了呼吸。她说他身体很棒，只是饿坏了，命令佐佐木回青年寮取饭食给他吃，果然他吃了很多。五六天后，么斯库才能走出山洞，帮助装配新车。

第三部分 “高车将军”传奇

第二十四章　解放

1

1945年7月苏联宣布加入《波茨坦会议》，并对日宣战。

8月即在华西列夫斯基元帅指挥下，以百万雄师，兵分三路从佳木斯、绥芬河、黑河、满洲里、海拉尔、张家口等地，围剿日军。战斗一开始，因日本人在边境用中国劳工修筑了许多工事，又把最后一点精锐全放在那里，所以苏军确实打过流血牺牲的攻坚硬仗，但边境一过，就长驱直入，摧枯拉朽，势如破竹，很快拿下了沈阳、长春、哈尔滨，接着日本天皇宣布投降。中国东北首先得以收复。

这时在苏联境内休整的中国抗日联军，即以苏军远东军红旗独立第八十八旅的番号回到国内，进入哈尔滨、齐齐哈尔等大城市，进而组织民主大同盟运动。继而与关内来的八路军会合，组织东北民主联军。国民党一改放弃东北的政策，洋落变成了香饽饽，在美国的帮助下用飞机从天上运兵，用火车、汽车从陆地上运兵，用海船从水上运兵，三路并进，迅速占据了东北各大城市。不过蒋氏用兵很奇怪，用美式装备武装到牙齿的蒋家军，自知曾长期抛弃过东北，在东北不得人心，占据大城市觉得底气不足，怕被共产党和人民军队再抢回去，竟学日本鬼子，急急忙忙修筑了许多乌龟壳——碉堡，并迅速钻了进去。因为苏俄和国民党政府有过协定，为践约，苏军曾把自己的盟友从城内赶出去，把哈尔滨、齐齐哈尔等城拱手让给了国民党。不过共产党中央领导战略灵活地提出“让开大路占两厢”“以农村包围城市”，让开北方大城市后，迅速地在农村展开反奸反霸斗争，以及土地革命等来应对。

所谓苏军解放莫力达瓦旗，其实极其简单，来了一团头戴船形帽、肩挎轮盘枪的大鼻子士兵，一枪没放就把旗里几个日本人带走完事。对罪大恶极的汉奸、蒙奸们既没过问，也没进行任何道义管教，因此他们不知向人民忏悔，而是组织“维持会”，占据原地想要继续掌权。当地国民党残余势力也极力借外地力量把他们挤下去，来抢先建立自己的政权。

民主联军从齐齐哈尔退出来后，组织了中共嫩江地委，地委派部队联络阿尔拉蒙古大队把布西街的本土国民党兵给轰跑了，成立了人民自己的政府。

嫩江部队派营教导员赵兴文去西博荣屯寻找冯仲业，去家里没找到，又去学校找。学校基本停课了，作为学校校役的冯仲业正在把教学物资从各个教室往仓库中归拢，听说有人找他，忙从仓库中走出来，看见几个头戴狗皮帽子、身穿白茬皮袄、腰挎小枪的人向他走来，一愣，开始以为是土匪来找他麻烦，但马上认出那个姓赵的军官。赵军官热情地握住他手说：“仲业同志！想死我们了！”

他却迟疑地说：“同志？啊！原来是你，把我吓一跳！到家吧！好给弟兄们收拾点饭吃。”

赵教导员说：“不吃啦！咱们胜利归来了。王政委渴望见到你这个大恩人，得快点回布西街去！”

一辆大气包车赶过来，不容分说把仲业推上了车，前呼后拥满满的一车大兵，赶起来飞也似的走远了。消息传到家，把维尔金、娜茉娅母女都吓着了，不知为什么又被当兵的给架走了。维尔金埋怨女儿：“吓死人啦！以后管住他，别让他和那些挎枪的人来往。”

冯仲业在嫩江部队驻地见了到王政委，原来就是那个头部中弹的首长。他见到冯仲业纳头就拜，连叫恩人。仲业哪敢接受如此大礼，边扶起对方边说："你们才是恩人，置身家性命于不顾打日本鬼子。我只是做点力所能及的事，还是被逼上梁山的，做得也不够好。"

交谈中王政委告诉他，大家都尊重他，因他不像别的红伤大夫那么保守自私，施术时神神秘秘怕别人看，怕别人学了去，而是什么都公开。从生火消毒开始，到破开伤口向外取弹头，还包括上药，特别是北方的药怎么制作，都公开详细讲了。这样让战士们可互学互救，使许多人得到及时救治，免于残废。

冯仲业听了叹道："我也是后学的，原来我只会点针灸术，谁头疼脑热扎一针救救急。江桥战役后我二弟从克山县到齐齐哈尔再回西博荣屯，在路边碰到了江桥阻击鬼子受伤的金老总，他让二弟帮个忙，把他枪毙了。那怎么好枪毙受伤战士，只好把他带回家。为给他治伤，我们兄弟俩还争吵起来，因为谁都不懂红伤怎么治，没见过这种阵仗。那时是我弟媳裴蕴清出来解围，她是旗人，本溪湖将军火婆罗氏的后裔，手提药袋给我们哥们儿讲解了处置红伤的手法。于是我们就用炭火消毒，二弟抱伤员的腰，我两手哆嗦着给他开刀，他疼得把我们冯家八辈祖宗都骂翻了。但总算给他拿出了那块小弹片，又处置完伤口。从那开始我这个红伤大夫，就算上任了。"

王政委和其他几个人听了，都觉得不可思议，惊讶地说："原来还有这样一个过程，金营长光夸你手术做得好，却没说这个过程。你二弟和弟媳裴氏在什么地方，把他们两口子也接来，大家聚一聚。这也太感动人了，太可敬了。我们打败日本，是各族人都出了力的——这才是人民战争，在这件事上足以说明这个问题。"说着他就吩咐人去接冯鸣业夫妇。仲业忙制止说："且慢！他们都迁到河西太平垦荒区去了，而且孩子他婶已经不在人世了。"

仲业把接不到鸣业的原因解释过后，王政委惋惜地说："和这么可敬的夫妇失之交臂，真太可惜了。开饭吧！"

为许多人治过红伤的大夫，自然会受部队的格外款待。伙房师傅特意派人淘宝似的找到点野猪肉和两只野鸡，为他做了顿不平常的饭：爆炒野猪肉，野鸡爪子汤削荞面片。饭桌上王政委告诉冯仲业，他治好的那个姓金的副官，被金旅长选中，可能要去朝鲜有什么大用。问他有什么需要，除金银财宝外，什么都能给办。冯仲业推辞说："首长请放心，我没有任何需要。做个中国人，就做这点小事还敢要代价？"一个青年军官，面皮较白净，操南方口音的，在旁边取笑说："你看咱们政委多么会办事，听人家说没要求，他连连送空人情。不信你提个要求，他立马就要哭穷了。"

饭桌上的人，都被他这句话逗得哄堂大笑。王政委笑着说："这个小陈就会贫嘴。"又向冯仲业介绍说："对了！你们需要认识一下，他叫陈立新。部队撤走了，就他们几个人留下，组织旗政府和武装部队。你若有事请不客气地找他。他若敢怠慢你，你告诉我，我和他没个完。"

陈立新笑说："我说中了吧！人还没动地方，自己就躲到一边去了。"接着又对冯仲业说："这一点是真话，有事直接不客气地找我，我要忙，有人敢搪塞你，你说这是那个老王头的命令。"王政委笑着对冯仲业说："看看怎么样，说来说去还是我的牌子亮。"

2

又是一辆大气包车，由六七个穿白茬皮袄、脚蹬大毡疙瘩、肩挎长枪的战士把他送到家。娜茉娅、吉云和祥云，大人孩子们都正在犯愁，不知如何是好时，见他安全回来，自然皆大欢喜。当晚在饭桌子上，他把在旗里被热情招待的事讲了一遍，又问到需要的事，问几次，都被他一口谢绝了。过去讲这类事，娜茉娅都会附会丈夫笑一笑。但她今天不仅没笑，而且轻轻摇头。冯仲业诧异地问："怎么？夫人有异议？"

娜茉娅点点头说："先生，你也太要面子了！"

仲业面颊微微一热说："夫人言重了吧？怎么是太要面子？"

娜茉娅又微笑一下说："你忘记分析感知图时，公公被害时你那种焦虑和紧张情绪了吧？当时你感觉到了威胁，恨不能立马弄清楚敌人在哪儿，可是我们手中没有一丁点儿力量，只能是一筹莫展，这个力量又是什么？好像就是几杆枪。军阀们、日本人没有不倚仗它的。既然部队答应什么都可以要，你为什么不要几条枪？把你说的那伙暗匪弄清都是谁，究竟是怎么回事呀。”

妻子的几句话，切中了丈夫的内心要害。他哑口无言，久久坐在那里，然后点点头说：“夫人说得对！我怎么把这么要紧的事给忘得一干二净了呢？”

冯仲业不好意思再进布西街去找部队王政委，但他又必须去找，好不容易遇到点机会，如果错过，怕再难有了。翌日，他无奈只好赶一辆单马车再进街，三十里路只一会儿工夫就到了。但大部队和王政委已经回了讷河，他只好找陈立新。陈立新住在一个叫各界联合会的地方，驻地是在原来的天主教堂的院子里，听说直接找陈政委，人们都用带疑问的眼光看他，说陈政委正在会议上调解蒙汉两族讨论县政建制，解决建旗还是建县的纠纷问题。但陈立新很快来见仲业，操着南方口音风趣地说：“老同志，你家是否就住本街里头？昨天走的，今天又一阵风地回来了！”

冯仲业不好意思地说：“对不起！昨天光顾和首长唠闲嗑，忘了件大事要汇报了。”

陈立新眨眨眼说：“大事！您说说看，别紧张！”

冯仲业略微整理下思路，就讲述了西博荣屯从民国开始，经过伪满洲国，直到今天，潜伏有一股危害社会的黑势力，并举出如打风船、劫大户、灭专业户，还有就是高车吴家的劫案案例，而且把他们啸聚作案、分散潜伏的特点都详细述说了一遍，只是没提自己父亲被害的事。

陈立新感觉到问题的严重性，久久沉思不语。他忽然问：“这种黑势力往往会依附于某种社会公开势力之下，你说的这股黑势力有所倚仗吗？”

冯仲业想想说：“有！西博荣和别的屯子不同，就是山林完全保存下来。之所以能够保存，是因为本屯保存了一小股武装，可以制止人们砍树，可以罚没。保存树木是好事，但有迹象表明他们和黑势力有某种关系。”

陈立新听了后想想说："有办法了！我们最近正在开展砍大树活动。因为国民党借地方恶霸势力阻止民主运动进程，所以首先要砍掉一些反动大户。我们一切活动都不是个人的，都是有组织的，先给你成立个协会。叫什么协会好呢？"

冯仲业说："那地方的特点就是有山林，叫山林协会可以吗？"

陈立新问："有种地的吗？"冯仲业回说："有！"陈立新说："那就叫山林农业协会，还要成立个民兵组织，和王政委请示一下，给你们几条枪。怎么样？红伤高手兼教书先生，能玩得转这个吗？"冯仲业回说可以试试，陈立新就去给王政委挂电话。

又是一辆大气包车，车上载有十条步枪和几百发子弹，两个带枪的青年大队工作人员陪着冯仲业回西博荣屯。经几天酝酿，在学校空教室召开群众大会，成立了西博荣山林农业协会。任命冯仲业为山林农会会长，又选十个贫困山民组成民兵队，以瓦干保为队长。山林农会和民兵队部就设在暂时没有学生的学校里。

旗政委陈立新给冯仲业的任务很明确：配合全旗砍大树，扫恶霸势力，把西博荣潜伏的暗匪黑势力连根挖出来。

说起来容易，但做起来非常困难。黑势力在哪儿？怎么入手？几天之内冯仲业和他的民兵队长一筹莫展。

3

再说铃木贞子等人救活了么斯库，须经山本太郎允许，才能把他带到围子里。不过他是俘虏，必须严加看管。因此在青年寮找一所空屋，门窗都用木板条加封后，才让他住进去。吃饭喝水都由开拓团男女青年给送进来，劳动时间再放出去参加干活。

装配高车对么斯库说来，是小菜一碟，很快指挥那些青年装完十余辆车，但接踵而至的是修车。开拓团用车，主要是上山拉柴火，在冬季来临前必须准备够几十户烧饭与取暖的燃料。但是小四沟周围山上尽是玄武岩和花岗岩的山石，木轮车走在上边就像被千万只钢牙啃噬一般，辐辋断裂最多。若要修复这些破损车辆，他就必须带领那些小鬼子上山寻找车材。

么斯库在这里发现，小四沟周围山上在大片大片白桦林后面藏匿着大量褐桦树。不仅有十年生的辋材，还有二三十年生的辕材，更重要的是到处可找到百年以上可做毂材的老树。作为车匠进入这里，简直像掉进宝贝堆里一般。前几年他和叔叔明太、叔祖宝山在莫力达坝边上用排木放的车材，和这里的车材比较，太相形见绌了。于是他以修车为借口，尽量让小鬼子们多采集车材并运回窟窿山库房去。

说是严格监管，小鬼子们和他混熟了，也就放松了对他的警戒。因为铃木贞子把他从死亡线上救回来，么斯库一直对她心存感激，能脱开身时，就为她家做些零活，譬如担水、劈柴。他给她把柴劈得那么细，细如一把草，点火就着。这也使她很感动，她从头到脚仔细观察这个年轻的达斡尔人一遍又一遍，却没做任何表示。

她对他态度的改变，还是经过一场制造高轮车赛纠纷以后的事。

一天寮母拿了几张草图给么斯库看，么斯库摇摇头说："不认识，这是什么？从来没见过！"铃木奇异地望着他的两眼问道："么的！你只会修高车，却不会造高车？"

么斯库立刻像受侮辱一般犟道："谁说我不会造，我是吴家传人，怎么能不会制造高车？"见他死犟，铃木伸出手对他说："图纸的拿来？"么斯库忘记自己是俘虏，嘿嘿一笑说："什么？图纸，我们吴家打车从来不用那玩意儿。"这回铃木严肃起来说："你的，没有图纸怎么比赛？佐藤要和你比赛打车的整个程式。"经她这一说，么斯库愣住了，原来有人要和他挑战，就是那个留一脑袋板寸，戴一副凸透镜，平时一声不吭、非常怕婆子的人。

据说他是日本箱根地方农村的木工，两口子受关东军鼓吹和欺骗，是报名到满洲来捡黄金的，直到进入兴安岭大山里，才知受了骗，他被老婆骂了个狗血喷头，无奈已经失足来了，在人前总觉抬不起头来。但他对其他日本青年私下称赞俘虏么斯库修车技术高强，却容忍不下，他根据日本乡下用车，和参照当下抢来的达斡尔车，用了很多业余时间，画了一张图纸，去找山本太郎说："寮母铃木是怎么管教青年的？竟敢私下称道满人俘虏，那岂不矮化了我们日本'大和魂'！"这话山本听了很受用，他早就想找碴儿收拾这个满人俘虏了，因为他会讨铃木寮母欢心，可别让她喜欢上他，让他变为自己的情敌。于是他问："你说怎么个管教法？"佐藤边把手中图纸递上去边说："叫大家口服心服，我先从技术上压倒他，然后因为他是俘虏，随你怎么处置。"瘸狼是个居心叵测的家伙，他高兴地说："好！只要你技术上给大日本找回面子，咱们就把动静搞大点，就叫主俘车赛会吧。"于是他找来铃木贞子，把佐藤的车图交给她，让她主办这场主俘车赛会。

么斯库听完铃木一席话，接过她手中图纸看了看，却怎么也看不懂，遂说："车赛我奉陪到底，图纸我拿不出来，因为吴家人打车是从来不看图纸的。"

铃木向山本回话："俘虏么斯库同意车赛，只是不会画图纸。"山本听了高兴地说："这个俘虏这回是输定了。开拓团决定开车赛会，竞赛三项：一、设计合理；二、速度领先；三、车质优秀。"铃木听了，很替么斯库捏把汗，回说："俘虏还赛什么？图纸算一条，他先输了。"山本横眉竖目厉声地说："铃木桑！你的立场出了问题，替满人俘虏讲话。"贞子再不敢做声，回到青年寮布置车赛。

车赛由山本、铃木，还有个琉球老汉叫吕和的副团长三个人做评委。开始，各自到车材场选取所需的车材。制作时间，定期为二十天。

开始前三天，谁也分不清哪个人上下，因为都需要为车材刮皮，然后锛锛砍砍制作车件雏形。但到第四天，就显出各自不同来。因为佐藤须按图索骥，他没有墨斗，只用铅笔吃力地在木材上一处处画线；而么斯库只是手量目测就开始抡斧动凿地乒乒乓乓凿卯，只用了十余天，就把所有卯孔凿完，榫子锯毕，又用三天时间敲敲打打，装完一辆完整高车，放在了寮母的院子当中。这时佐藤还在斧舞屑飞地制作着。他用了二十多天，才使高车完整成形。因为他超时很多，自己认输了。第一、二赛项两个人算扯平。难评的就在第三项质量上。每辆车放在那里都有模有样，什么是好，什么是坏，公说公有理，婆说婆有理，难分上下。若依瘸狼山本意，就定佐藤胜出，因为他是开拓团员。但么斯库却是个天不怕、地不怕的主儿。他去找铃木，要求回山洞去住了："你们这些人不讲理。铃木问他：怎么个不讲理法？他说：你们既然好坏不分，当初为什么要赛？不赛就定佐藤胜出，该多么省事。何必来一场脱裤子放屁！铃木把这话讲给山本，瘸狼掏出枪说：他敢反抗我毙了他。但吕和老汉来见山本说：不可太鲁莽，显得大日本皇民没教养。何不让他讲出一二三来听听？三个评委当即把么斯库叫来，把原话告诉他，并威胁他胆敢诬蔑皇民就当场枪毙。么斯库却毫无惧色地说：其实这很容易分辨的。他让把两辆车摆成一排。他先手拿斧头去抬起自己的一只车轮，用斧头敲了几下，只听发出一阵浑圆的嗡嗡敲击声响来。他说：我们吴家车有名气，是因为讲究精操细作的，只要把工具磨快，卯榫做得都整整齐齐，轻轻敲打榫子，饱满入槽穴，就会发出这种声音来。他又走到佐藤车旁，也抬起一只轮子，也敲几下，只听一阵噼嚓啪嚓响的破碎声，像一堆散落的木头颓下来。他说：这是因为卯太大，或者榫太小，全靠木楔来塞紧，不然就会自己脱落下来的。他又用斧头轻轻向辋内逆着车辐敲几下，手中就拿到一把木楔。再将斧向上敲敲那段车辋，车辋就轻轻脱落下来。这时山本大怒，以俘虏破坏高车诬损皇民声誉为名将其捆绑了，要开全团大会宣布几条罪状将其枪毙。这使铃木非常恼怒，她平时很谦恭，但这时却摔耙子了。她把寮母工作记录本交回山本。瘸狼问说：这是为什么？贞子回：你太过分了，你自己知道我为什么。这时团副吕和也劝说：就这么个懂车人，你毙了他谁来修理车？靠佐藤吗？他的车显然是凑合上的，靠不住的。瘸狼无奈放了么斯库。车赛也就不了了之。

从那以后，铃木明显对么斯库示好，譬如留他吃顿饭，送酒给他喝。他也发现这位青年寮母的工作主要是管理好两所青年独身寮里的二十多个男女青年。主要工作方法很奇怪，竟是给男女青年配对，撮合婚姻。佐佐木和百合子就是她撮合成的一对。因此出入她家的人，主要是这些青年人，常来的还有一个人，那就是开拓团团长山本瘸太郎。他见么斯库在这里干活，非常纳罕地看他好长一阵子，左一眼、右一眼地，但没说什么，进屋去了。

不久室内传出低沉悲痛的歌声，使人听了要哭。想是铃木贞子陪那个瘸狼喝酒，还得给他唱歌听。闻声，青年寮又来几个青年男女偷听，有的还陪着掉眼泪。就在这时，室内传出贞子的叫声，听了叫人撕肝裂肺的声音，叫人痛苦至极，而且一声比一声更惨烈。有的男青年想冲进去制止，但被另一个青年阻止住，还附在耳边说了什么，但么斯库听不懂。有时么斯库也来了冲动想进去，他只能自己阻止自己了，回去想睡，不知发生什么事，怎么也睡不着。

翌日，铃木贞子照常出来管事，不过行动非常迟缓，似乎浑身俱是伤痛。他去她家干活时，忍不住问那晚发生了什么事。她只是痛苦地一笑，又摇摇头。

他在湖里捕到一条鳌花鱼，自己没舍得吃，给贞子送去，她高兴地伸拇指说："一其邦么拉西。"她仔细剔除刺骨，做了一道生鱼——叫刺身，又拿出一瓶清酒与么斯库对酌。么斯库原就有些酒量，觉得喝清酒如同喝水。两个人把两瓶酒都喝光了。这时两个人都有些醉，还有些狂。贞子进内室，把衣服脱光走出来，这时么斯库看见她白得像玉石般的肌肤上净是青一块紫一块的伤痕。贞子告诉他，那个瘸狼是个性无能者，能的是虐待，而且是个虐待狂。她告诉他，那个瘸狼每次都是吃药来，先是吃战争用的一种叫"猫眼"（甲基苯丙胺）的药，后来没有了，就用鸦片代替，或者采用迷幻蘑菇，也都非常兴奋，要折磨人很长时间的。

她让么斯库把衣服脱掉，并教他几个性交的动作。他和她试了起来，果然使他飘飘欲仙，兴奋至极。她说："寮母的工作，就是把这些房中术悄悄地传授给那些女青年。让她们成家后，家庭和谐，女方能够自主。"

小四沟日本开拓团只有三四十户人家，大多数都是从日本国内被关东军逼来和骗来的。移民中国被称为侵华第四纵队，其实那是侵略成性的决策者们一厢情愿。他们国内最缺的就是人力资源。移民的始作俑者，是在“九一八”事变当初被风起云涌的民间义勇军打成残疾却不知悔改的关东军军官们，山本太郎就是一个。他把铃木贞子夫妇双双骗来东北战场。铃木和丈夫龙川秀二原来都是乡村小学教师，山本先骗龙川到他的分队当军曹。龙川当上军曹才知道所谓“武士道精神”究竟是什么。虽然也有三招五式功夫，那只是门面而已，真正敢于冲锋陷阵，而又不怕死的，是由于上阵前吞食了一种兴奋药，就是甲基苯丙胺（是从纳粹德国传过来的）。龙川是个书生，开始很惜命，屡遭士兵们的耻笑，有一次他跟部队去东山，山本扔给他一包这种药，吃了果然精神倍增，而且觉得浑身有发泄不完的力气，也不知生死为何物。那次他跟随大伙儿一块儿去糟害中国人，总是冲在前边，很得意一阵子。但世界上便宜事并不太多，这种药吃了虽不怕死，但保命也很差，因为吃了药后知觉很差，精神恍惚，躲闪危险物时很不灵活。龙川就因躲藏不当，被义勇军打死在土炮之下，山本自己也伤了下半截，险些被截去一条腿。但他侵略成性，死不悔改，残疾后极力谋求移民职业。他回乡招募移民时，见到铃木贞子，谎称龙川正病卧在陆军医院。铃木急欲见到丈夫，跟他来到东北，丈夫未见到，被逼做了他的姘头，后来也做了移民骨干。

那些移民大多是在“满洲遍地黄金”的口号下被骗来，或在“效忠天皇”的口号下被逼来的。移民当初，他们说在小四沟有大金矿等待开发，还能试种一种冷水水稻，净吃好大米。当移民真正迁徙来时，却为“以战养战”种了罂粟。开拓团兴旺时期，就是在“大陆勇士”或“大陆新娘”口号下从中小学骗来这批青年男女的时候，他们虽无大作为，但生性多愁善感又活泼，为田野平添了一些生气。

就是这一点生气也维持不多久。当时正在收割罂粟浆水，某一天早晨起来，谁都没吃饭，没去上工割大烟水，而是互相拥抱着唱歌、哭泣。“……桂花飘摇……来到小小园里……甜蜜的青春，死的灵魂也有成醉意……谁的青春谁不怜惜，苦恼有谁人理……”这歌在这个环境下唱，听了比哭还钻心。

那天午餐后，开拓团套三四辆气包车把二十多个青年男女还有佐藤夫妇送到兴安东省所在地扎兰屯。据说男的都穿上军装去参加侵略南洋的战斗。女的也去了，被分配到随军料理屋当了慰安妇。从此小四沟一蹶不振，连山本都有些消沉了。

中国有句老话叫“人心不足蛇吞象”，用这句话形容日本侵略中国，太形象了。在东海中窄窄的几个小岛子上，虽然有几千万的人口，要想危害世界，也无非只是一条小毒蛇。但它野心特大，居然想一口吞掉陆地上的庞然大物——中国。确实是吃了过多迷幻药，精神有点不正常。但是它初步得手，因遇到的是一帮孬种：先是清廷，后是各式各样的军阀，使它到处轻易得手。还有没心肝的张学良父子拱手让了东北，这就使它忘乎所以了，真就疯狂起来。它原本想配合德国法西斯，不宣而战北灭苏联，没想到苏军在抗联配合下，诺门坎一战使它一蹶不振，只好南辟太平洋战场。被中国已经打得筋疲力尽的日本鬼子，一进南洋原形毕露，噩耗接二连三传来。一天，日本军舰“气比丸”号被美利坚国击沉，消息传到小四沟，那些开拓团剩下的上了年纪、正割烟水的日本人都撂挑子了，他们每个人都抱个酒瓶子喝不够。先是唱，后是哭，三两人搂抱在一起嚎叫，不管山本瘸狼怎样劝说、恐吓、用鞭子抽，他们只是不动弹。他们感到受了欺骗而委屈，感到无望而恐惧。后来瘸狼动硬的，他们内部种族歧视非常厉害，除了所谓“大和魂”，谁都不在话下。瘸狼拉出一个琉球人、一个留胡子的小老头枪毙了，也没顶用。又毙了个北海道的大个子，这才把人都赶进地里去。“开拓团”的日本人感觉到他们的末日临近了。

日本投降时，为了灭迹，把烟田都毁坏掉，全体动员干了十多天才把成熟的罂粟都扔进河里。后来男女老少集中在一块儿喝酒、哭叫、作闹，闹够了，一部分人开枪打死另一部分人，山本打死所有人后，准备用车载好全团财富逃进山里去。但他没真走，因他想起了么斯库，要找到他，把他打死再走。

么斯库从躲藏的树林钻出来，在死人堆里救活了对他有恩的铃木贞子。原来她枪伤不重，主要是吓昏过去，她醒后说：“山本不会轻易放过我的。”“那好吧！”么斯库说，“我们俩就来一场生死较量吧！看谁弄死谁。”

后来，么斯库用达斡尔人下狼套捕狼的办法杀了山本。

维尔金老太太高兴得什么似的，因为侄孙子么斯库是赶辆双马大轮车回来的。上边装着满满一车洋落。得到消息的冯家夫妇来到时，车已经卸在院子里。听见姑姑、姑父来到，么斯库和日本女人都迎出来。么斯库还是那玩世不恭的样子，一边向姑姑姑父请安说：“姑姑、姑父来了！”一边指着日本女人说：“她叫铃木贞子，我给你们捡了个洋落的侄媳妇。”贞子虽脸上皮肤白皙，但眼角堆有鱼尾纹。她彬彬有礼地上前深深鞠一躬，额头几乎贴到地面上。

进到屋里，仲业说：“一直得不到你的信息，家里担心死了，这回好了，我们要侦破藏匿在本屯的黑势力，包括劫车队大案，都需要些人手。”

么斯库叹息说：“九死一生活过来，这不又回到家了吗。”他又手指贞子说：“她是我的恩人，我受到非人待遇时只有她把我当人看，是她把我救活，我又把她救活了。开拓团已经没人了，我不能不管她，就把她带回来了。这个事只有姑父你能听明白和谅解我，我小姑和奶奶只懂得噘嘴生气。”

冯仲业仔细听了么斯库的述说，分析后感觉可信度很高，态度也很诚恳，遂伸手搀他起来说：“孩子！你受苦了。她们慢慢都能想通，不要急，先安顿下来。我和你还有事要商量。”

因为贞子是日本人，生活习惯不同，而且东厢地方窄，所以冯仲业借用学校学生空宿舍，使么斯库两口子安顿下来。这下空寂的学校又热闹起来。屯里男男女女都找各种各样的借口，来看铃木贞子长什么样。日本男人给人留下的印象很不好，不是伪君子，就是吃人的恶魔。日本女人什么样？大概都是张牙舞爪很凶吧？可是贞子却长得白白净净，举止彬彬有礼。到家看热闹的人虽然言语不通，却都能满意而归。其实贞子实际年龄比么斯库两个姑姑都要大些，但被气质和化妆掩盖过去了。

第二十五章 “少将军”智捉众顽匪

1

么斯库回来了，可维尔金老太太日夜思念的小儿子吴恭太现在哪里？最近他姐姐娜茉娅接到一封来信，说是他就要回来探亲。但他没直接回家，得先去诺敏河西岸完成部队交给的一项重要任务。

有古诗说：“万里赴戎机……壮士十年归。”吴恭太当年拿姐夫一封信，去了白城子一家药店当小伙计。不过他在药店没待几天，为了了解火车是什么，就考进铁路做了小烧。后来因为他开的那趟火车常跑白城子到阿尔山一线，解放时，在王爷庙遇上内蒙古骑兵第一师招兵，他就去报名，并被吸收到军需处当了战士。因为他做事肯用脑子，到部队不久就被提升为科长。最近，他想请假探亲，因为他是北方少数民族，不仅允许他回家探亲，还给他压了个担子。因辽沈大战在即，特别是因为辽西地理条件复杂，让他回乡探亲同时，还得征收些高车、马匹，再捎带扩充些兵员。

根据部队的指示，吴军需率领一小队人马，也就是十多个人的轻骑小队，从乌兰浩特市出发，途经齐齐哈尔，从甘南县进入了诺敏河西岸、大兴安岭东部的太平山屯农垦区。这地方因刚刚结束土地改革，群众革命的积极性非常高，愿意帮助部队。

事实果然如此，骑兵第一师招兵的旗帜往嘎查公所一插，群众就唱着“父送子，妻送郎，上战场，打老蒋”的歌子，纷纷前来报名。当天附近三四个屯子，就有七十多名青年报名。经过各方面检查，最终录取了三十二名兵员。高车也征购了四十余辆，唯独马匹只征到十多匹。因为山区群众太穷了，特别缺少的就是耕畜，新分到的役畜谁也不愿意再出手。

但任务完成得还算顺利，初出茅庐的青年指挥官，是晚选择驻扎在邻屯太平山上，并连新兵蛋子也一块儿带上去了，说是让新老兵们先接触一下。事实上他选择这个屯子住宿，是因为山上有几家鄂温克人打车户。在吴恭太眼里，新购进的车多数不合格，他得让少数民族车匠们再给重新收拾一番。还有个重要原因就是，这屯地势太奇特了，一样的屯子，它比两边的村屯太裕村、太平川屯高出有上百尺。其实这个屯是住在几万年前的圆锥形火山口上了，屯北那一溜的天然石墙就是证据。去那个屯子需要爬上十几里路的陡坡，到达山顶再回看太裕村、太平川屯的房屋，就像踩在脚下的火柴盒一般。部队驻进这种地方，进可攻，退可守，这使吴恭太和战士们都十分欣喜。

但小队刚刚安置完毕，派出岗哨以后，山下嘎查的干部就送来情报说：山下驻进一百多名马胡子，报字是逼累绺子，正在用火烤农会主任刘福全，让骑兵小队赶紧出山，找个安全地带驻扎。太平山屯主任是鄂温克人涂克，民兵队长叫白疙瘩，都来问吴军需怎么办。恭太虽然没见过什么大阵仗，却不怎么惊慌，他扬了扬翅膀似的眉毛说：“我听说都是胡子跑兵，还没听说过兵跑胡子。”又问两个屯干部：“你们这里常来胡子，可发生过这种事吗？”涂克和白疙瘩都摇摇头，恭太向带来的几个战士和新兵们说：“咱们也不破这个先例行吧！”大家都笑说：“听吴军需的！”吴军需又问屯干部：“情报上说，你们这地方土匪都被肃清了，怎么又冒出一股逼累绺子来？”白疙瘩说：“胡子们和四十三团谈判，都签了投降书，怎么又敢报出绺子字号？再说，他们只准待在万发屯嘎查，不许出界。跑到太平来，这不是又要造反吗？”涂克说：“让那些老顽匪们放下枪也不容易，对了，有可能是无家可归的那些人吧，或被大扫荡净身出户的？”他想半天说，“对了，一准儿是逼累绺子，当时就听说他们没签字，因为他们有个会推八门的师爷挺厉害的，几次和部队遭遇打起仗来，都没受多少损失，所以许多绺子都签了投降书，他们却不理不睬到处溜达。而且有些离散绺子的土匪头子们，还都投过去帮虎吃食。”

就在这时候，山下来人找涂主任，说绺子派人来交涉，让小部队离开太平山，因小部队压在山上，他们不放心。吴军需听说这话，让警卫员拿过长枪和子弹袋来，他就左挎盒子炮，右背捷克小马枪相跟着走出来。只见山下不甚远处的大路上，有几个骑马土匪簇拥在一堆，其中有个头戴貉壳大帽子的家伙正在傲慢地喊叫什么。年轻军需官没太听清楚，问：“他在喊叫什么？”白疙瘩回说：“他在骂，说叫八路崽子们趁早滚开，逼累绺子大当家的有命令，若打上山来抓住你们会剖肝挖心蒸了吃。”恭太笑说：“嗬！这么厉害。他是在恫吓我们，不过他们也太狂妄了，土匪都投降了，他们敢这么猖狂！我来教训他一下。”

军需嘴里说着，顺手把趴管小马枪端起就射击。这边只听扑的一声，那个狂喊乱叫的土匪的帽子立刻飞了出去。然后恭太厉声喝道：“听着！这是警告，若敢逃跑就掀你脑壳。回去向你们当家的传达：既然别人都投诚了，你们也就得规矩点，没投诚的意思也得老实，胆敢污辱民主联军，还敢妨碍军务，应该遭到军法惩处。我在这山上安排了十来个狙击手，谁敢再违令冒险出头来，见一个，歼灭掉一个。听清楚了吗？走开吧！”

那一堆土匪，果然再没敢咋呼，听话地滚鞍下马牵着，表示顺从，然后蔫头耷脑地走开了。民兵队长白疙瘩和几个新兵蛋子都哈哈大笑，并伸出拇指称赞说：“吴军需这一枪真棒！了不起！”

吴恭太却挠一挠头说：“我们下一步该怎么办？”说着在一棵大柞树下绕了两圈，然后对跟过来的几个部下和两个屯干部说：“应该给他们点厉害惩治一下了，不管他们签没签投降书。”又自言自语说：“但我手里也没什么，我只会玩高车。”又对他们说：“领几人把屯里长刀、短刀和所有刀具都给我划拉来，再找来几个车匠，我有大用场。”两个屯干部满口答应走了。

恭太告诉战士们："我们就用这伙土匪练练兵怎么样？看看咱们能不能拿他们做个以少破多的例子。"新兵蛋子们因为刚才都见识过吴军需的枪法，心里有底，情绪也正在高涨，齐声说："打他们个落花流水，稀里哗啦！"吴恭太说："我没什么优势！小时候爱玩，没少玩高车，还叫老师罚过跪孔圣人。今天再和这些被打成惊弓之鸟的土匪们玩一玩看怎么样？"

晚饭后涂克和白疙瘩领来几个车匠，把屯里人家的菜刀、吃肉刀、铡刀、镰刀、刈草刀抱来一大堆。恭太又让人推过几台高车来，先在车辕外跨着车轮，斜伸出两个短梯，在短梯上先挂两把刈草刀，专砍马腿；稍里边挂上两把明晃晃的大铡刀，那是腰斩和砍人腿用的；还有多把镰刀头子，镰刀都脱下刀把，用铁丝摽到短梯上，人若碰上，就像碰上了绞肉机。车匠们很快就把五辆高车装备好，而且这些刀具正好够五辆高车用。

工匠们装完刀车后，恭太又把高车杠杆作用讲给他们，让他们装备了十余台霹雳火球抛掷器，车匠们也一点就透。他又吩咐新兵去找麻绳和粘油来，缠裹石头块，做了一大堆可燃抛掷物，这样一小队火炮兵就武装成功了。天黑前，他又和屯干部去屯内人家找来五头挽车的犍牛，经过一番演习，借夜幕把刀车挽牛、霹雳火抛掷车都悄悄运送到指定地点。

2

吴恭太领兵上了太平山屯，紧跟着压到太裕村来的是一百多号马队土匪，正是逼累绺子的人马。其实他们自己绺子只有几十个人：大掌柜的逼累、二掌柜的九江、三掌柜的金鹏，还有掌舵师爷牛满山等，剩下的是自称为"炮头"的十几个人，还有"水箱"等组织二三十人。其余都是报号称为"闲员"的匪徒们，他们都有自己的小班底，只要挂个匪号就得有叫崽子的当马弁。再就是外来那些依附者，有四十多人，像被打散的“三省”绺子、“四季好”绺子、“老来俏”绺子、“花胡铁”绺子等等土匪头目，几乎占了一半以上，正是一帮乌合之众。其实匪首逼累也够不上什么顽匪，他过去只是个二八流子型农民，主要是打打短工，干点迷信职业——扫堂子赚钱。日本鬼子投降时，他到博克图沟里捡洋落，捡到十多支枪，拉个队伍，被布西国民党封为保安队队长，后来他又把这些人带到齐齐哈尔城里，就升了个副团长。但没多久就被民主联军赶出城，他一气之下就当了土匪，还报字“逼累”。因为他讲匪道，重义气，用上了老顽匪牛满山，躲过部队的几次铁拳打击，就出了名。

土地改革中期，为保卫土地改革果实，大部队加紧了征剿。嫩江大部队、莫旗四十三团都使用重兵打击土匪。在连续的猛烈火力攻击下，有些土匪绺子吃不消了，像“文武”“老头子”“三省”“青山好”等就向本旗四十三团投了降，并签了投降书，逼累绺子因有个师爷牛满山保驾，躲过几次重击，人头一直保持，没太减员。人称他精通奇门遁甲，其实他只懂个皮毛，只不过长期当暗匪，学会了避重就轻，又像变色龙那样会东躲西藏。

他们长期潜伏在大山里，想出来换换空气，却没想到一出山就和一伙年轻的轻骑兵遭遇上了。因为恭太他们就压在他们头顶上，太遭忌了，所以有人出馊主意来硬的，就是用大话轰跑他们。仰仗牛师爷会神术，金鹏才敢大模大样叫嚣一阵，没想到惹来那么一枪。他回到下处，吓得半天都说不出话了。他定过神以后添枝加叶描述了一番，把匪徒们吓坏了。他们曾有个报字“神枪”的狙击手，在和部队战斗时被撸管炮给撂倒了，现在部队里一个年轻军官枪法竟如此厉害，当晚绺子都派不出撂水的岗哨。匪徒们管岗哨叫撂水，撂水一般要登人家屋顶向远处瞭望的。但那一晚没人敢把头探出屋檐外。再有就是一般土匪们每到驻地都是打着吃，骂着喝，叫庄稼人给遛马。但那一夜却没人敢再摆谱，一心想的是撑到时候赶紧离开这危机四伏的太裕村。

人们都拿眼看牛师爷，那老家伙却偷偷告诉大掌柜，卯时开拔正好。卯时就是天亮前雀蒙眼时候。但他又说："溜走容易，但大当家的名誉、绺子的声誉损失太大了。"逼累点头说："师爷说的也是，那得怎么办？"牛满山煞有介事地说："要听我的，咱们捞回点再走。我给他们摆个奇门遁甲阵，吓阻他们一下，他们肯定认不得，要能弄个小赢，或者打住他们几个人，就向江湖好交代了。"绺子几个头目，再加几个附庸的头头脑脑们，都觉得还是师爷经得多，见得广。

于是就派人向部队下了战书：明天早晨摆阵决战。部队胜了，绺子全部解甲归田；绺子胜了，部队自动滚出山区。

绺子以大当家的名义召开全体大小头目会，布置演练奇门遁甲阵的开合，然后是物资准备。主要是做八面大旗，上写：休、景、生、开、杜、死、惊、伤。又做八面小旗上写：乾、坎、艮、震、巽、离、坤、兑。做旗任务都分散到各家各户，虽然不限颜色，但幅面较大，用的都是老百姓的被面和褥单，直忙到辰时天光快亮时，这些各色各样的旗帜才随着马队拖拖拉拉地拿到大街上，但被晨风吹得猎猎飘扬，也很威武。因为这些土匪并不懂什么八门，牛满山费出九牛二虎之力，才把他们按休、景、生、开、杜、死、惊、伤的门路列开马队。又因为谁也不愿拿死、伤、休、惊几面旗，是大当家下死令才有人勉强扛起来。他们排出八门后向部队叫阵，一个小头目打马冲出阵对山上喊话："别打枪！一开枪你们就输定了。大当家有令：你们得按战书规定闯过四门才合格。"

这时山顶上吴恭太和他的小战友及屯干部们早在树林的马上，把这些看在眼里了。他们一夜没睡，因为一场胜败难料的战斗即将发生，全无一点困意。这时白疙瘩指着那些五色大旗说：奇门遁甲我在皇历上看过，可这八门生生死死怎么个找法，还真摸不着门路。军需笑说：那都是些没根据的虚妄之说，用来吓唬我们的，千万不要上当！这个太平山地势我看了，只有生死两条路。生，是指逃往太平川那条路，他们逃不出我们的手。死，是指太裕村那条路，我们不上当，他们一点办法都没有。

听到土匪喊话，恭太对他的勤务兵说：你大点声喊给他们：别再装神弄鬼了，没人陪你们玩！你们犯有三条大罪：一是妨碍军务；二是藐视军队和政府；三是欺压老百姓。再给半个点考虑是生还是死。生，立即投降；死，我们替当地惩罚。

勤务兵把这些话喊出去，和土匪想的大相径庭。若想让他们投诚也没那么容易。一时山上山下静悄悄的。

半小时过去了，太平川屯升起一道绿色信号弹。匪徒们并不知信号弹为何物，但感到了恐惧。这时，在去太平川屯的半路上那座黑色的小松树林里，响起嘀嘀的军号声，随着号声钻出一头老牛，驾着一辆明光锃亮小山般的高车，奔将过来，接着又出来一辆，又出一辆……匪徒们正在不知由上而下飞来何物而傻看时，有人嗅到死亡的味道，喊了声："不好，快跑！"就这么一声，让举着五色旗帜的马队，立刻哗地四散跑开。但那头头顶尖刀的老牛带着满车明光锃亮的刀具小山般压过来了。几辆刀具车在人堆马群中来来回回一搅和，立刻人碰人伤，马碰马亡，血喷如注。那些平时对百姓耀武扬威吆吆喝喝的匪徒们，现在只顾抱头鼠窜，哭爹喊娘。但这只是第一波打击。紧接着号声又起，随着号声传来的是叫人胆战心惊的杀声："杀呀！杀、杀、杀！"从松林后边又拥出一支亮光光的马刀队来。说时迟，那时快，马刀队风一般就刮到近前，匪徒们哪敢抵抗，奔逃还来不及。只见烈马奔驰，刀光闪闪，刀锋过处血水喷射，人头滚滚。

这时，只有那些顽匪还冷静些，他们中不知是谁喊一嗓子："往太平川方向，往太平川方向！"一大股人马岔开大路，顺着一条两山夹一沟的深壑奔了过去，这就是去太平川屯的口门子山路。他们一进口门子，就顺一条两山夹一沟的曲曲弯弯山路逃跑，但第三波打击正在等待他们。昨天刚入伍的新兵蛋子们，奉吴军需之命，把十多辆杠杆霹雳车都架在两侧高山上，见他们跑来，有个老兵吹响了哨子，他们就把那些点燃的火球抛掷出去。那些匪徒只知跟顽匪逃命，哪知烈火又从天而降，火球一附着人身，马上烈火腾烟立刻烧起。匪徒们登时又一阵大乱，爹一声、妈一声哭号着。有的立即跪地投降，有的还是带火焰强行跑进太平川屯里。太平川的人们还正在睡早觉，那些老顽匪们带着火焰，哭喊着叫人家开门，人家哪里敢开，就急不择地，不管猪圈还是狗窝，凡是能容身的地方就钻了进去。

这时吴恭太率领自己的骑兵，还有太平川屯和太裕村民兵几十人，出来打扫战场。在太裕村，他见一辆报废刀车挂满血污，很难过，这些人到底该不该死？特别是见一处迸裂出白花花脑浆，使他险些呕吐出来。他想到师政委一次讲话：我们是在扫除最后的封建主义余孽。他们除掩埋了几十具尸体外，还把活着的一个个从牲口圈、狗窝里拉出来，进行捆绑，把他们送进布西监狱，准备接受土地改革后人民的审判和惩处。但是老百姓却恨透这些顽匪，不停地进行口诛笔伐。后来说书人肖郎编“乌春”说书段子《少将军智捉众顽匪》时，狠狠夸张了一番。

第二十六章　爱情之殇

1

1946年，在西巴达军区发生一场惊天地泣鬼神的大事。那就是中共纳文慕仁盟书记夏辅仁，在离布西街二十多里地的一个叫万宝山的屯子，搞土地改革试验。

西博荣屯山林农会会长冯仲业，接到参加土改试点通知后，犹豫起来。因为他们的反霸反黑活动，只得到一点点的突破，既厚又重的盖子，远未揭开。他若离开，恐怕就要停止下来，或者发生倒退。但他若不去，既有抗上的风险，也会错过一次很好的学习机会。他左思右想，最后还是去参加了，并在临行前，对工作进行了安排。他和瓦干保、么斯库等人开会交代，先按兵不动，静观对方活动，随时向他汇报，提供情况，以便他心里有数，随时掌握。

夏辅仁盟长，山东人，据说家在泰山脚下。他中等身材，是一个敦实、满脸血丝的红脸汉子。他的工作作风很朴实、谦逊，总是做出向人洗耳恭听的样子。他把土地改革讲得头头是道，而且非常生动。他说，平均地权，任何国家由封建主义社会向资本主义社会迈进，都是必不可少的一步。但有的可以和平解决，譬如用钱赎买，但中国现在却做不到。中国被封建主义统治的年代太长了，从皇帝统治到军阀督军专制，几千年积恶过重，积怨太深。加上现在国内正是革命战争时期，地主阶级都站到对立面去了，已经失去和平解决的条件。接着他向冯仲业他们介绍了万宝山屯土地过分集中和几十户人家的阶级情况。虽然东北没有关内封建地主那样上千年垄断土地的严重情况，开荒占草只是几十年历史，但贫富悬殊，屯内多数人在饥寒线以下，饱暖只是少数人的事。这个万宝山屯的土地，也被垄断得很严重，屯里百分之八十的土地被不到百分之十的人所占有。中农也是少数，多数人都是专门给地主、富农打工、扛长活为生的。因为在国民党的宣传恐吓下，有的地主、富农已经走出去当上政治土匪，并拿起武器，列开架势要和土改工作队生死一拼了。

冯仲业听了、看了，对夏盟长的报告和部署心悦诚服。但他和西博荣屯各户情况一比较，还是觉得对不上号。

他睡不着觉，辗转反侧考虑一夜后，把这情况偷偷向他熟悉的旗委书记陈立新讲：

“陈政委，对夏盟长讲的和在万宝山做的阶级分析我百分之百赞成，但那里的情况和西博荣屯却有点对不上号。那里有土地，但不多。这里人们活命主要依赖的是那片山林，而不是土地。那里人也有贫有富，但贫富不均也没这里这么悬殊。我们挖的是社会黑势力，只是个案，和穷富没有多大的关系。那是个民族屯子，把民族各家也都给套上什么阶级好吗？”

陈立新惊讶地说：“你这个提醒很有水平，我去和夏盟长汇报后再商量一下。”

在试点结束前，陈立新悄悄告诉冯仲业：“夏盟长很赞同你的意见，民族屯子可以暂时不划阶级。乌兰夫主席在牧区就不打算划阶级成分，划不划都要看是否有利于社会进步和民族团结而定！”

冯仲业大喜过望，想不到他的意见会被这样重视，忙收拾东西，准备归程。

稍过一会儿，陈立新又派人来找他。他只得再去见他，问道：“政委，还有事？”

陈立新笑说：“夏盟长很赞赏你，他说，这样成熟老练的同志不可多得，应该给你多压担子。根据这个意见，我们正筹备把兴仁屯和博荣屯，合并为一个努图克，叫博兴努图克，请你来担任这个努图克总农会的会长。你看怎么样？这样你还必须先参加几天总农会的筹备工作，方能回家去。”

冯仲业听了后，久久沉思不语，因为他只急于把西博荣黑势力和吴家高车案情搞清楚，无心做什么分会和总会会长。

还没等他回答，陈立新好像看穿他心思，说：“这你可不要推辞，因为我们队伍里年轻人太多，老成持重者没几个。你进来掺和掺和，是最好的事。”

冯仲业只好勉为其难地留下来，去兴仁屯参加筹备合并努图克和总农会的工作。

2

在西博荣屯的西北角，最近，最坐立不安的一个人就是那个最会纳福的胖老头沃善德。自从沃海山的山林队账目上，每年都有两千山股被靡费的消息在屯民中曝光，他的沃善人形象大大地受损，从而打了折扣。听说又在山林队的暗室里拿走一车账目，这就简直使他成为热锅上的蚂蚁。因为他不知沃海山用满文在账目上都写了些什么，涉及他的事一定不会少。他于是先找弟弟普乐说：“你的把兄弟，当初对咱们好，我们给他教师工作，给他提亲，允许他在屯里站住脚跟。现在他真正得势了，就要把我们踩在脚下，而且现在正在扒我们的皮，你难道一点都看不见吗？”

沃普乐回说：“我去求过他，让他手下留情。他说自有分寸。他不会把咱们怎么样吧？”

善德说：“我不放心的就是这个‘分寸’，他原来还说过‘结拜兄弟亲如手足’，运动来了他就把矛头对准咱们。”他没说通自己的弟弟，又对自己的女儿沃淑芹说：“你好歹也算在社会上混过差事的人，就任凭冯哈拉这样作践你阿恰吗？他让我颜面扫地，一点办法都没有？我不是白白养大你，供你念书，放你出去做事了吗？”

淑芹回说：“他一进屯就对咱不怎么好，都是叔叔交不择友和他拜把子。阿恰，我可以去碰碰他吗？”

善德点点头。

冯仲业虽然拒绝了与她的婚姻，但在单位却一直非常关照这个全屯唯一识字的达斡尔女性。最后撤卡时他还把她和蔡其乔、肖郎一块儿安排到旗税局工作。但这些都抵不住她对他的拒婚之恨。每到孤寂之时，她都会恨怨对方无情。特别是他和娜茉娅大婚后，伉俪俩如胶似漆，使她更是恨恨不已。在表叔弗灵阿住家里时，她曾有心移情于他。但她抓不住这个情种高一下低一下的思路。而且他也偏偏钟情于那个娜茉娅，唯她是美，使二姑娘整天怨气冲天。这次冯哈拉又把革命矛头对准自己父亲，她要趁此机会使出浑身解数，和他周旋一番，也让老亲少友们看看，沃淑芹也不白念几天书。

沃淑芹想了一夜。第二天早上，她首先去找曾当过山林队代队长、握过枪杆子的疤瘌眼沃守连，直接问：“怎么样小子，被打趴下了吗？”

“姑！不趴下还能如何？在人家屋檐下呵！”守连不无诙谐地回说。

因为是本家，论辈分守连得管她叫姑，但他和她关系不一般。沃淑芹过去虽然是寡居，但自视甚高，因是莫昆达之女，而且有些文化，又当值过吴大帅设置的特税卡的职员，对本屯中的青年男子她多看不上眼。只有这个沃守连，虽然其貌不扬，但这小子嘴甜，有办法讨女人欢心。无论从待人接物方面，还是职务方面，他和她还算是般配的。但因姑侄辈分关系，只有相互艳羡和语言挑逗，却难以有实际关系。他后来还是被吴家那个麻面丫头劳丽佳抢夺过去。这回要用他达到某个目的，只能把长辈身份先放一边。沃淑芹说：“你爷说，你们太软弱了，几十年存在的山林队凭什么说缴械就让人给缴了械了？你小子若有胆，你爷爷那儿还有几支过去的老旧枪支，你随时都可以拿去用。”

守连原来想和大连襟缓和关系，所以他让妻子和大姨姐大讲亲情，但却遭冯仲业的拒绝。他现在要想挣扎一下，只有和这个女人走向一条路了。于是他拍胸口说：“我怕什么？队员和马匹都在，只要有枪，跨上马，还是从前的山林队。”

淑芹说：“若是能把山林队恢复就好办了，但还要有人气。听说土改工作队就要进屯，是专门找穷人组织个什么‘穷会’的。过去牛满山领进的那几户汉族都曾经是你手下的队员，你去和他们那几个人通通气。真论财产，他们才是穷人，他们要想活，不能老依靠咱们大户庇护他们，得出点力干点什么。要让你大连襟他们得手，他们也都是排钩上的鱼，会被人一个不少拉出水面。我去和渡口摆船的那几个穷棒子说说，他们还真穷得很彻底。”

沃守连同意沃淑芹的计划，两个人一拍即合，于是就分头活动。

3

屯子里出现这样重大的阴谋活动，山林农会的民兵队居然没有发现任何蛛丝马迹，是有其原因的。若说是山林农会民兵和队长瓦干保、副队长么斯库完全失去警惕性不对，而是他们根本没有什么阶级和阶级斗争的观念。而且另外一件事使么斯库完全忘记了他姑父临走委托的那些嘱咐，因为家里多年不见的小叔吴恭太从部队回家探亲了。

他回来，自然把维尔金老太太高兴坏了，对自己小儿子左看看，右看看，怎么看都看不够。她非常喜欢他穿着灰蓝色的军队干部的吊兜服，腰中挎着短枪，身后还带着个勤务兵。听说他只领几个骑兵，就在河西太平沟大山里，和一百多胡子打了一仗，把那么多土匪头子包括吴家的仇敌牛哈拉都给活捉啦，让她心里那个敞亮，在屯里真有面子，而且占尽风光。她紧忙去钓鱼给儿子做好吃的。另一个最高兴的人就是么斯库了。他忘了姑父临走时说的话，扔下民兵们，连民兵驻地都顾不上去了，家也忘了回，惹得铃木贞子不高兴。那个队长瓦干保也特老实，心里总是风平浪静的，对沃家二姑娘和沃守连的嚣张气焰却丝毫没有发觉，或者发现了也不以为意。因为在他心目中根本没有“斗争”两字，更不用说阶级斗争了。

么斯库这个侄子，岁数虽然比叔大很多，但一直非常高看这个相貌奇特、思维敏捷的小叔叔，总喜欢引逗他玩出点什么花样来；但他们已经多年不见，现在他终于回来，出乎他们预料，他竟变成个带着警卫员的年轻军官了，而且在大沟里太平山屯大露一次脸。么斯库艳羡得不行，整天跟着小叔屁股后边转，问这问那：“为什么去干铁路活儿？”

恭太回说：“咱家是搞高车的，我想看看，火车比咱家车还高，跑得也快，是怎么回事。能不能找点可用技术，用在咱高车的什么地方。”

“你找到了吗？”么斯库又絮烦地问。

“没有！那个庞然大物，又都是铁家伙，跟高车的材质就不一样，搬回也没用。”恭太笑眯眯地回答侄子。他见么斯库和自己亲近得不行，像有说不尽的话，遂反问：“还有要问的吗？”

么斯库回说：“听说你们就几个骑兵，竟抓了上百个土匪，高车叫你玩了个淋漓尽致，真有那么回事吗？”听到问这事，恭太这回脸上凝重起来，点头说：“有，你也听说了？那可是冒了一次大险哪，到现在还心有余悸哪，那个后怕呀！你想听听？”

么斯库点点头。恭太少有地正襟危坐一会儿，想了想后说：“我们是出来执行购置高车任务的，由于北方我熟悉情况，领导还把搞扩兵的战士让我带上，捎带扩兵。”于是他从头至尾给那个浑小子讲了一遍。

么斯库又问：“还有？”还想往下听。但恭太有些说腻了，就反问么斯库：“对了，听说你被日本人抓去遭了不少的洋罪，还得了个日本媳妇。你是怎么被抓的？你也讲给我听听。”于是侄儿又对叔叔讲他怎么被日本人抓去的事，怎么遭的洋罪，又怎么得到了铃木贞子的欢心。他想把日本媳妇带来见小叔，并做顿日餐拜见叔公，却都被恭太拒绝了。

吴恭太现在忙着要去见姐姐娜茉娅，么斯库说：“一块儿去吧！我也好多天没见大姑，挺想念的。这次带铃木回来，老姑再不理我了。”

两人相跟着走进冯家小院，恭太见到外甥女吉云、祥云都长大了，还有了个小外甥骋驷，自然高兴非常。但恭太却顾不上和孩子们多亲近，他把姐姐叫到屋外。姐姐现在比过去胖了些，说话也老成多了，但还是那么白白净净斯斯文文的，他是悄悄央求姐姐想办法让他和沃续花见上一面。

姐姐想了想说：“在这儿吃饭吧，我把荣山也找来，我和他说。”么斯库只一会儿工夫，就把那好眨眼睛的沃家小伙子找来了。在饭桌子上，姐姐问弟弟：“我在碑上给爹写的那篇祭文你看了吗？”弟弟点点头说：“看了！”姐又问：“写得怎样？”弟弟举大拇指。姐姐又说：“费了九牛二虎之力，还让你姐夫改过多次。这回革命了，我也学会写传新方法了，留你们这些学文化人不用，还得我这没上过学的人，笨手笨脚写也写不好。传记这回轮到新生代了，该说你们这些人，你们自己写自己吧！写完交给我，我来当编辑。还有你荣山！别觉着你没事，你有文采，你也该加进来。”

大家都爽快地答应了。

续花的病很重，已经从鄂家回到娘家，病中又和雅达干发生了一场冲突，还有被逼逃进山里的事，在屯里传得沸沸扬扬的。娜莱娅通过她哥沃荣山，费很多口舌才说服尔登宝允许他们见面。尔登宝对恭太还有些恼怒，因为他这回在大山里，用几个骑兵就打败一百多土匪，抓住了那些可恨的土匪头目。那小子这回真给高车吴家露了脸。过去听屯里人叫他高车将军，他就撇嘴。现在他却觉得他真够格，也有点后悔过去拗着续花没让嫁他，现在看来姑娘眼光比自己强，就答应他们可以一见。

续花本人开始也拒绝来见面，捎信告诉恭太：过去的续花已经死了，现在苟延残喘的只是一堆行尸走肉。恭太听了，心如箭穿般难过，只是现在身份不同于过去，民主联军战士，须遵守三大纪律八项注意，这才强忍住妄动和泪水而已。

而续花是因为毒疮发作，把她原来姣好的面容和健康的身体全毁了，她确实已不是原来那个续花了。现在她每天除了咬着牙和病痛做斗争，就是靠回忆逃婚到莫力达瓦山后，和恭太一块儿生活的那段好日子支撑着意志来过活着。她常常想到，山林里，霜后剩下的那片鲜花，白芍、红山丹还有流苏般点点的串兰。她用那些花草编织的花冠，还有她戴上花冠以后他看她的眼神。吴恭太那双惊讶而又艳羡的眼光看着她，心急火燎的样子太好玩了。

她还不时想到她和他在河边水瓮子里抓鱼的情景，还有她和他在白桦林里第一次看见那两只鹿，公鹿那么多情地仔细为母鹿美容，甚至使她也动情。他和她躺在那松软的松茸上，很可笑：他是那么无知，需要她来辅导他。

可是他对车材却那么谙熟，对打车那么有兴趣，竟宣布成立新部落——新垦高车海牙屯。她有时想，他和她真的留在那里，以打车为生，多年后他和她都变成白头翁或白头婆，打造出无数的高车，而且儿女一大堆，那才好玩呢！这个喊“阿恰！”那个喊“嬷嬷！”还有小崽们喊“爷爷！”“太太！”想着想着她哭了，哭得那么伤心，这样美好的日子她再也得不到了。

于是她写了一首《高车部落之歌》：“高高兴安岭呀，林密良材多。良材引巧匠呀，高山立部落。部落人丁旺，呼孙又唤爷。人旺何所为，协力造高车。良材加精工，合成必严格。山地爬山虎，泥淖不沉舶。平地快如箭，林中如穿梭。嫩水有名声，呼伦美誉多。思来徒神往，求之难再得。”她被自己的诗感动哭了，又痛心地哭了一大场。哭过后，她想到恭太会不会也这么难过，她断定他也会痛不欲生的，那个执着的人。两个人是那么相亲相爱，相约白头偕老，可惜刹那因为日本人强抢就结束了，就这么点姻缘也尽了。她又从恭太角度想，他从小心里整天装的只有高车，以后又只有书本，这件事从一开始，他就是被动。如果说他对自己还有真爱的话，那都是自己送去种种柔情蜜意之后诱发出来的。他在大山里对男女之事那么无知，就是个明证。“爱”来得那么艰难，失却又那么容易，留下的只有痛不欲生。这种痛苦因自己生命即将结束而结束，而对恭太却是漫长难挨的，这很不公平。再说，恭太的头脑和行为是个干大事的料，我不能眼看着他就这么毁了，陷入无限痛苦之中。她又想到雅达干对恭太将来能当将军的预言，想到这儿又笑了，却是一种惨笑。我既然深深地爱着他，就得负责把他从悲苦中解脱出去，让他把那点能力、那点水平都奉献出来给全体达斡尔族人吧！

在吴恭太一再要求下，后来她还是忍痛前来会面了。地点还是选在原来学校的一间空教室里，因为这是他俩共同记忆最多的地方。

在西博荣屯里，她每天最惦记、最想见的人就是吴恭太。不管她是身陷日人“料理屋”，还是嫁与鄂家做媳妇，再回到娘家养病，她都掉着眼泪，日夜思念着这个人。他的音容笑貌，他的待人接物的神态，他的才华和敏捷思路。她特别思念和他逃婚的日子，一直把这段生活视为自己暂短一生的精神寄托，并且是翻来覆去酌量思考的一段往事。

她思念往事，自然与人联系起来，她是那么渴望见他一面。到底还是把他盼回来了。开始听说他回来，非常高兴，但不敢和他见面，只是想偷看他一眼。她曾想方设法去偷偷看他：他趾高气扬，神气活现地走在大街上，身着灰蓝色带吊兜式干部服，头戴蒙古包式战斗帽，斜挎盒子枪，后边还跟个警卫员。就是这个人在大山里，用几个骑兵收拾一百多土匪。过去抓也抓不到的胡子头，被他一遭连窝端了。这使她又一次想起雅达干关于“高车将军”的预言，她深信不疑了，相信他会干出一番大事业来。她多么想跑过去拥住他，并尽情倾诉离别之苦。但她现在病成这个样子，又是他人之妻。她使用最大耐力克制住自己。他走过去后，她站在那里哭了个一塌糊涂，才拖着沉重的病体回到家中。

现在他不忘旧情要求和她见面，她一连几晚未睡好，仔细地想应该怎样应对这件事。在他进入教室好些时候，她才敢现身出来。

吴恭太走进这间教室，触发了他对过去两情相悦的无限感慨。待了好一会儿，才从门口蹒跚地走进一个青衣人来。但她头上脸上却用青布缠裹着，只露两只眼，一声不吭地望着他。恭太只好先问：“是续花姐吗？你还好吧？”

青衣人冷冷地回答：“我还活着！”

恭太听说，跳起来跑步上前，欲要和她相拥。她摆手拒绝说：“鄂邦杰一家都因我染上病毒，我不想再害你！”

恭太只好坐回去，恨恨地说：“我恨自己，当时为什么不能把你再抢回来，恨自己没有处变不惊的本领，一直悔恨到今天。我肠子都快悔青了。”

续花却平静地说：“冲上去有什么好？两手空空，白白死于乱枪之下。我也没想到日本人会加进来，也没想到会害了鄂邦杰一家。这也许就是他们倚仗权势抢人，应当得到的报应吧！”

恭太泪流满面地说：“多少日夜想念你，今天相见实属不易，为什么不把面罩拿开，让我看看你现在的面容？胖点还是瘦了？”

续花抽泣了，她说：“我不想来，想在你记忆中永远留下原来的好印象。但我还是来了，是想和我爱过的人见上最后一面。但我不能给你看真容，因为我嘴唇都快烂没了。记忆这么个丑陋骷髅，有什么好？”

恭太听了沉痛地哭着说：“我要看，我要看！不仅要看，还要带你走，我要娶你，让你当八路军军官的太太，让你享受一辈子幸福。”

这一会儿，续花越发冷静下来，低声哀求说：“恭太，恭太！我的亲爱的小弟弟，你对我好，我都知道。这一切对我都没用了。我已是鄂家的法定媳妇，怎么能再去做你的新娘？本不想嫁他，这你是知道的，为断绝你的念头，在我陷身鬼子之手做慰安妇时，就不想让你再挂牵我了，强拗自己再嫁给鄂家。现在，就算为了旧情我跟你去了，但我已经是半死之人，你还忍心再折腾我吗？尤其有我，对你今后会很不利落。还是说点有用的吧！赠我的那首《青玉案》我很喜爱，常找出来看看，都记熟了。我还照样填写一首，算是和你那首的，就是调子有点太悲伤了，留个纪念吧！还有，我常常思念山顶上那些日子，写了首《高车部落之歌》，一块儿都给你吧！没有水平，如果你能和一首，留点念想最好，算你我没白爱一回。还有，你要正确认识自己，以你的人品和才识你不是浅水的鱼，即便不能腾云驾雾，也希望能成就点大事。今天见面交代了这些，算是两清了。不要总是用儿女情怀来思念我。我希望你为国家民族办点人人都仰慕的大事，这样我死也瞑目了，因为这个可以验证我是有眼光的，看准了人。”

话说到这儿，她把几张纸放到桌子上，又往吴恭太面前推了推，然后慢腾腾向门口走去。不管恭太怎么挽留，怎么说，她踽踽独行，头也不回地走了。两情相见不是愉悦，而是沉重的一击。

吴恭太受这一击后，趔趄地走回姐姐家，从衣兜中拿出那首《青玉案》来看：

“棠花将绽蕾辞树，暴风折，难留住。苞碎芽飞，神作雾。千娇无影，百媚失处。毁物何其促！兴安有否招魂术。奠酒扬幡指归路。遥遥呼我几百度。魂归来兮！魂归来矣！黄发泣荒墓。”

4

今日相会，续花把多日想说的话说了，想交代的事交代了，她怕控制不住自己，转身而去，但略感欣慰。剩下的事，就是她希望他为国家民族最好干出点惊天动地的大事，不枉她寄希望于他一回。什么大事，她说不好，她如果不是病身，定会亲自陪他上前线。她多么希冀他在将来更大的战斗中干得比在太平屯抓土匪再出色一点，可是她今天见他旧情难忘的样子，让他分神很多，觉得这已很不值。怎么样才能让他忘怀自己，长痛变成短痛？走着走着，她耳边响起撕肝裂肺的“我的儿啊！”的哭叫声。那是在诺敏河那边五家子屯小梅母亲的哭叫声，小梅不想丈夫打鬼子受自己牵累而吞食了鸦片膏。那么自己恶疮已发展到这个程度，还有什么可留恋的？她发狠地决定仿效小梅自我解脱。父亲为给她止痛，曾给她一大块鸦片膏，被她丢在桦皮匣子里，现在翻腾出来，就削成无数小块，丢进碗里用水泡上。夜深人静时，洗脸梳头，穿上最心爱的衣裳，把半碗鸦片水连干带稀一块儿吞进肚子里，然后和衣躺在炕上。

第二天等全家醒来，她已经一息全无。先是母亲大哭大叫起来，接着是兄弟姐妹们一片号啕。尔登宝只是向隅暗自落泪，但心如刀剜。沃荣山深知妹妹心事，她跟他常提逃婚在山上的事，他知她再嫁鄂家是为断绝恭太的思念，能继续前进。因此荣山为她写一篇《兴安岭上永远的海牙屯》，虚构她烈死葡萄架下，恭太只身逃外。等再为恭太写一篇后，作为吴家媳妇，一并交娜茉娅列入《高车传》里。

翌日，吴恭太用吴家打车那种凝聚精神的方法，使自己重新精神抖擞，带着勤务兵，去附近东博荣屯、前后西拉金屯、大小莫日丁屯征购高车，他要再征购百辆高车用于辽沈前线后勤保障。他到处给人们讲："我们就是小米加步枪，再加高车。"由于他到处都讲这些，加上高车加刀具打败一百多土匪、抓了那么多土匪头子包括他们仇敌牛满山的故事，昔日"高车将军"的绰号又在各屯流传开了，并由说书人肖郎编成乌春段子给人们一唱，成为人们茶余饭后笑谈的资料。

第二十七章　新潮中的逆流

1

土地改革工作组进驻西博荣屯，组长叫白拉乙，是从四十三团抽出的很有派的一个营级干部。他要给人一个不一般的印象，就和四个工作队员在屯外下车，挎着枪，背着行李，提着牙具袋正步走进屯内。屯达普乐和几个屯民在屯中心地带迎接工作组。白拉乙问屯达：“住的人家，是否都是又贫又苦的人家？”普乐回说：“那当然，都是再穷也穷不过他们了。”人群中出来四个屯里穷人，每人带个队员走了。沃淑芹也从人群中走出来和白拉乙握手，并对叔叔说：“为了工作方便，让白组长就住我家吧！他们还可以在我家中办公。不然各家那么破乱，说个话也都不方便！”

原来她和白组长是早在布西街工作时就相互认识的老熟人，进屯前沃淑芹就跟白拉乙打过招呼。白拉乙还谦逊地说：“那怎么好意思，你住哪儿？”

“我好办，一个人，我可以回娘家。”淑芹回说。

屯里来了个中年妇女叫乌吉顺，在沃淑芹家给工作组做饭。饭桌子上白拉乙跟组员们商量扎根的事。沃淑芹插嘴说：“你们不是就找穷困户吗？让乌吉顺嫂领你们去几家，管保都是穷得叮当响的人家。”

乌吉顺果然领他们找两家渡口的沃姓船工，一个叫那塞，另一个叫通朴。组员们看过多少户穷人家，也没穷成这样的：大人男女都穿的是补丁加补丁的衣服不算，家里不管男孩子、女孩子都光着屁股在屋里滚。炕上没有炕席，铺两张用刨子推光的桦树皮，桦皮上两床被子都坏成丝丝络络蛛网一般，到处是窟窿。再打开饭锅看，锅里有剩下的山里荤煮的稀粥，除了清汤寡水的野菜，只有屈指可数的米粒漂浮在上面。有个叫那申的组员同情地落下眼泪，问摆船的怎么不给开工资。“开的，开得太少。”“过河不要船钱吗？”“本屯人不要，外屯人不少要。”“船钱都哪儿去了？”“都被船达留下了。”工作组员们都恨恨说：“这个船达，不叫船达，是船霸。”在他们的意识里，无形中抓住个阶级斗争的对象——摆船的恶棍。

晚饭桌上组员讲起白天所见，组长白拉乙说：“船达也能成霸，这可要给船工做主，好好清算他一下。”沃淑芹说：“还有比他们穷的，在西博荣他们好赖还有个柴火垛，还有连柴火垛都没有的人家。不信明天我领你们走几家看。”白拉乙等感谢说：“那敢情好了！有劳二姐大驾。”二姑娘回说：“不用客气！反正我是一个闲散在家的人，闲着也是闲着，给革命做点贡献也是应该的。”

翌日早饭后，沃淑芹就十分热情地带领工作组去了王小手、莫拐子、焦成潭等仅有的几家汉族家庭。果然门前溜光，没柴火垛，男女穿戴虽然补丁不多，但都脏兮兮的，前胸、袖口都有很厚的油渍。锅灶、碗柜也脏得不行，特别是锅上的煳焦物，形成的锅翘，简直可以拔出另一口锅来。猪狗都在屋里，满屋粪尿味，空气太污浊，工作组没敢再往屋里边走，和主人王小手在院子里谈话。问他们怎么过得这样穷，回答都是日本鬼子害的呗。于是工作组组长嘱咐：“好好准备一下，明天开会诉诉苦，日本怎么把你们害得这样穷的。”

屯民诉苦大会是在旧山林队房子里召开的。虽然深秋，因屋子小、屋里窄不算，而且屋里屋外到处都坐满了人，再加每人手里一杆旱烟袋，抽得满屋乌烟瘴气，昏天黑地。白拉乙和他的组员们都咳嗽不已，但还得主持会议。他们原想让通朴主诉船达闫希顺，由那塞帮腔，这样就能当场把船霸揪出来，造成会场一大震动的效果。没想到通朴口齿不清，只是吭吭哧哧地说：“船达整天让摆船，让蹬杆子，整天累得像个瘪三。但又开不出薪水，家里没饭吃，没衣穿。”几遍都是重复这几句话。但闫希顺是火暴人，见通朴说不明白，他举手要发言。主持人不想让他说话，却拦不住。他说：“船上的事不问我，找通朴，他能说明白吗？说船上蹬杆子的活儿累，船要过河先顶流，不蹬杆子船能动吗？顶水蹬杆子能不累吗？”他几句话，让会场哗然一笑，他又说道：“几年穷叮当的，是船东不认账，不肯往出拿钱。摆渡船每年都要检修，三年要一大修，过去都是船东拿钱，算他们办善事。屯里人过河不掏钱。伪满洲国后期，旗里交通科看到便宜，接手管。但修船费都被官员们中饱私囊了，屯里船东只顾当善人，却推手交出去再不拿钱。我们只好维持着干，但年年亏空没人管。你们工作组既然来揭这张底牌，底牌就是这些，你们管起来吧！明天你们就来接手吧！这不能算我是撂挑子吧！”

他说完，全场一片愕然，但他气哼哼地袖子一甩，一走了之。主持会议的工作组员怔了一会儿，问组长怎么办，白拉乙想想说：“往下进行！”

下边是王小手诉苦，但他家外表虽穷，却无苦可诉。因为他每次作案所得都在省城赌场耗尽。过年过节回到家也不消停，各屯宝局、牌九局都有他的身影，连偷带摸，赌棍王小手那是有名的。今天工作组把他亮出来诉苦，许多人都诧异不解。王小手从一开口就胡诌，他说不仅他穷，上查祖宗八代也都穷。他用顺口溜诉苦说：“祖居敖汉东又东，兔子不拉屎的王家营，耗子扒门缝看一眼，眼泪叭叭掉不停。”他说得挺热闹，但达斡尔人都听不懂，工作组只好来当翻译。翻完引起全场喷泉般的哈哈大笑，有个爱说玩笑话的人板着面孔说：“老王的眼睛多管用，大概夜里整宿整宿不睡觉看着耗子，才能看见耗子哭，再有这热闹别忘了，叫我也来看看！”又是一片笑声。

主持人嫌王小手扯得太远，让他说今天是怎么穷的，穷成什么样。他说：“西博荣满山树木，没我一根棍；满甸子里有草，没我一根刺。老鼠夜间偷粮找不到，吧嗒吧嗒掉眼泪。”下面人又说：“老王和耗子是邻居，和这家耗子再也分不开了。”

工作组原意要在全场引起一片悲苦气氛，现在却一阵又一阵笑声，这与诉苦会大相径庭。工作组、屯达普乐、沃淑芹都忙出来阻止：“严肃点！”“不要笑！”“不准笑！”但却谁也阻挡不住。

白拉乙觉得再诉下去也不一定有好效果，遂提出由工作组提名选贫民协会。协会会长提名沃通朴担任，副会长为王清（王小手名）。还需要个有文化的人当秘书，工作组首推由沃淑芹担任，因为她也是没有家产的穷人。虽然她当过伪职员，已在家赋闲了多年。早年伤夫，无儿无女无任何产业。大会鼓掌通过。然后沃淑芹代表贫协做宗旨性讲话。她说：“贫协主要代表西博荣屯贫苦穷人的利益，求得翻身解放。但在目前我们有个大障碍要解决。就是有个对立面组织要打掉，那就是汉奸冯仲业、日本人走狗么斯库成立的山林农会和民兵组织。过去我们虽然受军阀压迫，但我们聪明的祖先还是把山林保存下来。因为我们有少量的非常管用的武装——山林队。但山林农会一成立就把它缴械了，这不行！我们还要把它恢复起来。但必须先把冯仲业、么斯库拿掉，因为他们为害一方。远的不说，冯仲业在屯中心有个大院子，为扩大其利益，和日本浪人寺田之助勾结，套取‘伪满’办学基金，不惜把灾祸引进屯子，在小学本来没有教官一职，冯为谋求私利竟聘他来校做教官。我们沃家美人续花哈朵，是当时巴达罕学校有名的校花。在她明媒正娶到鄂家时，被当时号称高车将军的吴恭太插了一腿，因而引起婚姻纠纷，被迫逃婚。日本人寺田之助插进来抢走了续花，不仅糟蹋了她，还把一种难以启齿的恶病传给鄂家。现在冯哈拉的如意算盘实现了。寺田因罪恶滔天被抗联处置了，校长弗灵阿因怕受牵连，也干不下去，整个学校财产都落入他手里。据说他明为校役，暗中却不断与日本人勾结，经常黑夜里由穿黄衣的日本人用快艇接去，不知净干了些什么不可告人的勾当。”

她停顿一会儿，接着说：“应该承认，高车吴家吃尽日本人苦头，不仅丢了全部高车，而且巧匠宝山老爷子也在去甘珠尔庙会的路上丢了性命。但是他们的孙辈上出了个大民族叛徒么斯库，他不仅没有为爷爷报仇，反而多年为日本人效力，最后还用大车把日本人丢下的洋落和女人——铃木贞子都拉回家来。他们家人无不反对么斯库这样做，但他却因此讨得冯仲业的欢心，他欣然为他们安排了住处，并任命他为民兵队的副队长。可见叛徒与叛徒是沆瀣一气的。”

沃淑芹精心描绘出两个民族败类的嘴脸，果然生动，会场登时沸腾了。冯仲业在人们心目中一向是个温文尔雅的正人君子，现在却变成这样丑恶的恶魔。当场有人要去把冯仲业、么斯库、铃木贞子揪到现场批斗，但被工作组拦下，因为民兵有十多条枪，冯仲业又去参加土改会议还没回来，弄不好会发生械斗和流血。白组长分析：只能智擒，不可力取。

2

冯仲业在兴仁屯参加筹备成立农民总会，正在开会，接到白拉乙来信，邀请他晚间商讨屯内开展工作事宜。他把信给陈政委看了，陈立新笑笑说：“这小子真能摆谱，有事不回来汇报，还敢劳动总会长的大驾。但是为了工作和团结，你就回去一趟好了。”

晚饭后，冯仲业自驾单马高车回到西博荣。娜茉娅却告诉他：“工作组进屯竟另找一伙人，和原来的人和事唱反调，又成立个对立面的贫民协会。”

冯仲业说：“怪不得找我商讨，一天不容二日，一个屯有两个会，谁听谁的呀？”他让吉云去把瓦干保和么斯库找来问话。

瓦干保和么斯库来了，两个人都很激动，说：工作组进屯连招呼也没打，无视山林农会和民兵组织的存在。他们依靠的是沃家二姑娘和原山林队代队长疤瘌眼沃守连，净和我们唱反调，对着干呢。冯仲业听到这儿心情沉重起来，知道这两个人不会起好作用。他不无感叹地说：“夏盟长说，开展工作第一步扎根很重要。显然他们进屯子就把根扎错了。这倒要提高点警惕了。”

就在这时候，工作组派人来送信：请冯会长，民兵瓦干保、么斯库正副队长去原山林队办公室会谈。么斯库一下蹦起来说："不去！要谈就到学校来。"

送信的人做出很无奈的样子。冯仲业想想说："既然是请，那我们就去一趟吧！"

么斯库说："那就让弟兄们集合，列队前去！"

冯仲业阻拦说："一个会谈怎么好剑拔弩张的呢？"他留下瓦干保候信，和么斯库两个人跟随送信人一起去了。走到半岛树林子，树后边隐隐约约好像有人活动，两个人都有些警觉起来，但却未十分在意。一进屋，有两个工作队员拦住他们说："请把武器留下！我们白组长说，两个组织会谈，是商议工作，携带武器不好。"

么斯库按住短枪柄要发作，冯仲业却把勃朗宁手枪扔给他们说："自家人谈工作，还用得着这个吗，就让你们暂时保管一下吧！"

但冯仲业刚一开门想迈步走进去，就被人扭住胳膊，倒剪双手捆上了。他怒问："你们不是土改工作组吗？"么斯库说："早就知道他们是假工作组。"

两个工作组员喝道："别找不自在，再嚷小心挨揍！"

他们被塞进一间屋里，待好长时间，冯仲业才被叫到另一间屋子，坐到板凳上。白拉乙和两个工作组员坐在办公桌后面明知故问："你就是冯仲业吗？"

冯仲业没吭声，连问数声后他耐不住说："别装了，不知我是谁，怎么还差人去请我？"

白拉乙说："那好，咱们就打开天窗说亮话，你和日本人寺田之助是怎么勾结起来的？"

冯仲业诧异地问："我和寺田在什么事情上有勾结？"

一个组员忍不住说："你和他用大院子套办学基金。"

冯仲业说："错了！弗灵阿校长是先用教育基金给我一点补偿，占用了我的大院子。"

"那学校产业后来怎么变成你的了？"

"什么时候变为我的产业？我怎么不知道？"

"你现在还使用着，怎么这么不老实！"

"我作为校役，也就是日本人说的博役桑，校长他临走时托我照看一下房子和物品，我就经管一下。你说是我的，你有证据吗？比方说学校的房契、学校的执照什么的。"

工作组被问得语塞，屋内空气顿时紧张起来。白拉乙只好缓和下气氛说："这个事先放着，你交代一下：日本人经常夜间把你用汽艇载走，你们都干些什么不可告人的勾当去了？"

冯仲业猛然明白过来，他们竟把这件事当把柄抓住了。但他马上又觉得可气，这件事他们原本可以直接问他，却相信沃淑芹胡吣，把他看作敌人，遂故意捉弄他们说："这事次数不少，你们问的是哪一次？"

白拉乙听他反问，其实是承认了，高兴得不行，一个大汉奸很快要落网了，于是和颜悦色地说："你只要详细交代清一两次就可以。"

冯仲业忽面呈难色说："交代这件事可以，只是有个困难难以克服。"

白拉乙和工作组都拿笔想记录，忙问有什么困难。冯仲业回说："前几天嫩江部队王政委说，这件事属于军事机密，没他命令一个字都不准透露。你们实在想知道，是不是到王政委那里开个纸条来？"

对这么个老奸巨猾的"汉奸"，白拉乙真不知该怎么应付，只好暂停审问。

3

沃淑芹最近很忙，很少和父亲、叔叔一块儿吃饭。今天普乐见她回家翻材料，特意挽留说："新官上任三把火，连饭也顾不上在家吃。今晚是牛奶煮面片，好吃得很！贫协女秘书能不能屈尊一下吃两口，捎带再说两句话？"

淑芹自恃正在权力风头上，和二叔普乐说话也是连支毛带奓刺的。她故意端架子，回说："留吃饭是假，一切权力归了贫协，有的人因失权而难过是真的。肯定有要事向本官倾诉，本官倒是可以倾听倾听！”

她坐下来拿起筷子，喝口奶汤说：“无论何事尽管直陈，本官在洗耳恭听！”

手捋雪白胡子的善德老头一拍桌子，对弟弟和女儿狠瞪一眼喝道：“没大没小，没老没少；老的没老的样，小的没小的样。叔侄俩这是怎么说话呢？”

普乐沉静着吃了许久，突然问一句：“你想扳倒冯哈拉吗？”

“动你的把兄弟，你心疼了？”侄女狠喝口汤反问一句，“看我能不能办到。打倒他又怎样？”

“你不该，也办不到。”叔叔摇摇头说，“你打他的头一个案例就站不住脚。是你表叔弗灵阿把学校托付他照看的，他现在管理，并不等于是他的财产。他连自己的大院落都归给学校，已经是没有任何财产的无产者了。你想把狗肉往羊身上贴，粘得上吗？”

“我不管能不能贴上，也不管能不能粘上，我要的是势头，只要风头强劲把他能拉下马，解解气就行了。”淑芹恨恨地连声地说，脸上的横肉绷起一条条直扯两腮，青筋暴于额头，大声争辩说，“揭发归揭发，落实到时候再说落实的。”

普乐心知肚明，侄女淑芹自从冯仲业拒婚后，一直感到难堪，而怨恨不已。叫他感到好笑的是，那个工作组长白拉乙太幼稚了，竟轻信这么个不可靠的女人，不出事才怪呢！但他没说，却提工作组访贫问苦的事。他说：“你们去渡口在摆船工家找忆苦人，那不是自找麻烦吗？旗交通股觉得没油水，把摆渡退回给西博荣。是你阿恰想再推回旗里去，因此拒绝再拿钱承担义务股，这才拖欠了船工们的薪水，让他们叫苦不迭。”

“船达闫希顺一摔耙子，我就想起这码事了。”淑芹辩护说，“所以贫困根就挪到那几户汉族人家去了，他们可真穷，穷得连个柴火垛都没有。你没看见最后连贫协副会长都是王小手的了吗？”

普乐摇摇头说：“那也不一定，那几户人家靠什么生活还是个谜。表面看他们没收入，穷得叮当响，连一般屯民的山股也没有，所以没柴火垛。可是在附近地区的大赌场，不管是牌九局，还是押宝局，都能找到王小手的影子。据说，无论在齐齐哈尔大城市的窑子里，还是讷河、拉哈小镇的娼妓堆里，都能看到莫拐子讨贱。这可不是穷人干的事。他们哪里来的这么多钱？他们是劳而又苦的人吗？”

叔叔的几个证例把侄女辩得闭口无言。但她怒从胆边生，摔了手中筷子说：“这不对，那也不对。你对你来呀！不是那个冯哈拉矛头对准我们家，我才不出这个头呢！你想出头，工作组肯信你吗？”

善德出来灭火，对女儿又拍下桌子说：“叔说话对与不对都得听着，要什么孩子脾气？”普乐见状想缓和气氛，说：“你出头是对的，但要瞄准风向，那个冯哈拉是对沃海山家下手的，他想通过他挖出那几户汉族人暗藏的身份。因为咱家祖上保存博荣山的功劳，他已经不再追究佐领是封建世家身份。你不要再怕人不知道，引火烧身了。”

淑芹一时语塞，她是乘势抢风头，却不知这火弄不好会烧到自己身上。但她心高气盛，强词夺理说：“我会有分寸的，都是那该死的白拉乙……”把责任推给工作组。叔侄两人间却再也辩论不下去。

4

沃淑芹从家中走出来，对叔叔普乐劝她的话，一句都没听进去，而是打定个主意抓住机会报当年的一箭之仇，宁肯玉碎。

冯仲业刚来税卡那阵儿，风度翩翩，办事干练而潇洒，吸引了她，她决定献身于这个人，并主动向他靠近。哪知他瞧不上她，拒绝她家人的提婚，让她在父亲叔叔面前丢尽脸，他却很快和吴家号称巴达罕美女的娜茉娅弄到一块儿去了。这使她羞愧难当，觉得在屯子里很抬不起头。从那时起她心如寒冰，不管冯仲业怎样对她从优关照，都没能使她心意暖和过来。她也恨透那个娜茉娅，本想把她早点打发掉，让她跟鞋拔子脸表叔配一块儿去，没想他疑心太大，阴差阳错还是因冯哈拉财大气粗，被他抢走了风头。现在自己掌控了贫雇农协会，机会来了，一定要报复他们一下，叫他们也知道知道沃淑芹的厉害。

因为她听说，现在各屯子都是贫雇农掌权——一切权力归贫雇农团。还有个形式就是开公审大会，解决问题才快呢！只要贫雇农团一决定，公审大会拉出就崩。如果把冯哈拉、么斯库拉出会场外，叭、叭两枪，多么痛快！她想先和屯里人串通好，再找工作组就好说话了。

于是她在贫协办公室坐下后，派人先找沃守连。守连坐在她对面，眼疤瘌飞舞着笑笑说："大秘书，风风火火找我来有什么公事？请赐教吧。"二姑娘也笑笑说："听说工作组昨晚对那一老一少两个顽固派没能拿下来，是吗？"

"么斯库是死活硬扛，冯哈拉是一说一笑，那种老奸巨猾劲儿，哪能那么容易让他说出点什么来。"守连立时愁眉苦脸地说。

"工作组文文明明地对他们太客气了。"淑芹恨恨地说。

"不客气又能怎么办？"守连诧异地问道。

"让工作组交给屯里人来办，"二姑娘说，"先打一顿，给他们来个下马威看看。"

"不好！留点分寸吧？姑奶奶！"守连摇头说，"如果问题落实不了，将来就没法再见面了！"

"怕什么？你就是胆小，你们家那个麻脸婆把丈夫管得太没人样了。"二姑娘讥讽地说，然后如数家珍一般，"他三大案件：和日本浪人寺田之助勾结为害乡里；黑夜多次和穿黄制服日本人坐艇外出，不明去向；包庇达奸么斯库。这三大问题哪一个落实了，枪毙都不冤枉。就是现在对他们太仁慈了。"

她一心想动用刑罚和高压手段，沃守连觉得没把握，就是不松口。她不甘心，又派人去找王小手。现在的王小手，人们都喊他大号王清了。那个王清一直在牛满山、沃守连手下鬼混，装得老实巴交，滑了吧唧，见人好像大气不敢出。

这不刚进来时还畏畏缩缩，但现在，他名义上是这双男女的上级了，他们见他进来都喊一声"王会长"，并都站起身。他本是弓着身子走进来的，听到这一声，马上把腰板挺直，并哼了一鼻子说："两位正忙着哪，有什么要紧事向我请示报告？”

沃淑芹说：“你现在是领导了，有个大事要你拿主意。工作组，包括咱们这个武装队长，对那两个人太软弱，揭发出那么多事就是不好好招供，只是用话劝。我建议今晚工作组审不下来，我们接手审，而且来点硬的。”

没等守连说话，王小手就得意地抢着说：“我同意！早就应该对他们来硬的。工作组睡觉去的时候，咱们就连夜提审他们。贫民协会在革命中应当打出点威风来！”

这倒出乎沃守连意外，忙插嘴问：“王会长，你好像胸有成竹？究竟用什么办法，说来听听！”

“办法还不多了去。比方，现在快半夜了，先给他们来个熬鹰。熬鹰是软磨硬，厉害着呢，不行就灌凉水，凉水不解决问题，灌辣椒水、上老虎凳，都不如手指夹子来得痛快。这些都是既解决问题，在外表又不露痕迹的手段。”王小手得意地说。

这回轮到沃守连大吃一惊，心想：“这小子平时装狗熊，这回本事全露出来了，真真一肚子坏水。”

没等守连发言，淑芹跳起来说：“王会长真有领导魄力，工作就应当这样嘁里咔嚓。一会儿他们把人送回来就开审，如果拿下来，明天上午就向工作组汇报，完了就开公审大会，枪决大恶霸冯仲业和小恶棍么斯库。”

两个人一唱一和，沃守连觉得有些不妥，正要提出疑问，工作组来人找他。沃淑芹说：“想必工作组没审下来，该我们的了。你把人就带这儿来，我们连夜开审！”

第二十八章　舍命救夫

1

劳丽佳已经是一个女孩、两个男孩的妈妈了。那龙凤胎大的是女孩，叫诺恩吉，小的是男孩，叫生祥，两人都已经八九岁了，应该是上小学年龄。最小的男孩子叫继祥，也两岁多了。因此她每天需要做饭、缝衣、挤牛奶，整天忙于家务。但她忽然觉得丈夫沃守连最近这几天总是身不着家，有时忙得连饭也顾不得吃就走。问他，回答也总是含糊其辞的。家庭主妇一般对丈夫的行为都非常关注，也都非常敏感，问不出来，就急忙到东邻西舍去打听，原来是因为土地改革工作组进了屯，山林队又恢复了。屯里成立了贫民协会，沃家二姑娘当上了贫协秘书。听到这些，她觉得事情不好。守连和二姑娘搅到一块儿没有好事，尤其像她和守连这样的怨侣，夫妻间肚子里各有各的小账本，感情黏合剂的黏合力是极弱的。因此，她派大儿子生祥去队部找爹守连回家。

儿子走后，劳丽佳坐在家里等啊等，别说有多焦急了。她自从在牛满山嘴里得知鼓吹去甘珠尔庙会是麻脸公公沃海山所策划，以致丢了侄儿么斯库、撞死父亲宝山老爷子，立即气急败坏地不顾一切，把沃海山赶出家门，就是他被牛满山推进水罐而灭顶，她也毫无怜惜之意。后来又责怪丈夫疤瘌眼守连积极参与，迁怒于丈夫，将守连也赶出家门。无奈适逢自己生产（还是龙凤胎），是那个守连百般求饶，特别提到他在冰河里救她于奄奄一息的事，才使她心软而回心转意，准许他回家来伺候她月子，照看那一双男女婴孩。从那以后，因为孩子，夫妻俩虽不甚和睦，恩恩怨怨地不断争吵，但还算和平地生活了几年，想不到在第三个孩子出生以后，他却和沃家二姑娘弄到一块儿去，难保干出些什么肮脏勾当！听说这伙人对吴家和姐夫都是极其仇恨的。

她正气得不可开交时，守连回来了。往常沃守连回家总是巧言令色地讨她欢心，今天他却郁郁不乐。问他话，欲言又止，吞吞吐吐，还阴沉着脸。劳丽佳登时异常恼怒，厉声说："就坐在这仓子台阶上说话吧！屋子里没地方搁你。"

俩人刚刚在仓房台阶上坐下，劳丽佳就开始追问："你这些日子跟沃家二姑娘鬼混，净干了些什么好事，都摆出来给我听听！说不明白就有你好瞧的。"

沃守连一直在酌量沃二姑娘说的那些话，他回到家里对妻子交代，该怎么开这个头？哪些该说，哪些不该说？被她这么一喝唬，还真的吓了一跳。他哪知道，现在劳丽佳其实是什么都不知情。俗语说做贼者心虚，一着慌，更捋不清什么该讲和不该讲。就在这时候，劳丽佳怒不可遏地大声说：

"你和你狗爹侵害吴家的账还没算完，又来害我姐夫和我侄儿吗？还不从头招出，要等到什么时候？"

沃守连为了讨好妻子，正想告诉她，工作组把你姐夫冯仲业、你侄儿么斯库都抓起来了，但一看老婆这么急不可待的样子，若是说给她，说不定会捅出什么大娄子来。于是话到舌边就打住了，只闷声不响。劳丽佳见他如此态度越发恼怒，发狠说："好好问话不说，只能受罚。先不用吃饭，也不给水喝，更不许你睡觉，现在要对你进行熬鹰！"说着把丈夫推进仓子里，把孩子们都拉走，重重地用锁头锁上了仓子门。

劳丽佳回到了屋内，坐在炕头上咿咿呜呜哭起来，也不知哭了多久，想守连该饿透了，就盛了一碗柳蒿菜汤，拿一个苏子馅玉米饼，端着灯去打开仓门，说：“你饿了吧？把你们干了什么肮脏勾当说了，就给你吃。”

守连确实很饿，恨不能一把抓过来送进嘴里，但见妻子的狠样子，又强行忍住了。

劳丽佳见熬鹰的办法不太管用，饮食也不为所动，她想想说：“这些也许你不怕。但我还可以把你赶出家门，然后我告诉孩子们他们的爹爹是恶棍，爷爷是恶魔，是怎么样勾结日本人、勾结土匪、陷害姥姥吴家的，又怎么对我骗婚的！”

听见妻子的这个打算，吓得守连一哆嗦，他最怕她把仇恨传递到下一代，终于说：“我不是不说，你霹雳火似的不给我说的机会……”

劳丽佳斥责道：“自己干的丑事，吞吞吐吐还赖别人，现在给你这个机会！”

沃守连一字一顿地说：“二姑娘的贫民协会通过工作组逮捕了你姐夫冯仲业、你侄儿么斯库，而且正在讨论他俩是不是有该枪毙的罪。”

这回轮到劳丽佳被吓着了，麻脸立刻黑了许多，吃惊地问：“为什么抓他俩，还要枪毙？”

守连说：“沃淑芹在会上揭发你姐夫是大汉奸，说他勾结日本人寺田为害一方，还经常跟日本人夜间坐船去干些见不得人的勾当。而你侄儿是日本的走狗，把日本女人带回家做老婆。冯仲业又包庇了他，用他当副队长，这也是一条重罪。”

劳丽佳的原则是“是亲三分向”，忙争辩问：“有什么证据？二姑娘竟会编造瞎话诬告好人。说我姐夫夜间跟黄制服人坐船走，是谁说的？”

守连不敢承认，但疤瘌眼哆嗦着，劳丽佳见状越发紧追，守连被问急了想想说：“还不是你告诉我的吗？”劳丽佳这才想起：有一次是嬷嬷从冯家回来，悄悄告诉自己。自己又当悄悄话，在枕头上告诉了丈夫，没想竟变成一桩大罪给姐夫捎上了。劳丽佳麻脸立刻变成茄子色，大声怒骂道：“混蛋！我告诉你就往外说，没有里外。你不能给他们作证，咱们和冯家是至亲，你再不能跟二姑娘往下跑了。如果么斯库和姐夫，他们哪个出了事，这个家你不能回来了，我把你家老底都向孩子们抖搂出来。他们再不能管你叫阿恰，真的就叫你恶棍了！”

沃守连见妻子急了，心里也有些发憷，知道这个疯女人说到就会做到，因此他想想说：“这样吧！反正情况很严重，几句话我也说不清，你姐夫和你侄儿都很危险了。说不定明天公审大会判决后就进行镇压，就是被执行枪决。亲情我还不得不顾，你去和姐姐说，让她找人来解救。我作为武装头领，保证明天上午我不叫他们出事。本屯人我可以搪塞过去。过午，工作组要向我施压，我就没办法推托了。”

劳丽佳听了掉下眼泪说：“你还算有良心，你得说到做到，还有我那苦命的侄儿，必须留住他们的性命。”

是亲三分向，何况是至亲。劳丽佳半夜三更风风火火地去敲姐姐家窗户，娜莱娅写《吴家高车传》，刚躺下睡了一觉，她揉着惺忪睡眼问：“谁呀！什么事？这么急！”劳丽佳说：“姐姐是我，开门让我进去，有要紧的话告诉你！”

进到屋里，劳丽佳呼哧带喘地把沃守连说的重复一遍。娜莱娅吓得心脏怦怦乱跳，半晌喘不过气来，好不容易恢复正常后说：“我只要还活着，就不能让孩子们没有了阿恰，现在只能进街去找陈政委了，工作队都归他管。就是时间太晚了！”

劳丽佳提醒姐姐说：“不是太晚，是正好。如果现在就出发，天亮赶到布西街不是正好吗？”

“哦！”娜莱娅一拍脑袋瓜子说，“我都吓糊涂了！”

她叫醒吉云和祥云，嘱咐她们说：“看好小弟弟！我有要紧事，必须进街里一趟，你们把门锁上好好睡觉，谁叫也别给开。”

车马就在院子里，她很容易就把那匹紫花马套进车辕里。但她不能走大路，须防备被工作组派人截留。她赶起单马车，出院落不远就钻进后山树林里去，并找到一条荒芜车道，急不择路地蹚着两边哗啦啦响的荆棘和树条子。树枝条抽打车身，使人心慌意乱，紫花马吃力拖着车身前进，夜色漆黑，只能摸索着向前走。突然这里一声母狍唤幼崽，那里夜枭寻伴啼叫上两三声，真让她心惊肉跳。娜茉娅虽然是在山乡长大的，也很少经历这种单独贪黑赶夜路的情况。

2

她赶着车，在夜色里摸黑走了很长时间，好不容易走出密林，而且发现前边有些许光亮，两三处飘忽的亮光。她原以为是进入村屯，有了人家灯火，遂边打马边探问一声：“有人吗？”没有人回答。这时她突然觉得有些毛骨悚然，忙勒住马缰。就在这时半空中有一只孤枭，竟像人一样哈哈大笑，娜茉娅心脏立即又一哆嗦，觉得有些魂不附体了。她忙用柳条抽打拉车的紫花马，紫花马也被吓着了，一边打着响鼻一边拉着车狂奔。就在这时，一只车轮被一个圆包挡住，马怎么拉都拉不过去了。

娜茉娅只好叫马停下来，自己跳下车去搬车轮，借着附近一缕幽光看，原来是个坟包。她的心哆嗦一下，只好奓着胆子把车轮搬开，并稍加留神地向周围看一眼。这一看更加心惊肉跳，因为四周有几处坟包，原来她把车赶进了一片墓地里。有的坟上还有火亮。那些火亮都是蓝绿色的，而且在空气里都飘飘忽忽的，这儿飞一缕蓝光，那儿飘一堆绿色。这时她突然想起嬷嬷讲的鬼故事，嬷嬷说：“这叫鬼火，每一团火下边都有一个小鬼用手托着它乱蹦乱跳着。”正在这时，一束亮光突然向她飞过来，她怕它落到脸上，用手向亮光一推，那朵光反而黏糊糊粘到她的手上。她用大力气甩手，甩了几次才把它甩掉。这使她胆子增大些，慢慢能够辨别方向了。她明白在山林里只有草木稀疏的地方才有路，遂把车往草木稀疏的地方赶，只走一小会儿就上了大路，但又出事了。

突然草丛里蹿出不知是狐狸还是狍獐，哗的一响，把辕马又冲毛了。紫花马开始狂跑，后来竟拖着车身一跳一跳往前进，车身也跟着一次一次颠起多高。娜茉娅怕翻车，就提紧缰绳勒那紫花马，但它又狂跑起来。直到一只轱辘颠进了道旁壕沟里，车子真就翻了过去。娜茉娅额头被车厢碰了一下，她就一下晕了过去。

她不知昏迷了多长时间，突然醒过来，摸到疼痛的额头上正在流血。她忍着疼痛，扯下头上毛巾扎起来，再举目看了下，太阳正在东山冒红。她以为来不及了，就大声哭起来。她边哭边去壕沟里往外拖车，却拖不动。她想，如找不到陈政委，丈夫可能没命，自己应当豁出性命救活他。想到这，突然觉得身上力气倍增，她不知从哪儿来的那么大力气，居然把车拉到路面上。再去找紫花辕马，幸好那畜生并没跑出太远，脖上还带着套包子，正在吃树上的叶子。她拉过它来，很容易又套进辕子里去。

这时她再看自己，不仅头扎带血毛巾，浑身上下都滚成泥人，她平时不管穿单、夹旗袍，都会非常得体，而使人称道，现在身上这件夹袍全成泥污，但她也只能用袖头揩把脸，拂拂身上尘土。

进入城里，太阳高起来，听冯仲业说各界联合会在南门里教堂院内，她就直接赶车闯了进去。站岗的战士想拦住她，她没听，就心急似火地赶车往里边冲了进去。

陈立新正在盥漱，勤务员报告说，有个满脸血渍的妇女要找他，门岗都没拦住。他迟疑地说："这么早！有什么要紧事？"

勤务员又来报告："说是西博荣屯出了大事了，冯仲业家里的来找您。"

陈立新惊讶说："快请！昨天还和他在一块儿谈工作，怎么隔一宿就出了大事？"

一个满脸血污、穿一身满是泥污旗袍的妇人，端庄大方地走过来，见到他就双膝跪地央求说："陈政委！冯仲业有难，请您快去救他一命！"

陈立新忙拉她起来说："嫂夫人有话好好说，你这样我可担当不起。"

娜茉娅站起身来，把西博荣发生的事，尽她所知详细说一遍。陈立新满脸怒气地对警卫员说："胡闹，胡闹！怎么把工作弄成这个样子？快！让公安队跟一个排，到西博荣吃午饭。"

3

两个大气包车坐满工作人员和公安战士，飞快地向西博荣进发。坐在后一辆车上的陈立新看到娜茉娅赶着单马车跟在后面，对勤务员小王说：“都说仲业老婆是巴达罕第一美人，可惜她这次满脸血污盖着，使我不得见庐山真面目，不过她端庄大方是肯定的，而且舍命救夫这一点使人钦羡。有妻如此，革命者无忧矣！”

小王听不太懂政委的之乎者也，好像他也要娶巴达罕女人做老婆。这一点被他猜对了，日后他果然找了个叫柳林（刘玉梅）的女干部结了婚。在他影响下，那个于明政委也娶了个女干部叫冉蕴波。

陈立新率队到达西博荣时，白拉乙工作组和他们审问的么斯库正在针锋相对。因为昨天审冯仲业不下，难以定罪。今天白拉乙分析么斯库毕竟是胸无点墨的大老粗，没有多深的城府，拿下他以后，再攻冯仲业就不会太难。但他又估计错了，单纯的人更容易顽固。么斯库咬住工作组说他是“日本人走狗”的结论。他问：“走狗的根据是什么？”工作组回说：“你给日本人干活多年。”他反问：“被日本人抓的劳工，都给日本人干活，是否都叫他们是走狗？”工作组哑言，只靠几个群众大声斥责压他，又要以他以日本女人为妻，并带她到家里为证据。这对工作组来说，这件事是他们手中的王牌。他们以为这王牌一祭出，么斯库会立刻投降。但他们又错了，么斯库反而不动声色地说：“那有什么？我在山洞里被圈着，受着非人待遇。只有她给我点吃的，救活了我。在她遭日本人迫害后，我去看她，她一息尚存，我又救活了她，这有什么不对吗？如果你们诸位遇到这种情况怎么办？难道因她是日本人，连个弱女子都立刻打死吗？她有什么罪过？”工作组又被问得哑口无言。

正在僵持不下时，陈立新带工作人员和持枪战士陆续进入会场。白拉乙和工作组惊疑地站起来迎接说：“欢迎政委和诸位来参加大会，事先怎么也不告诉一声。”

陈立新向会场招手说：“会议继续。我们来得有点唐突，但好像你们把会议弄错位了，咱们现在调整一下。”白拉乙吃惊地问：“怎么个调整法？”陈立新回说：“就是现在坐在上边审人的部分人，好像都应当到下边去坐，下边部分被审的人却应该坐上来。首先应该请上来的就是冯仲业老同志。”

他这样一宣布，会场上有的人觉得这个反差太大了，都瞠目结舌。陈立新发觉了这种情况，说：“对了，我先讲讲他为什么应坐上来。”他想了想接着说，“他一进西博荣，就为达斡尔族做件大好事，他是来调查军阀特别税卡的。他的调查结果是，取消了税卡，平息由此产生的民族矛盾。”

下边屯达普乐举手说：“我来证实，这是真的，都是我经手。由于他的努力，西博荣的山林税还免除了。”

陈立新接着说：“由于他和达族有缘，娶了你们最好的姑娘，自愿把一生所学留给这个民族。在他一无所有时，开办了私塾，开启教育先河，后来在这基础上变成一所相当规模的学校。”

这时白拉乙插进来说：“请等一等政委！我们掌握的他的关键材料，就是他办学，勾结日本人寺田之助套取办学基金。”

陈立新说：“这个材料有问题，勾结寺田之助的另有其人。相反，参事官寺田想利用他的影响，为‘大东亚共荣圈’造势，被他拒绝了，为此他在监狱蹲了一年多。”

白拉乙感到失望，但不服输，又提：“他还有个关键问题，就是他在学校以校役掩盖自己的身份，经常和日本人夜间出去。”

陈立新大笑一阵，然后说：“经常夜间出去，不是问题的实质。是和谁出去？出去干甚？这问题原来涉及军事秘密。如不被牵进案子里，会永远埋没下去。”他想了想说，“现在让我替王政委揭开这桩秘密吧！仲业同志因偶然机会学会了治疗红伤。他先替一个朝鲜同志治疗，经这位朝鲜同志介绍，三支队在兴安岭丛林里战斗时，几次请他治疗。他的好处是不保守，不仅治疗，还公开医疗技术和药方，后期部队战士可以互相治疗。因治疗及时，使多个战士免于残疾。”

会议把问题澄清到如此程度，群众自发地鼓掌，请冯仲业到主席台就座。陈立新说：“快请吧！还等什么？”白拉乙只好亲自去为冯仲业等松绑，并请上主席台。

昨为阶下囚，今为座上客，会场反差使人喘不过气来。冯仲业倒是神色自若，像没发生什么事一样，坐到陈立新旁边悄声说：“还是把政委麻烦来啦！真不好意思。”

陈立新只是拍拍他，就转身对会场说：“有关人到下边去坐可以，但不能溜走。你也溜不走，外边岗哨不会放你出去的。”又转头对冯仲业说：“应该请你对会场说几句了。”

冯仲业缓缓气说：“我们主要找到了打劫高车的暗匪的有关材料，因为都是满文写的，翻译需要个过程。就在这时，被人暗算反扑过来，究竟属于什么性质，现在还看不太清，就先放着吧！”

陈立新点点头说：“也好！但你应知道千百万人的习惯是一种可怕的势力这句话。什么被人一利用，就有人跟风跑，说明他们对革命道理、人间是非知道太少。这屯群众必须要经一番革命洗礼，让大多数人和积极分子们都醒悟了才行。”

冯仲业叹息着说：“嗐，对革命都这么陌生，我也在慢慢习惯。当个革命者好像并不容易。”

仲业的话和他的态度把陈立新逗乐了。

4

会后，对冯仲业被诬，陈立新推功揽过地诚恳向冯仲业道了歉，并非常严厉地批评了工作组组长白拉乙，说如果检讨不深刻就撤他的职务，省得再丢人现眼。

因为旗里捎信让他回去，陈立新就急忙怒冲冲地带着战士们坐车走了。但他只走一会儿，又返回来。冯仲业、白乙拉、瓦干保等人深觉奇怪，问："政委何以去而复返？"他面色严肃地说："这次西博荣屯被邪恶势力复辟，情况其实很严重，不能小看。其原因主要是群众没发动起来，革命觉悟还很低。经过土改的屯子是很少发生这种事的。西博荣因接受冯仲业同志的建议，没划阶级，没定成分，就轻易发生了。二姑娘、沃守连、王小手们的方法其实很拙劣，条件也过于简单，群众却跟风跑了。你们必须重视起来补上这一课。"他说罢反身上车走了，冯仲业、白乙拉却久久站立在那儿，深深感到这些话的沉重及其责任的重大。

工作队员须从原来人家撤出，白拉乙没了主意，请示会长冯仲业应该住到哪里。仲业笑了说："工作组住哪里没那么重要吧！"他想想对瓦干保说："那就先请他们到学校将就几天再说。"

瓦干保领着工作组员去搬家，冯仲业又对么斯库说："快到傍晚了，咱们领白组长去看个热闹，回来吃晚饭也不迟。"

看什么热闹，冯仲业没说。但么斯库去会长家把单马车给他套出来。冯仲业请白拉乙上车，由么斯库执鞭赶着车，轻快地顺着去布西街的大路哗啦啦跑起来。刚走出屯子不远，迎面走来三辆车，都是犍牛拉车，但脚步很轻快。两车交错时，冯仲业让么斯库停下车来，和对面车打招呼："你们进街卖什么去了？"

对面车也停下来回答："去柳罐窨子卖细柳条子。"

冯仲业又问："一车条子能卖多少钱？"

对面车说："看装多少，我拉的少，才卖九元钱。"第二辆车说："我拉的多些，卖十元钱。"第三辆车说："我的更多些，卖十一元钱。"

冯仲业又问："细柳条很值钱！你们家里存有很多吗？"

"不！现卖现割。干柳条脱不下皮，放在条通里比放家好！"车上齐声回答。

冯仲业再问："柳罐窨子让你们多少天送一次？"回答说："隔一个月再送去！"

应对声中，车错过去走远了。冯仲业对白拉乙说："这就是西博荣屯和农村的不同。农村粮食不上场，农家困境是一个零花钱都没有。

而这里一年四季都有进项。不要小看十元八元，每季度都能进钱，全国的村屯恐怕只有这里。布西街市场虽小，却是他们的小金库，而且是随用随取。”

白拉乙想了想好像是这码事，他点了点头，车子继续向前走。后边追上来两辆单马车。冯仲业认得头车赶车的曾是学馆的学生吉寿，遂问：“吉寿，匆匆忙忙干什么去？”

“我家老爷子进街卖柴火，到现在没回家，怕他在杨树林坟地里睡坏身子。”吉寿回答，在马背加了一鞭，车轮匆匆过去了。冯仲业让么斯库也赶马车哗啦啦跟在后边，只一会儿工夫杨树林就在望了。

杨树林原是西拉金屯的一个坟场，地处去布西街的路边上，西拉金屯后。果不其然，有几辆高车停在树下，几匹马、几头牛在林里悠闲地吃着草。几个人有老有少都酣睡在坟茔中间，空酒瓶扔得到处都是。

吉寿见状，忙跳下车去招呼自己的父亲梅愣图。那老人翻身坐起来问：“是什么时候？睡得好香啊！”儿子回答：“快吃晚饭啦！”老人说：“身子还不够活便，晚饭还得用酒投一投。”这下把在场人都说得笑起来。

清晨，梅愣图带几个屯邻，赶车去布西街柴市卖柴。天稍过午，大家车上柴火都卖掉了，不约而同地都去附近铺子里买来些茶、米、油、盐，还有就是白酒。不过一般装的都是斤八小白瓶里，唯有梅老头装了满满三斤绿棒子。因他在西山头下夜钩，捉了两条哲罗鱼，和柴火一块卖了，钱比别人多。这使大家钦羡不已。

回去的路上，车过杨树林坟地，有人酒虫在喉咙里作怪，痒得不行，遂提出：“该让牲口吃两口草了！”于是，大家卸车放牲口吃草，然后按年龄轮流坐庄，最小的那个人拿出自己的酒瓶，大家在一个坟堆前围坐一圈，你一口，我一口。在没有任何佐酒物的情况下，一瓶又一瓶喝得天昏地暗，直到把梅愣图老头的三斤绿棒子也喝光，这才都沉沉睡去。

冯仲业和白拉乙一个车一个车查看他们各家买来的日用品——茶、米、油、盐。虽然数量不多，但还算齐全。冯仲业说：“他们是几天一进城，卖这买那，或买这卖那。这都是因为博荣山上有树，屯民生活有最低保证，在汉族垦荒屯子怎么都找不到的。”

白拉乙感触良多地说：“原来这个屯子真有些特殊。你的调查方法也有些特殊。你怎么知道他们会这个时候在这里喝酒？”

冯仲业说：“我从布西办事回来碰上过几次，有时候也过去凑合喝两口。这样喝酒称作陋习未尝不可，但另一面，透过陋习还可以看经济。他们是生活得到最低保障，无忧无虑，才敢放心地求得这么一醉。”并长叹一声，“就这么一醉，天下难得呀！”

说话间，吉寿和同来的人们帮醉翁们套好车，并扶持他们上车，把缰绳拴到自己车后尾巴上，才登上归程。

么斯库也赶单马车跟随在后，任凭冯、白二人坐在车上就此话题高谈阔论，或争论不休。谈到陈政委去而复返的警告，俩人都觉得这事必须重视起来，要专门召开几次群众会，对王小手、莫拐子揭发批判。

冯仲业此时又想到一个人，就是原税卡的肖郎。他和沃淑芹先后从布西税局下来，二姑娘因有富裕娘家无须做什么，而他需要养家糊口，必须做点事，他却迷上达斡尔说书——乌春，只靠微薄的退职金过活，投到齐齐哈尔何某的名下，学会长篇乌春《小郎与岱夫》。每逢开书，屯里许多男男女女自动去听。如果让他把吴家高车事件的前前后后编成段子说，比干部说效果会好得多。

第二十九章　高车合作社

1

冯仲业夫妇外出治病，西博荣屯新山林农会，按照他的安排，要做的第一件事，就是由徐凤池代校长，并紧锣密鼓地找到了两个教员，让学校及时地开了学。么斯库和瓦干保的山林农业协会以及民兵队部都搬到屯子的东北角原努图克公署旧址去了。因为两个人都一个大字不识，根据老会长的意见，找来沃荣山做协会的文书。办公室挺大，三个人对坐那里不知应当干些什么好。

么斯库问荣山："喂！文化人！我们三个每天该干些什么？"荣山的习惯是眨眼，他的眼帘每天都不知要忽闪忽闪地眨多少次。现在见问，他又眨眨眼睛说："谁知道？反正屯达普乐把路条册子给我送来了，有人外出我就给开路条。这是我的工作，你们两个大官的事我哪里知道？"

瓦干保说："我的事我也知道，民兵干什么都得先通过我允许。还有就是要管好两个党员，因为我也是党支部书记。"

么斯库垂头丧气地说："闹了半天就是我没活儿可干了。我应该干点什么？吴家人只会打车。而且因为打车，差点被别人消门灭口。"

瓦干保说："冯会长的分析是：那是社会的不好。新社会大家都想发家，高车一定会不够用。你们吴家车质量好，属于名牌。你这当会长的若肯领导西博荣屯三四十户人家都干这个，就干好了第一件事，整个西博荣都会发起来的。”

这个话题使沃荣山大感兴趣，他忽闪几下眼帘说：“我们西博荣屯，虽然有山林，有河套条林，保证屯民能勉强生活，但除了我们几家稍稍宽裕些外，大多数人家还是很贫困的。一年当中吃野菜的时间长，穿破衣服的多。若是你这会长肯把吴家高车技术传为全屯技术，西博荣屯肯定会成为全巴达罕首屈一指的富裕村落。”

这话使么斯库和瓦干保两人眼睛同时一亮，齐声说：“好主意！到底是文化人，什么事一分析就头头是道。”

么斯库说：“我大姑爷好像也有这么个想法，所以他主张办学徒班。这是你们两个人都参加了的，可惜后来被沃海山那个麻子老头给搅和了。若是能坚持下去，至少我叔祖不会死。其实技术已经全都公开了，学徒们是都知道的。车质量提不高，其实就是在操作要求上，也是检验质量标准严不严的原因。我们从小时候都因操作不用心，常被严格体罚过，对学徒就宽松多了。集中全屯力量打高车，会是什么样子？”

“至少比现在要富裕很多！”荣山分析，肯定地说。

“那我们为什么不试试呢？”瓦干保也被激动了。

三个人意见逐渐趋于一致，于是说干就干，定下来几条：一、今后一段时间内，山林农会的具体事务，都先由文书沃荣山承担下来；二、瓦干保领着高车匠吴明太师傅再办学徒工艺班，培育一批训练有素的好高车匠人，以保证高车的质量；三、车材还是重要的，由么斯库亲自率领采伐队，去小四沟采伐车材。这三项任务一定下来，马上变成了全山林农会的行动，也是西博荣屯全体的行动。

2

么斯库的家也随民兵队部迁进原努图克公署院内住。铃木贞子已做好晚饭等男人回来吃。现在么斯库已不是高车匠，而是全西博荣屯的首领人物，她对他更加毕恭毕敬了。比如，么斯库吃饭，她不肯同吃，而是跪在桌对面，等男人吃一碗，她盛一碗。筷子一撂，漱口水马上递过来。这对么斯库来说很不舒服，但无论怎么劝她都不肯改。因为新上任的小官也能点燃起一把火，么斯库心里很高兴，于是他饭间就把去小四沟采伐车材的事向贞子讲了。她听了很激动，要求同去。么斯库想了想说："拉倒吧贞子！都是男人，你一个女人去会很不方便的。"听男人这样回答，她脸色忽然苍白了，极度勉强地说："是，那就算了吧！"

是晚她和男人极尽绸缪，但么斯库却感觉她是勉强奉陪，缺少往日的欢欣和热情。但他率领采伐队一出发，就把这些事忘掉了。因为他初次尝试领队头人的荣耀，也觉出必须事事想到前边，感觉到费心用脑的辛苦。

这次采伐队，比上次吴家祖孙三代人上山兴盛多了，共计十五个人，四台车，八匹马。达斡尔人一般计算上山人数都是用锅来衡量。煮一锅饭够五六个人吃，五六个人就是一组。锅叫"吐瓦"，一组就是"纳格吐瓦"，组长叫"吐瓦达"。他们现在出四车一两口锅，所以么斯库一跃成为大锅主了——勃顿达拉嘎。

他们走了四天路，越过莫力达瓦山，越过小二沟，来到诺敏河右岸俗称小四沟的地方，扎下营盘。么斯库把队伍分成两个部分：命力气大的录新得带一部分人磨快利斧，用钢锉伐快码子锯，把三四年生的嫩柞，茶碗口粗、饭碗口粗、盆口粗的黑桦树都伐下来运回造材场。又命扣库得带领另一部分稍懂造车技术的人准备粗加工，如把嫩柞干一分为二，劈成辐条，把茶碗粗的幼桦砍出平面、弯成辋材，等等。

他分配完这些工作后，自己带着老成持重的沃登来、精明强干的孟路松、活蹦乱跳的盼奇保三个人进了小四沟里。因为他在这山洞里，还隐藏有二十余辆高车，在一口泥湖里埋了大量车材。那是他在极其艰难的情况下冒着被山本杀掉的危险，虎口夺食留下的。他今天要把它们取出来献给西博荣人，让他们承认么斯库不是什么"奸"，而是在任何环境下都有对国家、对民族有不贰忠心的好家伙。

当年日本人留下的“开拓团”遗址，那条四周环绕的土围墙，已经坍塌不堪，几乎被茂盛的蒿草所掩盖。原来几十座所谓什么什么寮的日式房屋已颓败殆尽，只留几处残垣断壁还立在那里。这些映入眼帘的破败景象顿时使他感慨良多：他的年轻生命就在这里曾长时间饱受折磨，遭遇过难以忍受的非人待遇。他在被关进山洞时，因饥饿曾要生吃老鼠肉，尝过毒蛇肉，因渴得不行，喝过污水甚至自己的尿，直到他遇到铃木贞子，并得知些她的身世。

日本投降时，山本为独吞财富，借口“誓死效忠天皇”，号召大家集体自杀，说他会独自剖腹，以谢天皇。在开拓团里唯一知晓其诡计者则是铃木贞子，所以集体自杀一开始，他先向铃木开枪射击，把她击翻在地。

但他却被潜伏在树林中等待复仇的么斯库用套狼的套索擒获，并吊死在高杆上。而铃木只是被山本打穿肩胛骨，又被么斯库救活。这样，那十几车所谓财物自然落入这对异国情侣手中。但他们把它们带回西博荣屯，交出与不交一直是这对情侣纠结得没完没了的话题，也是引起两人不愉快的原因。

这次么斯库带领登来、路松、奇保很顺利地从山洞中找到那二十几辆完好无损的高车。因为这里太偏远了，捡洋落者到此，要捡的都是日本人留下的枪支弹药，没有人会捡高车和高车零件的。他们又把埋进泥湖中的车材挖出来，十余日就陆续把这些运回河口造材营地。营地工作也顺利展开，柞木条、桦木杆已经堆积如山，并被制成半成品；劈出的辐条，弯成半月牙形的辋材，也初步堆出垛形。

看到这些，年轻的领导人忽又改变主意了，他找来沃登来和孟路松等人商量，先用高车往家里送回一部分车材试试看。如果陆运顺利，就不等明年开河用水运放木工排了。

试验结果果然顺利，只需八九天就可往返一次。他们只用了两个多月就往返四次，将全部高车、车材运回到西博荣屯。

3

冯仲业想带着娜莱娅去省城齐齐哈尔看病，家务全由吉云包揽，虽然祥云可以帮助洗衣、做饭，照管小弟骋驷，但是她们姐妹俩也都是要上学的。这使他俩很不放心，但又不得不离开这个家。到省城，他首先要找的人就是徐成祖，当年学商时的大师兄。当时两个人都在看岐黄药书，但徐成祖比自己务实，一边学商一边开药店。夫妻俩正想动身，却没走成，因为先是要安排徐风池管理学校的事，后是江东又来人向他调查弗灵阿的事。

他们调查弗灵阿和日本人寺田之助的关系。弗灵阿直言不讳地承认他曾和寺田之助设计私捕冯仲业入狱，想引诱他一同替日本人出力，但他顽固不化，使二人的计划没能如愿以偿。

金风未动蝉先觉，弗灵阿因心有愧疚，日本人一投降，他就偕妻回到东巴达罕讷谟尔河老家去。他家乡的新垦屯农会会长郭兴阿，原是他家的旧长工，念当年东家旧情，又因他在外混事多年，当过小学校长，对他非常客气。不仅给他住房，连烧火柴都给他准备了。可是作为被分被斗的老开荒户，满族老地主关育斋——弗灵阿的父亲，和儿子一次次夜里长谈，使弗灵阿对郭兴阿怀恨在心，寻找机会要报复，置郭兴阿于死地，以示对屯人的惩戒。

佟、关、马、索、富、郎、常是当年满族最为显赫的大姓，是满族主要宗族。弗灵阿的父亲关育斋，青年时就是依靠这个宗姓当过正在垦荒时期的讷谟尔河县的一任县执事，以后就在乡下当起五百垧土地的大地主来。家里雇二十多名伙计，几十匹马，五挂大车。而且在屯子里对待雇工伙计动辄打骂，极其苛刻，口碑很差。日本人一投降，他害怕了。为防止农民对他的报复，就买枪支弹药办大排，又在住房周围砌起四角带炮楼的高墙。但反霸一开始，他就被农民打倒了。当年长工郭兴阿当了农会会长，关育斋虽被净身出户，但勉为其难地留下了一条性命。但他却恩将仇报，往儿子心底栽种仇恨。在外混事多年的弗灵阿也是个糊涂虫，竟被地主父亲煽动得仇恨熏心，干下不可饶恕的勾当。

俗语说，穿长袍没有会不着亲家的。这个机会果然来到了。那时农村经常闹土匪，新垦屯也是三天两头进胡子连抢带夺的。

那天弗灵阿请郭兴阿到家吃饭，理由是感谢乡亲们对他的归来给予无微不至的关照。酒桌子上谈笑正欢之际，外边响起枪声。作为民兵指挥的郭兴阿，抓枪就往外跑，弗灵阿也随后跟了出去。

民兵和土匪一阵混战后，土匪被打退了，农会会长却躺在血泊之中。那时村屯民兵都有些战斗经验。有个老民兵发现会长郭兴阿之死，子弹是从脑后打进去的。大家都怀疑是弗灵阿干的，果然在他家的灶坑里找到一把日本式的王八撸子，一验子弹正是。为此县公安局逮捕他归案，他本人也招供不讳。为对其罪恶量刑适度，故派人来请冯仲业帮助核实在西博荣时的一些情节。

冯仲业这才知道自己当年被捕进布西监牢的真相，原来的一些怀疑到现在被证实了。这位把兄弟因行为与性格获此重罪，冯仲业也就不感意外，但他对被陷害的几件事，也只是简要地做了叙述。

后来冯仲业夫妻治病经过拉哈火车站时，想起和弗灵阿在此初遇时相谈甚欢的情景。他反复思考，弗灵阿一个读书人，为什么在经受革命洗礼的过程中，当了封建阶级的殉葬品？百思不得其解。最后归结为他对阶级这个概念认识不清，可能是自我仇恨所致，心机过盛，并急功近利，遇事常常走进极端，就迷了心窍。他的行为跟他过去有奶便是娘的观念是一致的，民国时去找宗社党联系，以后又与日本人勾结，全是为了追求利益。虽然弗灵阿设计害他，他对弗灵阿心中不满，但究竟是兄弟一回，一个头磕到地上，而且有过相互提携。冯仲业不胜唏嘘，娜莱娅却评说，此人太工于心计，常常很离谱，早晚会自己害自己。

4

徐成祖现在已经年过花甲，在一家集体诊所当大夫。他多年不见冯仲业，一见自然亲近。徐成祖邀请他们到家里住。冯仲业因考虑妻子的习惯，还是找个小店住下了。但成祖老伴曾是女教师，颇识人情世故，老两口觉得这样面子过不去，还是在家置办一桌子丰盛酒宴，请师弟两口子过去吃。酒桌上师兄弟及其夫人们谈笑甚欢，成祖先夸弟媳说："玉麟从江北回来就说，他干佬没白心气高，确实已得佳偶。今天一见弟妹果然气质不凡，光彩照人。"

娜茉娅虽然听出这是夸她，却不甚明白。冯仲业忙接过去说："哪里，哪里！师兄过奖了。这是多年前的事了。她已因婆家、娘家屡遭变故，被折磨得憔悴不堪了，影响了心脏，故来向师兄求救。全仗吾兄能赐予回春之术了。"

成祖一听师弟夫妇是来向他求医问药的，遂不再客气，吃完饭，喝一小杯茶，就为娜茉娅把脉。他把手指扣在娜茉娅腕穴上，闭目听了许久，又看了看舌苔，这才对师弟说："你自己研究此道多年，必已有定论。我说的也只供参考：她脉象沉迟无力，舌淡少苔。临床症状定是：常常胸部隐痛，胸痛彻背。气短喘息，严重时昏倒。"夫妻俩听到这儿，都点头称是。

他又说："这是典型的胸痹症状，胸痹是因胸阳不足，胸阴乘位，因而气机不畅，我建议……"冯仲业知道他想说什么，赶紧说："请师兄赐药！"

徐成祖一字一顿说："《金匮要略》说：胸痹宜用理气剂，即瓜蒌薤白白酒汤。"

冯仲业看过《金匮要略》，也知这个成方：瓜蒌薤白白酒汤。但他对妻子初治盼愈心切，给娜茉娅下的都是重药。师兄从治本下手，或者对她病愈有益，遂说："良医各人有各人的考虑，但凭师兄做主。"

于是就请徐成祖开了服瓜蒌薤白白酒汤，并在他经营的诊所抓了这服药。开始吃第一疗程，还真见疗效，但再吃下去，病人却仍喘息不止。

他们无奈，只好一边给亲朋发信求援，一边寻找便捷治疗法。有人说既然是心脏病，何不去克山县看看，据说过去常见的那种克山病即心脏病，现在国家正调动大量人力物力在抢救性救治这地方的病人。还有过去在无医少药时存活下来的人，特别是女人，她们是怎么活下来的？必有良方。

俗语说，有病乱投医，冯仲业遂决定带妻子回老家去看看，于是辞别师兄夫妇，赶着单马车去了克山县。

克山县是东大荒早年开发垦荒地，城比布西这个大多了，也整齐了许多。商招廛幌栉比鳞次，有两趟大街，但也只是初具城镇规模而已。冯仲业车载贤妻找了个小店住下，因为多年没有回来过，对这里的情况早已陌生了。在饭后和店伙计闲谈时，打听些自家搬迁后县里的情况。这个店伙计居然知道二百号屯子里一些情况。原来冯家大家虽然分成多个小股，人称笑面弥勒的大伯冯恭庭，仍被划为大地主成分，而且差点遭镇压了。人称双面观音的二哥冯连阁，却只是被划个富裕中农。他就在本街居住，据说在诉苦会上侄子狠狠揭了伯伯罪恶一番。仲业听了，并未惊讶，因为他深深了解堂兄冯老二的为人，必要时他做得出来。仲业关心的是县里的地方病情况，店伙计说，还很严重。县里解放后，已成立了医疗队，而且想改变水质，改造房屋，抢救危急病人，病情基本得到控制。冯仲业听后大喜，打算明天带妻子去医疗队。但是他睡至半夜时有人来找，就是当初的冯家大家二掌柜冯连阁。

冯连阁手捋八字胡责问："嫌哥哥我成分高咋的？为什么到县不到家？"

冯仲业只好笑笑说："一是我不知二哥家搬街里来住，二是我带你弟妹急着来看病，救命甚于救火。"

"那就搬家去住，别住店了。"连阁满脸不悦地说。

"不，不！谢谢二哥，我还有事，明天看完大夫就得往回走！"

仲业推辞着说。

冯连阁要让冯仲业夫妇搬回家去住，纠缠到天快亮才离开。

上次分家回克山时，大家庭连个人影都见不到。这次冯连阁为什么这样热络？他一定是听说仲业现在是顺境，找他有事相求。他是个见利忘义的小人，变脸非常之快。冯仲业也因弗灵阿的教训，对过去的大家人接触十分小心。

但不容冯仲业多想，他摆脱二哥就忙着拉妻子去医疗队。那里哼哼呀呀病人很多，他排号排到小傍晌。那个大夫比他医术不会强多少，并未给娜茉娅确诊，只说心脏有杂音什么的，X 光却照出娜茉娅是冠状血管有阴影，与一般克山病患者不同。医疗队没有治心脏可用的药品，只有一种抢救病人的强心剂。因没有有效疗法，许多病人虽然被救存活下来，却都因心体扩大、收缩无力而难痊愈。特别是留有后遗症的妇女，整天捧着心口气喘吁吁，连家务都主持不了。

夫妻俩很失望地走出医疗队。冯仲业不甘心，想求助民间良方，四处打听，逢人便问。但民间虽有些举措如挑羊毛丁、拿猴子上山等手法，却都不科学，效果也不好。他们找不到什么治病良方，又怕冯连阁再来纠缠，就只好赶快打道回省城。

临行前发出的几封求医信，回信最快的还是弟弟吴恭太。恭太信上说，王爷庙现在叫乌兰浩特（红城）了，是内蒙古自治区的首府，这里蒙医很有名，何不陪姐姐来看看。不过我现在忙备战，不能奉陪，因为我所在的骑兵第一师要南下参加辽沈战役。但我可以托付给留守同志帮忙，他们会像照看自己亲人般照顾你们，望务必前来。切，切。

于是夫妻二人决定继续南下。

第三十章　弃职救妻

1

西博荣屯在中共布西旗委书记陈立新主持下，适时地开了个反黑、反霸清算和公审大会。

大会首先由工作组组长白拉乙做了《西博荣屯经济情况调查报告》，报告肯定了西博荣经济的特殊情况。因西博荣屯的农田都在山后与河南岸，土地加起来还不到三千亩，而后山林木则近万亩；西河套的条林两万余亩，南河套约有一万五千亩，并且建立有完整的管理和分配制度：如砍伐制度、罚没制度、山股分配享有制度。这里屯民的经济收入，主要依靠的是山林，而不是农田，农田只是解决口粮。这就是本屯与其他村屯的区别。因此工作组上报旗委提议：在西博荣屯只反封建霸权，反对黑暗邪恶势力，不做土地调整，不划阶级，不分，不斗。

报告到这里，白拉乙的话被群众掌声打断，开始疏疏落落，接着响彻大厅。这在西博荣屯是从来没有过的激动人心的场景。

他接着公布核查原山林队近十五年陈账的结果。第一次核查是两千股，实际是每年实用三千股。就是说屯人每年在后山一角轮伐一千车柞桦树，在西河套一角轮伐一千五百余车柳条，在南河套一角轮伐五百余车混杂树条。这三千车树枝分配办法一般是每股一车。在屯民中分配一千五百车（一般户可分到十余车），占百分之五十；公用一千五百车，占百分之五十。

听到公用占一半，群众一片哗然。这个说："太不像话了，我们一年四季看着它，却给这么点树枝，都被公用了。"那个说："真是黑爪子赚钱白爪子花，我们辛辛苦苦砍下的树，都被干别的什么了。"

白拉乙向会场招招手，群众这才平静下来。他说，我这儿有个账单是台老师好不容易才弄清的。西博荣能够把树林保存下来，除了上边说的制度，还有个保障，就是有十多个带枪的人，这十几人在山林达和山林队长指挥下，坚持执行保护和罚没制度。没有这十几个人执行，那制度也只是一句空话。用冯会长的话说："出了省城三百里都是光秃秃的荒山，唯独这里林木葱茏。"

但这十余人需要人吃马喂，枪械也要更新和修理，他们还需要养家糊口。这怎么办？他们用了以山养山的办法，就是每年花去七百个山股。还有八百个山股作什么用了？大家不要忘记上次会议引起闫船达严重不满，就是摆渡基金问题。摆渡基金不到位，船破得不行，人穷得不行。西博荣的善举就是为巴达罕人养活了个诺敏河渡口。他们有大小三只木船，每年都需要检验、修理，三五年一更新。八百山股钱并不宽裕，'伪满'后期却被旗里调去说是统一使用，但没有下拨一文钱，所以让博荣渡口穷到骨头里了。

报告到这里，许多群众如梦初醒，都惊愕于船破的原因。闫希顺跳起来，但不知找谁说理。陈政委招手让大家肃静下来，插话说："外地经验，公众事务必须每年公布账目。这里虽然记账，但多年不让公众知晓，所以问题成堆。这是大教训。"

白拉乙调查报告讲完后，基本得到陈政委肯定："这是经过深入调查，做了实事求是报告。再稍加改动后，旗委准备批准这个报告。"

现在白组长心情非常好，他向大会介绍说："陈政委百忙中来西博荣主持大会非常难得，因为陈政委已经接到调令，升任中共纳文慕仁盟委委员兼任宣传部长，这是临走前主持的最后一个会。"

群众报以热烈掌声，陈立新再三鞠躬答谢，然后向冯仲业说："现在该转入公审大会了吧！”冯仲业向台仁钦说：“请台老师把有关部分公布一下。”于是那位留有山羊胡的老教师端起账本和账单，戴上老花镜，一宗宗道来。

白拉乙同志报告的后半部，厘清了山股的混乱，为沃海山满文账目做了部分诠释，似乎原西博荣头人都是无大过的正人君子。但公审会也从公布原山林队账目开始，却如用利刃分解猪牛一般，将沃海山如何取得牛满山匪帮保护费，从而纵容他们在附近地区打家劫舍，打劫吴家从甘珠尔庙会赶着牲口群回来的高车队，如何火烧高车吴家，劫走其财物及牛马群的吃人不吐骨头的狰狞面目逐渐呈现在人们面前。

这时，瓦干保带领民兵将由布西监狱提回的牛满山和在本屯抓捕的王小手、莫拐子、毛闹格等参加作案的匪徒们押入会场。冯仲业主持并让么斯库用提问的方式，让牛满山将整个案情，特别是与沃海山勾结的情况详细述说一遍，并在记录上画押。其余几个匪徒也对自己恶行供认不讳，并在记录上签名画押，然后被押出会场。

主持人冯仲业发表自己的感慨说：“这件劫案情节曲折、藏匿很深，发生在民国时期，经历了‘伪满’，直到今日，才在各方面条件成熟之后，得以真相大白。高车吴家改进车轮及其传动方式，是对北方民众一大贡献和造福，但却因缺少社会保障，蒙冤多年。这在西方，发明创造是由法律保护；在内地，这种事多是用招收学徒，或发展传承派系等方法解决。在边境，用保守技术秘密方式固然可以发家增财，但灭门之灾也随之而至，让他们的后人承担着各种风险。”他想想后又说，“军阀时代，就是兵匪难分、土匪猖獗的时代，遍地明匪、暗匪。西博荣屯原是很纯洁的地方，但因沃海山勾结暗匪打倒对手，他玷污了这里的社会纯洁。沃家的先人以少许武力保存了博荣山林木，原是功不可没的。而沃海山本人因贪得无厌，妒忌吴家财势而勾结暗匪。看是吴家受害，其实他也是搬石头砸了自己脚。自作自受，自作孽不可活也。但这一案历经三个时代，在所谓民国、在伪政权时期都因社会本身藏污纳垢，难以结案。只有在革命时期，因社会大变动，每个人都在尽情表演后，成分得以大大地厘清，始能得以解决。”

冯仲业最后向陈政委说：“沃海山已被牛满山害死，也算受到了惩处，但还要交司法部门衡量罪恶。我的意思是将其剩下的赃款退还吴家，但不再对其子女做追究处置，可以吗？”陈政委点头说：“处置还是稳妥些好！”

白拉乙在大会结束前最后说：“陈政委就要去纳文慕仁盟高就，他最后还要宣布一件事。”

陈立新站起身来深情地向会场鞠一躬说：“非常感谢西博荣各族人民对我一年多的工作的支持，我将永远铭记这里的人民对共产党的盛情。我最后宣布的一项工作是：经区划调整，博荣嘎查已和兴仁嘎查合并为一个努图克，并成立农民总会。这个新任命的总会会长，是你们屯的德高望重的冯仲业老同志。”

因事出突然，台下先愣怔一会儿，接着一片掌声。陈立新又接着宣布：“工作组的工作已胜利结束，即将退出。因此这里的工作顺理成章由原山林农会负责，经过商议，任命刚刚得到昭雪的高车吴家传人吴·么斯库为主任。为加强党的领导，任中共新党员瓦干保同志为党的支部书记兼民兵队长。希望你们很好地合作，把重担挑起来。”

会场对全屯重任压到两个年轻人身上，很不习惯，正在叽叽喳喳的时候，冯家吉云姑娘慌慌张张跑进来，她先找到么斯库，么斯库问：“出了什么事？”吉云说：“找我爸，我妈病得很厉害！”

2

冯仲业在主席台上听到了，只对陈立新说声“对不起”，跳下台去头也不回就跟女儿走了。

他刚进家门，就听到夫人的呻吟声，心如刀绞迈步进入里屋，见娜茉娅在炕上不停地翻来覆去，汗如雨淋。见此，丈夫潸然泪下。妻子自从上次翻车后，得了心绞痛病，已经犯过数次，每次都是这个样子。开始他因没有治心脏病的经历，为使她缓解些，他翻检古籍先找处置方法，后找通身穴位，才找到针灸缓解法。他命吉云把那支最细的银针用酒精消毒，接过来，并在娜莱娅相关穴位上轻轻扎了三针。娜莱娅渐渐消停下来，他顺手拿过布巾边为她揩汗边问："好些了吗？"她点点头说："好像一次比一次重了。"说着眼中流出泪水。冯仲业劝她："那就先睡一小会儿。"她实在累了，就顺从地闭上眼。见妻子睡了，他拿起笔先在纸上开稳心药方。首先写下当归多少，接着写党参多少、黄精多少，正考虑是否用三七、琥珀时，一抬眼，见她枕边有一首诗，遂拿过来看，只见上边写道：

"一生恩爱结初盟，双双化蝶续前情。三世姻缘将何似，君是玉树我作藤。"

冯仲业知道达斡尔人认为万物有灵，草木虫豸也都有知，她才写下了不同生物观的三生诗。但冯仲业读后大恸，这是她因知道自己病到何种程度，考虑到生死而留下的。

他还记得他们夫妻闲暇时，他曾为她讲过一些汉族人的古典爱情故事。她曾问冯仲业，三生石的故事是怎么回事，他为她讲了李源和圆泽和尚的故事，还背诵了圆泽再生为牧童的那两首诗。第一首："三生石上旧精魂，赏月吟风何足论，惭愧情人远相访，此生虽异性长存。"第二首："身前身后事茫茫，欲话因缘恐断肠。吴越山川寻已遍，却回烟棹上瞿塘。"她听完后想了想说："不怎么生动，还有点造作。那个和尚，十二年后，李源好不容易找到他，怎么又不见朋友了呢？"冯仲业同意说："我和夫人有同感，相比之下，小说《红楼梦》里林黛玉和贾宝玉的故事要好得多。说这对情人，林前生是一株绛珠草，贾前生是神瑛侍者，每天以甘露灌溉绛珠草，绛珠为报神瑛甘露之惠，当他投胎人世，她也跟来了，用一点一滴泪水归还神瑛活命之水。"

娜莱娅听了果然滴下泪水说："这段木石缘，果不其然地好，我们达斡尔民间故事里也有类似三世因缘的故事，而且是来世变草木、变虫子都要报答了结前世恩缘。因为在达斡尔人信念中，不仅万物有灵，而且也万物有情……”

可惜他没有听到具体故事，如果听了，一定会很生动。这不，今天她却用在这首诗里。但这却促使他认真考虑自己的去留问题。旗里新任命自己做博兴总会会长。这是个重任，无疑旗里不是一般地重视自己。如果夫人不病，家里有她管理，他肯定能安安心心地尽职尽责去完成上边交给自己的各项任务。现在她病到如此程度，他能丢下疾病缠身的她不顾，去走马上任吗？那样她真的会没命的。何况还有三个孩子，吉云正在学龄，祥云也该上小学了，还有儿子骋驷，谁来管他们？虽然吉云暂时可以代母亲管理家务，但那样孩子太累了，她的学习成绩会下降，自己能忍心这样做吗？他想来想去，只有自己不去博兴总会就职是最好的办法。于是，他毅然拿起笔给新到任的旗委书记写了封辞职信：

王恕书记：

你好！感谢领导对我的信任，委以博兴努图克总会会长重任。我本应去恪尽职守，不辜负党与人民的委托，全力完成交付我的各项工作，无奈我家最近突然发生变故。就是我的爱人娜茉娅，因上次车祸伤及心脏，必须抓紧去外地求医。因考虑到耽搁时间较长，为怕影响总会工作，故请领导另选用他人，免去我的这个职务。让你失望了，致以歉意！

他刚要写落款，娜茉娅睡醒一觉，见他皱紧眉头的样子，问他在写什么。他把辞职信递给她看。她看着看着也皱起眉头说：“我不同意你辞职！”

这是仲业没想到的，问：“为什么？”

娜茉娅喘息一会儿回说：“你不应属于这个小家，你应当在巴达罕或者更大些地方去工作，都说你工作有能力、有方法的。”

仲业笑笑说：“那又怎么样？能人有的是，我能干的别人都能干。我首先得兑现我俩白首偕老的协议。这是谁也代替不了的。我说的对吗？”

娜茉娅喜形于色，但鼓起好看的嘴巴说：“你总能强词夺理。嗐，我还不能死，还有吴家几代传记没改完呢！”说着说着潸然泪下。

冯仲业郑重地像是对妻子发誓，也像是自己下决心说：“我一定会治好你的病！哪怕是走遍天涯，访遍名医……”

3

为娜茉娅求医，冯仲业心急火燎地想出走，但却没能走得了。因为得给爱徒徐凤池安排一下工作，这又使他耽搁了一些时间。昨晚他和夫人娜茉娅已经商量好，不等旗里准不准辞职，第二天清晨就驾车去省城求医。车都装好了，马也喂饱了，为免再被什么事耽搁下，要稍微起早点，天一亮，吃完早饭，夫妻俩赶车开拔。

清晨，冯仲业稍稍早起，想给马再添些草料吃，以备去省城中途不再歇脚。当他正用小簸箕给牲口添草料时，见第一道柳笆门外有个人影走过来又闪过去，似乎是有什么要紧事。他诧异地推开两扇柳笆门，见一个戴折腿眼镜、衣服褴褛的人，畏畏缩缩地蹲在柳笆门旁。因那个人蓬头垢面，他就一时没有认出来。当他刚要转身离去的时候，那人却叫他一声：“冯老师！”

冯仲业惊骇地问：“你是谁？”

那人见问，满眼流泪，揩揩眼泪后回答：“我是凤池啊，连老师都不认得我了？”

仲业惊讶地说：“是凤池？”再仔细辨认，果然是爱徒徐凤池，他自己眼泪不由也簌簌流下来。现在的他，与昔日衣冠楚楚、风度翩翩的徐凤池大相径庭。昔日博山学馆高级班的大学长总是衣帽整洁，风度宜人。而现在这人不仅满脸胡须，还因没戴帽子而满头稀乱垢发，衣服也脏兮兮的。一只眼镜腿坏了，用细绳子挂到耳朵上。在学馆期间，高级班徐凤池，中级班武德秀，初级班的吴恭太、沃荣山、冯驹驷都是他心目中有分量的好学生。今天学生这样狼狈不堪地来见他，他怎能不心痛？学生在老师面前哭了，老师也难免陪着掉几滴眼泪。

老师揩揩眼泪说："果然是凤池，你这是怎么了？"

学生回说："刚从齐齐哈尔铁路上下来，回家被划成日本人的狗腿子。"

老师问："你在铁路干什么了？"学生回说："抹油啊，就是擦火车头，给车头搞卫生。开火车的职称是职员，烧火的叫雇员，我们只是小佣员。除了给火车搞清洁，再就是给机车点个火、给个油什么的，整天脏兮兮地伺候那些跑车的。衣服上总是油渍多厚，人们怕味，不稀得见我们，特别在街头遇上溜光水滑的漂亮女人，更都是老远就躲开。"老师又问："你没有向工作组讲这些吗？"学生回答："讲了，他们说跟日本人混事，就是与虎同眠，绝对没有什么好东西。"老师说："那就有点太绝对了，这话站不住脚。不过我今天要带你师娘去省城给她看病，等我回来帮你找找领导，纠正一下这种不正确认识。"

徐凤池听了吓一跳，赶忙给老师扑通跪下说："冯老师你今天不能走，先救你这失去能力、没有出息的学生一命吧！"

"救命？怎么说得这样严重！"冯仲业慌忙搀起徐凤池说，"我们只是出去几天，你师娘的病情稍有起色就回来。"

"老师！我连饭都没得吃了，"凤池跪地不起哀恳地说，"我是带家小回来的，原指望回来靠父母过几天轻松日子，可是家庭已被划成地主，土地被分，人也被扫地出门，净身出户，什么都指望不上了。求老师耽搁一两天，给学生救救急，赏我一口饭吃。"

冯仲业非常为难，先领着凤池回屋吃早饭，告诉夫人娜茉娅，今天不走啦，又吩咐大女儿吉云，去民兵队找党支部书记瓦干保来。

吉云去不多时，瓦干保跟来问："会长怎么没走，难道还有事？"仲业对瓦干保说："我想咱们屯的学校也该复课了。因为教员都散了，一时半会儿还找不到合适的老师。今天，凤池他自己找上门来，就先任命他做代理校长吧！再找两个过去在学馆学习好的学生，先代老师教几天，尽力争取早点复课。"想了想又说，"我给你写个纸条，你带到兴仁屯农民总会去，找佟明山副总会长办理此事。”

瓦干保骑快马去了兴仁屯，冯仲业让夫人给徐凤池找两件自己穿过的干净衣服换上，并让他洗洗脸梳梳头。凤池经过一番修整，果然依旧是当年那个潇洒倜傥的知识青年。

他领凤池到学校，把仓库钥匙交给他，委托他先把初高两级学校恢复起来。

师生交谈中，两人都非常肯定博山学馆那段教学工作，他们说达斡尔族自己没有文字，因此在这里汉语教学非常重要，让屯子里一代一代孩子都能识字，能读能写，先垫个文化底是必不可少的，因为他们都需要融入社会，经过革命过程，可以进一步慢慢解决这个问题。他们回顾了博山学馆的学长制，其实是利用小先生教学法。只是老师在课堂上填鸭式教学，学生会记忆不深，如若有小先生课前引导一番，孩子们记得更扎实些。革命后教学肯定有新课本、新的教学方法，但任何时候活学活用都是重要的，照本宣科是不可取的。师生俩越说越兴奋，越说越投机，忘了时间。

说话间瓦干保已从兴仁屯回来了。师生对他此行都抱很大期望，但瓦干保却阴沉着脸，递给冯仲业一个纸条，只见上边写道：

冯仲业同志：

经研究，不同意任地主阶级狗崽子徐凤池为博荣屯学校代校长。他不仅是个地主阶级狗崽子，而且还在日本人手下混过事，是贫雇农的死敌。

切切，务请你划清阶级界限。

布礼！

你的同志　佟明山上

冯仲业读回信后，这个气就不用说了，但他还是笑了笑说：“这些人真能无限上纲。”

徐凤池读后面色大变，差不多又快哭了。他风风火火地拿起脱下的旧衣就要往回走。他说：“他们连老师的面子都不给，我只能回去等挨斗了。”

冯仲业想了想，忙阻拦说：“有的人就是这样，只有他们自己革命，而且百分之百正确。凤池还不能回去，得按我布置的在学校干下去，直到我回来。这一切由我向旗委承担责任。我给旗里王政委留个纸条，谁想管这件事就给他看。”

凤池是个安静人，被老师又一次强留，也就安静下来，去筹备学校开学事宜。

第三十一章　重接诚信的链条

1

么斯库做梦都想不到，凭他这个莽汉能把高车厂管理得如此有条不紊。全厂四十多工人分成制毂、制辐、制辋、制棚与合成五个车间。因为分工制作，实行流水作业，对质量各有各的要求，达到了吴家高车标准车的质量，并且在社会上保住了诺敏河牌高车的荣誉。

因为东北北方迅速解放，经过土地改革后，发展大生产，急需各种生产工具，而且需要量非常之大。从旗到努图克都成立了供销合作社，博兴努图克供销社一下向西博荣高车合作社的车厂订购三百辆高车，而且预付三分之一的头款。为给呼伦贝尔牧区送二百辆高车，请高车厂主任么斯库亲自去参加了呼伦贝尔盟在甘珠尔庙举办的那达慕大会的开幕式。不过这次去庙会，没有像往昔他祖辈那样组织高车队，风尘仆仆地长途跋涉，而是用火车托运。他在讷河火车站装车，到海拉尔火车站卸货，再由供销社出三辆大汽车装载着高车，去了新巴尔虎左旗的甘珠尔庙。么斯库在那达慕会上才得知，过去诺敏河牌高车曾经在这里获得那么高的声誉。

一天，他在供销社高车销售帐篷里闲坐，一个穿蓝缎长袍的叫巴雅尔的老牧民进来说，要找诺敏河牌高车。售货员把么斯库身边的高车指给他。他左看看，右看看，敲敲毂，再弹弹辋，哭了。他说只有诺敏河吴家才有这种好车。好车已多年不见了，革命后好车又回来了。他问么斯库是不是吴家后代，么斯库点头承认，并说吴家高车秘笈已公开，他们已经成立了集体合作社，他就是合作社的厂长。老牧民点头说:“好啊！怪不得好车这么多。”

他邀请他到自己临时蒙古包的家去坐，么斯库盛情难却地去了。那个巴雅尔老汉为他宰羊置酒，讲了那么多和他祖父吴海山相交的话头，特别讲他祖父为他售出的车更换新轴承，曾几次激动得热泪长流。因为老牧民见到高车吴家后人非常亲近，酒后又邀他去乌颇勒保力格牧业合作社的家中去看看。

两个人坐一辆么斯库从来没有见过的名为“奥登”的单马斗子车（俄式），非常轻便。他们走在路上，老巴雅尔告诉他，高车是牧业的支柱之一，因为牧民日常生产、生活，不可离之须臾，让他想办法多多送高车过来交换。么斯库听了很感动，答应一定照办，并且他越发相信老人的话，是言之凿凿了。因为去乌社的路上，在大草原上，在那片绿色海洋般的滚滚波涛里，经常出现或长或短、曲曲弯弯、游龙般的什物飘荡着，这使他非常纳罕。他指给老巴雅尔看，并问道:“爷爷！你看那是什么？”老巴雅尔却疑惑地反问:“孩子，你真的不认识它？”么斯库点头承认。老巴雅尔咳了一声说:“那就是你们老吴家人亲手制造的高车，被人们排成的或长或短的队列啊！人们称它为草原游龙，或者称为草原列车的呀。因为牧业畜群常年需要逐水草而经常流动，所以家也是流动的，这个任务就落在这些勒勒车上了。它实际真正的名字应该是‘行格里’车队。”

为了让么斯库看得分明些，奥登车停留在一处刚刚搬到目的地，正在进行安顿的宿营地上。

那是一趟有近二十辆高车的车龙，由母子俩赶着来到此处的宿营地，傍着一片波浪起伏的湖畔高地，而且既风凉又敞亮。高车一律由各种毛色的犍牛或马匹挽来，现在已经放任它们去草丛自由地寻找牧草享用，母子们正在忙活排列那些高车。原来高车上承载的都是搭建蒙古包用的东西:哈那（底架）、套脑（顶棚架）和一片片苇箔。其余大多是各种各样用毛毡包裹的大、小箱笼。么斯库看了有些不解地暗想："为什么把箱子都放在车上，还用毛毡包裹起来？"老巴雅尔似乎看透了他的心思，过来说："这家主人叫刚苏和，他正在约十里地的远处放牧一个一百多匹马的马群。女主人叫哈兰，负责往这里转场。还有个姑娘叫乌云其木格，在三里地外放羊。他们的小儿子就是那小子，他叫吐木尔，正在念书。因为家里有事，请假回来帮母亲搬家。牧区一般计算贫富，是看他们行格里箱子有多少。他们二十几辆车，算不上富裕，只是个中等户。大牧主家不仅要有固定住处，还要有上百辆行格里车才行。"

他看么斯库的眼睛一直盯着那些箱笼，又说："你在奇怪那些箱笼为什么要放在车上？你看他们现在正在搭建的蒙古包，那个包里的地方容量有限，家里人起居要活动，人来人往也要地方。那些备用物资放在哪里？只能放在这些车上。"么斯库这才恍然大悟：车上的箱子原来是活动仓库。

不知是有心还是无意，老巴雅尔领他更近距离地去看那些车。让么斯库惊讶的是，因年代久远，停靠车群里的真正完整的车并不多，不是缺辐，就是短辋，甚至有的车，因久经风吹雨淋已经开始腐朽。他是家传高车匠，见此情况，不能甩手不管，他向老牧人张开双手问："有工具和备件吗？"那老牧民又这样问正在搭建蒙古包的母子俩。吐木尔过来在一辆破旧车上找到一把旧斧头，一把缺齿锯，又找来些旧车上的破碎零件。就用这些简陋的东西，么斯库尽可能地开始了修理。老牧民则一边看他巧妙地用那些无用之件把坏车修好，一边喋喋不休地讲草原新变化。但他重点讲的是草原缺车，缺少劳动力，直到那母子俩搭好包，烧好奶茶，几次唤他们俩进包喝茶。一老一少这才坐进刚刚搭好的蒙古包里，端起茶碗。只有干完活的人，再喝奶茶，那才知道什么叫适口充肠。

归途中，么斯库坐在火车上，领悟出人生必备的事项——那就是信誉。因而他领悟了，祖上为什么对高车技术操作要求那么严格，给自家制定了那么多严格的规章制度。以往他从小到大对这些并没什么体会，这次下牧区使他深深有了刻骨铭心的理解。

但么斯库回到家中，个人生活上却出了问题。他因力劝铃木贞子把山本太郎那些浸满罂粟浆的麻织物交出去，不能再让这种麻醉品再害人了。她爽快答应交出去了，但从那之后对么斯库日渐冷淡，过几天竟提出：她不能再和他长久过下去了，因为她大他十几岁。北海道女人个子矮，瞒了他好多年。他回说不在乎女人年龄。她又强调在日本的儿子都已经十几岁了，寄托在舅舅家，可能遭受到许多折磨。她想儿子都快想疯了，她原本就打算一有机会就回去和他团聚的。这个理由使么斯库无言以对，在全国遣返日本人时，他倾尽所有，打发她走了。

后来，牧区老巴雅尔寄来一封信，给他和刚苏和家的女儿乌云其木格提亲，说牧羊女放牧归来，看见么斯库修车的活计称赞不已。她说用那些旧件修好那么多车，简直是神手。还寄来一张照片，姑娘还真有些姿色，具有典雅大方的牧民特点，自报有小学文化。往来几封信后，乌云其木格被聘来当高车厂的出纳员。老巴雅尔原想给牧区拉一名高级修车匠，没有成功，却被西博荣屯拉回牧区一名美丽的女放牧高手。他们俩婚后，倒也夫妻和谐，恩爱有加。

2

冯家夫妇在省城齐齐哈尔治病一个月，娜茉娅的病情起色不多。接到恭太的信后，两口子就坐火车经白城子中转到了乌兰浩特车站（原王爷庙）。内蒙古骑兵第一师军需处派一个叫合什格的科长前来接站。合科长十分热情把他们安排在部队招待所。

合科长很快为他们请到这里有名的喇嘛蒙医敖勒涛那顺。不过他没穿红色喇嘛袍，却穿灰色军装。蒙医也像中医那样望、闻、问、切，但说法不一。他说心脏病有四种类型，娜茉娅属第二种，即“禁斯”偏盛型的。临床表现是：刺痛点固定，心慌气短，口干舌燥，面红易汗……因此开一纸处方叫“匝迪”，共有五味药：广枣、木香、土木香、肉豆蔻、荜茇。

敖勒涛那顺开完处方说：“还有一味药，我这里没有，也没有写。让合科长给你们弄吧！他比你们熟悉此地情况。”

等了两天，合科长没找到。他见夫妇俩焦急，劝说：“吃蒙药急不得，有些药出自西藏，内地没有，只能各处去找。这样吧！我给吴军需打个电话，他比我神通广大。你们先到街里逛逛，再到后山去瞻仰瞻仰成吉思汗庙。”夫妻俩只好安下心来照办了。游完红城大街之后，冯仲业兴奋地对娜荣娅说：“夫人！你在这街上发现什么新气象了吗？譬如人们的嘴巴上说话那么自信，脸上都兴高采烈的，给人预感像要迎接什么大喜事似的。”娜茉娅回说：“是吗？先生总是比我敏感得多！”

好像给他的话做注解一般，吃晚饭时合科长通知他两口子：本街今晚召开支前动员大会，政治部首长要求招待所的客人都得去参加。但冯仲业怕夫人病体支持不住，让她留在招待所里，自己去参加了。

被称为内蒙古自治区首府的乌兰浩特，岂是莫力达瓦旗县小城的布西街可比的。一个支前集会，在民族广场就集中了几万人，规模空前庞大。灯笼火把，黑压压的一大片人群。首先是一位自治区副主席叫克力更的在麦克风前做的动员报告。他的精彩演说让冯仲业耳目一新，他说：“东北的人民解放战争，已经快进入最后收官阶段。速度为什么比想象的快？因为战争不仅是比武器，更重要的是比人气，国民党在东北是没有人气的。日本人占领东北之初，他们一枪没放就把蒙、汉、满、回三千万民众撂进水深火热之中，自己跑了。是东北抗联在共产党领导之下，和老百姓一块儿熬过了十四年最痛苦的日子。当鬼子投降后，蒋介石看见有便宜可捡，就一点不脸红地来抢地盘，捡洋落，并仗着有美式现代化装备，从天上、地上、海上一齐运兵来争夺。共产党和民主联军（即抗联和八路军组成的队伍），以弱对强，只好退到广大农村去。不过我们也没闲着，我们去到广大乡村发动群众，唤醒民众进行土地改革，然后用乡村来包围城市。等到群众真的觉悟过来，形势马上起了变化。民主联军经过三下江南、四保临江的艰苦奋斗，就把国民党几十万武装到牙齿的现代化大军，用小米加步枪，再加高车等落后装备，分别围进四个点上，即四平、长春、沈阳、锦州碉堡群里，并包围起来，然后共产党中央又出奇谋，先把锦州打下来，这就形成了现在东北的关门打狗的局势。这是什么？这就是人民战争。民主联军代表全东北三千万人民，而面对一小撮新军阀。这下反人民的老蒋猴急了，想把这个死扣解开。我们不准他解，这就在辽西大地上要有一场恶仗要打。还是你打你的现代化，我打我的小米加步枪，再加高车。而且一定要打赢你。为什么说得这么肯定？因为钻进乌龟壳里的几十万反动军队，在几千万觉醒人民的包围下，一人一口唾沫也会把他们淹死了。我要告诉大家的是：咱们内蒙古骑兵已经奉命开到指定的战斗序列去了，我们的锋利的马刀会在这场战争中起到应有的作用。”他的讲话引起了一次又一次滚滚波涛般的掌声，在广场人群中旋来转去。

下边是奖励几个模范人物。给仲业印象最深的是一个是姓关的汉族老汉，六十左右岁。他是支前农民，带领一支小队给一个机关枪连运送浅水鱼。这个连据守一个山口，他们运送物资必须走过一片沼泽地，蹚过一条小河，再爬上三四十米高的石砬子，才能让部队有足够的物资和子弹用，才能封锁住这个山口。关大爷他们的方法是用高车和独轮车把物资先推到河边，用人蹚水背过河，再一步步爬上石砬子，把应送物资送到部队手里。而他们这个支前小队，在两个月内没让部队缺少一口吃的，没缺一粒子弹。另一个典型是蒙古族新婚小两口，男的叫达那巴拉，女的叫金香，原来都给大巴彦家干活。达那巴拉给巴彦家放马，金香给这家老太太当丫鬟。达那早就和金香偷偷恋爱上了，要结婚，而巴彦家不允许，因为他们想把金香嫁给家里的一个傻少爷，而金香又不肯。两个人的婚姻一直拖到土改，斗倒大巴彦。达那当了农会副主任，金香当了妇女会副主任。两个人拜完天地，第二天就要报名去参军，教大巴彦反了可不得了。因为辽沈战役最后的动员口号是：父送子，妻送郎。上战场，打老蒋。他们是随着滚滚洪流保卫土改果实，推倒三座大山，并埋葬旧社会最后的总代表——蒋家王朝。

冯仲业听了看了这些，回到招待所对娜茉娅说："我对人民战争这个词，早就知道。但直到参加那场支前大会，才觉得这句话可以看得见、摸得着了。想填一篇《念奴娇》也抒发一下情感，回头填完请你指正。"妻子还是笑一笑，点头应允。

翌日合科长说："那味药吴副处长他找到了，但没时间送回来，他听说姐夫来了，建议你最好亲自去取，因为他还有话和你说。"冯仲业心里有些不悦，军需副处长是多大玩意儿，就和我端起架子，又一想，人家是在前线呀！

问有多远路，回说：他们驻防的地方叫半拉门，快马两天不到，三天富余。他想，若五六天就能赶回来，等就不如去了，恭太这小子诡道多，可能还有别的事。于是他决定亲自去取，遂向合科长要来一张路线图，还要借匹骑马。合科长建议他还是坐吴军需的专车去，那车跑起来比光杆马快多了。

疑惑间，合什格把马车送过来，原来就是从西博荣屯带来的单马夹苇箔的高车。冯仲业现在驾这种车，也算得上驾轻就熟的驭手了。于是他安顿好妻子，很快就赶着单马车越过吉林地界，进入辽西大地。路上哨卡很多，但因他有内蒙古军区的路条，也就所向无阻。过了通辽地界，很快地找到了半拉门镇。找到内蒙古骑兵第一师驻地，却没见到吴恭太本人。军需处的军官说，副处长被借调纵队去备战，师部找他还有事，可能还在师部的什么地方。

3

根据那个军官指的路，冯仲业赶车又走二十多里地，才在一道小山沟，大概只有十几户人家的屯子外头，找到了吴恭太。但他首先看到的是一堆独轮车，有百十多辆，这种车比博荣屯小孩子们玩的那种稍复杂一点，但体量更大些，是大轮车。他到博荣屯后常见家家院落里都是这种车，但却没集中这么多。他还看到在一片农田里，这一堆、那一块地成堆放置的也是高车，而且在车堆旁边有几个木匠师傅正在锛、凿、斧、锯，忙着修理。引起他注意的是在田野上还有座烘炉，炉边有几个铁匠正在打铁。而且打出一堆刀子，有长刀和短刀，堆了一大堆。但他却看不出是干什么用的。又一回头，看见有几个人往一辆高车上像装扮轿车一般安装那些长刀和短刀，而且已经安装完一些车辆。在车棚前横七竖八地放上几把闪亮的大铡刀，车轮上装有许多锋利的镰刀头，并向两厢高低伸出二十余把弯翘的刈草刀。这些刀车能做什么用？冯仲业正纳罕间，在车旁边指指点点的那个军官见他驾车走过来，丢下众人就向他跑过来，并大声喊："姐夫，姐夫！"他这才看出原来他就是恭太。

只见恭太身着军官服，肋下左边挎个牛皮图囊，右边挎着手枪袋。他见到昔日姐夫兼师长，恭恭敬敬来了个举手礼。他的兴高采烈也影响了冯仲业，他兴奋起来，亲近地下车和他握手，仔细地将其上下打量一番：恭太现在仍是高额浓眉，不仅着装整洁，说话姿态庄重，口音也准确了许多，他心里感到一阵慰藉，但却不解地手指着那堆车问："往车上安刀做什么？"听这一问，恭太先愣怔一下，当明白他因何发问，忍不住哈哈笑说："姐夫你好！你还以为我是小孩子过家家玩哪！你又可以罚我跪孔老夫子啊！它们现在给派上大用场了。不过我现在不能说，罚跪也不告诉你，因为是军事秘密。将来我再给你解释吧！"冯仲业听他这样说，有些不高兴，但也就不再深问了，却变貌变色地说药的事："敖大夫给你姐开的是什么贵重得不得了的药，必须我亲自来取药引？"

恭太回说："牛心，一颗牦牛心。"

仲业不满地说："一颗牛心有什么了不起？让我千里迢迢赶过来！"

恭太回说："牦牛心只有西藏有，但战时就难找到了。我是在彰武从一个老蒙医手中弄到的。因大战迫在眉睫，我又被借调到纵队后勤离不开，用得又急，只能请你亲自来取。"

他想想又说："还因为我还有些话想对你说。战争一打响，说不定我就牺牲了，有些话不说就只能烂掉了。现在世界上，只有你最懂我的心，所以必须请你来一趟。虽然从亲属方面讲，你是我姐夫，但说你是我们高车吴家的保护神也不为过。扔开这些，单说你是我的启蒙业师，我肚子里这点知识水，多是从你那里贩运过来的，什么都瞒不过你。以往我心里最大的包袱，就是逃婚时没能从树林里跳出来和鬼子一搏生死，而一直内疚不堪。可是续花她却再三说，我不是浅水鱼，那不应是我该死的地方，又云山雾罩地说我能飞多高。直到我参加这场史无前例的大战，我才领悟到续花的话可能有对的地方。男儿死而无憾，只能是在这里。在那树林里，两个男孩子为争一个女孩子而去死，也太那个了。为此，我写了首诗想交给你，让我最后卸掉心理包袱，好轻装上阵。如果经过这场战争洗礼还不死，我可能会变成另外一个人。”

冯仲业接过来看，是一首长诗，标题是《自由诗·难以忘怀的追忆》，他随手揣进怀里。

吴恭太让姐夫往车里坐，顺手接过赶棍子说：“请你参观一下我们的木轮钢铁运输线吧，也就是高车后勤。你或许会有感想，能写点什么。”

恭太一上车，那匹红辕马就摇头扬尾精神起来，带动全车哗哗地小跑。车过两三个屯子后，仲业忽然嘿嘿地笑起来。小舅子问姐夫笑什么，姐夫说：“若不看那些瓦房和平房，以为又回到博荣屯了。怎么好多人家院子里都有那高轮车呀？”小舅子解释说：“原来用高轮车做后勤的，只是内蒙古骑兵，最近因战争需要，都被纵队司令部调到前线来了，顺河边有二十几个屯子，到处都是我从莫旗购置的那些大轮车，而且上边都装着粮秣和弹药正在待命，运过这条河去。”

听小舅子这样说，姐夫这才注意到他们的马车其实已经是在顺着一条河走。他没注意到的是，这里人家太稠密，河床子窄，不像北方河水那么浩瀚，尤其是周围没有几棵树。说这就是历史上有名的西辽河，使人有点难以相信。

车停在一座断桥旁边。冯仲业由车上跳下来看，只见一座百多米长的大木桥，已被炸弹崩得七零八落。桥梁大部分已经沉入水底，只有残缺不全的两排桥柱指着天空，半耸立水中。吴恭太指着一段像手指样还连在柱上的断梁说：这就是蒋介石在东北惨败的耻辱柱，应当永远让它钉在这里。想当年，他不顾东北三千万民众的生死，唆使张学良一枪不放，领兵进入关内，让满蒙地区变成水火的炼狱；日本投降后，他又想把我们当洋落捡。大量派兵，派接收大员来搞五子（金子、银子、票子、房子、女子）登科，你争我抢地发洋财。这回我们有共产党撑腰，不准许他这么办，他就恼羞成怒派飞机来狂轰滥炸。就是这么一座木桥，老百姓走着很方便，他却派来十多架飞机轮番狂轰滥炸。直到我们调来高射炮打下两架飞机来，才肯住手。

飞机不来了，但大量粮秣弹药等着过河那边去，那么多物资都陈列于大河北岸。那时纵队司令部借我过来，我也只能带来几百辆高车。这些车都装上粮秣弹药重载，在我勘查的一段水域里，一声枪响，百车争发，抢着过大河，也够壮观了，在博荣是看不到的。

恭太讲得神乎其神，冯仲业有点听入神了，他说：难题就那么被你解决了？恭太回说：解决是解决了，但是出了事故。姐夫惊讶地问：出了什么事？小舅子回说：有两辆辎重车和人马顺了大流。当时水势是那么凶猛，这条河水深浅不一，变化很大，不适合蹚水过河。后来纵队领导决定用钢铁舟桥垫底，就变成了现在的水下运输线。冯仲业问：你的水下运输线在哪儿？恭太回说：在前边不远的地方，在水下，水面上是看不到的。

姐夫！有兴趣蹚水吗？有兴趣的话晚间咱们试一把怎么样？也算作是支前，不枉来前线一次。恭太满脸笑容看姐夫脸色。姐夫想想，凝重地说：既然是大会战，大家都做这件事，当然我也该无例外地参加进来。小舅子说：好！我和调度来安排一下。

因为还有些时间，恭太给仲业在一个老太太家安排了晚饭——让给他蒸莜面窝窝吃。

在等饭的时候，仲业掏出恭太那首诗，只见上写道："两相爱，遭非议。为避恶谤，逃进树林底，信神不怪，求天庇护。莽莽兴安岭，芸芸蕃息地。野果枝头香，鱼翔浅底腴，任情选栖址，随处可采食。看双鼠，松枝嬉戏；瞧麋鹿，桦林舐浴。相恋者，情爱之故乡；生植者，繁殖之故里。逃亡人，剥桦皮，支架木屋、修盖银色屋寓。更铺松茸、细软床具。金发雪颊女学子，桦寓藏娇无瑕玉。随时可工、车材优质。辕辐毂辋，逢林即是。优质高车，岭南销售；呼之即出，岭北营地。心绪昂激，向世人，凭高宣告：新兴高车海牙部成立。狼踪现，熊迹匿，护娇防猛兽，设疑径陷阱；置暗箭隐器。岂知：人播仇恨，甚于兽欲。抢婚者，人喊马嘶；夺人倭寇，车吼弹雨。劫波恶斗烟消散，桦寓空寂，丽人哪里？树海茫茫无音信；星堕滚滚绿漪，有网捞不起。”

他看完这首文言的达斡尔式散文诗，对其用心良苦，竟觉得鼻子一酸，尤其是这一对小儿女都曾是自己心爱的学生，为了相爱竟遭如此不幸，不由也有些泪水盈眶，但怕被恭太发觉，忙揩干泪水，把那长诗往兜里一揣，说：“这首诗我转给你姐吧，她正在编写《高车传》新生代部分。”恭太点头。仲业又说：“想不到高车在兴安岭南北，一种普通又普遍的工具，在这样现代化的战争里竟能派上大用场。”恭太说：“我们师政委胡昭衡说：现代战争中有许多奇异现象，其一是不对称的战争，在抗日和国民党内战中是经常的，但是这场不对称的人民战争可能是埋葬千年封建主义、百年军阀专制主义的最后一战，我们是它的掘墓人。”

“精辟！你们政委这句判语够水平！”仲业听了以后这样评论道。又十分敬慕地称赞说，“我在自治区首府听克副主席讲人民战争就非常过瘾。又听到这句精辟注译，实在难得。”

见姐夫高兴了，小舅子又补充说：“我们政委也是文人，人称自治区四大才子之一。他对东北战场还有诗作：三下江南征腐恶，四保临江论豪杰。东围西打真奇策，关门打狗战略别。他对我的高车后勤也有诗：莫道小米加步枪，更有高车保秣粮。假若后阵充前阵，封建殖民轮下亡……”

冯仲业睁大了眼睛问：“三下江南、四保临江我听说过，东围西打啥意思？关门打狗战略别，别到什么地方？你的高车后勤也入政委的诗了？”

恭太见姐夫渐被引入自己的语境，遂解释说：“政委说，他的诗都不标准，为了让战士容易记，就不拘韵律了。东围西打是指东北战场现在的实际状况，对辽东和长春、沈阳是围而不打。真正的战争却在辽西。中央用了这个关门打狗决策后，民主联军于10月14日至15日用三十一个小时激战拿下了锦州，生擒了敌司令官范汉杰。但真正激烈的战斗却在塔山，塔山离锦州只有十五公里。打援的程子华纵队和侯镜如独立师，总共八万人，从15日起，在塔山抵住国民党军十一万人从空中、海上、陆地上的轮番攻击。敌方光炸弹就投了五千多发，把塔山削平一尺多，但却没让他们走出塔山一步。现在是间歇时间，我们正在准备打一场更大的战争。”

晚上八点多钟，一声响亮的军号过后，他们告别了这家女主人，走到院子里。警卫员已经套好单马车。车上已装满薄板箱，两个人再坐上去，辕马吃力地把车拖到河边。夜色里，河岸上到处都是影影绰绰排列的几百辆车，却都鸦雀无声，可能还有些推车夹在其中，因为人影摇摇，载物悄悄，姐夫问：“为什么还用人力手推车？”小舅子回答说：“高车去不了的地方，它到那里是最灵便了。”只一会儿，他就接到过桥信号，恭太让姐夫用条棍赶马，他自己穿胶鞋牵马蹚水走在前边，舟桥在一尺多深的水下，按着两道荧光细线，很顺当地走了过去。后半夜，他们卸了车，又车载支前的男男女女回到了北岸。

因为大战在即，娜茉娅还等牛心用，第二天早饭后，吴恭太就恋恋不舍地送冯仲业离开前线，让他驾车回乌兰浩特去了。

第三十二章　东围西打胜在民心

蒙药确实有些神奇的地方，牦牛心加进药里，娜茉娅吃了后，心脏恢复了许多，喘息也平稳了，脸上也透出些红晕来。有人夸奖蒙药，有人却另有一说：看娜茉娅的健康情况，好像心脏另长出根血管，其实，那是她丈夫经常为她针灸，激活她重要器官的结果。老两口却不在意这些，只要病好比什么都强。

夫妻俩这时都有些惦记家里的孩子们，正想要北归时，吴恭太从前线有信来，是和军需处的一封报告一块儿捎来的。

冯仲业见信封前边写的是娜茉娅姐姐，后写冯仲业姐夫收，就把信交给妻子说："你是《高车传》主要编稿人，请你开启吧！"妻子说："你这人说道怎么多起来，信在你手，随手扯开就是，这么麻烦干什么？"

信打开，其实信里还多是写给姐夫的，说了段长长的战斗故事。

娜茉娅姐，仲业姐夫如面：

你们好！长时间未见姐姐真有点想，也想小外甥和外甥女们。心脏病怎么样了？吃药后还管点事吧？蒙药虽然看着粗糙些，但事实证明疗效是很不错的。

姐夫走后第三天，我们那场大战就真的拉开帷幕了，可惜你不得不走，没能亲眼一见。因为事关军事机密，你不是军人，我未敢强留。那可是人生难得一见的大场面。我尽量能详细些说给你们，看姐夫能不能写出点什么，太值得一写了！

被美国武装到牙齿的廖耀湘兵团，是国民党嫡系部队，号称国军几大劲旅之一。他们1948年10月上旬从营口市蹿出来，有二十余万人（其实加上非战斗人员有二十四五万人，或者更多）。一路上攻占了北镇、盘山、沟帮子、黑山、大虎山一线，意在切断民主联军的补给线，重新夺回锦州。但他们在攻占了彰武县城以后，不知为什么又犹疑不定起来。

民主联军总部根据形势，用了九个兵团约五十万人对其进行迂回包围，并且进行了块块分割后，准备将其各个消灭。就这样，一场辽西大会战正式摆开了。我们内蒙古骑兵第一师的任务是：除了奉命迂回机动地打援外，还分给我们一块不太大的蛋糕吃，命令我们三天内把其主力骑兵吃掉，即基本消灭敌骑兵第三旅。

开始，这股敌人自恃装备精良，很是骄横，连续攻占了我们防地的半拉门、三家子、郭家窝棚等地数次。我们早就有意将其一举除掉，但没有上边纵队的命令不敢妄动。今日既然上边发话了，战士们都个个摩拳擦掌跃跃欲试的。但在战术行动上，师部领导还是非常谨慎。因为敌人毕竟是美式化的敌军主力，我们还只是小米加步枪的地方部队。两下动起手来，怎么能减少自家伤亡是头等大事。《孙子兵法》上说：“避其锐气，击其惰归。”毛泽东讲的战争基本原则是“保存自己，消灭敌人”，运用到具体战术上是：“你要打我，我叫你打不着。我要打你，就务必消灭你！”

师参谋部估计两边优势，我方优势是马刀锋利，既快又狠。看着一汪水似的马刀，出鞘就叫敌人胆寒。但是敌人优势是自动马枪、轻机枪，这却是我们少有的。怎么叫敌人抽不出枪来？这是减少我方伤亡的主要办法。就是怎么才能把敌人挤对到忙乱不堪的境况中去。最后议定是诱使敌三旅骑兵蹚水过绕阳河，但一过河后必须迎头痛击，让他们来不及用枪。因为一时谁也想不出什么好点子，参谋们就查战例，查到部队里流传我的那个段子，就是用少数骑兵打掉多数骑匪的故事。于是领导就把我叫到参谋部询问情况。我说那是碰上了，逼急了想出来的旁门左道。领导说就是要听听这旁门左道。

既然要听，我就把在诺敏河西岸太平山屯用刀具武装的高车和用高车改作的抛掷器，击破并拿获逼累绺子和他掌舵师爷牛满山等故事讲了一遍。胡政委笑说："好小子！真有你的。这就对了！就得这么杀杀他们的锐气。要有个名堂才好，叫什么呢？就叫'铩羽车''霹雳器'吧！赶紧昼夜给我赶出几十辆铩羽车和霹雳器来。"姐夫到那里时，我正和大家赶造这种东西，因为涉及军事机密，我不敢告诉你是什么，请原谅！

敌第三骑兵旅泅渡绕阳河，是10月13日下午午后。那天天气阴冷阴冷的，而且黑云密布，阴得很沉，天上淋着小雨，地上河水正在猛涨。敌军却人喊马叫，几千人马都集聚在大河北岸。情报诱使他们一心要到河南岸向我军寻求战机，当时是猴急猴急地只想蹚水过河。但他们也很小心，先派部分人马下河试着泅渡（有二三百人下河，是两个连的建制吧！）。河上大小船只都被我们收拢到一起藏匿起来，加上零星小雨，地面太泥泞，他们的十轮大卡车，又根本派不上用场。要过河，只能用这种土办法泅渡。他们先是人牵着马下河，河水没过马肚子进入大流以后，又是让马拖人，人来凫水，人一手扯着马镫，另一只胳膊划水跟着马过河。

10月中旬天气阴冷，当这部分人马从冰冷的水中泅渡到河南岸时，人人都冷得寒鸭般微微颤抖起来。就在他们抖擞着整理鞍马，准备列队时，远远传来一声号角，但他们却没怎么当回事。就是这么一声轻轻的号令，从不远的柳丛后面钻出来几辆牛车，并拖着满车明晃晃的利器，向他们奔驰而至。先是几辆，接着又出现几辆，接着无数辆刀车，像座座小山般一齐奔驰着向他们撞击过来。特别是那些役牛，角上都装有利器，身后拖着满车刀具，竟疯了一般，摇头摆尾吼叫着冲进敌骑兵队伍里（他们哪知牲口尾巴上都拴一团火焰，吓得牲口失控了）。这时碰人人死，碰马马伤，血花四溅。所到之处只听人哭马叫哀声一片，几十辆镓羽高车在敌军中来来回回一搅和，敌军队形顿时大乱。

开始还有人想用自动枪射击，但因都战战兢兢的，子弹打不准；有的没等举枪，就被刀车冲过来而割死割伤。敌兵大骇，呼爹唤娘，屁滚尿流，慌乱不堪。

敌兵正不知该藏匿到哪里是好时，后续的杀声又起，伴着骇人的杀声，是数不清的人高马大的蒙古骑兵（其实也只有两个连人马）摇着雪亮雪亮的锋利长刀，或劈刺、或削砍、或平推。刀锋过处血流如注，人头滚滚，所向无前，想活命的只有伏地求饶。

不多时间，敌军试着泅过河这边的两批人马，都落了个死的死、伤的伤，或是尸陈平野，或是跪地投降。

这时河北岸形势也起了变化，因为南岸尸横血飞的情景，不仅再没人马敢泅渡，北岸几千官兵们见此情景也都吓得目瞪口呆，魂飞魄散。也就在这个时候，早已隐蔽好了的我军大部队，似乎是从天而降，瞬间现身，把他们包围得严严实实的。他们如不想死拼，只有一条出路——挑出白旗投降。更因为河口两侧陡崖峭壁上的滚木礌石，特别是那些高车抛掷器甩出去的霹雳火球雨点般劈头盖脸而下，到处起火。远处杀声陡起，黑压压亮晃晃的马刀队潮水般推上来。那只是这场百万之众辽西大会战的一角，历史也就这样定格了。

续花生前一再说我不是浅水鱼，不应死在那树林子里，好像应死在这个战场上。这场战争我又没死，使我醒悟了许多事。首先我悟到：人民在东北战场的胜利，已经动摇了蒋家王朝的根基，他们的覆灭只是时间问题，似乎黎明前的黑暗就要过去了。

姐夫说的孟子平民思想，许多处我都在毛主席的《新民主主义论》文章里隐隐约约找到了。随信寄去一本，把我读后心得都标在上边。对否，请来信指正。还有，我已经是中国共产党的党员啦。在尖山子屯无意中打的一仗，胡政委听了很高兴，说我是那么块料，就发展我了。

姐姐可能很惦记我身边的事。续花的事叫我悲怆欲绝，此生本不想再找人了。最近，军医院有个叫娜仁花的蒙古族女大夫和我走得很近，她听别人说了续花和我的故事，很同情我，说愿意帮我从那个阴影中走脱出来，对我非常主动。

先聊这些吧，敬礼！

小弟恭太

1948年10月20日

冯仲业和娜茉娅夫妇二人心急火燎赶到家，看到孩子们都平安无事，两人这才放下心来。吉云现在越大越漂亮，是个大姑娘，更像妈妈了，在姥姥指导下，把家管得井井有条。山林农会、高车合作社，还有学校那些仲业的部下、学生们，都在按部就班地工作，有模有样干着自己的事。这使仲业的心里感到非常宽慰。他想，等夫人病情再好些，就去找旗里王书记报到，以便再尽些绵薄之力。

没等他去报到，旗里通信班送来一封信，催他回来，速去博兴总会上班。他问党支部书记瓦干保，这是怎么回事，总会不是有佟副书记在主持工作吗？回说：他太左了，犯了个严重错误，被旗里给撸掉了。他只好把这件事告诉夫人，并准备去上班。

也就在这当晚，沃荣山给娜茉娅送来几份《高车传》稿件，都是他和么斯库合作写成的，由么斯库述说，他动笔写下来，文笔不错，很有激情。给么斯库写了三篇：关于用狼套套死山本太郎那篇叫《活该！罪有应得》，看了叫人挺解恨的，分寸掌握得还很适度；对那十多年后再送高车去草原的稿，叫《信誉链条的对接》；给牧民修车，从而吸引来个女孩子乌云结为夫妻篇，叫《草尖上飘荡着的红绳》。写吴恭太的有两篇，一篇叫《高山顶上永远的海牙屯》，另一篇叫《少将军智擒顽匪记》，不仅充满激情，情节还很吸引人。只是冯仲业翻了翻稿，又递给娜茉娅，什么也没说。娜茉娅问道：先生！怎么不说话？荣山也说请老师指教！他想了想说：我说了你们都会不高兴！写历史不管怎么激情，一个原则必须遵守，那就是秉笔直书。那个续花是死到家里，怎么又会在山上葡萄架下殉节了呢？她是明媒正娶到了鄂家，怎么还会是吴家媳妇呢？那个吴恭太活捉几个土匪头子，给吴家报仇不假，但他只是个军需，怎么变成了少将军？给的军阶太高了点吧？这稿若用，在大原则上都得大修改一下。

他这些话像一盆冷水泼下来，沃荣山被说得登时脸色煞白，连眼也顾不上眨巴了。屋里沉闷了许久，荣山嗫嚅着说：这都是续花生前的愿望，我就按她意思写了。娜茉娅却理直气壮地回说：先生！没那么严重吧！他说的也是我的心意呀！续花死得太惨烈，也太可怜了，说恭太是高车将军，屯子人都那么说他，部队又没评军衔。续花死者为大，我们尊重她些有啥不可以的？

娜茉娅自从心脏渐渐康复，体形略有些胖，再就是笑脸上的梨涡也浅多了，性格也有些变化，对仲业不那么谦逊了。这是冯仲业已经察觉到的，因此他再没回答，阴沉着脸走出去了。

荣山初次写这么多稿，拿出来原指望让老师夸几句，没想到却像是把一块寒冰塞到他怀里，叫他凉半截，不知怎么好。他正浑身不自在，好在会关心人的娜茉娅又把恭太刚来的信拿给他看，并说：“你老师说的净是大道理，都是书上说的死规矩，咱们对那些事实在办不到。都是希望的事，抄点近道，有啥不可以的呢！续花做我的兄弟媳妇，我就是十个头的愿意。恭太他们最近又打了一个大胜仗，在信里都说了，你再给他写一篇怎么样？”

荣山被锦西打的最后一仗吸引住了，他又写了一篇《绕阳河刀车破敌兵》，算《高车传》最后一篇稿。但也因仲业嫌太夸张，娜茉娅犟不过，就把新生代部分稿子暂时放下了。

不久仲业又收到一个邮件，也是恭太寄出的。打开，里边有一本《论联合政府》，也是如前本注有阅读心得。他越来越清楚：这是预兆新国家就要诞生了。还有一首词，是毛泽东写的《沁园春·雪》。冯仲业久闻此诗，没得一见。在辽西时托恭太给寻找，这不，果然给寄来了。他急忙展开看，词的意境和雄壮词句使他感到震撼。吉云几次喊他吃饭，他都充耳未闻。因为他读过许多名诗词，但都没能像这首词使他心灵如此震撼。那是引用宋人苏轼《念奴娇》里的句子“浪淘尽，千古风流人物”，以风流为题，开展全诗对人民的议论。贬尽历代冕旒，却热情赞颂人民大众：秦皇汉武看似风流而无风流，真正的风流人物只能是从古代就有四大发明能力的人民大众。暗暗的潜台词是：人民，只有人民自己掌权，在没有任何压迫、没有剥削的情况下才能迸发出无限创造力来，才能创造出真正的伟业来。全诗没用一句政治术语，却表现了最深刻的政治思想。

他因在辽西前线走了一趟，对东北战局有所体会，特别在民意问题上体会较深，曾经动情地反复吟诵，却屡写不成。主席这首词给予他很大启示，遂费尽九牛二虎之力也填一首《沁园春·心》：“松嫩兴兵，对阵辽沈。胜负民心。望泥碉累累，孤城几座，蒋军蝼蚁，霸主战尘；葬父潜归，君曾记否？一夜旗帜秀新颜。北营变、叹弃民如帚，此怨犹深。玄机彻悟浮沉。妙策运、超凡入圣人。让，何妨让路，山乡广阔，革新耕耘，洗礼斯民。妻送郎君，双亲送子，消灭公敌风扫云。三山撼、有喷薄旭日，星月辉金。”

他写罢，心情激昂，置笔反复吟诵。当他觉得极度兴奋时，猛抬头，却见娜茉娅母女俩都在望着他如狂似痴的表情，还都在微笑着。他发觉这母女俩有了新变化：母亲脸上的梨涡虽然逐渐浅了，但身上旗袍颜色却新了，线条更清晰好看了；女儿吉云脸上开始出现梨涡，身上也穿上旗袍了。仲业心想，这母女俩都真懂美是什么。这是他最愿看到的，心情更加愉悦了。

她们又喊他一声，原来母女俩一直在等待他吃饭。他向她们会心地一笑，忙收敛起自己的情绪走了过去。

后　记

最后，《高车传》稿完全被放下了。先是因丈夫冯仲业上班忙，妻子娜茉娅文字水平限制，一个人定不下来。后来丈夫退休，有了看稿时间，又因为遇到几祖的事迹不详，如在元代参加蒙古工匠营和清时抗击沙俄的浴血战斗情况，一时弄不清缘由，只好先放下未能出书。但这一放，如石沉水底。接着吉云和祥云姐妹先后上中学、参加工作，先后又都离开了家。因年龄和生活需要，他们也只好跟着孩子走。吴家人也都因工作，调得东一个、西一个，连维尔金老太太都因想念老儿子，去了乌兰浩特。直到冯家老两口因年岁先后过世，无人再提及此事。

还是多亏了吉云，退休后，她从尘封的故纸堆中找出它们来，觉得姥姥家的传记稿还是很重要，就送给她堂哥冯驹驷看。驹驷早已是出版几本书的作家了，在社会上有一定影响。他说，写传记可跳开集体单个写，也可虚构写成小说。写小说就是虚虚实实地写。恭太是不是真授将军衔，续花是不是真是吴家媳妇，都不重要，重要的是把高车匠人的精神是什么，高车家族人的“魂”，特别是精魂部分找出来。把它们找出来，和当代社会价值观接轨，让当代价值观和古已有之的优秀思维元素衔接才是重要的。过去，我们对马列主义认识和运用得有些幼稚，只是空洞喊口号。譬如“社会主义思想不能在小农经济中自发产生”否定了几千年所有在社会实践过，而且行之有效的优秀思想，让我们什么都抓不到。几十年后，我们成熟了，用历史唯物主义检验过去的思想，发现过去很多优秀思想都能为我们所用。就像调查兴安岭上的树木一样，那么多树木，没有那么多树（百种以上）称不上林海，但是真正参天拔地、威武不屈和四季常青、英挺秀丽的只有落叶松和樟子松，因为在它们的基因里有种优秀元素。在往昔那些年，不仅是达斡尔族，北方各民族所有人家院落里都有一两台高车，但大多出自平庸匠人和粗制滥造者之手。一般的车只能使三五年，像吴家车选好材，精打细作，可用上七八年、十来年。因为这车里有一种毛主席说的“认真”的匠人精神，如追求创新、追求完美、追求卓越的导向，还有提倡公正、提倡信誉、提倡包容，等等。这是一种难能可贵的思想基因元素。直到现在，还是闪耀着思维光辉的宝贵财富，我们须把它找出来。

于是，他用那些材料在几个月时间内草就了《高车家族往事》这本书。在研究高车魂的同时，他也进一步重新评价了达斡尔这个民族的优秀。达斡尔人不仅仅在改造北方高车这种重要器具上功不可没，每在社会发展关头，都有过杰出贡献，如义薄云天地流血抗俄，不怕牺牲地顽强抗日，等等。因为箭箭射中社会问题之的，这部书出版后，争论很大，也很快流行于世。

本书纯属虚构，请勿对号入座

图书在版编目（CIP）数据

高车家族往事 / 冯国仁，冯宏宇著 . -- 北京：作家出版社，2018. 7（2023.2重印）

ISBN 978-7-5212-0142-0

Ⅰ. ①高… Ⅱ. ①冯… ②冯… Ⅲ. ①长篇小说- 中国 - 当代 Ⅳ. ①I247.5

中国版本图书馆CIP数据核字（2018）第174883号

高车家族往事

作　　者： 冯国仁　冯宏宇
责任编辑： 史佳丽
封面绘画： 兴　安
装帧设计： 百丰艺术
出版发行： 作家出版社
社　　址： 北京农展馆南里10号　　**邮　　编：** 100125
电话传真： 86-10-65930756（出版发行部）
86-10-65004079（总编室）
86-10-65015116（邮购部）
E-mail:zuojia@zuojia.net.cn
http://www.haozuojia.com（作家在线）
印　　刷： 固安兰星球彩色印刷有限公司
成品尺寸： 152×230
字　　数： 300千
印　　张： 22.75
版　　次： 2018年11月第1版
印　　次： 2023年2月第2次印刷
ISBN 978-7-5212-0142-0
定　　价： 68.00元

作家版图书，版权所有，侵权必究。
作家版图书，印装错误可随时退换。